여주인공의 오빠를 지키는 방법

킨 장편소설

초판 1쇄 찍은 날 | 2020년 9월 2일
초판 2쇄 펴낸 날 | 2021년 2월 26일

지은이 | 킨
발행인 | 이진수
펴낸이 | 황현수

펴낸곳 | 주식회사 카카오페이지
등록번호 | 제2015-000037호
등록일자 | 2010년 8월 16일
주소 | 경기도 성남시 분당구 판교역로 221 6(일부)층

제작·감수 | KW북스
E-mail | cl_production@kwbooks.co.kr

ISBN 979-11-6509-414-0 04810
      979-11-6509-412-6 (set)

여주인공의 오빠를 지키는 방법

·◆· II ·◆·

킨 장편소설

Contents

8장

전환점

눈을 떠보니 카시스가 옆에 있었다. 하지만 어째서인지 납득이 되지 않았다.

아니, 애초에 나는 왜 의식을 잃고 있었던 거지?

마치 강제로 뜯어내거나 지워내기라도 한 것처럼 군데군데 기억이 비어 있었다. 도대체 내가 왜, 어쩌다가 지금 이곳에 있는 건지도 알 수가 없었다.

"좀 더 누워 있는 게 좋을 텐데."

다시금 머리 위에서 나지막한 목소리가 울렸다. 한순간 목 뒤가 오싹거릴 정도로 낮은 속삭임 때문일까, 아니면 짙은 음영이 어려 자세히 확인할 수 없는 얼굴 때문일까? 마치 지금 내 옆에 있는 사람이 내가 알던 사람이 아닌 것 같은 느낌이 들었다.

일단 나는 카시스에게서 멀찍이 떨어지기로 했다. 내가 움직이자 허리에 감긴 팔에 지그시 힘이 들어갔다. 하지만 내가 원하는 대로 해줄 요량인지, 그는 곧 팔을 풀어 나를 놓아주었다.

밀착해 있던 몸이 떨어지자 그제야 굳었던 머리가 조금 이완되는 느낌이었다. 그러고 보니 조금 전까지 나는 카시스의 다리를 베개 삼아 누워 있었던 모양이다.

"어떻게 된 거야?"

목소리는 또 왜 이렇게 잠겨 있어? 지금 막 정신을 차리고 깨어났기 때문인지 목도 따끔거렸다. 어쩐지 꼭 며칠 만에 처음 말을 한 것 같은 느낌이었다.

나는 다시 지난밤의 일을 생각해 보려고 노력했다.

"내가 왜 여기에 있어? 지금 내가 왜 당신하고……."

그때, 불현듯 자그마한 기억의 조각 하나가 물에 번진 잉크처럼 하얗게 비어 있던 머릿속에 번져 들었다.

"누나…… 나도 버릴 거야?"

그 순간 지끈거리며 머리가 아파 왔다. 손으로 이마를 짚으며 천천히 눈을 감았다 떴다. ……어쩐지 별로 떠올리고 싶지 않아졌다.

카시스는 나를 가만히 쳐다보고 있었다. 마차 안은 어두웠지만 어둠에 충분히 익숙해진 눈은 아무것에도 방해받지 않았다. 그래서 나는 그의 얼굴을 어렵지 않게 확인할 수 있었다.

화합회의 마지막 날 연회장 밖에서 만났던 이후로 처음 보는 카시스였다. 물론 그 후에 아그리체에서 그를 만났으니 이렇게 같은 공간에 머물고 있는 것일 텐데……. 역시 아무것도 생각나지 않았다.

마주한 얼굴에서 무엇이라도 알아내고 싶었지만 그 안에 담긴 의중을 파악할 수 없었다. 곧 카시스가 나를 향해 다시 천천히 입을 벌렸다.

"일단 지금은 아무 생각 말고 좀 더 누워서 쉬도록 해."

그러고 나서 이어진 그의 말에 나는 귀를 의심하고 말았다.

"사흘 만에 의식을 찾았으니 기력을 완전히 회복하려면 시간이 걸릴 테니까."

⊹ 🦋 ⊹

내가 사흘 동안이나 의식을 잃고 있었다니. 과부하에 걸려서 방전
되었던 게 아닌가 싶었다. 한동안 신경 쓸 일이 많았던 데다, 또 전부
다 기억은 안 나지만 이렇게 아그리체를 벗어나기 전에도 많은 일이
있었으니 말이다.

나는 슬쩍 커튼을 걷고 바깥을 내다보았다. 잠깐 이동을 멈춘 상태
라 마차는 움직이지 않고 있었다. 지금 실내에는 나 혼자뿐이었다.

두꺼운 천을 걷자마자 밝은 햇빛이 눈을 찔렀다. 나는 무심결에 움
찔 눈매를 좁혔다.

푸드덕!

눈부신 시야에 문득 회백색 그림자가 비쳐 들었다. 창공에서 날아
든 매가 날렵하게 낙하해 보호대를 착용한 팔에 내려앉았다.

나는 짙푸른 하늘 아래에 선 남자의 모습을 생경한 기분으로 바라보
았다. 3년이라는 시간이 내 생각보다는 길었던 모양이다. 소년이 청년이
되고, 또 나름대로 익숙했던 사람이 낯선 사람이 되기에 충분한 시간.

기억에서보다 두 뼘은 족히 자란 것 같은 키도, 넓게 벌어진 어깨
도, 아까 내 허리를 휘어 감았던 단단한 팔도 모두 다 내가 알지 못하
는 것들이었다. 새벽 서리 같은 찬 기운을 머금은 저 얼굴도 낯설기는
마찬가지였다.

그래도 예전에는 좀 더 선이 곱고 예쁜 미소년 느낌이었던 것 같은
데. 지금은 빈말로도 그의 앞에서 '예쁘다'라는 소리를 할 수 없을 것

같았다. 물론 그렇다 해서 그 수려한 외모가 어디로 간 것은 아니지만, 예전과는 확실히 풍기는 느낌 자체가 달라졌다.

화합회 때에도 그를 보고 느낀 것인데, 어른이 된 카시스는 내 생각보다도 더 그의 아버지인 리셀 페델리안을 닮아 있었다. 외모보다는 분위기가 그러했다. 지금도 커다란 매를 팔에 얹고 바람을 맞으며 서 있는 모습이 꼭 평야에 우뚝 솟은 단단한 암벽 같았다.

소년 시절 죽지 않고 성장한 카시스는 저렇게 되는 거였구나, 하는 생각이 들자 어쩐지 감회가 새로워졌다.

그때, 카시스 옆으로 한 남자가 다가섰다. 한쪽 눈에 안대를 낀 갈색 머리의 사내. 3년 전 아그리체의 경계에서 봤던 남자였다.

그때 카시스가 있는 북쪽 경계의 검은 숲으로 길 안내를 해 줬었는데 멀쩡히 살아 있었구나. 이름을 떠올려 보려고 했지만 쉽게 생각나지 않았다. 카시스에게 날아든 매는 아마도 전서구였던 듯하다.

카시스는 매의 다리에 묶여 있던 것을 풀어 확인한 후 옆으로 다가온 남자에게 무어라 말했다. 나는 그 모습을 지켜보다가 이내 커튼을 걷고 있던 손을 내렸다.

달칵.

그 후 마차의 문을 열자 차가운 공기가 기다렸다는 듯이 안으로 훅 밀려들었다. 실내가 따뜻해서 잠시 잊고 있었는데 지금은 일 년 중 가장 추울 때였다.

그래도 나는 굴하지 않고 밖으로 나갔다. 주변에는 생각보다 많은 사람들이 있었다. 무기를 손질 중이거나 말을 돌보는 사람도 있었고, 마차를 정비 중인 사람도 눈에 띄었다.

특별히 일을 맡지 않은 사람은 근처에 서서 주위를 경계하고 있었다. 그중 시종이 있을 법도 한데, 특이하게도 그들은 모두 기사로 보였다.

그렇게 각자의 일을 하고 있던 이들이 순식간에 움직임을 멈추고 나를 쳐다보았다. 주위가 삽시간에 조용해졌다. 내가 마차에서 내려선 순간부터 시간이 멈추기라도 한 것 같았다.

무섭도록 집중된 시선이 조금 부담스럽기도 했지만 딱히 신경 쓸 만한 일은 아니었다. 나는 다른 사람들에게 관심을 두지 않고 곧장 목적한 곳을 향해 걸어갔다.

어느새 카시스의 시선도 내게 닿아 있었다. 그는 매를 다시 날려 보낸 뒤 나를 향해 다가왔다.

"누워 있으라고 하지 않았나."

싸늘한 겨울 공기 위에 그 색채와 닮은 낮은 음성이 덧씌워졌다. 하지만 생각보다 나를 향한 눈빛이나 목소리가 차갑지는 않았다. 그가 무어라 말을 이으려 했으나 가까워진 카시스를 올려다보며 내가 입을 연 것이 먼저였다.

"지금 어디로 가는 거야? 여긴 또 어디고."

딱히 내게 숨길 생각은 없는지, 카시스가 대답했다.

"지금 멈춰 선 곳의 지명은 프레데리카. 이대로 반나절 정도 더 이동하면 고원을 완전히 벗어나게 되겠지."

지명을 듣고 나자 지금 이곳이 어디인지 확실히 알 수 있었다. 한마디로 지금 이 일행이 향하는 곳은 페델리안이라는 말이었다.

물론 마차 안에 있을 때부터 예상하고 있던 일이기는 했지만 이렇게 직접 확인하고 나니 실소할 수밖에 없었다.

나는 카시스를 향해 서늘히 물었다.

"그럼 난 포로야, 전리품이야?"

불타오르던 아그리체.

폐허가 된 땅.

기억이 혼란스러운 와중에도 그 광경만큼은 눈에 박힌 듯이 선명했다. 그렇게 만든 것이 이 사람이었고, 그렇게 되도록 아그리체의 문을 열었던 것이 바로 나였다. 그 사실만큼은 망각하는 것이 허락되지 않은 것처럼 잊을 수 없었다.

이제 와서 거기에 딱히 불만이 생긴 것은 아니었다. 나는 화합회 날 카시스가 공식적인 자리에 나타날 수도 있다는 사실을 미리 알고 있었고, 그렇다면 그때가 페델리안에서 아그리체에 칼을 빼 드는 순간일 것이란 사실도 일찍이 짐작하고 있었다.

그래서 나 역시 일부러 그때로 날을 잡은 것이었다. 페델리안의 손을 빌려 아그리체를 완전히 부숴 버리기 위해서.

카시스를 위시한 페델리안의 사람들이 이렇게 대거 이동 중인 것을 보면 예정된 수순으로 일이 진행된 것이 분명했다.

하지만 지금 이렇게 내 눈앞에 카시스가 있는 현실은 계획에 없었다.

아그리체의 마지막 날, 나는 혼자 떠날 생각이었다.

"무슨 목적으로 나를 여기까지 끌고 왔어?"

카시스가 한동안 말없이 나를 내려다보았다. 내 얼굴을 주시하는 눈에는 얕은 물살 하나 생겨나지 않았다.

잠시 후 그의 얼굴에 실낱처럼 가느다란 어떤 감정이 스쳐 지나갔다. 하지만 워낙 찰나의 일이라 그것이 무엇인지는 미처 파악하지 못했다.

다음 순간 카시스가 팔을 들어 내게 손을 뻗었다. 서늘한 온기를 품은 손가락이 살갗에 닿는 순간 움찔 눈매를 떨 수밖에 없었다.

그런 나를 모르는 것처럼, 카시스의 손은 내 이마를 스쳐 뺨까지 훑고 내려갔다. 어루만지는 듯한 부드러운 손길에 나도 모르게 얼굴이 굳었다.

"다시 열이 오르는군."

주변에 있는 사람들이 나와 카시스를 조용히 지켜보고 있는 것이 느껴졌다. 그 속에서 오직 카시스만이 담담한 낯을 하고 있었다. 곧 그의 손이 내 얼굴에서 떼어졌다.

"이시도르, 오늘은 여기에 막사를 치겠다."

"예, 준비하겠습니다."

카시스의 말에 줄곧 그의 뒤에 서 있던 남자가 대답했다. 카시스의 시선이 다시 나를 향했다.

"열 때문에 추운 줄도 모르는 건가? 그 차림을 하고 밖으로 나오다니."

꾸짖거나 한심해하는 듯한 어투로 말했으면 차라리 나았을 것이다.

"여전히 자기 몸을 돌보지 않는군."

하지만 나를 보는 카시스의 얼굴에 비친 감정은 그런 것과는 거리가 멀었다. 그래서 나는 그와 시선을 마주한 순간 입을 굳게 다물 수밖에 없었다.

뒤이어 카시스가 자신의 망토를 벗어 내 몸을 감쌌다. 아니, 감쌌다기보다는 바람 한 점 안으로 새어들지 않도록 거의 동여매다시피 했다.

그런 뒤 그는 그대로 나를 안아 들었다. 그 일련의 행위가 얼마나 자연스러웠는지, 주위에 있던 사람들은 고사하고 나조차 그에게 한마디 항의의 말도 꺼내지 못했을 정도였다.

카시스는 내가 사람이 아니라 짚더미라도 되는 것처럼 가볍게 들어 올려 조금의 흔들림도 없는 걸음으로 마차를 향해 걸어갔다. 황당함에 헛웃음이 나와서 나는 그에게 아무 말도 하지 못했다.

카시스는 나를 마차에 데리고 들어와 다시 자리에 눕혔다. 그러고는 내가 아까 벗어 놓았던 담비 털 담요를 끌어와 몸 위에 덮어 주기까지 했다. 온몸을 파고드는 보드라운 온기에 기분이 이상해졌다.

"날 묶어 두는 게 좋지 않겠어?"

가라앉은 목소리로 그렇게 묻자 카시스의 시선이 힐끗 내 얼굴 위로 내려앉았다.

"그런 취미가 있는 줄 몰랐는데."

그런 의미가 아닌 줄 알면서도 그는 태연히 반응했다.

"아쉽게도 나는 아니라서. 하지만 원한다면 다음에 고려 정도는 해 보지."

"내가 달아나면 어쩔 건데."

"다시 데려와야지."

그 말에 나는 입을 다물었다. '붙잡아 와야지'도 아니고 '데려와야지'라니. 도대체 그가 나를 어쩌고 싶은 것인지 감도 오지 않았다.

"그렇게 잡생각이 많으니 자꾸 열이 오르는 게 아닌가."

나지막한 음성이 귓가를 간질인 데 이어 서늘한 손이 눈가를 덮었다. 열이 난다는 말이 사실인지 그의 손이 시원하게 느껴졌다. 다시금 귓가에 차분한 속삭임이 흘러들었다.

"걱정 말고 쉬어. 네가 신경 써야 할 일은 이제 아무것도 없으니까."

신기하게도 그 목소리를 듣는 동안 어지럽던 마음이 서서히 잠잠하게 가라앉았다. 내 기억이 끊긴 이후에 아그리체가 어떻게 되었는지. 또 어머니나 제레미, 그리고 데온과 란트를 비롯해 아그리체의 다른 사람들은 어떻게 되었는지. 카시스의 말을 들으니 지금은 그런 생각을 전부 다 뒤로 밀쳐 놔도 될 것 같았다.

지금 내 옆에 있는 사람도, 또 마차 밖에 있는 사람들도 전부 페델리안에서 온 이들이었다. 그러니 어찌 보면 지금 나는 적진의 한가운데에 있다고도 할 수 있었다.

하지만 거짓말처럼 아그리체에 있을 때보다도 편안한 기분으로 눈을 감을 수 있었다. 아득해지는 의식 너머로 어쩐지 그것이 조금 우습다고…… 나는 그렇게 생각했다.

똑똑.

"일어나셨습니까?"

한숨 자고 일어나 이 와중에도 정말 숙면을 취한 나 자신에게 약간의 회의감을 느끼고 있을 때였다. 마차의 문을 두드리는 소리와 함께 낯선 목소리가 들려왔다. 어딘가 중성적인 느낌을 풍기는 차분한 중저음의 목소리였다.

나는 직접 마차의 문을 열었다. 그러자 올리브색 머리와 짙은 남색 눈을 가진 사람이 눈에 들어왔다.

"잠시 실례하겠습니다."

눈이 마주친 순간 나는 멈칫했고, 시야에 비친 딱딱한 얼굴은 아주 약간 이완되었다. 미묘한 변화이기는 했으나 내가 깨어나 있어서 다행으로 여기는 듯한 표정이었다.

머리가 단발이고 목소리도 낮은 편이기는 했지만 나를 찾아온 사람은 분명 여자였다. 아그리체에서도 실력만 된다면 성별에 상관없이 차출

해 부하로 삼는 주의였기 때문에 딱히 신기하거나 이상하지는 않았다.

내가 그녀를 보고 한순간 움직임을 멈춘 것은 다른 이유 때문이었다.

"혹시 시장하시면 간단한 식사 거리를 준비해 드릴까요?"

"카시스는?"

"윈스턴 경과 잠시 자리를 비우셨습니다. 아가씨…… 께서 깨어나셨는지 확인해 보고 혹시 필요한 것이 있으면 챙겨 드리라고 하셨습니다."

윈스턴 경이 그 이시도르라는 사람인가. 뭐, 그건 둘째 치고.

그녀의 말을 듣고 나는 이곳에서의 내 위치와 입장이 어떤지 새삼스럽게 궁금해졌다. 지금 내 앞에 있는 사람도 내 호칭을 어떻게 해야할지 잠깐이지만 난감해하는 눈치였다. 마찬가지로 나도 그들에게 어떤 말투를 써야 할지 조금 고민이 되었다.

"원하시면 이곳으로 요기할 만한 것을 가져다 드리겠습니다. 어차피 지금 밖에서 식사 준비를 하는 중이니 시간이 오래 걸리지는 않을 겁니다."

"그럼 그렇게 해 줘."

하지만 그리 오래 생각하지 않고 그냥 하대를 쓰기로 했다. 카시스에게도 경어를 쓰지 않는 내가 그의 부하에게 말을 높이는 것은 그림이 이상했다. 그렇다고 카시스에게 다시 존칭을 사용하지도 않을 거니까.

앞에 있는 사람도 내 말투가 어떻든 별로 신경 쓰지 않는 것 같았다. 그녀는 여전히 표정 변화가 거의 없는 얼굴로 고개를 한 번 숙여 보인 뒤 마차의 문을 닫았다.

"……."

저 무표정한 얼굴을 보니 에밀리가 떠올랐다. 어머니에게 그녀를 보냈던 것이 마지막 만남이었고, 그때 전했던 말이 내 마지막 명령이었다.

생각보다 식사 준비가 일찍 끝났는지 문이 금방 열렸다. 그래서 나는 다른 생각을 그리 오래 하지 않아도 되었다.

"야영 중이라 제대로 된 식사는 아니지만 맛은 나쁘지 않을 겁니다."

"고마워."

아까부터 느낀 것이지만 나를 대하는 태도가 생각 이상으로 정중했다. 역시 나를 포로로 대하는 것 같지는 않았다. 혹시 내가 아그리체인 걸 모르나, 하는 생각도 들었지만 사실상 그러기란 어려울 터였다.

"이름이?"

"올린이라고 불러 주시면 됩니다."

이름을 묻기는 했지만 아마도 그녀가 알려 준 '올린'은 성일 것이다. 처음 보는 나에게 친근히 이름을 부르라고 알려 줄 리는 없었으니까.

나는 그녀가 건네주는 그릇을 받아 들었다. 그러다 무심코 손끝이 스쳤을 때, 올린이 흠칫했다. 그러고 보니 그녀의 태도는 내게 필요 이상으로 정중한 것 외에도 조금 이상한 구석이 있었다.

나를 꺼리는 느낌까지는 아니었지만 그녀는 아까부터 어쩐지 내게 손끝 하나 닿지 않도록 조심하는 기색이었다.

"고마워. 잘 먹을게."

그때쯤 나도 깨달은 것이 있었기 때문에 그녀의 동요를 눈치채지 못한 것처럼 태연히 말했다. 그릇을 건네받다가 닿았던 손도 바로 떨어뜨렸다. 올린은 그런 내 얼굴을 잠깐 쳐다보다가 조용히 문을 닫았다.

다시 혼자 남게 되었을 때, 나는 야트막하게 한숨을 내쉬었다.

그래. 사흘간이나 의식이 없었다면 몸의 독기를 제대로 제어하지 못했겠구나. 그렇다면 다른 사람들이 나한테 가까이 다가오는 것 자체가 불가능한 일이었을 것이다.

혹시 나도 모르는 사이 밖에 있는 사람들에게 피해를 입혔을지도 몰랐다. 그러니까 지금도 이렇게 나한테 손을 대지 않으려고 조심했겠지.

아, 혹시 그래서 카시스가 나한테 붙어 있었던 건가.

예전에 경험했던 바에 의하면 카시스는 내게 접근하는 것이 가능했을 것 같았다.

그럼 설마 지난 사흘간 카시스가 줄곧 나를 돌봐 준 걸까?

그런 생각을 하자 서서히 미간에 힘이 들어갔다. 그러고 보니까 의식이 없던 동안 제대로 못 씻은 게 당연한데 몸이 청결한 것도 이상했다. 다른 사람이 씻겨 주었을 리는 없을 것 같고…….

카시스가 나한테 그런 파렴치한 짓을 했을 리도 없으니, 아마도 그가 가진 이상한 능력의 일부가 아닐까 싶었다. 아그리체에 있을 때에도 카시스는 지하 감옥에 몇 날 며칠 동안 갇혀 있고도 깨끗함을 유지하지 않았던가.

이따가 카시스가 오면 물어보고 싶었지만 한편으로는 찜찜한 답변이 나올까 봐 그냥 이대로 입을 다물고 있을까 싶기도 했다.

나는 올린이 주고 간 것을 한술 떠서 입안에 밀어 넣었다. 그녀의 말처럼 이런 야영지에서 간단히 조리해 먹는 음식치고는 맛이 상당히 훌륭했다.

하지만 나는 몇 입 먹지 않고 그릇을 내려놓았다. 원래 음식을 가리는 성격도 아니고 또 이런 곳에서 그럴 생각도 없었다. 하지만 아무래도 식욕이 없어서 음식이 목구멍에 넘어가지를 않았다.

나는 미안한 마음으로 올린을 불렀다. 그녀는 그릇 속의 내용물이 거의 그대로 남은 것을 확인하고 입에 맞지 않는다면 다른 것을 가져다주겠다고 했다. 하지만 나는 한동안 공복이었던 탓에 몸이 음식을 거부하는 것 같다고 말하며 거절했다.

올린이 자리를 비킨 후 나는 열린 문 너머로 잠깐 주위를 둘러보았다.

카시스의 모습은 아직 보이지 않았다. 교대로 식사를 하는 듯, 한창 요기 중인 사람들과 야영 준비를 하는 사람들이 뒤섞여 시야에 들어왔다. 그러는 와중에도 그들은 티 나지 않게 나를 힐끔거렸다. 그래도 굳이 내가 있는 쪽으로 섣불리 다가오는 사람은 없었다.

나는 다시 문을 닫고 커튼을 걷었다. 그리고 창문을 통해 잠시 바깥을 살폈다. 그때, 야영 준비 중인 사람들 너머로 익숙한 사람의 모습이 비쳐 들었다.

카시스는 역시 이시도르라고 하는 사람과 함께였다. 나는 이쪽으로 다가오고 있는 그를 보고 다시 마차의 문을 열었다.

"카시스."

내가 부르자 카시스의 시선이 곧장 날아들었다. 아까 낮에 그랬던 것과 비슷한 적막감이 주위에 내려앉았다. 고요한 야영지를 가로질러 내게 다가온 카시스가 물었다.

"식사는?"

"했어."

카시스의 시선이 마차 옆을 지키고 있던 올린을 스쳤다. 그녀가 카시스에게 고개를 작게 저어 보이는 것이 내 눈에 띄었다. 하지만 카시스는 거기에 대해 더 말하지 않고 다시 내게 눈길을 돌렸다.

"혹시 필요한 게 있나? 앞으로 내가 없을 때는 올린에게 말해."

나는 작게 고개를 저으며 말했다.

"답답해. 바람을 좀 쐬고 싶은데."

짧은 공백이 지나고 카시스가 다시 입을 열었다.

"아까보다 기온이 더 떨어져서 추울 텐데."

나는 말없이 아까 카시스가 준 망토를 걸치고 그 위에 담비 털 담요까지 둘렀다. 더 이상 말은 하지 않았지만 나름대로 단호한 의사 표현을 한 셈이었다.

"저, 몸도 안 좋으신데 그냥 안에 계시는 편이……."

옆에 있던 올린이 약간 주저하며 나를 말렸다. 진심으로 내 상태를 걱정스러워하는 기색이었다. 하지만 카시스는 잠깐 내 얼굴을 응시하다가 마차의 문 앞을 가로막고 있던 몸을 한 발짝 뒤로 물렀다.

곧 앞으로 그의 손이 내밀어졌다. 나는 카시스의 손을 잡고 마차에서 내려섰다.

그 직후 카시스가 고개를 돌렸다. 그러자 그의 시선을 받은 사람들이 짜 맞추기라도 한 것처럼 일제히 나한테서 눈길을 비꼈다. 상당히 노골적인 광경이었지만 나는 그냥 못 본 체했다.

야영장에는 모닥불이 몇 개 피워져 있었다. 카시스는 그중 가장 따뜻해 보이는 곳으로 나를 이끌었다.

카시스가 향한 곳에 있던 사람들이 알아서 슬금슬금 옆에 있는 모닥불로 자리를 이동했다. 그래서 우리가 앉은 모닥불에는 카시스와 나 단둘만 자리하게 되었다. 그들은 강박적일 정도로 카시스와 내가 있는 곳에 시선을 두지 않았다.

이런 환경에서도 분위기가 절도 있고 단정한 것을 보니, 역시 그들에게는 기사라는 단어가 딱 어울렸다. 아그리체의 수하들은 용병 집단 같은 느낌이었는데. 가문마다 부리는 사람들의 분위기도 이렇게 천차만별인 걸까 싶었다.

"먹어."

잠시 후 카시스가 나한테 따끈한 김이 피어오르는 그릇을 내밀었다. 자리에 앉기 전에 부하를 불러 무언가를 지시한다 싶더니, 내가 식사를 거의 하지 않은 것을 신경 쓰고 있던 모양이다.

"별로 배고프지 않아."

"식욕이 없어도 조금이라도 먹어 둬. 사흘 동안 굶었잖아."

이번에도 나는 거절했지만 올린과 달리 카시스는 물러나지 않았다. 그는 기어이 나한테 수프가 든 그릇을 들려주고 다른 손에 수저까지 쥐여 주었다.

"설마 스스로를 물만 먹고 살 수 있는 생물이라고 생각하는 건 아닐 테고."

엉겁결에 양손의 자유를 빼앗기고 말았다. 나는 손에 들린 따뜻한 수프를 내려다보며 슬쩍 미간을 좁혔다. 어쩐지 이런 상황이 조금 낯설었다. 굶겠다고 고집을 부리는 나한테 누군가 이렇게까지 부득불 밥을 먹이려 챙기는 것은 적어도 이번 생에서는 처음인 것 같았다. 그래서인지 어쩐지 조금 얼굴이 간지럽게 느껴지기도 했다.

나는 겸연쩍은 마음을 숨기려고 식기를 든 손을 움직여 수프를 휘저었다. 그렇게 눈앞의 그릇만 빤히 내려다보고 있다가, 괜히 어색한 기분을 돌리려고 당장 생각나는 아무 말이나 던졌다.

"당신 말처럼 한숨 자고 일어났더니 열이 떨어진 것 같아."

"그런가. 다행이군."

"중간에 잠깐 깼던 것 같은데, 내가 그때 해열제를 먹었던가? 기억이 좀 가물가물해서."

"열이 더 오르는 것 같아서 내가 먹였어."

카시스가 담담하게 대꾸했다. 그 모습이 태연해서 나도 그냥 그런가

보다 하고 넘어갔다. 그런데 문득 옆쪽에서 수상한 반응이 포착되었다.

"크흠, 쿨럭……."

옆에 있는 모닥불에 둘러앉아 식사하던 사람 중 몇 명이 갑자기 사레들린 것처럼 기침하기 시작했다. 나름대로는 소리를 죽이려 애쓰는 것 같았지만 별로 소용은 없었다.

동시다발적인 저 반응을 보니 나와 카시스의 대화를 듣고 저러는 게 분명한 듯했다. 갑자기 이상한 마음이 들어서 눈을 가늘게 좁히고 카시스를 쳐다보았다.

하지만 그는 표정 하나 변하지 않은 얼굴로 나를 보며 말했다.

"먹어. 식으면 더 맛없어지니까."

그런 뒤 카시스가 옆으로 시선을 미끄러뜨렸다. 서늘한 눈빛을 받은 사람들이 급히 고개를 수그리고 서둘러 그릇을 비우기 시작했다.

확실히 뭔가 있다는 느낌이 정수리를 확 찔러 들어왔다. 하지만 왜인지 이것 역시 굳이 캐묻기에 찜찜한 기분이 들었다.

그리 오래 지나지 않아 옆에 있던 사람들이 급히 식사를 끝마치고 자리를 비웠다. 어느새 주변이 한산해졌다. 일부러 그러는 건지, 다들 카시스와 내가 있는 곳에는 일정한 거리를 두고 가까이 다가오지 않고 있었다.

타닥타닥, 모닥불이 타들어 가는 소리 사이로 풀벌레 우는 소리가 작게 들렸다.

어느덧 해가 지고 있었다. 남색과 보라색, 자주색에 이어 노르스름한 빛깔이 스민 붉은 하늘이 지평선 위로 펼쳐져 있는 것이 보였다.

"프레데리카 고원이라면, 마물 서식지 아닌가?"

카시스가 내 질문을 받아 대답했다.

"마물 서식지는 에메랄드 호수와 접하는 고원의 끝부분에 위치하고 있고, 여긴 안전지대야. 내일 정오쯤 서식지 근방을 지날 예정이지만 우회해서 이동할 계획이니 위험한 일은 없어."

그 말에 그렇구나 싶었다. 카시스는 궁금한 게 있으면 또 물어보라는 듯이 나를 쳐다보았다. 나는 일렁이는 모닥불을 바라보다가 얼마간의 시간이 더 지난 후 입을 열었다.

"란트 아그리체는 어떻게 됐어?"

카시스가 조용히 나를 응시했다. 그의 눈빛은 '이제야 그것을 묻느냐'고 말하는 것 같기도 했고, 한편으로는 '이제 와서 그런 것을 묻느냐'고 말하는 것 같기도 했다.

"……간단히 결과만 말하자면."

곧 카시스가 짤막하게 대답했다.

"네가 원하는 대로."

그 말을 듣고 나는 작게 웃었다.

"그래, 죽었구나."

불타오르던 아그리체의 성이 위태롭게 흔들리는 모닥불 너머로 환영처럼 어른거렸다.

조금씩 그날의 기억이 되살아났다. 아마도 집무실에서 나와 헤어진 뒤 데온이 향한 곳은 란트가 있는 장소였을 것이다. 그렇다면 결국 누가 란트를 죽였는지, 또 그의 최후가 어떠했는지 궁금해졌다.

하지만 그와 동시에 그런 것 따위는 조금도 중요하지 않게 느껴지기도 했다. 아까부터 내 안에 팽배하던 실로 모순적인 마음이었다.

"네 어머니가 저택을 빠져나가는 모습을 이시도르가 확인했다고 하더군."

여전히 나를 바라보며 카시스가 덧붙였다. 그 말에 나는 느리게 시선을 내리깔았다.

"그래."

"다른 건?"

이번에는 카시스가 내게 물었다.

"궁금하지 않아?"

나는 침묵하며 그를 물끄러미 바라보았다. 불꽃을 사이에 둔 채 우리는 한동안 말없이 시선을 마주했다. 짧디짧은, 혹은 길디긴 시간이 지난 후 마침내 굳게 닫혀 있던 카시스의 입술이 벌어졌다.

"전부, 네가 원하는 대로 되었어."

그러고 나서 그는 가만히 나를 주시했다. 내 반응을 기다리는 눈치였다. 그래서 나도 그가 원하는 대로 해 주었다.

"그래."

그 말밖에는 더 할 말이 없었다.

타닥, 타닥……. 모닥불 속의 장작에 작은 불똥이 튀었다.

"별로 기뻐 보이지 않는군."

"당신은 어떤데?"

내가 생각해도 상당히 무미건조한 목소리가 내 입에서 흘러나왔다.

"복수해서 기뻐? 아그리체가 무너져서 속이 후련해?"

스산한 바람이 뒷덜미를 스쳐 지나갔다. 해가 지면서 기온이 내려갔는지 아까보다 뺨에 닿는 공기가 차가웠다. 덩달아 체온이 떨어지는 것이 느껴졌지만 나는 추위를 느끼지 못하는 사람처럼 옷깃 한 번 추스르지 않았다.

그건 카시스도 마찬가지였다.

"글쎄."

한 차례 눈을 길게 감았다 뜬 카시스가 아까보다 느린 어조로 말했다.

"그저 해야 할 일 하나를 끝마친 기분일 뿐, 기대 이상의 감흥은 없군."

그의 말을 듣고 나니 나도 마찬가지라는 생각이 들었다.

"나도 비슷해."

"네가 나와 비슷하다고?"

그런데 그 순간 카시스의 얼굴에 시린 미소가 피어났다. 모닥불의 불꽃을 그대로 집어삼킨 것 같은 진한 황금색 눈동자가 나를 꿰뚫을 듯이 직시했다.

"지금 네 얼굴이 어떤지 너 스스로는 모르는 모양인데."

돌연 카시스가 자리에서 몸을 일으켰다. 몇 발짝도 채 옮기지 않았는데도 그와의 거리가 순식간에 좁혀졌다.

달그락! 그의 발에 차인 그릇이 바닥을 나뒹굴었다. 하지만 카시스는 그런 것을 조금도 신경 쓰지 않는 눈치였다. 이렇게 앉은 상태로 올려다보니 카시스는 한결 더 거대해 보였다.

어느새 바로 내 앞까지 다가와 모닥불을 등지고 있는 탓인지 그의 몸에 짙은 음영이 져서 존재감이 더욱 두드러져 보였다. 부담스러울 정도로 내게 바싹 접근한 카시스가 몸을 낮추었다.

가까이에서 마주한 그의 얼굴은 얼음장처럼 차가웠다. 나를 응시하는 눈동자도 내가 처음 보는 종류의 한기를 머금고 있었다.

"너, 그날 죽을 생각이었나?"

시리게 떨어져 내리는 낮은 속삭임에 나는 가만히 눈앞에 있는 사람을 바라보았다. 그림자 진 어둑한 금색 눈동자가 나를 한입에 집어삼켜 버릴 것 같았다.

"무슨 소리야, 내가 왜?"

내 안에 이는 자그마한 파문을 숨기고 그에게 차분하게 되물었다. 나를 정면에서 응시하는 카시스의 눈이 내 속까지 샅샅이 파헤치는 느낌이었다.

"내가 널 여기로 데려오지 않았다면 어떻게 할 생각이었지?"

"떠났겠지."

"어디로?"

"어디로든. 아그리체가 아닌 곳으로."

"그날 내가 너를 찾았을 때, 네가 어떤 얼굴을 하고 있었는지 알아?"

마주한 눈이 한층 더 낮게 가라앉았다.

"그때의 너는, 꼭 죽을 자리를 찾아 떠나려는 사람 같았어."

그 순간 아득한 심연 속에 가라앉아 있던 기억이 물 위로 끌어 올려졌다.

"뭐야……."

"누나, 혼자 어디 가고 있었던 거야?"

"왜 날 그렇게 쳐다봐? 꼭 이게 마지막인 것처럼……."

"누나…… 나도 버릴 거야?"

그때 보았던 애달픈 얼굴이, 나를 뒤쫓던 애처로운 눈빛이 가시처럼 내 안에 박혀 속을 아리게 했다. 나는 환영처럼 생생히 펼쳐지는 그날의 광경을 지워 내려 눈을 감았다.

"……당신이라면 알 텐데."

잠시 후 내 입에서 그동안 누구에게도 말한 적 없던 사실이 내뱉어졌다.

"어차피 난 오래 못 살아."

내 여생은 그리 오래 남지 않았다. 3년 전 카시스가 내게 했던 말 대로였다.

앞으로 얼마나 더 살 수 있을지 정확히 가늠할 수는 없지만 어림잡아 길게 봐도 1년이 채 되지 못할 것이다. 사는 동안 몸을 그렇게 혹사시켰으니 당연하다면 당연한 결과였다.

무엇을 위해 그렇게 힘겹게 애써 왔는가를 생각하면 허망하기도 하고 분하기도 한 일이었다. 내가 뭘 하든 소설에서와 마찬가지로 어차피 단명할 팔자였다니.

하지만 그런 마음도 처음뿐이었다. 곰곰이 생각해 보니 딱히 아등바등 노력해 이 삶을 더 오래 잇고 싶다는 욕망이 들지 않았다.

아직 20년도 살지 않았지만 그리 큰 미련도 아쉬움도 남지 않는 것을 보면 나는 내 생각보다도 훨씬 더 많이, 그리고 빨리 내 삶을 소모했었나 보다.

이 정도면 충분히 할 만큼 했다는 생각이 들었다. 아마 어디에서 숨이 끊기든, 내 유해는 세상 어디에도 남지 않을 것이다. 내가 죽기 전에 독나비가 마지막 피 한 방울까지 아낌없이 먹어 치울 테니까.

"그래서 그렇게 아무런 욕심도 미련도 없이 죽는 날만 기다리며 살겠다고?"

카시스의 눈이 싸느랗게 빛났다. 침묵을 동반한 차가운 눈빛이 내 얼굴에 머물렀다. 그러다 어느 순간, 카시스가 입술 끝을 끌어 올려 어스름한 미소를 지어 보였다.

"그래, 어차피 버리려던 생이라면 내가 가져도 상관없겠지."

그 후에 이어진 말이 무슨 의미인지 나는 곧바로 깨닫지 못했다.

"네 남은 시간을 나한테 줘."

마주한 얼굴에서는 한 치의 주저함도 망설임도 느껴지지 않았다. 그래서 내가 그의 말을 인식하는 데에는 생각보다 오랜 시간이 걸렸다.

"어차피 앞으로의 목적지가 어디라도 상관없다면 내 옆에 있어. 네가 죽을 때까지."

그 순간 머릿속이 아득해졌다. 하지만 카시스는 내가 미처 무어라 반응할 기회조차 주지 않고 말을 이었다.

"너는 지금 당장 죽어도 아쉬움이 없는 모양이지만 나는 그렇지 않으니까."

"카시스……."

"그러니 앞으로의 남은 네 인생도, 이제부터의 시간도, 또 네 삶의 마지막 순간도 정말 무가치하다고 생각한다면……."

귓가에 나지막한 속삭임이 새어드는 것과 동시에 뜨거운 열기가 내 손을 감쌌다. 곧 카시스가 붙잡아 올린 내 손등에 입술을 묻었다.

"내가 전부 고맙게 받아 가도록 하지."

손 위에 내려앉은 낙인 같은 입맞춤과 지척에서 뒤얽힌 시선 모두가 델 것처럼 뜨겁게 느껴졌다.

머리 위에서 별 무리가 황홀하게 반짝이던 밤. 그렇게 나는 내 삶의 남은 시간을 그에게 빼앗겼다.

9장

새로운 만남

얼어붙은 호수에 눈부신 햇살이 내려앉았다. 투명하게 반짝이는 동그란 얼음 막이 꼭 샛별 가루를 곱게 빻아 뿌린 천사의 수반 같았다.

오르카는 벌써 보름째 그 경관을 바라보고 있었다. 느슨히 땋아 내린 기다란 연청색 머리카락 위에는 은빛 여우 털로 만든 샤프카가 씌워져 있었다. 몸에 두르고 있는 모피 코트는 마물 실로페의 윤기 나는 금색 털을 그대로 가져다 놓은 듯했다. 몸에 주렁주렁 걸고 있는 보석 장신구도 그렇고, 굉장히 화려한 모습이었다.

자칫 괴이해 보일 수 있는 이런 차림새가 그에게는 위화감 하나 없이 잘 어울렸다. 오르카의 외모 자체가 워낙 미려하게 고운 탓이었다.

딸랑⋯⋯.

바람에 흔들린 장신구가 서로 부딪혀 맑은 방울 소리를 냈다. 오르카는 겨울 호수에 반사된 달빛 같은 은회안으로 어딘가를 조용히 주시하는 중이었다. 차양처럼 드리운 긴 속눈썹 위에 눈송이가 내려앉았다. 하지만 그는 눈 한 번 깜빡이지 않았다.

백의 마수사라 불리는 휘페리온 가문의 오르카는 현재 프레데리카 고원과 에메랄드 호수 사이에 접한 마물 서식지에 와 있었다. 기나긴 기다림 끝에 마침내 그의 눈앞에 마수 자이로테가 모습을 드러냈다.

하얀 설경과 대비되는 덩어리진 검은 털.

피가 맺힌 것처럼 섬뜩한 광채를 내는 붉은 눈동자.

이마 위로 높이 솟은 울퉁불퉁한 뿔.

입 밖으로 돌출된 날카로운 송곳니와 우람한 근육질의 팔다리까지.

"아름다워……."

오르카는 거의 황홀경에 사로잡혀 감탄했다. 그는 현재 마물에게 기척을 숨기는 주술을 이용해 숨어 있었다. 그래서 자이로테에게 들키지 않고 그들의 모습을 감상할 수 있었다.

무리를 지어 움직이는 습성을 가진 마물답게 자이로테는 호수 앞에 거의 백여 마리 정도가 떼로 몰려 있었다. 눈 속 깊은 곳으로만 이동해 어지간하면 발견하기 어려운 마물을 이렇게 한 마리도 아니고 백여 마리나 눈앞에 두고 있다니.

오르카는 저 중에서도 가장 강력한 힘을 가진 자이로테의 왕을 포획해 길들일 생각이었다. 하지만 보름이나 끈기 있게 기다려 얻은 값진 순간이니만큼 조금은 여유를 부려도 될 것이었다. 지금은 눈앞에 펼쳐진 아름다운 광경을 조금 더 감상하고 싶었다.

화아악!

"어?"

그러나 한가로운 순간은 오래 지속되지 않았다. 갑자기 시야가 온통 붉어졌다. 마치 일식 현상이 일어난 것처럼 새하얗게 빛나고 있던 호수의 정경에 거대한 그림자가 드리워졌다.

오르카는 어디에선가 나타난 나비 떼가 자이로테의 무리를 휩쓰는 것을 멍하니 바라보았다.

우드득, 우드득!

뼈를 으깨는 것 같은 살벌한 소리가 고요하던 풍경을 순식간에 뒤덮었다.

"이게 뭐……."

오르카의 입이 멍청히 벌어졌다. 그는 지금 자신의 눈앞에서 무슨 일이 벌어지고 있는 것인지 이해하지 못했다.

살랑.

잠시 후 붉은 나비 떼가 처음 나타났을 때처럼 거대한 그림자를 시야에 드리우며 날아올랐다. 그들이 홀연히 사라진 자리에는 새하얀 설원만 남아 있을 뿐이었다. 거기에는 핏자국 하나 남아 있지 않아서, 오르카는 한순간 자신이 꿈을 꾸었나 싶은 생각이 들었다.

"잠깐, 농담이지?"

그러다 퍼뜩 정신을 차리고 나자 입에서 허탈한 웃음이 새어 나왔다. 이 엄동설한에 불 한 번 쬐지 못하고 보름이나 잠복해 있었는데…….

그런데 겨우 발견해 낸 자이로테의 무리를 느닷없이 나타난 정체 모를 나비 떼가 모조리 먹어 치워 버렸다. 오르카는 크게 낙심했다.

아니, 그런데 지금은 겨울이잖아. 이 추운 계절에 웬 나비? 게다가 무슨 나비가 마물을 잡아먹지?

그 순간 문득 뇌리를 스쳐 지나간 깨달음에 오르카는 자리에서 벌떡 일어났다. 그의 몸 위에 쌓여 있던 눈이 바닥으로 우수수 떨어져 내렸다.

"독나비?!"

푸른 하늘 너머로 멀어지고 있는 붉은 흔적이 오르카의 부릅뜬 눈에 박혀 들었다.

설마 이 부근에 독나비 서식지가 있는 건가? 얼마 전에도 허탕을 쳤었는데!

만약 그렇다면 지금 자이로테 따위가 대수가 아니었다.

붉은 나비 떼는 페델리안의 땅이 있는 곳으로 날아가고 있었다. 그 것을 본 순간, 오르카의 다음 목적지가 정해졌다.

"어제저녁에 그거, 역시 청혼 맞지?"

올린은 동료들이 모여 쉬는 천막 안에 들어가려다 말고 걸음을 멈추었다.

"글쎄, 상황도 그렇고 그런 거랑은 뭔가 좀 미묘하게 다른 느낌이었는데⋯⋯."

"다르긴 뭐가. 대놓고 고백이었잖아."

"맞아. 남은 인생을 달라니. 완전히 결혼하자는 말 아닌가?"

"그렇게 말하면 또 맞는 것 같기도 하고⋯⋯."

원래라면 바깥의 기척을 느끼지 못할 리 없었지만 지금 그들은 반쯤 넋이 나간 채 어제저녁의 일을 반추하고 있었다.

"어쩐지 처음부터 분위기가 묘하더니만."

"그럴 줄 알았어. 포로라니, 주군이 그럴 성품도 아니고."

"은인이라잖아. 하필 소가주가 데려온 사람이 눈을 의심하게 만들 정도의 미인이라 나도 처음에는 당황하긴 했지만."

"그건 그래. 혼절해 있는 것만 보다가 어제 의식을 찾아서 움직이는 걸 직접 보니까 순간적으로 이게 꿈인지 생시인지 싶으면서⋯⋯. 음,

이 느낌을 뭐라고 표현해야 할지 모르겠네."

"설명 안 해도 알 것 같아. 뭐, 다 비슷한 생각일걸."

그러다 문득 누군가 지나가듯이 읊조렸다.

"그런데 저분, 남은 수명이 짧다고 어제 그러지 않았어?"

천막 안에 고인 침묵이 묵직하게 어깨를 누르는 것이 느껴졌다. 저마다 젊은 소가주의 비극적인 연애사를 상상하고 있는 것이 분명했다.

올린은 다시 뒤돌아 이 자리를 떠나기로 했다. 이 안에 들어가면 또 어제처럼 카시스가 데려온 여인에 대해 올린에게 이것저것 물을 것이 분명했다. 그때, 등 뒤로 누군가가 다가오는 것이 느껴졌다. 혹시 카시스가 아닐까 싶어 흠칫했으나 다행히도 이시도르였다. 그는 곧장 올린을 지나쳐 천막 안으로 들어섰다.

"너희가 지빠귀라도 되는 줄 아나? 시끄러운 잡담 소리가 밖에까지 들린다."

"윈스턴 경!"

"채신없이 굴지 마라. 한가롭게 떠들라고 준 휴식 시간이 아니다."

"예, 죄송합니다."

올린은 기합이 바싹 잡혀 외치는 소리를 들으며 슬그머니 발길을 돌렸다. 역시 저 안에 들어가지 않은 것은 현명한 선택이었다. 괜히 호랑이 같은 이시도르에게 걸려 덩달아 혼이 날 뻔했다는 생각에 올린은 가슴을 쓸어내렸다. 하지만 동료들이 저렇게 모여 머리를 맞대고 수군거리는 것도 이해할 수 있었다.

올린은 며칠 전의 일을 회상했다.

처음에는 카시스가 시체를 가져온 줄 알았다. 그렇지 않아도 아그리체의 저택에서 이시도르를 먼저 내보낸 카시스가 도통 밖으로 빠져나오지 않아 다시 안으로 들어가 봐야 하나 고민하고 있던 참이었다.

그런데 눈보라를 뚫고 나타난 카시스는 혼자가 아니었다. 그의 품에 안긴 사람은 망토로 푹 감싸여 얼굴을 볼 수 없었다.

하지만 황금색 긴 머리채가 카시스의 어깨너머로 나부끼는 모습만큼은 눈에 박힌 듯이 선연했다. 카시스는 당황하는 이들을 뒤로한 채 앞장섰다.

"출발한다."

그렇게 그들은 아그리체를 떠났다. 그러다 정비를 위해 잠시 길을 멈추었을 때였다.

덜컹!

굳게 닫혀 있던 마차의 문이 열리더니 그 밖으로 카시스가 데려온 사람이 모습을 드러냈다. 카시스가 잠시 자리를 비운 사이에 의식을 되찾은 모양이었다.

몸의 윤곽과 흩날리는 머리카락 사이로 언뜻 드러난 얼굴을 보니 젊은 여인이었다. 하지만 그녀는 마차의 문을 열고 막 첫발을 내딛자마자 밑으로 힘없이 떨어져 내렸다.

풀썩, 하는 소리와 함께 가녀린 형체가 눈밭 위로 무너졌다. 그것을 목격한 동료들이 깜짝 놀라 달려갔다.

"괜찮으십니까? 혹시 다치신 곳은 없……."

그중 가장 먼저 록사나의 몸에 손을 댄 동료가 다음 순간 비틀거렸다.

"윽……! 잠깐, 가까이 오지 마!"

그는 곧바로 다른 사람들에게 경고했다. 마치 보이지 않는 손에 공격당하기라도 한 것처럼 휘청이며 바닥에 무릎을 대고 주저앉는 그를 보고 모두가 당황했다. 어느새 주위에 독 기운이 자욱하게 깔려 있었다. 그것을 눈치챈 동료들이 코와 입을 막고 호흡을 골랐다.

다행히 그때 카시스가 돌아왔다. 그는 한눈에 상황을 파악했다. 아까 강제로 눌러 둔 독 기운이 카시스가 잠시 자리를 비킨 사이에 다시금 그 기세를 되찾아 사납게 날뛰고 있었다. 불과 5분도 지나지 않은 시간이라는 것을 감안하면 상당히 빠른 재발이었다.

"모두 물러서."

"소가주님, 잠깐……."

카시스는 독의 발산지로 추정되는 여인을 향해 거침없이 다가갔다. 당연히 옆에서는 그런 그를 말리려 했다. 하지만 카시스는 주저 없이 걸음을 옮겨 시린 눈 위에 쓰러진 여인에게 손을 뻗었다.

"록사나."

하지만 다시 혼절한 그녀에게는 아무 소리도 닿지 않는 것 같았다. 록사나의 등을 받친 그의 팔 위로 힘없는 몸이 축 늘어졌다. 록사나를 둘러싼 독의 기운이 한결 더 강렬해졌다. 허공에서 나타난 붉은 나비가 그녀의 어깨 위로 내려앉았다.

카시스는 한시도 지체할 수 없음을 깨닫고 곧바로 고개를 숙였다. 그 후 이어진 카시스의 행동에 주위에 있던 사람들은 숨을 들이켤 수밖에 없었다.

카시스는 맞닿은 입술을 벌려 직접 자신의 생명력을 나누어 주었다. 란트 아그리체의 숨을 강제로 되돌릴 때와 같은 방법을 사용하면 이보다 훨씬 간단하고 빠를 것이다. 하지만 그것은 상대방의 영혼이 파괴될 것을 고려하지 않은 매우 강제적이고 폭력적인 방식이었다. 그런 것을 이 사람에게 사용할 수는 없었다.

카시스는 록사나의 몸에 무리가 가지 않도록 조심스럽게, 그리고 천천히 몇 번에 걸쳐 생명력을 흘려 넣었다. 그런 뒤 다시 온기가 돌기 시작한 몸을 안아 들고 자리에서 발길을 뗐다.

지금 한 일은 어디까지나 임시방편일 뿐, 아직도 록사나의 몸에서는 은은한 독 향이 흘러나오고 있었다.

"허락할 때까지 가까이 접근하지 마라."

카시스는 짤막한 명령을 남기고 원래 록사나가 있던 마차의 문을 열고 함께 그 안으로 들어갔다. 주위에 있던 사람들은 눈앞에서 닫힌 문을 보며 황망히 입을 뻐끔거렸다.

설마 직접 간호를 하려는 건가?

얼마간의 시간이 더 지나자 마차 밖으로까지 새어 나오던 독 기운이 잠잠히 사그라지기 시작했다.

잠시 후 굳게 닫혀 있던 문이 열렸다.

"약과 식수를 가져오도록."

조금 전에도 카시스는 록사나에게 먹일 약을 준비시키느라 자리를 비웠던 참이었다. 올린의 옆에 있던 동료가 그의 말을 듣고 곧바로 달려가 미리 준비하고 있던 것을 카시스에게 건넸다.

그 직후 다시 문이 닫혔다. 그러고 나서도 주변은 아주 조용했다. 모두 카시스와 묘령의 여인이 함께 들어간 마차를 주시하며 숨을 죽이고 있었다.

쓰러졌던 사람이 그새 정신을 차린 것일까? 하지만 아까 보니 그럴 낌새가 보이지 않던데. 그럼 어떻게 약을 먹이려고……

지금 이 순간, 다들 같은 생각을 하면서 아까 보았던 장면을 떠올리고 있었다. 카시스가 망설임 없이 고개를 숙여 여인에게 입술을 겹치던 모습을.

그 후 모두가 내린 결론도 동일했다.

'역시 포로가 아니구나.'

오히려 이건 귀빈에 가까운 대접이었다. 카시스가 저렇게 직접 나서 수발을 들고 소중히 대하는 사람이 포로일 리가 없었다.

"윈스턴 경, 혹시 주군이 데려온 분에 대해 아시는 것 없습니까?"

그날 밤, 동료 중 한 명이 도저히 궁금함을 참지 못하겠다는 듯이 이시도르에게 물었다. 다들 겉으로는 아닌 척하면서도 그들의 대화에 귀를 쫑긋 세웠다.

이시도르는 잠깐 미간을 좁혔다. 하지만 다른 이들 역시 알아 두는 편이 좋을 것이라 여겼는지, 곧 입을 열어 대답했다.

"굳이 규정짓자면 은인에 가깝다고 할 수 있겠지."

"예?"

"그러니 너희도 그에 맞게 대우하도록."

모든 설명이 생략된 단답식의 말에 오히려 의아함만 더 커졌다. 하지만 이시도르는 더 이상 할 말이 없다는 듯이 자리를 비켰다. 그래서 그들은 더 이상 아무것도 그에게 물을 수 없었다. 그렇게 나날이 호기심이 무럭무럭 자라나던 중에 록사나가 완전히 의식을 되찾았다.

그리고 비로소 오늘에 이른 것이었다.

"아."

록사나의 입에서 탄성인지 신음인지 모를 소리가 자그마하게 내뱉어졌다. 쓰러져 있던 동안의 기억이 지금 막 언뜻 돌아왔다.

그때 그녀는 목이 타는 듯한 갈증을 느끼고 있었다. 몸의 독 기운을 다스리지 못해 열이 올랐다가 떨어지기를 반복하는 동안 입안은 건조해졌고, 입술은 따끔거릴 정도로 바싹 메말랐다.

하지만 몸이 무겁고 의식이 흐려 손가락 하나 까딱할 수가 없었다. 그런 그녀의 입술 위에 따스한 무언가가 눌러 찍듯이 내려앉았다.

마치 그녀의 마음을 알아차린 것처럼 곧 벌려진 입술 사이로 물이 흘러들어 왔다. 혀를 적시는 물이 꼭 생명수라도 되는 것처럼 몹시도 달았다.

그래서 좀 더 달라고 애원하듯이 매달렸다. 그러자 누군가 달래듯이 그녀의 머리와 뺨을 쓸었다. 그 상냥한 손길에 온몸이 녹아들 것 같았다.

다시금 입술 위로 온기가 겹쳐졌다. 다행히 곁에 있는 사람은 그녀가 충분히 만족할 만큼 물을 흘려 넣어 주었다.

"……"

그러고 나서 다시 잠이 들었던가.

지난 일을 되새겨 상기하는 내내 록사나는 기분이 다소 언짢은 상태였다. 조금은 강박적이라는 사실을 스스로도 알고 있었다. 하지만 의도하지 않은 자신의 약한 모습을 다른 누군가에게 보이는 것은 여전히 달갑지 않았다.

그래서 혼자 얼굴을 찡그리고 있을 때, 어제 들었던 카시스의 말이 문득 뇌리를 스쳐 지나갔다.

"네 남은 시간을 나한테 줘."

"어차피 앞으로의 목적지가 어디라도 상관없다면 내 옆에 있어. 네가 죽을 때까지."

록사나의 눈이 서서히 낮게 가라앉았다. 그런가……. 어차피 그녀에게 있으나 마나 한 무가치한 시간이라면 그런 식으로 사용해도 되는 걸까.

그렇게 상념에 빠져 있는 동안 아까 날려 보냈던 독나비가 돌아왔다. 록사나는 그녀가 있는 곳으로 다가오고 있는 나비 떼를 창문을 통해 바라보았다.

멀리서 보기에도 그 날갯짓이 몹시 힘차고 활기가 넘쳤다. 간만에 포식한 살육 나비들은 신이 난 것 같았다. 록사나는 나비들이 더 가까워지기 전에 원래 있던 곳으로 돌려보냈다.

원래대로라면 제어하지 못할 위험이 있어 이런 식으로 살육 나비들을 꺼내지 못했을 것이다. 하지만 오늘은 근래 들어 가장 몸 상태가 좋았다. 거기다 때마침 마물 서식지 근처를 지나는 길이기도 해서, 록사나는 오랜만에 살육 나비를 꺼내 먹이를 줄 수 있었다.

그런데 문득 움직이던 마차가 멈췄다. 잠시 후 록사나를 찾아온 사람은 카시스였다.

"몸을 혹사시키는 취미가 있었나?"

마주한 얼굴을 보고 록사나는 그가 독나비에 관한 사실을 알아차렸다는 것을 눈치챘다.

"가만히 쉬라고 해도 듣지를 않는군."

카시스가 안으로 들어와 문을 닫았다. 록사나는 손에 턱을 괸 채로 그를 물끄러미 응시했다.

카시스는 어제의 일이 있고 나서도 아무렇지 않게 록사나를 대했다. 물론 록사나 역시 카시스를 대하는 태도에 이렇다 한 변화가 있는 것은 아니었지만…….

아그리체를 떠난 이후 앓아누운 그녀를 카시스가 돌보았던 것을 상기해 내고 난 후라 그런 걸까? 이렇게 그와 얼굴을 마주하고 있으려니 속에서 무언가가 꿈틀거렸다. 그게 뭔지는 정확히 모르겠지만 꼭 가시를 삼킨 것 같은 기분이었다.

"봐. 안색이 그새 또 창백해졌잖아."

카시스는 눈앞의 얼굴을 보며 미간을 작게 찌푸렸다. 이럴 줄 알았으면 혼자 있고 싶다는 그녀의 말을 따라 주지 말 걸 그랬다는 생각이 들었다. 카시스의 입에서 낮은 한숨이 새어 나왔다.

"정말…… 눈을 뗄 수가 없군."

곧이어 그는 록사나를 회복시키기 위해 팔을 뻗었다. 하지만 돌연 앞으로 불쑥 내밀어진 그녀의 손이 먼저 카시스의 멱살을 잡아챘다. 피하거나 버틸 수도 있었지만 카시스는 그러지 않고 록사나가 원하는 대로 상체를 앞으로 기울여 주었다.

하지만 뒤이은 그녀의 행동은 카시스도 미처 예상하지 못했다. 맞닿은 입술은 바깥의 찬 공기를 쐬고 온 카시스보다 낮은 온도를 가지고 있었다.

록사나는 카시스의 입술을 깨물어 벌리게 한 뒤 그에게 키스했다. 짧고 얕았지만 분명 단순히 입술만 겹친 것이 아니라 혀를 얽는 입맞춤이었다.

"알고는 있었지만 역시 당신은 내 독에 전혀 영향을 받지 않는 것 같네."

잠시 후 입술을 떼어 낸 록사나가 카시스의 어깨를 밀쳤다. 하지만 그녀는 카시스와 그대로 거리를 벌리는 것이 아니라, 오히려 다음 순간 그에게 바싹 몸을 밀착했다. 록사나는 카시스의 다리 위에 올라타 다시금 그와 시선을 맞댔다.

"그럼 나한테 원하는 게 이런 거야?"

거의 이마가 맞닿을 정도로 록사나의 고개가 앞으로 숙여졌다. 카시스의 시야에 금색 장막이 드리워졌다.

"그런 거라면 나도 나쁘지 않은데."

작게 속삭이는 목소리가 설탕을 바른 것처럼 달았다. 록사나는 카시스를 향해 눈웃음치며 손으로 그의 가슴팍을 쓸어내렸다. 그 손짓에는 명백한 유혹의 의도가 담겨 있었다.

"당신 정도면 꽤 괜찮은 상대이기도 하고."

커튼이 완전히 닫히지 않은 탓에 그 사이로 햇빛이 새어 들어왔다. 빛을 머금은 록사나의 머리카락과 아래로 반쯤 내리깔린 속눈썹이 찬란하게 반짝였다. 그를 내려다보고 있는 붉은 눈동자에는 차마 거부할 수 없는 매혹이 어려 있었다.

카시스는 그런 그녀를 말없이 바라보았다. 미동 없이 음영 진 그의 눈동자는 끝을 헤아릴 수 없는 심연 같았다.

뒤이어 카시스의 손이 록사나의 얼굴에 닿았다. 느린 손길이 먼저 그녀의 눈가에 내려앉았다. 얼굴 윤곽을 확인하듯이 천천히 미끄러져 내려가는 온기에 록사나는 시선을 내리깔았다.

카시스는 섬세하게 손을 움직였다. 부드럽게 뺨을 어루만진 뒤 이번에는 귀를 살살 훑는 손길에 간지러운 느낌이 들었다. 그러는 동안에도 카시스는 록사나의 눈에서 한시도 시선을 떼지 않았다.

마침내 그의 손이 목덜미 뒤로 이동해 마주한 이의 고개를 좀 더 가까이 끌어 내렸다. 그 후 입술이 겹쳐졌다.

순간 록사나는 저도 모르게 몸을 잘게 떨었다. 하지만 아주 찰나라, 그것이 카시스에게 전해졌는지는 알 수 없었다. 카시스는 감질이 날 정도로 맞닿은 입술을 얕게 머금어 훑았다.

그리고 아까 록사나가 그랬던 것처럼 그녀의 아랫입술을 깨물어 벌리게 했다. 하지만 이어진 것은 록사나가 했던 것과 같은 일이 아니었다. 욕망을 담은 뜨거운 혀 대신 정순한 느낌을 주는 맑은 기운이 벌린 입술 사이로 밀려 들어왔다.

록사나는 일순간 움찔 몸을 떨었다. 그러자 카시스가 기억 속에서처럼 그녀를 달래듯이 부드럽게 손을 움직여 목덜미를 쓸어내렸다.

커튼 사이로 스미는 햇살처럼 따스한 감각이 몸속에 퍼져 나갔다. 평온한 느낌마저 드는 고요한 공기가 주위에 그득히 고여 있었다. ……굳이 깨트리고 싶은 기분이 들지 않을 정도로, 그 모든 것이 지독히도 다정한 느낌이었다.

확실히 이상한 경험이었다. 서로 아무 말도 하지 않고 있는데, 어쩐지 이 순간 입술을 맞대고 있는 사람과 아주 긴밀한 대화를 나누는 것 같았다. 그래서 록사나는 한참이 지나서야 얕은 숨을 내쉬며 입을 열 수 있었다.

"……지금 뭐 하는 거야?"

"치료하는 거잖아."

뒤따른 담담한 음성에 록사나의 눈매가 움찔 찌푸려졌다. 마주한 황금색 눈동자에도 미동 한 점 없었다. 그 꼴을 보자 어째서인지 속에서 은근한 짜증이 치솟았다.

"됐으니까 치워. 그런 거 필요 없으니까."

록사나는 카시스의 다리에서 내려서기 위해 몸을 움직였다. 하지만 카시스가 그녀를 놓아주지 않았다.

"아니, 필요해."

동시에, 억센 팔이 옴짝달싹 못 할 정도로 강하게 록사나의 허리를 휘어 감았다.

"이런 임시방편이라도 취하지 않으면 지금부터 어떻게 감당하려고."

잠깐 떼어졌던 몸이 다시 훅 가까워졌다. 록사나의 뒷덜미를 다시 끌어당긴 카시스가 고개를 기울여 이번에는 깊숙이 입술을 포갰다. 깜짝 놀랄 정도로 거침없이 맞닿은 입술이 조금 전보다 아프게 깨물렸다.

"읍."

단번에 숨결이 섞이고 혀가 뒤엉켰다. 카시스는 부드러움과는 거리가 먼 태도로 혀끝을 얽어 왔다. 흠칫해서 주춤하는 록사나의 고개를 움직이지 못하게 붙들고, 맞닿은 혀가 얼얼하도록 세게 빨아 당겼다. 예민한 점막을 야릇하게 비벼 올리며 훑는 움직임에 목에서 절로 신음이 흘렀다. 젖은 입술이 마찰하고 타액이 뒤섞이는 소리가 밀폐된 공간 안에 방종하게 울렸다.

한순간 말문이 막히고 어안이 벙벙해질 정도로 탐욕스럽고 질척한 키스였다. 그저 막연하게 기억 속의 카시스와 어울리는 상냥한 입맞춤을 상상했던 록사나는 당황했다.

하지만 곧 그녀는 눈매를 굳혔다. 이렇게 마냥 당하기만 하는 것은 성미에 맞지 않았다. 그래서 록사나도 누가 이기나 어디 한번 해 보자

하는 심산으로 카시스의 목을 팔로 감아 끌어당겼다. 언뜻 마주한 사람에게서 작게 흘러나온 실낱같은 낮은 웃음소리가 그녀에게까지 흘러들어와 고이는 것 같았다.

그렇게 누가 누구를 잡아먹는지 모를 정도로 끈질기게 얽히고설켜 있다가, 얼마 후 승패가 결정지어졌다.

록사나는 묘하게 굴욕적인 기분을 느끼며 카시스를 노려보았다.

"으, 하아……."

가쁜 숨을 몰아쉬는 그녀의 얼굴이 호흡 부족으로 빨갛게 달아올라 있었다. 반면 카시스는 아직까지도 여유로운 모습을 하고 있었다.

"분명 치료 같은 건 필요 없다고 자신만만하게 말하지 않았던가."

카시스는 조금 전까지만 해도 진득하게 달라붙어 있던 록사나의 입술을 응시하다가 고개를 기울여 다시 그녀의 아랫입술을 훑으며 깨물었다.

"그런데 고작 이 정도로 지치다니."

그 움직임에서 아직 꺼지지 않은 열기와 미련이 느껴졌다.

록사나는 카시스를 질린 눈으로 쳐다보았다. 분명 방금 전에 둘이 똑같은 일을 했는데 이 사람은 왜 이렇게 멀쩡한 거지? 폐활량의 차이가 그렇게 큰가?

아니, 아니다. 록사나는 지금 몸이 정상인 상태가 아니었다. 사흘간 의식을 잃었다 깨어난 직후인 데다 아직 회복이 덜 되어서 지금도 굳이 카시스가 그녀를 치료해 주기 위해 찾아오지 않았던가?

애초에 이건 공정한 승부가 아니었다. 그러니 이런 그녀와 맞붙은 카시스가 비양심적이라고 할 만했다.

물론 이건 싸움도 뭣도 아니었지만 록사나는 어쩐지 자존심이 상했다. 그래서 카시스에게 약간의 빈정거림을 담아 말했다.

"그러는 당신은, 지금 몸도 성치 않은 환자한테 이게 무슨 짓이야?"

하지만 카시스는 뻔뻔할 정도로 태연하게 록사나의 말을 받아쳤다.

"환자 취급받기 싫어하는 것 같아서 원하는 대로 해줬는데도 화를 내는군."

록사나는 카시스를 째려보았다. 물론 틀린 말은 아니었지만…….

"그래서 지금, 내가 원해서 이런 짓을 한 거라고?"

"아니. 내가 하고 싶어서 한 거야."

카시스는 또 깨끗하게 인정해서 록사나의 말문을 막히게 했다. 갑자기 몸에서 힘이 탁 풀어졌다. 도대체 지금 내가 뭘 하고 있는 거지.

카시스의 담담한 낯을 보니 괜히 속이 뒤틀려서 그를 동요하게 만들고 싶었다. 그래서 시작한 일이었는데 결국은 얻은 것 하나 없이 이게 뭔가 싶었다. 괜한 짓을 했다는 생각이 들자 심중에 고여 있던 열이 스르륵 빠져나갔다.

카시스는 더 이상 그녀를 건드리지 않고 창문을 열어 밖에 있던 사람에게 다시 출발할 것을 지시했다. 그 후 자리에 멈춰 있던 마차가 움직였다. 이번에는 카시스도 함께였다.

허리를 감싼 팔이 바싹 조여져서 록사나는 설마 2차전이 시작되려는 건가 하고 경계했다. 그러나 카시스는 록사나의 몸을 끌어다가 그에게 기대게 했을 뿐이었다.

"한숨 자. 목적지까지 얼마 남지 않았으니까."

나직한 음성이 귓전에 울리고, 몸 위로 포근한 담요가 둘러졌다. 언제 열렬한 입맞춤을 나누었냐는 듯이 담백하기 짝이 없는 손길과 목소리였다. 록사나는 잠깐 실소했지만 뒤이어 카시스의 손이 머리를 쓸기 시작하자 조용히 입을 다물고 말았다.

잠시 후 록사나가 작게 중얼거렸다.

"……이 상태로 어떻게 자라는 거야?"

그것을 들었는지, 엷은 웃음소리가 실바람처럼 마차 안에 흘렀다. 카시스는 여전히 그녀를 안은 채로 등을 다독였다. 얼굴을 기대고 있는 그의 가슴팍에서 쿵쿵 심장 뛰는 소리가 들렸다.

……정말 이상한 상황, 그리고 이상한 사람이었다.

록사나가 다시 눈을 떴을 때는 마차 안이 아니었다. 그녀는 하얗고 뽀송한 이불에 감싸여 있었다. 지금 누워 있는 곳은 푹신한 침대였다.

초점을 되찾은 붉은 눈동자가 조용히 주위를 살폈다. 카시스의 말이나 태도를 보고 이미 예상은 하고 있었지만 감옥 같은 곳에 그녀를 가둔 것이 아니었다.

깨끗하고 아늑한 방의 정경이 시야에 들어왔다. 이 방을 꾸민 사람은 상당히 우아한 취향인 것이 분명했다. 방을 채운 가구와 장식품, 하다못해 창문에 달려 있는 커튼과 지금 그녀가 덮고 있는 이불 하나에서부터 고상한 느낌이 아낌없이 풍겨 나왔다.

록사나는 짧은 관찰을 끝내고 상체를 일으켜 세웠다.

여기까지 옮겨지는 동안 세상모르고 자다니.

그새 경계심이 흐려진 건지, 아직 기력이 덜 회복되어서 맥을 못 추는 건지 알 수가 없었다.

……아니면 둘 다인가.

시선을 내려 보니 심지어 옷도 갈아입혀져 있었다. 아래로 깔린 눈동자에 잠깐 삭막한 한기가 떠올랐다가 가라앉았다.

록사나는 이불을 걷고 침대에서 빠져나왔다. 바닥에 비단으로 만든 것 같은 보드라운 실내용 신이 있었지만 신지 않았다.

하얀 발이 카펫 위를 소리 없이 가로질렀다. 록사나가 향한 곳은 한쪽 벽면을 차지한 창문이었다.

사락. 손을 들어 커튼을 조금 걷자 무르익은 노란 햇볕이 그 사이로 찔러 들어왔다. 그에 눈이 부셔서 일순간 움찔 눈매를 찌푸렸다.

그 후 록사나는 창밖을 내다보았다. 이곳의 기후는 아그리체보다 따뜻한지 벌써 꽃이 피어 있었다. 하얀 꽃이 만발한 정원 위에 꿀을 녹인 것 같은 진한 금색 햇빛이 그득히 고였다. 그것이 창밖의 풍경을 한결 더 운치 있게 만들었다.

록사나의 시선이 그 속에 있는 화사한 남매에게 못 박혔다.

카시스와 실비아였다.

그들은 얼굴을 마주 보고 무어라 이야기를 나누는 것 같았다. 서로를 향한 눈빛과 표정이 봄날의 햇볕처럼 따사로웠다.

곧 실비아가 긴 머리칼을 흩날리며 먼저 자리를 떠났다. 카시스는 정원을 벗어나 건물로 들어서는 동생의 모습을 지켜보다가 고개를 들었다. 록사나는 그의 시선이 그녀가 있는 방으로 향하는 것을 눈치채고 커튼을 걷고 있던 팔을 내렸다.

다시금 방 안이 어둑해졌다.

혹시 창가에 서 있는 그녀를 보았을까?

록사나는 창문 앞을 떠나 문 쪽으로 발길을 돌렸다.

달칵. 그녀가 손을 대자 문고리가 부드럽게 돌아가며 문이 열렸다. 록사나는 잠겨 있지 않은 문을 가만히 내려다보았다.

그러다 복도로 막 나섰을 때, 멀리서 다가오고 있는 소녀의 모습이 눈에 들어왔다. 조금 전까지만 해도 정원에서 카시스와 함께 서 있던 실비아였다.

뜻밖에도 그녀의 목적지는 록사나가 있는 방이었던 듯했다. 그녀만큼이나 화사한 꽃을 한 아름 가슴에 안은 실비아가 록사나를 발견하고 일순간 두 눈을 크게 떴다.

"아! 깨어났군요."

뒤이어 실비아가 록사나를 보며 활짝 웃었다. 한순간 시야에 꽃이 만발하는 것 같았다. 마치 그녀를 환영해 주는 듯한 햇살처럼 밝고 정겨운 미소였다.

"무슨 생각이냐?"

카시스는 페델리안에 도착하자마자 먼저 록사나를 별관의 침실에 눕혔다. 그 후 그를 반기러 나온 실비아와 복도에서 마주쳐 해후하고 있을 때 아버지인 리셸이 그를 불렀다. 어차피 리셸과 나누어야 할 이야기가 있었기 때문에 카시스는 그의 집무실로 향했다.

"란트 아그리체의 딸을 데려오다니. 더군다나 저렇게 다 죽어 가는 이를."

리셸의 집무실은 그의 성정을 내비치듯 불필요한 장식품 하나 없이 단정하고 깔끔했다. 하지만 그만큼 삭막해 보이기도 했다.

"또다시 과거의 일을 반복할 셈이냐?"

두 사람은 그곳에서 서로를 마주 보고 앉았다. 리셸의 벽안은 투명할 정도로 색이 옅어 그저 가만히 뜨고만 있어도 몹시도 시리고 날카로워 보였다. 그가 이런 식으로 정면에서 시선을 맞출 때면 긴장하지 않는 사람이 드물었다.

"그렇다 하면 어찌하시겠습니까?"

하지만 카시스는 아무렇지 않게 그 시선을 흘려보냈다.

"또 다시 금제를 걸어 저를 막으시겠습니까?"

"카시스."

그에 이은 나지막한 음성에 리셸이 엄중히 아들의 이름을 불렀다. 카시스는 지금 리셸이 그를 불러 말하고자 하는 것이 무엇인지 알고 있었다. 그는 오래전 일임에도 아직까지도 선명히 가슴에 박혀 있는 기억을 상기했다.

"우리는 고결한 심판자 페델리안. 그 이름의 의미가 무엇인지 잊지 마라."

과거에 허락받지 않은 힘을 사용한 카시스에게 금제를 걸 때, 리셸이 했던 말이었다. 아래로 살짝 내리깔려 있던 카시스의 금색 눈이 다시금 리셸을 마주했다.

"아버지. 페델리안으로서 가져야 할 고결함이란 무엇입니까?"

그것은 페델리안의 사람이라면 응당 태어났을 때부터 마치 영혼에 각인하듯이 수없이 들어 오는 말이었다. 그러니 카시스는 정말 그것을 몰라 묻는 것이 아니었다. 리셸도 그 사실을 알고 가만히 그의 얼굴을 응시했다.

"정도에 어긋나지 않게 순리를 지키며 바르게 사는 것이다."

곧 무거운 음성이 귓가에 떨어졌다. 여느 때와 같은 그 말을 듣고 카시스는 어스름하게 웃었다.

"지금까지 모든 페델리안이 그래왔듯이 강직하고 올곧게, 주어진 것 이상의 욕심은 버리고, 그로 인한 미련도 후회도 없는 것처럼 초연히 눈을 감고 귀를 막으면서 말입니까?"

카시스의 입에서 차분한 읊조림이 이어졌다.

"하여 원하는 것을 이루기 위해 마땅히 할 수 있는 일이 있으면서도 그것을 외면하고 마음을 비우는 것이 순리를 지키며 사는 삶이라면……."

그것은 퍽 냉소적인 말이었지만 그것을 품고 있던 사람의 표정이나 목소리는 가을날 오후의 고즈넉한 풍경처럼 평온하고 고요했다.

"그것은 제가 걷고 싶은 길이 아닙니다."

카시스는 굳은 얼굴로 자신을 바라보는 아버지를 똑바로 응시했다.

"어쩌면 저는 페델리안에 어울리지 않는 사람일지도 모르겠습니다."

"카시스."

"그렇다 해서 모든 인륜과 도의를 저버리고 눈에 뻔히 보이는 그릇된 길로 가고자 하는 것은 아닙니다."

사는 동안 늘 생각해 왔던 것이었기에 한번 결정한 이상 말하는 데 망설임은 없었다.

"다만, 아버지와 제가 추구하는 삶은 다릅니다."

카시스는 지금껏 살아오는 동안 자신이 정도만을 걸어왔고 앞으로도 그럴 것이라고 단언할 수 없었다. 그러니 그는 확실히 페델리안으로서 어딘가 부족하고 또 어딘가 뒤틀려 있는 것인지도 몰랐다.

처음 그런 생각을 한 것은, 어릴 때 어쭙잖은 자만심으로 여동생인 실비아를 죽일 뻔했을 때였다.

외부에는 숨겨져 있었지만, 페델리안의 후계자가 물려받는 힘은 단순한 접촉만으로도 만물의 생과 사를 제 의지로 좌지우지할 수 있을 정도였다. 페넬리안의 사람이라면 으레 조금씩은 가지고 있는 정화와 치유의 능력도 거기에 뿌리를 두고 있었다. 그런 만큼 어릴 때부터 그 힘의 위험성을 깨우치고 항시 경계하도록 가르침을 받아왔다.

하지만 어렸던 카시스는 마치 그 자신이 신이라도 된 것처럼 오만을 부렸다. 그러니 리셀이 카시스에게 금제를 걸어 힘을 봉했던 것도 당연한 일이었다. 그래도 이후에는 많은 반성과 성찰을 통해, 예전보다 자신이 페넬리안에 걸맞은 사람으로 변했다고 생각했다.

하지만 아니었다. 이번에 찾아갔던 아그리체에서도 카시스는 개인의 복수심에 사로잡혀 란트 아그리체를 몇 번이고 반복해 죽이지 않았던가. 마치 란트 아그리체의 죄업에 대한 형벌인 양 떠들었지만 분명 그게 전부는 아니었다. 거기에 이어, 이렇게 혼자만의 이기심과 욕심으로 록사나를 페넬리안에 데려와 제 손으로 그녀를 살리려 하면서……

역시 그는 페넬리안에 어울리지 않는다는 사실을 거듭 확인했다. 그런 생각을 할 때마다 괴롭던 시절도 있었다. 그러나 지금은 스스로조차 놀랄 정도로 의연할 수 있었다.

마치 그동안 쉼 없이 계속 두들겨 깎여 마침내 본연의 모습을 드러낸 광물처럼, 카시스 역시 그렇게 시간이 지남에 따라 어쩔 수 없이 제 속을 드러내고 만 것일 수도 있었다.

어쩌면 그는 반짝이는 보석이 아니라 그저 깨진 돌일 뿐인지도 모른다. 하지만 설령 그렇다 한들 어쩌겠는가. 이것이 숨길 수 없는 카시스 페넬리안의 본질일진대.

"다르지 않다."

한동안 말없이 카시스를 바라보던 리셀이 마침내 굳게 닫혀 있던 입술을 열었다. 그런데 잇따른 그의 말은 카시스로서 미처 예상치 못했던 것이었다.

"이번에 란트를 죽게 하고 아그리체를 그렇게 만든 데에는 분명 내 사감도 포함되어 있다. 그러니 페델리안에 어울리지 않기로 치면 너보다 내가 먼저가 아니겠느냐."

카시스를 엄중히 질책하리라 여겼던 리셸은 놀랍게도 그를 이해한다고 말했다. 설마 아버지에게서 이런 말을 들으리라 생각지 못했던 카시스는 형언할 수 없는 기분에 휩싸였다.

"결국 나는 예전에도 금기를 깨 실비아를 살렸고, 이번에도 널 해하려 했던 란트 아그리체를 용서하지 못해 페델리안의 이름을 이용해 단죄한 것뿐인지도 모르니."

"아버지."

"어린 네게는 감당하기 벅찬 힘이라 생각했기에 금제를 걸었던 것이다. 하지만 3년 전 너를 잃을 뻔했을 때……."

리셸의 눈이 차갑게 가라앉았다. 하지만 그 안에 서린 한기는 카시스를 향한 것이 아니었다.

"그런 것이 다 무슨 소용인가 싶었다."

카시스는 입을 다문 채 마주한 사람을 가만히 응시했다.

"애초에 내가 널 믿고 그때 힘을 묶지 않았다면 아그리체에 발목이 잡혀 그런 위험에 처할 일도 없었을 테지."

"……."

"또 아그리체에서 네게 검은 손을 뻗기 전에 내가 먼저 란트를 처리했더라면, 애당초 문제 될 것이 있었을까."

리셸의 눈동자에 아로새겨진 것은 명백한 후회였다. 카시스는 그에게서 처음 보는 감정에 숨을 죽였다.

"만약 네가 죽었다면 나는 란트 아그리체보다도 나를 더 용서하지 못했을 것이다."

그 후 리셸의 눈이 길게 감겼다.

"그러니 네 뜻대로 하거라."

뒤이어 그에게서 흘러나온 음성에는 세월의 흔적이 묻어 있었다. 눈을 감은 그의 얼굴도 마찬가지였다.

"네 의지가 이렇게 굳으니 그것으로 된 것이 아니겠느냐."

다시 눈꺼풀을 들어 올린 리셸이 카시스를 직시하며 고개를 작게 끄덕였다. 마치 그가 무엇을 하든 지지해 줄 것이라는 듯이.

카시스는 그런 리셸을 마주하며 천천히 깊은숨을 내쉬었다. 그러다 비로소 진심을 담아 말했다.

"감사합니다, 아버지."

"빈말하지 마라. 어차피 내 허락을 구할 셈도 아니었던 주제에."

리셸은 낯간지러운 소리 하지 말라는 듯이 일부러 모난 어조로 읊조렸다. 그 말을 듣고 카시스는 설핏 웃었다.

그 후 두 사람은 지난 며칠간의 일과 앞으로의 예정에 대해 긴한 이야기를 나누었다. 그런 뒤 리셸은 카시스에게 자리에서 떠나도 좋다고 허락했다.

"만약 제 행동이 또 다른 후회를 낳는다면 그 또한 제가 짊어져야 할 몫이니 마땅히 안고 가겠습니다."

"그래, 네가 능히 그럴 것을 안다."

그것을 끝으로 부자의 대화는 마무리되었다. 각자의 마음에 작게나마 응어리져 있던 부분은 어느새 눈처럼 녹아 사라진 뒤였다.

아버지의 집무실에서 나온 카시스는 어머니에게도 짤막한 인사를 한 뒤 다시 별관으로 향했다. 복도에서 마주친 사용인들이 그에게 조용히 고개 숙여 인사했다.

카시스는 그들을 지나쳐 아까 들어갔던 방문을 열고 소리 없이 그 안으로 몸을 들였다. 록사나는 그가 눕힌 모습 그대로 침대에 누워 있었다. 하얀 시트 위에 헝클어진 머리칼이 창문에서 들어온 햇빛에 은은한 빛 무리를 그렸다. 얼굴에 그림자를 그릴 정도로 길고 풍성한 속눈썹 위에도 보석이 얹힌 것 같았다.

이렇게 눈을 감고 가만히 누워 있는 모습을 보면, 베르티움에서 혼신의 힘을 다해 공들여 만든 인형이라 해도 믿을 수 있을 듯했다.

그러나 카시스는 눈앞의 아름다움에 감탄하는 대신 다른 감정을 느끼고 있었다. 그는 문득 록사나가 숨을 쉬지 않는 게 아닌가 싶어서 그녀의 얼굴 가까이로 손을 가져다 댔다.

잠시 후 끊어질 듯이 가느다란 숨결이 그의 손가락에 닿았다. 그것을 확인하고 나서야 카시스는 안심할 수 있었다.

그는 록사나를 물끄러미 내려다보다가 천천히 손을 움직였다. 조심스러운 손길이 창백한 빛을 띤 록사나의 뺨을 스쳤다.

이 감정이 무엇인지 카시스는 명확히 알지 못했다. 다만 지금 눈앞에 있는 사람이 안쓰럽고 애처로웠다. 하지만 그것은 연민이나 동정과는 어딘가 달랐다.

그는 록사나 아그리체라는 사람에 대해 좀 더 알고 싶었다. 그리고 되도록 오래 눈앞에 두고 지켜보고 싶었다. 그래서 만약 이대로 록사나가 죽어 영영 작별하게 된다면 아쉬움보다 큰 미련과 후회가 남을 것 같았다. 거기에 더해 정확히 누구인지 모를 대상에게 거센 분노가 치밀 것 같기도 했다.

이렇게 록사나가 창백한 얼굴을 하고 있는 것만 봐도 어쩐지 조금 화가 났다. 억지로라도 밥을 먹으려 애쓰는 모습을 보면 안심이 되었고, 가끔 그녀가 황량하기 이를 데 없는 눈으로 허공을 바라볼 때면 가슴 한구석이 저도 모르게 스산해졌다.

록사나는 모르고 있는 것 같았지만 그녀는 의식을 잃거나 잠들어 있는 동안 간혹 소리 없이 눈물을 흘렸다. 그럴 때면 카시스는 가슴에 돌멩이가 날아와 잔잔하던 수면에 파문을 그리는 것 같은 기분이었다. 3년 전에 그랬던 것보다 더욱 큰 술렁거림이 그의 안을 잠식했다.

사실 록사나의 수명을 늘리는 것은 페넬리안의 힘으로도 상당히 까다롭고 어려운 일이었다. 그럼에도 그 모든 것을 그의 손으로 하고 싶어졌다. 어쩌면 록사나는 원하지 않을지도 모르지만 카시스는 이대로 그녀를 죽게 놔둘 수 없었다.

잠시 후 그는 조용히 커튼을 걷고 방을 나섰다.

"오빠!"

기다리고 있었다는 듯이 실비아가 눈앞에 나타났다.

"혹시 일어났어? 그럼 나도 들어가 봐도 돼?"

그녀는 아까 만났을 때 그랬던 것처럼 호기심 어린 눈을 빛내고 있었다. 실비아는 전부터 록사나에 대해 궁금해하며 그녀를 만나고 싶어 했다. 카시스가 3년 전 아그리체에서 만났던 록사나의 이야기를 언뜻 실비아에게 해 준 후부터 줄곧 그랬다.

"나중에. 아직 자고 있어."

카시스의 말에 실비아는 실망한 기색이었다. 하지만 곧 그녀는 밝게 웃으며 씩씩하게 걸음을 옮겼다.

"그럼 기다리면서 꽃을 준비해야겠어. 환영의 의미로."

카시스는 그런 실비아를 보며 작게 미소 지었다. 록사나도 페넬리안에 있는 동안 실비아처럼 이렇게 환하게 웃을 수 있게 되었으면 좋겠다는 생각이 들었다.

"후우……."

나는 속에서부터 올라오는 깊은숨을 입술 사이로 내뱉었다. 따뜻한 물에 잠긴 몸이 부드럽게 이완되는 느낌이었다. 쌓였던 피로가 단숨에 풀리는 것 같았다.

마차에서도 내내 자고 또 방금 전까지도 침대에서 자다 일어난 사람이 무슨 피로냐 하면 딱히 할 말이 없지만. 살면서 이렇게 많이 잔건 처음이라 나도 좀 신기하긴 했다.

혹시 그동안 부족했던 수면 시간을 이제 채우는 게 아닐까?

나는 욕조에 팔을 얹고 느리게 눈을 감았다 떴다. 목욕 시중을 들어 준다고 하는 사용인들을 거절하고 혼자 들어오길 잘한 것 같았다.

그러다 문득 입 밖으로 조소가 흘러나왔다. 내일 당장 죽어도 좋다고 생각했던 주제에 이렇게 만족스러운 기분으로 목욕을 하는 것이 어쩐지 우스웠다.

이곳의 욕실은 아까 내가 있던 방 못지않게 크고 정갈했다. 욕조에 담긴 물에서 올라오는 은은한 향기가 밀폐된 실내에 가득 퍼져 있었다. 꽃향기에 가까운 그 냄새를 맡는 동안 문득 아까 만났던 실비아의 얼굴이 떠올랐다.

"아! 깨어났군요."

눈이 마주치자마자 그녀는 나를 향해 활짝 웃었다. 그 천진한 미소에 나는 멈칫했다. 실비아는 마치 춤을 추는 새처럼 가벼운 걸음으로 나를 향해 다가왔다.

"이 꽃 어때요?"

그런 후 대뜸 이런 이상한 질문을 건넸다. 별처럼 반짝이는 눈빛이 나를 향한 호의와 반가움을 담고 있었다.

"오빠가 좀 더 쉬게 두라고 해서 깨우지 않고 방문 앞에 꽃만 살짝 가져다 두려고 했거든요."

나는 종달새처럼 지저귀는 실비아를 가만히 내려다보았다.

"눈을 뜨자마자 꽃을 보면 기분이 좋아지잖아요. 그렇죠?"

그녀의 얼굴에는 구김 한 점 없었다. 말씨나 눈빛이 어찌나 친근한지, 한순간 그녀와 내가 사실은 이미 오래전부터 알던 사이가 아닌가 하는 생각이 들 정도였다.

"그래서 정원에 들러 가장 예쁜 꽃들을 고르려고 했는데, 막상 그걸 받을 사람을 생각하니 내가 아끼던 꽃들의 아름다움이 어쩐지 퇴색되어 보이는 거예요."

실비아는 내 생각보다도 훨씬 밝고 귀여웠다. 그래서 나는 말없이 그런 그녀를 가만히 내려다볼 수밖에 없었다.

"그러다 보니까 영 고민이 되어서 생각보다 시간이 오래 걸린……."

그러다 귓가에 발랄하게 울리던 그녀의 목소리가 서서히 잦아들었다. 마침내 실비아가 퍼뜩 무언가를 깨달은 듯이 입을 다물었다.

"아, 미안해요."

나를 향한 그녀의 눈동자에 당혹감과 난처함이 피어올랐다.

"내 소개를 먼저 해야 했는데 너무 두서없이 혼자 떠들었네요."

실비아는 혹시 내가 불쾌해할까 봐 걱정하는 기색이었지만 나는 조금도 기분이 나쁘지 않은 상태였다.

"음, 혹시 내가 누구인지 알아요?"

당연히 알고 있었다. 화합회 때 나는 이미 그녀의 얼굴을 봤으니까. 설령 그렇지 않았더라도 실비아의 은발과 금색 눈동자를 보면 카시스를 연상할 수밖에 없었다.

"이번 위그드라실에 같이 참석했었는데⋯⋯."
"실비아."

그녀의 이름을 입 밖에 낸 것은 거의 무의식에 가까웠다. 내 말을 듣고 눈앞에 있는 사람이 한순간 멈칫했다. 그러나 그것도 잠시뿐, 곧 실비아는 아까보다 더욱 해사한 미소를 얼굴에 그려 넣었다.

"⋯⋯."

나는 욕실의 천장을 보며 미묘한 기분에 젖었다. 아까 보았던 실비아의 티 한 점 없이 맑은 미소가 눈앞에 어른거렸다.

원래 소설에서 이맘때의 실비아는 저렇게 때 묻지 않은 해맑음과 발랄함을 가진 소녀가 아니었다. 그 소설의 장르는 꿈도 희망도 없는 피폐물이었으니까. 그리고 실비아는 피폐물의 여주인공답게 소설이 진행될수록 순수함과 밝음을 잃어 갔다. 그러다 종국에는 아그리체에 의해 오빠가 죽었다는 사실을 알고 비통함에 피눈물을 흘리며 복수를 다짐하게 되기까지 했다.

그런데 이렇게 활발한 실비아의 모습을 보게 되니 기분이 절로 묘해질 수밖에 없었다. 장성한 카시스를 볼 때와 비슷한 느낌이었다.

그래도 화합회 때는 제법 어른스러운 모습을 하고 있었던 것 같은데, 이렇게 보니 실비아도 아직은 어린 티가 났다. 그리고 보니 제레미와 동갑이었지.

"……."

첨벙. 나는 머리끝까지 물속에 담가 잠수했다. 보글보글, 수면 위로 올라가는 물거품과 함께 머릿속의 상념도 흩어졌다.

목욕을 완전히 끝내고 밖으로 나갔을 때는 이미 해가 저물어 있었다. 뜨거운 물에 상당히 오래 들어가 있어서 그런지 온몸이 노곤했다.

조금 전에 옷시중에 대해 물어보기에 필요 없다고 사람을 모두 물렸는데 괜히 그랬나 싶었다. 나는 대충 가운을 몸에 걸치고 소파로 비척거리며 걸어갔다.

잠깐만 앉아 있으려고 했는데 그새 또 선잠이 들었던 모양이다. 다시 눈을 떴을 때, 누군가 나를 침대로 옮기려 하고 있었다.

"……당신, 솔직히 말해 봐."

잠겨 있는 목소리로 작게 읊조리자 카시스가 나를 안아 든 채로 시선을 내렸다.

"나한테 몰래 무슨 짓 한 거 아니야?"

나는 아직 잠기운이 묻은 목소리로 중얼거렸다.

"이렇게 눈만 뜨면 다시 자는 거, 정상이 아니잖아. 내가 도망 못 가게 하려고 일부러 다른 방법을 쓴 건 아니겠지?"

아니면 혹시 카시스가 내 기력을 회복시킨답시고 강제로 잠이 오게 만든 건 아닌가 의심이 들었다. 그러자 카시스가 쓸데없는 생각 하지 말라는 듯이 담담히 말했다.

"그만큼 몸이 휴식을 필요로 하고 있다는 거겠지."

그의 눈을 올려다보다가 나는 시선을 떨어뜨렸다.

"내려 줘. 오늘은 잘 만큼 잤으니까."

카시스는 바로 내 말을 따르지 않고 다시 소파로 돌아가서 나를 그 위에 앉혔다.

그러고 보니 시간이 얼마나 지났지? 실비아가 목욕을 끝내면 다시 보자고 다른 방에서 기다리겠다고 했는데.

"당신 동생은?"

"아까 돌려보냈어."

역시 너무 늦어서 그냥 돌아갔구나. 그래도 아직까지 기다리는 건 아니라 다행이었다. 물론 약속을 한 것까지는 아니고 실비아가 일방적으로 말하고 떠난 것뿐이었지만…….

그래도 그 웃는 얼굴을 보고 분명히 거절하지 못한 건 나도 마찬가지니까, 다음에 또 보게 되면 미안하다는 말이라도 해야 하려나.

"배가 고플 테니 방으로 식사 준비를 시키도록 하지."

카시스는 내 의사를 묻지 않고 움직였다. 어차피 내가 됐다고 할 걸 이미 알고 있는 눈치였다. 여기서 배가 고프지 않다고 해 봤자 통하지 않을 걸 나도 경험을 통해 알고 있었다.

"여기 페넬리안 맞아?"

"짐작한 대로."

대신에 지나가듯이 묻자 카시스도 짤막하게 대답해 주었다.

결국 나는 카시스의 뜻대로 늦은 저녁 식사를 하게 되었다. 하지만 여전히 식욕이 돋지 않아서 손에 들고 있는 수저를 공연히 만지작거리며 입을 열었다.

"당신 여동생이 날 상당히 반가워하던데."

"그런 것 같더군."

마주한 카시스의 눈빛이 약간 더 부드러워졌다. 실비아는 뜻밖에도 생각 이상으로 나를 환영해 주었다. 지금 테이블의 한쪽에는 아까 그녀가 내게 주고 간 꽃다발이 놓여 있었다. 나는 그것을 힐끔 쳐다보았다.

도대체 카시스가 나에 대해 뭐라고 말했는지 궁금했다. 여동생으로 하여금 이렇게 날 환대하게 만든 카시스의 수완이 남다르다고 감탄해야 할지.

내가 페델리안에 온 건 딱히 다른 이유나 의도가 있어서가 아니었다. 그저 카시스의 말대로 어차피 어디든 상관없었기 때문이다. 딱히 갈 곳도 없고, 또 가고 싶은 곳도 없으니 그 목적지가 페델리안이어도 무관하다고 생각했다.

일단은 카시스를 따라 지금 이렇게 페델리안에 와 있기는 했지만 이곳을 마지막 종착지라고 생각하지도 않았다. 만약 내게 함께 가자는 말을 한 사람이 카시스가 아니었어도 나는 거부하지 않았을 것이다.

"여기, 상당히 조용한데. 인기척이 별로 느껴지지 않는 걸 보니 사람이 거의 없나 봐?"

"손님용 별관이라 평소에는 사용하지 않으니까."

역시 본채가 아니었군.

나를 별관에 데려다 놓은 것은 아마도 두 가지 이유 때문일 것이다. 첫째로 또다시 제어를 잃고 날뛸 위험성이 있는 내 몸의 독 기운 때문에. 두 번째로 아그리체 소속인 나를 페넬리안에 들여놓으며 남들의 이목을 아예 신경 쓰지 않을 수는 없었기 때문에.

물론 카시스는 여기까지 이동하는 길에도 아무런 거리낌 없이 행동했지만 어쨌든 그건 밖에서의 일이었으니까. 막상 페넬리안 안으로 들어온 지금은 카시스도 처신에 주의해야 할 필요성이 있을지 몰랐다.

그런 생각에 나는 카시스를 물끄러미 쳐다보았다. 그러자 그가 설핏 눈매를 굳혔다.

"손이 느려지고 있군. 아직 절반도 넘게 남았어. 조금 더 먹도록 해."

"먹고 있어……."

순간적으로 '내가 왜 이래야 하지?' 하는 생각이 들었지만 말씨름할 기분이 아니라 그냥 의욕 없이 손을 움직였다. 아까 실비아를 만나기도 했으니 아마 내가 깨어난 것을 페넬리안의 다른 식구들도 알고 있을 것이었다.

그럼 그들은 어떻게 생각할까?

가문의 몰락에 일조하고 아버지의 숨통을 조이는 데 앞장선 나를.

다른 사람은 몰라도 페넬리안의 수장인 리셸만큼은 내가 한 일을 낱낱이 알고 있으리라 생각했다. 그래서 화합회 때도 내게 그렇게 묘한 시선을 보냈던 것일 테지.

그의 입장에서는 내가 달갑지 않을 가능성이 컸다. 내가 한 행동은 패륜과 다르지 않았고, 그런 것은 페넬리안의 신념과 반하는 일일 테니까. 그래서 오히려 나를 꺼리지 않을까 싶었던 만큼 실비아의 반응은 의외였다.

하지만 그들이 날 어떻게 생각하든, 사실 그런 것은 그다지 중요하지 않았다. 나를 데려온 것에 대하여 카시스가 그들을 납득시키는 데 성공했건 실패했건 그것 역시 아무래도 상관없었다. 나 때문에 카시스가 난처한 입장에 처한다 해도 나는 관여하지 않을 것이다.

이건 그가 선택한 일이니까.

그리고 좀 더 솔직히 말하자면, 한편으로 나는 카시스가 나 때문에 곤란해하는 모습을 보고 싶은 것 같기도 했다. 역시 피는 어디로 가지 않는 모양이다. 나한테도 이런 질 나쁜 취향이 있었다니.

나는 여전히 카시스가 나를 이곳에 데려와서 어쩌고 싶은 건지 명확히 알 수가 없었다. 분명 그에게 들은 것은 내 생에 두 번 다시 경험해 볼 수 없을 것 같은 말이었지만…….

그걸 열띤 고백이라고 정의 내려야 할지는 알 수가 없었다. 혹시 나를 동정하나? 그래서 다 죽어 가는 동물을 길에서 주워 오는 심정으로 나를 데려온 것일 수도 있었다.

그러나 낮의 그 집요한 키스를 생각하면 날 좋아하는 게 맞는 것 같기도 했다.

하지만 아까는 내가 먼저 시작했잖아.

나 정도의 여자가 그렇게 대놓고 먼저 유혹하는데, 그 자리에서 넘어오지 않는 사람이 있는 게 불가능한 일 아닌가.

"그만 먹을래. 혼자 있고 싶으니까 나가 줘."

뭐, 사실은 이래도 저래도 상관없는 일이기는 했다. 애초에 내가 여기에 얼마나 오래 머물지 그것도 알 수 없었다. 또 카시스의 치유 능력이 얼마나 뛰어난지는 모르겠지만 속에서부터 썩어 문드러져 죽어 가는 사람을 살려내는 건 어차피 불가능한 일일 테니까.

그러니 카시스도 나한테 남은 시간을 자신에게 달라는 엄청난 말을 비교적 쉽게 할 수 있었던 거겠지. 그래도 그렇게 온전한 진심을 품고 나한테 그런 말을 한 사람은 카시스가 처음이었다. 그러니 내 남은 삶의 일부 정도는 그에게 주지 못할 것도 없다는 생각이 들었다. 카시스의 말처럼 어차피 버리려던 시간인 것도 맞았으니까.

"사람들에게 미리 지시해 뒀으니 한동안 지내는 데 불편함은 없을 거야. 필요한 게 있으면 뭐든 말하고."

카시스는 내가 먹은 걸 보더니 그래도 이 정도면 충분하다 싶었는지 사람을 불러 자리를 치우게 했다.

"그 밖에 혹시 내가 필요한 일이 생기면 언제든 불러. 내 방은 바로 맞은편이니까."

"뭐?"

그리고 이어진 그의 말을 듣고 나도 모르게 귀를 의심하며 반문하고 말았다.

"이 맞은편이 당신 방이라고?"

"그래. 한동안 나도 별관에 머물 거야."

"왜?"

내 물음에 카시스가 나를 응시했다.

"내가 없는 사이에 네가 잘못되면 곤란하니까."

카시스는 눈빛 하나 변하지 않고 태연히 말했다. 나는 설마 하는 마음에 그에게 물었다.

"혹시 해서 묻는 건데 이 별채에 머물고 있는 다른 사람은?"

"없어."

이번에도 카시스는 무덤덤하게 느껴질 정도로 단조로운 음성으로 대답했다. 그러니까 앞으로 이 별관을 카시스와 내가 단둘이 쓸 것이라는 의미가 맞았다.

아무래도 아까 했던 생각을 정정해야 할 것 같았다. 이 사람, 다른 사람의 이목 같은 건 정말 눈곱만큼도 신경 쓰지 않나 보다.

아그리체의 소식은 다른 세 가문들에게도 발 빠르게 전해졌다.

"그래? 별일이로군."

류자크 가스토르는 그저 그렇게 대수롭지 않다는 듯이 한 번 반응한 것으로 이 일에서 관심을 끊어 버렸다. 그 태도가 어찌나 뜨뜻미지근한지, 류자크에게 소식을 전한 심복이 오히려 당황할 정도였다.

"어차피 나야 수장도 아니지 않나. 어머님이 알아서 하시겠지."

하지만 그 말도 일리가 있었다. 어차피 가문의 모든 일을 결정하는 것은 수장의 역할이었으니 류자크가 왈가왈부할 사항이 아니었다. 게다가 그는 원래도 타인에게 관심이 없는 편이었다.

란트 아그리체라면 작년쯤 다섯 가문의 모임에 다녀온 어머니 바드리사가 '만약 세상에 귀신이란 것이 있다면 원한을 산 영혼들에게 족히 백 번은 더 죽을 인간'이라고 싸늘히 평가하는 것을 우연히 들은 기억이 있을 뿐이었다.

그런데 정말 죽다니. 역시 명줄이 긴 사람은 아니었군.

류자크는 별다른 감흥 없이 그저 그렇게 생각했다. 그래도 그 소식을 듣는 순간, 화합회 때 만난 적이 있는 록사나 아그리체와 그녀의 시건방진 남동생이 잠깐 머릿속에 떠올랐다. 류자크는 심복에게 그들이 어떻게 되었는지 물어보려다가 그냥 그만두었다.

"이번 눈사태 피해 규모는 어떻지?"

"새로운 집계에 의하면……."

그는 상념을 떨쳐 버린 뒤 심복의 설명을 들으며 걸음을 옮겼다.

"뭐? 아그리체가 풍비박산 났다고?"

노엘 베르티움은 손에 들고 있던 포크를 떨어뜨렸다. 그 위에 먹음직
스럽게 올려져 있던 생크림 묻은 딸기도 무릎 위에 떨어졌다. 옷에 하
얀 크림이 묻어 더러워졌지만 노엘은 이미 그런 것은 안중에도 없는 눈
치였다. 졸음을 못 이겨 반쯤 감겨 있던 눈도 어느덧 또렷해져 있었다.

"그, 그럼 루나는?"

"루나라니요?"

"내 여신님 말이야!"

그는 하늘이 무너지기라도 한 것처럼 두 눈을 흔들며 외쳤다. 노엘
은 다른 건 전부 다 어찌 되든 상관없고 '루나'만 멀쩡하면 된다는 듯
한 표정이었다.

아니, 이 중차대한 소식을 듣고 정말 물어볼 게 이런 것밖에 없나?

노엘에게 아그리체의 일을 전달한 심복 단테가 설마 하며 반문했다.

"설마 록사나 아그리체 양 말씀이십니까?"

"그래, 내 루나 말이야!"

단테는 기가 막혔다. 도대체 언제부터 록사나 아그리체의 소유권이
그에게 있었다고 저렇게 당당히 소리치는 것일까?

게다가 루나라니, 이번에는 달의 여신의 이름인가. 물론 록사나에게 어울리기는 했지만 데리고 있는 인형도 아니고, 멀쩡한 사람의 이름을 이렇게 자기 멋대로 개명시키는 건 좀 아니지 않나 싶었다.

"언제부터 아그리체 양이 노엘 님의 루나였습니까?"

"처음 봤을 때부터! 난 한눈에 운명을 느꼈어!"

"화합회 때 이미 시원하게 거절당해 놓고 무슨."

"거절당하긴 누가! 꽃도 받아 줬잖아!"

"나 참. 꽃을 받은 거지 마음을 받은 게 아니잖아요."

아이고, 또 시작이구나.

단테는 노엘의 억지가 시작된 것을 깨닫고 한숨을 푹 내쉬었다. 이래서 연애 한 번 못 해 본 방구석 페인이란. 화합회의 마지막 연회 날, 노엘은 아름다운 록사나 아그리체를 보고 첫눈에 반해 버렸다.

단지 그뿐이면 그래도 괜찮았다. 하지만 노엘은 연회장에서 볼썽사납게 코피를 쏟은 데 이어, 그녀에게 선물하겠다고 위그드라실의 온실에 고이 피어난 꽃을 무작정 뜯어 오는 만행까지 저질렀다.

그런 주제에 차마 그 꽃을 제 손으로 직접 전해 주는 건 쑥스러워서 못 하겠다며 단테를 붙잡고 어찌나 징징거렸는지 모른다. 그래서 단테가 체질에도 안 맞는 사랑의 수호천사 역할을 대신하게 된 것이다.

가까이에서 본 록사나 아그리체는 상상 이상으로 아름다웠다. 오죽하면 그녀와 가까이에서 눈이 마주쳤을 때 미추의 기준이 흐린 단테조차 일순간 당황해 말을 더듬고 말았을 정도였다.

그러나 그녀는 단테가 건넨 꽃에도, 그 꽃을 건넨 주인에게도 관심이 전혀 없어 보였다. 심지어 그녀는 다른 급한 일이 있는지, 단테가 하려는 말도 채 듣지 않고 자리를 벗어났다. 그 후 아그리체의 사람들이 먼저 위그드라실을 떠났다는 소식을 뒤늦게 전해 들었다. 그러고 나서 노엘이 또 어찌나 그를 달달 볶았는지 모른다.

그때의 생각이 나서 단테는 일부러 노엘을 약 올리는 말을 꺼냈다.

"뭐, 노엘 님의 주장대로 그때는 아니었다고 쳐도 이번에는 정말 끝이네요. 괜찮습니다. 원래 다 그런 거 아니겠습니까? 첫사랑은 이루어지지 않는다는 속설이 괜히 있는 게 아니잖아요?"

"아, 아니야……! 내 루나는, 우린 아직 아무것도 끝나지 않았어!"

노엘은 정말 큰 충격을 받았는지 눈물까지 글썽이며 단테를 노려보았다. 그는 세상의 모든 일을 귀찮아하는 주제에 한번 마음을 준 것에는 무서울 정도로 집착했다.

단테는 이번 건 꽤 오래가겠다고 생각하며 혀를 찼다.

"이봐, 단테. 네가 또 노엘을 울린 거야?"

바로 그때, 봄바람 같은 미성이 귀에 울렸다. 문가에 걸린 붉은 천이 흔들리며 누군가가 방 안으로 들어섰다.

노엘과 단테의 앞에 나타난 것은 금발의 아름다운 소년이었다.

"닉스!"

밤의 여신의 이름을 따서 붙인 그는 노엘이 가장 아끼는 인형이었다. 닉스는 그 이름만큼이나 빛나는 아름다움을 가지고 있었다.

"루나가 사라졌어. 다른 놈들이 가로채기 전에 내가 가지려고 했는데!"

"루나라면 얼마 전에 네가 말했던 그 여자?"

"응, 너만큼 아름다운 내 여신님."

단테는 오늘도 사이가 좋아 보이는 두 사람을 구겨진 얼굴로 바라보았다. 그는 닉스를 다소 혐오하는 눈초리로 응시하고 있었다.

"흐응, 노엘이 한눈에 반한 여자라니 궁금하네. 내가 찾아 줄까?"

"정말? 찾을 수 있어?"

"그럼. 난 네가 만든 가장 완벽한 인형이잖아."

닉스가 노엘을 보며 빙긋이 웃었다. 일순간 그의 눈에 어딘가 비틀린 섬뜩한 빛이 스쳐 지나갔다. 하지만 노엘은 그것을 알아차리지 못하고 마냥 순진하게 기뻐했다. 그 자리에서 유일하게 닉스의 본성을 알고 있는 단테만이 그 모습을 보고 눈살을 찌푸릴 뿐이었다.

"이건 확실히 이상한데."

오르카 휘페리온은 미간에 깊은 주름이 생기도록 얼굴을 찡그렸다. 그는 프레데리카 고원에서부터 독나비의 자취를 좇아온 참이었다. 그런데 벌써 며칠이 지나도록 독나비 서식지의 흔적조차 찾지 못했다. 몇 번이나 이 근방을 배회하며 탐색해 보았지만 나온 마물이라고는 땅사마귀나 구울 따위밖에 없었다.

독나비는 그동안 한 번 더 오르카의 눈앞에 나타났다. 하지만 그것은 오르카가 따라잡기도 전에 페델리안의 성벽 너머로 날아가 그대로 사라져 버렸다. 마치 페델리안 안으로 들어가기라도 한 것처럼.

그래서 현재 그는 깊은 의구심을 느끼는 중이었다. 그렇지 않아도 며칠 전 에메랄드 호수를 떠나 독나비가 사라진 방향으로 이동하던 중에, 오르카는 페델리안 소속으로 보이는 한 무리의 사람들을 발견했다.

그때는 허가 없이 페델리안의 영토로 들어온 것을 들키면 괜히 번거로운 일이 생길까 봐 그들과 마주치지 않게 자리를 피했는데…….

만약 저 독나비가 정말 페델리안에서 나온 것이라면 차라리 그냥 그때 살가운 척 달라붙어 방문 허가를 받아 낼 걸 그랬다는 생각이 들었다.

그러다 곧 오르카는 고개를 저었다. 아니야, 단순히 내가 잘못 본 것뿐일지도 모르니까 아직 속단은 일러.

"오르카!"

그렇게 깊이 고심하는 오르카의 머리 위에서 돌연 어떤 목소리가 날아들었다. 그 후 그의 눈앞으로 누군가가 가볍게 착지했다.

"어라, 누이?"

뻥 뚫린 하늘에서 내려선 사람은 오르카의 사촌 누이인 판도라였다. 긴 연청색 머리카락과 흑안을 가진 그녀는 오르카와 같은 마수사였다. 머리 위에서 판도라의 마물인 튜로베가 검은 날개를 팔락였다.

"뭐야, 진짜 너였잖아? 넌 왜 하필 이런 때에 여기에 있니?"

판도라는 다른 마물 서식지를 탐방하다가 우연히 오르카의 것으로 보이는 흔적을 발견했다. 그런데 오르카가 움직인 방향이 하필이면 페델리안 쪽이었다. 그래서 그냥 두기에 찜찜해 뒤를 쫓아온 것이었다.

"무슨 소리야, 이런 때라니?"

판도라의 말에 오르카는 어리둥절한 표정을 지었다. 그러자 판도라가 너도 참 어지간하다는 듯이 쯧쯧 혀를 찼다.

"넌 여전히 소식이 느리구나."

그녀는 아그리체와 페델리안 사이에서 벌어진 일을 오르카에게 설명해 주었다.

"호오, 그래? 그런 일이 있었단 말이지?"

그는 흥미롭다는 듯이 턱을 매만졌다.

"하긴, 그동안 청의 수장이 벼르는 느낌이긴 했지."

오르카는 별로 놀라지 않은 표정이었다.

"흑의 수장은 적당히라는 걸 모르니까. 더군다나 근래 들어 뭘 잘 못 먹기라도 한 것처럼 좀 많이 까불었어?"

"그건 그래."

판도라도 고개를 끄덕이며 오르카의 말에 수긍했다.

"다른 가문들도 그치가 예뻐서 봐줬던 게 아니잖아? 솔직히 우리도 마물 때문에 거래할 때마다 짜증 나서 그 목을 쳐 버리고 싶었던 게 한두 번이 아니었고."

"그럼 지금 아그리체는 비어 있는 건가? 쓸 만한 게 없는지 거기 사육장을 좀 뒤져 보고 싶은데."

"기대 마. 내가 벌써 가 봤는데 텅 비었더라."

"아, 그래?"

"그런데 사람은 아직 남아 있더라고. 그중에 특히 앙칼진 애가 하나 있던데, 방심한 사이에 하마터면 붙잡힐 뻔했지 뭐야."

"저런."

오르카의 대답은 그새 성의가 없어졌다. 판도라와의 대화에서 얻을 것이 없다고 판단되자 금세 흥미를 잃은 눈치였다. 판도라도 그것을 깨닫고 오르카에게 눈을 흘겼다.

"추가로 재미있는 사실 하나 알려 줄까?"

판도라는 큰마음 먹고 말해 준다는 듯이 카시스 페델리안이 데려간 여자에 대해 속닥거렸다. 오르카는 란트 아그리체에 대해 들었을 때와는 비교조차 할 수 없이 크게 놀랐다.

"그게 정말이야? 그 카시스 페델리안이? 여자를?"

"그래. 내 귀염둥이에게 들었지."

판도라가 튜로베의 날개를 끌어다가 칭찬하듯이 쓰다듬었다.

오르카는 천하의 청의 귀공자가 여자를 직접 데려가 자신의 영역 안으로 들였다는 말에 엄청난 흥미를 느꼈다. 그럼 설마 며칠 전에 무리 지어 이동하던 사람들 중에 카시스와 그 묘령의 여인이 있었던 것일까?

"……!"

바로 그때, 오르카의 눈앞에 붉은 나비 떼가 나타났다. 이번엔 사흘 만의 일이었다. 그 순간 다른 것은 그의 머릿속에서 모조리 증발해 버리고 말았다.

"그럼 난 간다. 너도 뭐 하러 여기까지 온 건지는 모르겠지만 적당히 하고 돌아가."

판도라는 이쯤 하고 떠날 생각인지 튜로베의 위로 올라탔다. 그렇게 판도라를 태운 튜로베가 막 날아올랐을 때, 오르카가 덥석 마물의 다리를 붙잡았다. 튜로베가 꽤액 괴성을 내지르며 몸을 기우뚱 기울였다. 판도라는 질겁해서 오르카에게 소리쳤다.

"야, 미쳤어? 이게 뭐 하는 짓이야!"

"출발해, 빨리!"

"너야말로 빨리 이거 안 놔?"

"저거 쫓아가야 돼! 독나비라고!"

"뭐, 독나비?"

"그래! 그러니까 빨리! 뜸 들이다가 놓치면 이 뚱보 새 가죽을 벗겨서 구워 먹어 버릴 줄 알아!"

오르카의 무서운 기세에 휩쓸려 판도라는 얼떨결에 튜로베를 출발시켰다. 그렇게 그들은 철새처럼 푸른 하늘을 떼 지어 이동하는 나비들을 쫓아갔다.

→✦ 🦋 ✦←

록사나가 페넬리안에 머문 지도 벌써 며칠이 지났다. 실비아가 선물
해 준 꽃은 그사이에 벌써 시들었다. 록사나의 몸에서 흘러나오는 독에
영향을 받은 탓이었다. 그 후로 록사나는 방에 화병을 두지 않았다.

"오늘은 같이 정원에 가요."

실비아는 매일 록사나를 찾아왔다. 그녀는 놀라울 정도로 친화력
이 좋았다. 그래서 마치 오랜만에 얼굴을 본 친구 사이처럼 만날 때
마다 록사나에게 이런저런 이야기를 재잘거렸다. 우윳빛 뺨을 발그레
하게 상기시키고 두 눈을 별처럼 빛내는 실비아는 몹시 사랑스러웠다.

이렇게 실비아를 눈앞에 둘 때마다 록사나는 어쩐지 조금은 신기하
면서도 기이한, 말로는 정확히 설명하지 못할 기분을 느끼곤 했다.

그러다 실비아가 오늘은 함께 정원으로 산책을 나가자고 권했다.

"글쎄……. 별로 내키지 않는데."

"하지만 사흘 내내 방에만 있었잖아요. 오늘은 볕도 따뜻하니까 밖
에 나가면 기분 전환도 될 거예요."

슬쩍 카시스를 쳐다봤지만 그는 팔짱을 끼고 앉아 상황을 방관했
다. 아무래도 실비아가 이렇게 밀어붙이면 록사나도 어지간해서는 거
부하지 않는다는 사실을 눈치챈 것 같았다.

그렇게 해서 록사나는 며칠 만에 방을 벗어나게 되었다.

"좀 더 안쪽으로 들어가 보지 않을래요? 내가 제일 아끼는 화원을
보여 줄게요."

실비아가 환하게 웃으며 록사나의 손을 잡아끌었다. 포근한 온기가 닿는 순간 록사나는 움찔했다. 하지만 그녀는 맞닿은 손을 뿌리치지 않고 실비아가 이끄는 대로 걸음을 옮겼다.

카시스는 그 모습을 뒤에서 바라보았다. 실비아가 록사나에게 과할 정도로 서슴없이 군다면 제지할 요량이었지만 아직까지는 록사나도 실비아의 언행을 귀엽게 봐 주고 있는 것 같았다.

실비아는 록사나를 처음 봤을 때부터 무척 신이 나 있었다. 지금까지 계속 페델리안 안에만 있으면서 또래의 친구를 사귄 적이 없으니 당연하다면 당연했다. 그녀는 카시스가 록사나에 대해 처음 말해 주었을 때부터 나날이 기대감을 키워 가는 듯했다. 하지만 꼭 그런 이유가 아니더라도 실비아는 록사나가 한눈에 마음에 든 눈치였다. 록사나 역시 실비아를 싫어하지 않는 것 같아서 마음이 놓였다.

"퀸 메리로테예요. 록사나에게도 꼭 보여 주고 싶었어요."

달콤한 향기가 가장 먼저 오감을 건드렸다. 앞장서 뛰다시피 걷던 실비아가 긴 머리카락을 나부끼며 뒤돌아보았다.

눈부신 미소 뒤로 황금색 꽃이 만발한 화원이 나타났다. 록사나는 실비아의 뒤를 따라 앞으로 걸음을 내디뎠다.

잠시 후 그녀의 손이 보드라운 꽃잎에 닿았다. 카시스가 록사나의 몸에서 흘러나오는 독을 억누르고 있어서 꽃은 시들지 않았다.

록사나의 얼굴이 아주 살짝 풀어졌다.

"클라네타리아하고 비슷하게 생겼는데 이게 더 예쁘네."

"클라네타리아? 그런 꽃이 있군요. 처음 들어 봐요."

록사나가 화원을 마음에 들어 하는 것 같자 실비아의 얼굴도 한결 밝아졌다.

"아그리체의 정원에는 사시사철 피어 있었어."

"그것도 이렇게 향기가 좋아요?"

실비아의 물음에 록사나는 무언가를 되새겨 떠올리는 듯했다. 곧 차분한 음성이 그녀에게서 흘러나왔다.

"그렇기는 하지. 면역 없는 사람이 가까이에서 5분 이상 맡으면 죽지만."

"네?"

"독성이 강한 마약류의 꽃이거든."

"네……?"

"그래도 향은 좋아. 하필 정원이 내 방 창문 앞에 있어서 매일 맡다 보니 질려 버리긴 했지만."

실비아의 눈이 동그랗게 떠졌다. 그녀는 록사나의 말에 뭐라고 반응해야 할지 모르겠다는 듯이 눈을 깜빡였다. 지금 그녀가 한 말이 진짜인지 아닌지조차 분간이 잘되지 않았다.

그러다 시선이 마주쳤을 때, 록사나가 눈을 접어 생긋 웃었다. 어느 한쪽으로 완전히 기울지 못하고 좌우로 기우뚱거리던 실비아의 마음속의 저울추가 그 순간 한쪽으로 떨어졌다.

"아, 뭐야. 농담이었어요?"

실비아도 록사나를 따라 웃었다. 하지만 카시스는 그것이 농담이 아니라는 사실을 알 수 있었다.

그렇게 잠깐 실비아와 시선을 맞대고 웃던 록사나가 곧 옆으로 고개를 돌렸다. 그녀는 눈앞에 펼쳐진 풍경을 바라보았다. 이래도 될까 싶을 정도로 평화로운 한때였다.

카시스는 그런 록사나의 모습을 옆에서 가만히 지켜보았다. 록사나는 이런 식으로 가끔 먼 곳을 응시할 때가 있었다. 카시스는 록사나가 그럴 때마다 그녀의 시선을 자신에게 돌리고 싶어졌다.

"그만 들어가자."

마침내 카시스의 입에서 흘러나온 말에 록사나가 그를 돌아보았다. 숨이 막히도록 농도 짙은 황금빛 공기가 온몸을 감싸 안았다. 달콤한 향기의 한가운데에서, 지금 이곳에 존재하는 그 어떤 것보다 황홀한 아름다움이 시야에 박혀 들어왔다. 하지만 그것은 신기루와 닮은 면이 있어, 잠깐이라도 방심해 시선을 떼면 눈앞에서 순식간에 흔적도 없이 사라져 버릴 것만 같은 느낌이 들었다.

그래서일까……?

마침내 눈이 마주친 순간, 카시스는 지금 눈앞에 있는 사람을 차라리 어딘가에 가두어 두고 싶다고…… 처음으로 그렇게 생각했다. 그것은 그 스스로조차 깜짝 놀랄 정도로 어둡고 강렬한 욕망이었다.

창밖에서 해가 저물었다. 록사나는 병을 기울여 그 안에 든 액체를 유리잔에 따랐다. 짙은 황금색 술이 작은 물보라를 일으키며 비어 있던 잔에 채워져 갔다. 그 빛깔이 마치 황혼 직전의 대기를 그대로 녹인 것 같았다. 코끝을 스치는 향기 역시 꿀처럼 달콤했다. 록사나는 창밖의 경관을 감상하며 술잔을 비웠다.

달칵.

조만간 문이 열리고 록사나가 기다리던 사람이 안으로 들어섰다.

"어서 와."

귓가를 파고든 그녀의 여상한 인사말에 카시스가 멈칫했다. 당연했다. 여긴 그의 방이었으니까. 카시스는 언제 자리에 멈춰 섰냐는 듯이 다시 걸음을 옮겨 록사나가 있는 곳으로 다가갔다.

언제든 찾아와도 된다고 했던 것은 그였으므로 언질 없이 방문한 그녀를 불청객으로 생각하지는 않았다. 다만 록사나의 앞에 놓인 것은 그다지 반갑지 않았다.

"누가 술을 가져다줬지?"

"누구겠어. 일하는 사람들이지."

카시스는 록사나의 몸에 조금이라도 무리가 갈 만한 것은 되도록 멀리하게 하고 있었다. 록사나에게는 필요한 것이 있다면 무엇이든 말하라고 했지만 그것은 그녀에게 해롭지 않다고 판단된 한도 내에서였다.

물론 술이 금지 항목으로 정해져 있는 것은 아니었지만……. 그래도 사용인들에게 어느 정도 언질해 둔 내용이 있는데 이것을 직접 그녀에게 가져다주었다니.

"내가 원하는데 이루지 못하는 일이 있을 것 같아?"

록사나는 카시스의 생각을 읽기라도 한 것처럼 가느스름하게 웃었다. 그것을 보며 카시스는 자신의 생각이 안일했다는 것을 깨달았다.

과연 그녀의 말대로였다. 록사나가 청하는 것을 끝까지 거절할 수 있는 사람은 분명 없을 것이었다.

"말했잖아, 당신이 이상한 거라고."

카시스는 록사나의 맞은편 자리에 앉았다. 이렇게 된 이상 굳이 그녀가 술을 마시는 걸 막을 생각은 없었다. 보아하니 그래도 사용인이 가져다준 술은 도수가 낮은 것이었다.

록사나는 조금 전 다시 채운 두 번째 잔을 카시스의 앞으로 밀었다.

"한 잔 줄게. 마셔. 자릿세야."

"자릿세?"

카시스의 얼굴에 오묘한 웃음이 작게 걸렸다. 록사나는 고개를 돌려 다시 창밖을 내다보았다. 이곳에서는 별관 뒤쪽에 있는 후원이 시야에 훤히 들어왔다.

"여기서 보는 경치도 나쁘지 않네."

정원보다는 화려함이 덜했지만 이것도 나름대로 그윽한 운치가 있었다.

"마음에 들면 방을 바꿔 줄 수 있어."

카시스가 록사나를 따라 창밖으로 눈길을 돌렸다. 록사나는 그런 카시스를 물끄러미 쳐다보며 입을 열었다.

"괜찮아. 지금처럼 보고 싶을 때마다 종종 오면 되니까."

그 말의 끝에 시선이 마주쳤다. 하지만 잠시 후 카시스의 눈길이 도려내지듯이 록사나의 얼굴에서 떨어져 나갔다. 그의 손이 조금 전에 록사나가 내민 술잔에 닿았다.

두 사람은 한동안 대화 없이 술을 나누어 마셨다. 그러다 얼마간의 시간이 더 지나서 다시 시선이 얽혔다. 유리창 너머에서 번지는 석양이 테이블의 한가운데에 놓인 작은 황금색 호반 위에 알알이 맺혀 있었다.

"……그러고 보니 또 맨발이군."

나지막한 음성이 방 안을 그득히 적신 주황빛 공기 속을 가로질렀다.

"방에 있는 신이 불편하면 다른 걸 준비시키지."

카시스의 말에 록사나는 카펫 위에 벗어 두고 온 것을 떠올렸다.

"아니, 좋은 신이던데. 따뜻하고 보드랍고, 또 편하고 예쁘고."

그래서 그녀가 가져도 될 것 같지 않았다. 페델리안에 있는 다른 모든 것들처럼. 카시스는 잠깐 록사나의 얼굴을 들여다보았다.

마주한 시선이 어쩐지 그녀의 속을 훑고 지나가는 것 같았다. 그러다 이내 카시스가 자리에서 몸을 일으켰다.

록사나는 다가오는 그를 가만히 바라보았다. 그가 조심스러운 손길로 그녀를 안아 들 때까지. 그새 익숙해진 체취가 후각을 자극했다. 록사나는 딱히 거부하지 않고 얌전히 카시스의 품에 안겼다.

그의 손길은 꼭 도자기에 유약을 덧바르는 것 같았다. 마치 조금만 방심했다가는 언제든 깨져 버릴 수 있는 유리 조각을 다루는 듯했다.

카시스가 이렇게 안을 때마다 록사나는 자신이 풀잎 위에 맺힌 작은 이슬방울, 혹은 비누 거품으로 만든 인형이 된 것 같았다.

카시스는 그 상태로 걸음을 옮겨 록사나를 그녀의 방으로 옮겼다. 복도만 가로지르면 바로 문이 있었기 때문에 그리 긴 시간이 소요되지는 않았다.

카시스가 록사나를 내려놓은 곳은 소파 위였다. 록사나는 아까 정원으로 산책을 나갔다 돌아온 직후 이미 목욕을 끝마치고 잠옷으로 갈아입은 뒤였다. 카시스에게 안겨 있다가 소파에 내려서는 동안 허술히 여미고 있던 잠옷의 앞섶이 살짝 벌어졌다. 그 사이로 탐스러운 가슴의 굴곡이 여과 없이 드러났다. 하지만 록사나는 옷매무새를 가다듬지도 않고 그저 카시스를 물끄러미 올려다보았다.

짧은 시선이 그녀에게 스치듯이 닿았다. 그러나 카시스는 아무것도 보지 못한 것처럼 다시 발길을 돌렸다. 잠시 후 돌아온 카시스의 손에는 카펫 위에 덩그러니 놓여 있던 그녀의 신이 들려 있었다.

카시스는 록사나의 앞에서 몸을 숙였다. 필연적으로 그녀에게 무릎을 꿇고 머리를 조아리는 것 같은 모습이 되었다. 하지만 그의 행동에는 한 점의 주저함도 거리낌도 없었다.

록사나는 눈 한 번 깜빡이지 않고 그런 카시스를 내려다보았다. 곧이어 카시스가 록사나의 발을 감싸듯이 붙잡았다. 내내 노출되어 있던 피부에 한기가 돌고 있었다.

하지만 보드라운 신이 막 신겨지기 직전, 록사나가 카시스의 손길을 피하듯이 발을 뒤로 빼냈다. 목적지를 잃은 손이 허공에서 멈추었다. 다음 순간, 뒤로 물러났던 하얀 발이 이번에는 카시스의 무릎 위에 내려앉았다.

스윽.

매끄러운 발끝이 단단한 허벅지를 타고 느릿하게 미끄러져 내려가기 시작했다. 노골적인 함의를 담은 야릇한 움직임이었다.

록사나는 여전히 흐트러진 옷차림을 하고 앉아 그녀의 앞에 몸을 낮춘 카시스를 가만히 주시하고 있었다. 마주한 얼굴에 물끄러미 고정된 눈동자가 꼭 이어질 그의 반응을 기다리는 듯했다.

그렇게 허벅지를 간질이며 내려간 발이 한결 더 야살스럽게 움직이려던 찰나에, 강한 악력을 가진 손길이 중간에서 그것을 막아냈다. 단단한 손아귀가 요망하게 움직이던 발을 다소 억세게 잡아채 꽉 움켜쥐었다. 찬 기운을 머금은 가느다란 발목에 뜨거운 온기가 밀착되었다.

방 안에 고인 공기가 한층 짙어졌다. 어느새 다시 시선을 들어 록사나를 응시하고 있는 카시스의 금색 눈은 밤의 숲처럼 어둡게 침잠해 있었다. 하지만 그 안에 광채처럼 박힌 타는 듯한 갈증만큼은 또렷했다. 선연한 열망이 맞닿은 손길을 타고 록사나에게까지 진득하게 달라붙는 것 같았다.

두 사람 다 아무 말도 하고 있지 않았지만, 밀도 높은 공기는 이미 눈에 보이지 않는 무언가로 가득 차 있었다.

발의 뒤꿈치 쪽을 감싸고 있던 카시스의 손이 결국 욕망을 완전히 억누르지 못해 움직였다. 잔열을 품은 손가락이 복사뼈 밑의 오목한 부분을 뭉근히 문지른 순간, 소파 위에 얹힌 록사나의 손이 움찔했다. 조금 전 그녀의 움직임이 그랬듯이 명백한 의도가 내재된 손길이 살갗을 진득하게 훑으며 미끄러졌다.

카시스와 맞닿은 곳의 감각이 덩달아 예민하게 곤두서는 것 같았다. 그리고 이어서 카시스의 은빛 머리칼이 기울어진 그의 고개를 따라 눈앞에서 흐트러진 순간.

"카시스……."

록사나는 저도 모르게 입을 벌렸다. 하지만 곧바로 발등에 옮겨붙은 열기에 더 이상 말을 잇지는 못했다. 록사나는 반사적으로 발끝을 움츠렸다. 조금 전 카시스가 신을 신겨주려 했을 때 그랬던 것처럼 다리를 뒤로 물리려 했으나 이번에는 발목을 움켜쥔 손아귀에서 벗어날 수 없었다.

아래로 내리깔린 황금빛 눈동자에는 강렬한 불씨가 박혀 있었다. 카시스는 록사나의 발등에 낙인을 찍듯이 다시 한번 입을 맞춰 잔열을 퍼트렸다. 그 모습이 무심코 탄식할 만큼 더없이 경건해 보이기도 했고, 오히려 그 반대로 믿을 수 없을 만큼 방탕해 보이기도 했다.

연이어 눌러 찍히는 카시스의 입술이 화인처럼 뜨거웠다. 록사나는 다시 입술을 달싹였다. 하지만 결국은 그 사이로 아무 말도 내뱉지 못하고 숨을 삼켰다.

그러는 동안 록사나의 발등을 타고 발목 부근까지 올라온 카시스는 거기에서 만족하지 않고, 눈앞의 하얀 성지에 제 흔적을 새기기라도 하려는 것처럼 탐욕스럽게 입술을 벌렸다.

하지만 결국 그것까지 실행으로 옮겨지지는 않았다. 뜨거운 숨결이 살갗을 간질이며 잠시간 그 위에서 배회했다. 록사나의 발목을 움켜쥐고 있던 손에 지그시 힘이 들어갔다. 록사나도 덩달아 숨을 죽였다.

마침내 두세 번 숨을 고를 정도의 시간이 지난 뒤, 록사나와 거의 닿을 것처럼 가까웠던 카시스의 입술이 더 이상 다가오지 않고 천천히 거리를 벌렸다.

"……식전주치고는 과했던 것 같군."

낮은 음성이 날숨에 섞여 노을 진 방 안에 조용히 내려앉았다. 카시스는 이 이상 충동에 몸을 맡겨 완전히 제어를 잃기 전에 스스로를 멈추었다.

이어서 그의 손이 다시 움직였다. 카시스는 아까보다 온기 밴 록사나의 발에 다시 신을 신겨 주었다. 그러나 카시스의 손은 처음의 목적을 달성하고도 록사나에게서 곧바로 떨어지지 않았다. 그녀의 발목을 족쇄처럼 움켜쥐고 있는 손이 여전히 뜨거웠다.

하지만 잠시 후, 카시스는 더 이상 그 무엇도 하지 않고 록사나에게서 손을 뗐다.

"저녁 식사 시간이 되면 부르러 오지. 그때까지 쉬고 있어."

카시스는 아직까지도 그의 안에서 들썩이는 것들을 모두 갈무리하고 뒤돌아섰다.

록사나는 카시스가 완전히 방을 나설 때까지 멀어지는 그의 뒷모습에서 시선을 떼지 않았다. 그리고 마침내 혼자가 되었을 때, 더는 견디지 못해 카시스에게 닿았던 발을 소파 위에 올려 손으로 감쌌다. 그에게 만져졌던 곳마다 열상을 입은 것 같았다. 직접 닿은 건 분명 발과 다리뿐인데, 열이 번지기라도 한 것처럼 온몸이 뜨거웠다.

분명 먼저 못된 장난을 치듯이 카시스를 건드린 것은 그녀인데도, 이어진 상황에 동요를 감출 수가 없었다.

"뭐야……."

록사나는 소파 위에 쓰러지듯이 풀썩 몸을 눕혔다. 그리고 이내 약간 상기된 얼굴을 감추듯이 쿠션에 깊이 파묻어 버렸다.

다음 날, 페넬리안의 정문 쪽이 어쩐지 어수선했다.

"무슨 일이지?"

카시스는 그를 찾아온 이시도르에게 물었다.

"오르카 휘페리온 님이 소가주님과의 친분을 주장하며 방문을 요청하고 있습니다."

그 말에 카시스의 눈살이 찌푸려졌다.

"돌려보내."

"예."

이시도르는 그럴 줄 알았다는 듯이 돌아섰다. 요즘 같은 때에 개인적인 방문이라니. 다른 꿍꿍이가 있는 것인지 아니면 그냥 아무 생각도 없는 것인지 알 수가 없었다. 물론 오르카 휘페리온과 친분이 아예 없는 것은 아니었다. 하지만 그렇다 해서 이런 상황에 출입을 허가할 정도로 친밀한 사이인 것도 아니었다.

결국 오르카는 페넬리안에 환영받지 못하고 문전박대당했다. 그러고 나서 한 시간 정도가 더 지났을 때, 비행형 마물을 이용해 성문을 넘던 오르카의 모습이 적발되었다.

"아이고, 이것 참. 본의 아니게 실례하게 되었네요."

당연히 그는 페델리안의 수비병들에게 붙잡혀 포박당했다.

"근방의 마물 서식지를 집중해서 탐색하다가 그만 눈앞에 솟은 벽이 페델리안의 성문인 줄도 모르고 넘어 버렸지 뭡니까?"

그런데도 오르카는 긴장하는 기색도 없이 실실 웃으며 이런 황당한 소리를 지껄였다.

"오르카, 너……. 이 미친놈……."

오르카와 함께 잡혀 들어온 판도라가 옆에서 이를 악물었다. 오르카가 그녀의 마물인 튜로베의 지배권을 잠시만 넘겨 달라고 할 때까지만 해도 설마 이런 기상천외한 짓을 벌일 줄은 몰랐다. 그래서 지금 판도라는 뒤통수를 거하게 맞은 기분이었다.

"지금 그런 말 같지도 않은 소리를 믿으라고 지껄이는 건가?"

그때, 그들을 붙들어 놓은 장소에 카시스가 들어섰다. 그는 밖에서 오르카의 말을 들었는지 서늘히 읊조렸다.

"앗, 청의 귀공자!"

반면 오르카는 카시스를 보고 반색했다.

"영혼의 반을 나눈 내 친우! 이게 얼마 만이죠? 방문 요청도 매몰차게 거절해서 얼마나 서운했는데. 이렇게 다시 만나게 되니 반갑기 그지없네요."

"친우라니, 언제부터 너와 내가 우정씩이나 나눈 사이였지?"

오르카는 카시스의 냉대에도 굴하지 않고 생글생글 웃었다. 얼굴을 마주할 때면 늘 이런 식이었기 때문에 오르카의 경박한 언동은 딱히 놀라울 것도 없었다.

카시스는 오르카에게 말려들지 않고 사무적인 어투로 그를 취조했다.

"애초에 페넬리안에 방문하려 했던 목적이 뭔지 그것부터 밝혀라. 처우는 그 후에 고려해 보지."

"아, 그거. 별건 아니고, 때마침 근처에 온 김에 인사나 나누려 그랬죠."

오르카의 얼굴에 해사한 미소가 피어났다. 반면 카시스의 얼굴은 더 차게 식었다.

"뭐, 정말 그게 전부라 더 이야기할 경황 설명이랄 것도 없고. 그래도 일단은 침입자이니 조사를 해야겠죠? 그럼 한동안 신세 좀 지도록 하겠습니다."

애초에 오르카의 목적은 들키지 않고 페넬리안 안으로 숨어드는 것이 아니었던 듯했다. 그는 일단 여기에 몸을 들인 것으로 만족하는 눈치였다. 하기야 애초에 몰래 행동하려 했으면 대놓고 여봐란듯이 비행형 마물을 이용하지는 않았을 것이다.

카시스는 잠시 눈을 가늘게 뜨고 오르카를 보다가 이시도르에게 물었다.

"포획한 마물은?"

"우리에 가둬 놨습니다."

졸지에 공범이 된 판도라는 억울함을 느끼며 옆에 있는 오르카를 향해 눈을 치떴다.

카시스는 휘페리온에서 각인한 마물과의 매개로 쓰는 물건들도 잊지 않고 모두 수거했다. 오르카는 여전히 유유자적한 태도로 몸에 줄줄이 건 장신구들을 풀어 주었다. 그 수가 얼마나 많은지, 오르카의 몸에서 나온 것만 한 무더기였다.

판도라도 울며 겨자 먹는 심정으로 팔찌와 목걸이를 풀어 건넸다.

"휘페리온에서 답신이 올 때까지 일단 구금하겠다."

"그래요, 원칙이란 게 있으니 어쩔 수 없죠. 저랑 누이도 그 정도는 다 이해합니다. 그렇지, 누이?"

오르카는 유들유들한 태도로 판도라의 동의를 구하며 웃었다. 카시스는 불청객들을 더 상대하지 않고 자리를 떠났다.

"그런데 여기 밥은 맛있습니까? 며칠간 계속 육포랑 풀만 뜯어 먹었더니 속이 허한데."

카시스가 사라지고 난 뒤 오르카는 그를 끌고 가는 사람들에게 뻔뻔하게 물었다. 그 태평함에 판도라를 비롯한 사람들은 당연히 황당함을 느끼며 헛웃음을 흘리고 말았다.

"너 뭐야? 도대체 무슨 생각이야?"

잠시 후, 감옥에 갇힌 판도라가 소리 죽인 목소리로 오르카를 향해 사납게 따져 물었다. 하지만 오르카는 페넬리안에서 내준 음식을 게걸스럽게 먹어 치우는 데 여념이 없었다.

"그렇게 도끼눈 하지 마, 누이. 그냥 며칠 휴양 왔다고 생각해. 여기 밥도 맛있네, 뭐."

"휴양은 개뿔. 너 때문에 곤란해질 휘페리온의 입장은 생각 안 해?"

"고작 나 하나 때문에 곤란해질 가문이면 진작 망했겠지."

판도라는 기가 막혔다. 철이 없다고 해야 할지, 대범하다고 해야 할지, 그것도 아니면 그냥 머리가 돌았다고 해야 할지.

분명히 얼마 전 아그리체와 페넬리안 사이에 있었던 일을 설명해 주었는데 이렇게 뒤돌아서자마자 생각 없이 행동하다니!

휘페리온에서는 아직 그 문제에 대한 입장을 결정하지 않고 있었다. 그런 와중에 이렇게 휘페리온의 후계자인 오르카가 페넬리안에 침입해 들어왔으니, 이 소식을 듣게 되면 백의 수장이 뒷목을 잡을 것이 분명했다.

"너…… 혹시 날 이용한 거야?"

그러다 문득 설마 하는 생각이 들었다. 혹시 곤란한 상황이 되면 판도라에게 모든 것을 덮어씌우고 혼자만 발을 빼려는 속셈이 아닐까?

그래서 성문을 넘을 때도 그녀의 마물을 사용한 것인지도 몰랐다. 갑자기 그런 선득한 생각이 들어서 판도라는 입술을 깨물었다.

그런데 오르카는 오히려 뻔뻔하게 몰랐냐는 듯이 되물었다.

"응? 이용한 거 맞는데? 누이도 동의했잖아? 뭘 새삼스럽게."

"너……!"

"나한테는 비행형 마물이 없으니까 누이가 없었으면 독나비를 발견하고도 꼼짝없이 포기해야 할 뻔했어. 역시 이건 운명이 아닐까? 이제 여기에서 며칠 비비는 동안 독나비를 찾아내기만 하면 되는데……."

오르카는 그렇게 중얼거리며 혼자만의 세상에 빠져들었다.

"아무리 봐도 그건 주인이 있는 독나비였단 말이지. 내가 모르는 마수사가 페넬리안에 있었던가? 혹시 베일에 가려져 있던 청의 귀공자의 여동생은 아니겠지?"

판도라는 그런 그를 보고 성난 마음을 조금 누그러뜨렸다.

"그럼 죽여서 빼앗는 건 꿈도 못 꿀 텐데……."

아무래도 오르카는 판도라가 의심한 것과 같은 의도로 그녀를 이용한 건 아닌 모양이었다.

"아니, 애초에 주인이 있던 독나비를 각인이 끊긴 후에 다시 길들일 수 있었던가……."

그래, 오르카는 온갖 최상급 마물들을 보유하고 있었지만 비행형 마물과는 이상할 정도로 연이 없었다. 그러니 이번에도 단순히 성문을 넘을 가장 쉬운 방법으로 판도라의 튜로베를 생각해 냈을 뿐인 듯했다.

"그런데 누이, 입맛이 없어? 그럼 그거 내가 먹어도 되나?"

"닥쳐."

하지만 아무리 그래도 역시 그녀를 이 모양 이 꼴로 만들어 놓고 혼자만 속이 편한 오르카를 예뻐하는 건 불가능했다.

판도라는 은근슬쩍 앞으로 뻗어져 오는 오르카의 손을 매몰차게 쳐 냈다. 그리고 보란 듯이 식판 위의 음식을 입안에 쓸어 넣기 시작했다. 옆에서 호시탐탐 판도라의 밥을 탐내던 오르카가 좌절했지만 당연히 그녀가 알 바는 아니었다.

"손님이 왔나 보지? 오늘은 밖이 좀 어수선하던데."

록사나가 지나가듯이 흘린 말에 카시스의 시선이 그녀에게 날아가 박혔다. 오르카의 일로 잠시 잡념에 빠져 있던 것을 알아챈 모양이었다.

"손님이 아니라 불청객이지."

카시스는 대수롭지 않다는 듯이 말했다.

"그럼 별관 사용은 안 해?"

"말했다시피 손님이 아니니까."

카시스의 태도는 퍽 단호해서 록사나는 저도 모르게 웃을 뻔했다.

아무리 그래도 그렇지 이건 너무 하찮은 대우가 아닌가?

"일단은 휘페리온인데 그래도 되는 거야?"

테이블 위의 물 잔으로 뻗어지던 카시스의 손이 멈추어졌다. 그는 어떻게 알았냐는 듯이 록사나를 쳐다보았다. 그러다 이내 잠시 잊고 있던 것을 떠올리고는 여트막한 숨결을 흘렸다.

록사나는 천연덕스럽게 눈을 깜빡였다. 카시스의 짐작대로 그녀는 독나비를 통해 오르카 휘페리온이 페델리안에 방문한 사실을 전해 들은 참이었다. 물론 그것을 방문이라 표현해도 될지는 모르겠지만 말이다.

"뭐, 나야 상관없으니까."

곧 록사나가 다시 고개를 내려 식사를 이어 갔다. 카시스도 이 일에 대해 다른 말은 더 하지 않았다. 록사나가 설명을 요구하지 않은 이유도 있었지만, 그것이 아니더라도 카시스는 그녀에게 오르카에 대한 이야기를 하고 싶지 않았다.

하지만 어째서 이런 기분이 드는 것인지 이유를 알 수가 없었다.

아니…….

사실은 정말 모르는 것이 아니었다. 다만 모르는 척하고 있을 뿐.

어쩐지 입맛이 떨어져서 카시스는 미미하게 눈매를 찌푸리며 눈앞의 접시를 내려다보았다.

밤에 접어든 시각, 록사나는 목욕을 마친 후 창가에 걸터앉았다. 열어 둔 창문 너머에서 밀려들어 오는 바람이 제법 서늘했다. 하지만 그녀는 곧바로 창문을 닫지 않았다.

페넬리안의 주인과 안주인은 아직까지 한 번도 만나지 못했다. 그들은 그녀가 이곳에 온 날 바로 출타해 아직 돌아오지 않았다고 했다.

록사나는 그게 정말인지, 아니면 그저 카시스가 둘러댄 말인지 조금 궁금했다. 만약 후자라면 혹시 페넬리안에서 그녀를 반기지 않는다는 나름의 입장 표명일까 싶은 생각도 들었다.

하지만 카시스나 실비아는 그 후로도 별말이 없었다. 또 록사나가 먼저 거기에 대한 말을 꺼낼 생각도 없어서 그 문제는 결국 흐지부지 넘어갔다.

물론 독나비를 본관에 날려 보낸다면 진실을 알 수 있을 터였다. 그러나 그렇게까지 할 이유도 없었고, 또 그러고 싶지도 않았다.

카시스는 록사나가 기본적으로 알아 둬야 할 부분을 제외하고는 그 밖의 것들에 대해 자세히 알려 주지 않았다.

만약 무언가를 더 물어본다면 카시스는 대답해 줄 것이다. 페넬리안에 도착하기 전, 모닥불을 사이에 두고 마주 봤을 때 그랬던 것처럼. 그때도 카시스는 록사나가 바라는 것 이상의 설명을 해 주지 않았다.

한편으로 카시스는 그날처럼 록사나가 그에게 무언가를 먼저 물어보기를 바라는 것 같기도 했다. 하지만 그녀는 그러지 않았다.

록사나는 식사 시간에 카시스가 잠깐 주의를 돌린 사이 몰래 챙겨 둔 나이프를 꺼냈다. 그리고 그것으로 팔을 그었다.

투둑…….

깊이 베인 상처에서 피가 쏟아져 나왔다. 득달같이 달려온 독나비가 금세 달라붙어 피를 빨았다. 바닥에 떨어진 피도 나비들이 알뜰히 먹어 치워서 더러운 자국은 남지 않았다.

잠시 후 록사나는 입술을 벌려 한숨 섞인 목소리를 흘려보냈다.

"그렇게 보지 마."

고개를 돌리자 어느새 문가에 서 있는 카시스의 모습이 시야에 들어왔다. 방에는 불이 켜져 있지 않았고, 카시스는 열린 문으로 스미는 복도의 빛을 등지고 있었다. 그래서 그의 얼굴은 어둠에 먹혀 있는 상태였다.

아무래도 카시스는 맞은편 방에 있다가 무언가 이상한 낌새를 느끼고 그녀를 찾아온 모양이었다. 여전히 그는 쓸데없는 데서 눈치가 빨랐다.

"어차피 내가 죽을 때까지는 주기적으로 해야 하는 일인데."

카시스는 록사나의 말에 대답하지 않았다. 그는 문을 조금 열어 둔 채로 걸음을 옮겨 그녀에게 다가왔다. 거리가 좁혀지자 그제야 카시스의 얼굴이 제대로 보였다. 그는 표정 없는 얼굴로 록사나를 내려다보았다.

"팔 이리 내."

카시스의 손이 상처 부근을 덮자마자 벌어진 살이 메워지고 피가 멈추었다. 주위에 남아 있던 독나비들도 하나둘씩 다시 모습을 감추었다.

록사나는 그 광경을 물끄러미 바라보다가 입을 열었다.

"이거 편리하네. 말끔히 나은 김에 한 번 더 그어도 될까? 한동안 먹이를 충분히 주지 못해서 지금 한 번 더 먹여 두고 싶은데."

그녀의 팔을 붙든 손에 지그시 힘이 들어갔다. 마주한 카시스의 눈동자가 조금 전보다 차게 가라앉아 있었다. 록사나는 눈을 느리게 깜빡이며 알겠다는 듯이 말했다.

"그래. 오늘은 그만할게."

카시스는 록사나의 손에 들린 나이프를 치웠다. 거기에 묻은 피도 이미 독나비가 깔끔히 먹어 치운 상태였다. 록사나는 그 모습을 가만히 주시했다. 그러다 불쑥 물었다.

"그런데 당신, 왜 나한테 아무것도 안 해?"

테이블 위에 나이프를 내려놓던 카시스의 손이 멈춰졌다. 그가 뒤돌아서자 록사나도 걸터앉아 있던 창가에서 몸을 일으켰다.

카시스 앞으로 다가온 록사나가 고개를 비스듬히 기울였다.

"이상하네."

가는 얼굴선을 따라 금빛 실타래가 부드럽게 물결쳤다.

"날 볼 때마다 그런 눈을 하면서."

뒤이어 고운 손이 카시스의 가슴 위로 내려앉았다. 이번에는 마차에서나 얼마 전 방에서 그랬던 것처럼 다른 목적을 가져 이러는 것이 아니라, 단순히 무언가를 확인하려는 듯한 움직임이었다.

"그거 알아?"

잠깐 아래로 내리깔렸던 붉은 눈동자가 다시금 정면에서 그를 올려다보았다.

"지금 당신 심장 엄청 크게 뛰고 있어."

목욕 후 가운 한 장만 걸치고 있는 록사나의 몸에서 은은한 향기가 풍겨져 나왔다.

"그런데 왜?"

시야에 드러난 여린 목을 한입 가득히 깨물면 단물이 배어 나올 것 같았다.

"날 보면 만지고 싶고……."

"……."

"키스하고 싶을 텐데."

록사나는 지금 그를 유혹하려고 이러는 것이 아니었다. 그저 그녀는 카시스를 이해하지 못해 묻고 있었다. 그럼에도 지금 이 순간 그의 눈에 비친 록사나의 모든 것이 지독히도 유혹적이라는 점이 문제라면 문제였다.

마침내 굳게 닫혀 있던 카시스의 입술이 느리게 벌어졌다.

"……꼭 내 속을 모조리 꿰고 있는 것처럼 말하는군."

나지막하게 읊조린 그의 말을 듣고 록사나가 반문했다.

"그럼 내 말이 틀리다고?"

"아니, 맞아."

카시스는 뜻밖일 정도로 쉽게 수긍했다. 그의 손이 가슴 위에 얹어진 록사나의 손을 감싸 쥐었다. 그리고 그것을 끌어당겨 향기를 품은 듯한 흰 손가락 끝에 입술을 찍어 눌렀다.

곧 속삭이는 듯한 낮은 음성이 방 안에 조용히 흩어졌다.

"그날, 아그리체를 나온 밤에……."

이어지는 말에 카시스에게 닿은 록사나의 손이 움찔했다.

"만약 손을 내민 사람이 내가 아니었어도 넌 상관없었겠지."

그 흔들림을 느꼈을 것이 분명한데도, 카시스는 아랑곳하지 않고 계속 속삭였다.

"하지만 난 꼭 너여야만 했어."

허공에서 시선이 옭아매졌다.

"지금도 만약 내 눈앞에 있는 사람이 네가 아니었다면……."

록사나는 얕게 호흡하며 올곧게 그녀를 직시하고 있는 금색 눈동자를 마주 보았다.

"이렇게 머리끝부터 발끝까지 전부 다 게걸스럽게 집어삼켜 내 것으로 만들고 싶다고 생각하지도 않았을 테고."

방 안을 휘감은 서늘한 바람에 머리카락이 잘게 흔들렸다.

"또 그것뿐만이 아니라 어떻게든 네 마음 안 깊은 곳까지 닿고 싶어서 이렇게 안달하지도 않았을 테지."

창문이 열려 있는 곳은 분명 그녀의 등 뒤인데, 어쩐지 카시스가 있는 곳에서부터 버거울 정도로 큰 무언가가 떠밀려 오는 느낌이었다. 마주한 눈에서 시선을 뗄 수가 없었다. 섣불리 입을 열어 어떤 말을 꺼낼 수도 없었다.

그리하여 찰나인지 영원인지 모를 시간을 그저 손끝으로 흘려보낸 뒤에, 카시스가 록사나를 보며 부스러지듯이 웃었다.

"……그저 말해 두고 싶었을 뿐이야."

조금 전 그가 한 말의 무게를 록사나에게서 덜어 주려는 것처럼 짐짓 가볍게 덧붙인 말이었다. 카시스는 잡고 있던 록사나의 손을 아래로 내렸다. 그리고 오늘 밤의 작별을 알리는 인사를 건넸다.

"밤에는 아직 공기가 차니 잠옷으로 갈아입고 자."

그 후 피부 위로 잔잔히 스미던 온기가 멀어졌다. 록사나는 지난번에 그랬던 것처럼, 카시스가 떠난 뒤에도 한동안 움직이지 못하고 자리에 못 박힌 듯이 우두커니 서 있었다.

오르카와 판도라는 비교적 빨리 구금 상태에서 벗어났다. 휘페리온에서 그들의 만행을 알고 최대한 서둘러 답신을 보냈기 때문이었다. 평소에 워낙 기상천외한 일을 많이 저지르는 오르카이기에 대처가 빨랐던 것이기도 했다.

예상했듯이 휘페리온에서는 오르카가 저지른 일에 골머리를 앓는 눈치였다. 아그리체의 문제로 가뜩이나 상황이 복잡한데 철없는 후계자 놈이 분간 없이 속 편하게 이런 짓을 벌였으니 그럴 만도 했다.

그렇지 않아도 지금 네 가문의 수장들이 위그드라실에 모두 모여 이번 문제에 대해 논의하고 있던 참이었다. 페넬리안에서는 휘페리온의 연락을 받고 오르카와 판도라에 대한 경계를 일부 거두어들였다.

그렇지 않아도 오르카와는 전부터 안면이 있었기 때문에 그를 완전히 배척할 수는 없었다. 또 그런 이유가 아니더라도 상대 가문과 반목할 심산이 아니라면 서로에게 일정한 예우를 지켜야 했다.

카시스는 별관 주위에 수하들을 배치해 경비를 서게 했다. 혹시 모를 일을 대비해서였다. 일단은 휘페리온과의 관계를 생각해 그들을 구금 상태에서 해방했지만 아직 경계심을 허물어뜨린 것은 아니었다.

워낙에 어디로 튈지 모르는 오르카이기에 혹여나 카시스가 없는 사이 록사나가 있는 별관을 들쑤시고 다닐 위험도 있었다.

"밖에 못 보던 사람들이 있네."

록사나도 별관의 안팎을 지키고 있는 사람들을 발견했다. 그녀가 차를 마시며 흘린 소리에 실비아가 설명해 주었다.

"저택 내에 위험인물로 간주되는 손님이 와 있어서요. 그래서 혹여나 별관에 접근하지 못하게 지키고 있는 거예요."

실비아는 평소와 달리 눈가를 작게 찡그리고 있었다. 그녀 역시 황당한 이유로 성문을 넘은 휘페리온의 불청객들이 영 탐탁지 않은 모양이었다.

"아무래도 만찬 시간에 정식으로 인사를 나누게 될 것 같은데."

이제부터 휘페리온의 두 사람을 손님으로 대우하게 되었으니 당연하다면 당연했다.

"그럼 오늘 저녁에는 카시스도 자리를 비우겠구나."

"오빠가 없어서 아쉬워요?"

록사나가 별생각 없이 내뱉은 말에 실비아가 은근한 어투로 물었다. 고개를 들어 보니 그녀를 향해 어쩐지 묘하게 웃고 있는 실비아의 얼굴이 시야에 비쳤다.

"만찬이 길어질 것 같으면 오빠만이라도 빨리 보낼 수 있게 내가 어떻게든 해 볼게요."

실비아가 생글생글 웃으며 나만 믿으라는 듯이 말했다. 그녀가 무슨 생각을 하고 있는지 알 것 같았지만 록사나는 그냥 해명하지 않았다.

그보다 페델리안의 남매와 휘페리온의 손님들 간의 저녁 만찬이라. 오르카는 화합회 때 참석하지 않았으니 오늘 저녁 만찬이 오르카와 실비아의 공식적인 첫 만남인 셈이었다.

혹시 소설에서처럼 현실에서도 오르카가 실비아를 좋아하게 될까? 만약 그렇다면 소설에서 그렇듯 혹여 실비아에게 뒤틀린 집착을 보이게 되지는 않을지 조금 염려스러웠다.

"실비아."

"저기."

록사나가 막 입을 열었을 때, 실비아도 동시에 무슨 말을 하려는 듯이 운을 뗐다. 실비아가 멈칫한 사이 록사나가 먼저 양보했다.

"먼저 말해."

그러자 실비아가 잠깐 우물쭈물했다. 그 모습이 평소와 사뭇 달라 록사나는 다소 의아해졌다. 마침내 실비아가 결심한 듯이 입술을 한

번 꾹 깨문 뒤 말했다.

"저, 머리카락 한 번만 만져 봐도 돼요?"

미처 예상하지 못했던 부탁이었다. 실비아는 바짝 긴장한 얼굴로 록사나를 바라보았다. 록사나는 그런 실비아를 보며 눈을 깜빡이다가 곧 슬쩍 시선을 비끼며 수락했다.

"그래."

실비아의 뺨에 금세 홍조가 돌았다. 그녀는 냉큼 자리에서 일어나 록사나의 뒤로 이동했다. 신이 난 마음을 대변하듯이 그 걸음걸이가 마치 춤을 추는 것처럼 가볍고 경쾌했다.

"머리카락이 비단실처럼 가늘고 예뻐서 꼭 한번 만져 보고 싶었어요. 호, 혹시 괜찮으면 빗질해 봐도 될까요?"

"하고 싶은 대로 해."

"그럼, 리본으로 묶어 보는 건……."

"괜찮아."

록사나에게는 별것 아닌 일이었는데도 실비아는 처음으로 사탕을 선물받은 어린아이처럼 기뻐했다. 그런 실비아를 보니 어쩐지 묘한 기분이 들었다. 들뜬 마음이 여실히 전해져 오는 손길이 머리카락을 매만지기 시작했다.

그러다 록사나는 실비아에게 하려던 말을 잊고 말았다.

"머리 모양이 바뀌었군."

실비아가 다녀간 직후 록사나의 방으로 들어온 카시스가 희미하게 얼굴을 굳혔다. 그의 시선은 록사나의 머리에 고정되어 있었다.

"실비아가 묶어 줬어."

긴 금색 머리칼은 하나로 느슨히 땋여 그녀의 눈동자 색과 비슷한 짙은 붉은색 리본으로 묶여 있었다.

"이상해?"

"아니."

록사나에게 어울리지 않는 것은 없었기 때문에 그 부분은 주저 없이 대답할 수 있었다. 다만 지금 록사나의 머리 모양은 오르카와 닮은 구석이 있었다. 물론 실비아는 오르카를 본 적이 없었으니 모르고 그랬을 것이다.

하지만 록사나는…….

카시스는 잠깐 록사나의 모습을 가만히 서서 시야에 담다가 그녀에게 다가갔다. 곧 느린 손길이 아래로 늘어뜨린 그녀의 머리카락에 닿았다.

"……네가 직접 실비아한테 이렇게 묶어 달라고 했나?"

기분 탓인지 어딘가 척박한 느낌을 풍기는 음성이 귓가를 스쳐 지나갔다.

"아니, 마음대로 해도 된다고 했더니 실비아가 이렇게 해 주던데."

록사나는 카시스가 하고 있는 생각을 모르는 듯이 태연하게 대꾸했다. 카시스의 손이 금색 머리카락에 엮인 리본 주위를 은밀하게 배회했다. 마치 그것을 지금 당장에라도 잡아 풀어 어딘가로 내팽개쳐 버리고 싶은 것처럼.

붉은 리본을 내려다보는 눈길 역시 먹잇감을 눈앞에 둔 굶주린 짐승처럼 성마르게 거칠고 또 날카로웠다.

잠시 후 카시스는 가까스로 강렬한 유혹을 떨쳐 내고 손을 내렸다.

그는 평소와 다를 것 없는 고요한 모습으로 돌아가 록사나에게 말했다.

"오늘 저녁 식사는 같이하지 못하게 되었어."

"실비아한테 들었어."

"최대한 일찍 돌아올 테니까 굶을 생각은 하지 마."

카시스는 록사나의 얼굴에 불만이 떠오르는 것을 모른 척했다.

"그럼 다녀올게."

"이야, 페델리안에 이렇게 아름다운 분이 계실 줄은 미처 몰랐네요. 이런 운명적인 만남이 있을 줄 알았으면 화합회에도 진작 참석하는 건데."

만찬 시간, 그 자리에 있는 네 사람 중에 오직 오르카만이 밝은 낯을 하고 있었다. 그가 입을 열어 한마디씩 던질 때마다 오르카를 제외한 모든 사람이 얼굴을 차게 식혔다.

그는 마음에 든 여인에게 추파를 던지는 시정잡배 같은 모양새를 보이고 있었다. 유리 조각처럼 맑고 투명한 외모를 가진 데 반해 그의 입에서 나오는 말은 상당히 저렴했다.

"운명이라니, 저는 전혀 모르겠는데요."

실비아는 대번에 냉랭한 태도로 오르카의 말을 쳐 냈다. 그래도 그는 굴하지 않았다.

"아닙니다. 잘 생각해 보십시오. 실비아 양은 꽃처럼 곱고 또 저는 나비처럼 아름다우니, 우리는 참으로 잘 어울리는 한 쌍이 될 수 있지 않겠습니까? 아, 하지만 제 미모가 워낙에 꽃처럼 화사하기도 하니 제가 꽃 역할을 맡고 실비아 양이 나비 쪽을 맡으셔도 되겠습니다.

실비아 양, 혹시 나비를 좋아하십니까?"

오르카의 말이 이어질수록 식탁에 둘러앉은 세 사람의 표정이 가지각색으로 변해 갔다. 카시스는 싸늘히 얼굴을 굳혔고, 실비아는 황당한 기색을 숨기지 못했으며, 판도라는 이놈이 무슨 정신 나간 소리를 지껄이냐는 듯이 오르카를 쳐다보았다.

"백의 마수사. 내 동생에게 계속 경박하게 입을 놀린다면 어제 있던 곳으로 다시 돌려보내겠다."

카시스가 서늘히 경고했다.

"앗, 죄송합니다. 제가 원래 낯을 많이 가려서 긴장할수록 말이 많아지곤 합니다. 혹시 제 두서없는 말에 기분 상하셨다면 사과드리겠습니다, 실비아 양."

오르카는 정중히 사과했지만 그 내용은 여전히 황당한 것이었다. 낯을 많이 가리다니, 오르카를 아는 온 세상의 사람들과 마물들이 비웃을 말이었다. 실비아는 오르카의 말에서 마음에 들지 않는 부분을 야무지게 정정했다.

"한 가지 더. 저는 이름을 허락한 적이 없어요. 페넬리안 양이라고 부르세요."

"하하, 그러지요. 하지만 저는 오르카라고 불러 주셨으면 좋겠습니다."

그래도 그 후에는 다소 정상적인 대화가 오고 갔다. 오르카는 실비아에게 관심이 많은 듯, 그녀에게 상당히 빈번하게 말을 걸었다. 가끔 그가 지나치게 허물없이 굴 때면 카시스가 제지했다.

몇 번 이야기를 주고받는 동안 오르카의 말수가 점점 줄어 갔다. 그러다 나중에 그는 어쩐지 낙담한 듯이 입을 다물었다. 하지만 실비아는 오르카의 관심이 자신에게서 멀어진 것에 그저 안도하는 눈치였다.

"윽, 갑자기 배가……."

그러다 돌연 오르카가 속이 얹힌 것처럼 불편함을 호소하며 가슴과 배를 쓸어내렸다.

"한동안 밖에서 풀만 뜯어 먹다가 오랜만에 기름진 걸 먹었더니 탈이 났나?"

정말 그 말처럼 오르카는 식은땀까지 흘리고 있었다.

"앗, 갑자기 대장에서 대자연의 기운이……."

"더러운 소리 말고 급하면 빨리 튀어 나가!"

판도라가 질겁하며 오르카에게 소리쳤다. 오르카는 정말 급한지 서둘러 양해를 구하고 허둥지둥 식당을 빠져나갔다.

"휘페리온의 가풍은 상당히 자유로운 편인가 보네요."

"오르카가 특이한 거예요……."

실비아가 애써 예의를 차려 돌려 말하자 판도라가 신음하며 중얼거렸다. 그녀는 쥐구멍이 있다면 거기로 들어가고 싶었다.

오르카가 식당을 나서자마자 카시스가 눈짓했다. 그러자 만찬장의 문가에 서 있던 수하들 둘이 소리 없이 오르카의 뒤를 따라 모습을 감추었다.

"오르카의 무례는 제가 대신 사과드리겠습니다."

판도라는 속으로 오르카를 향해 이를 갈며 페델리안의 남매에게 그를 두둔했다.

"한동안 마물 서식지를 전전하며 밖에서만 생활한 탓인지 아직 새로운 환경에 완전히 적응하지 못한 모양이에요."

미우나 고우나 오르카는 휘페리온의 후계자였다.

"이번 침입 건에 대해서도 책임을 통감하고 있습니다. 마수를 조종

하는 제 능력이 다소 미흡하여 오르카와 함께 이 근방의 서식지를 조사하던 중 본의 아니게 페델리안의 성문을 넘고 말았어요."

그러니 이대로 그가 가문에 수치스러운 인상을 덮어씌우게 놔둘 수는 없었다.

"마물 서식지의 조사도 미리 허가를 받아야 했던 부분인데 마음이 앞서 시기를 놓친 점, 죄송하게 생각합니다."

왜 똥을 싸는 사람과 그것을 치우는 사람이 따로 있는지는 모르겠지만, 어쨌든 누구든 수습을 하기는 해야 하는 일이었다. 게다가 하필 페델리안의 성문을 넘을 때 이용된 마수가 그녀의 것이라는 점이 판도라로서는 심히 통탄할 노릇이었다.

"백의 마수사의 독특한 기질에 대해서는 페델리안에서도 익히 알고 있습니다. 이미 휘페리온과 공문을 통해 이야기를 끝마친 뒤이니 이렇게 따로 해명할 필요는 없습니다."

카시스는 판도라의 개인적인 변명 따위에는 조금도 관심이 없다는 듯이 형식적인 어투로 말했다. 그 목소리가 심히 건조해서 무정하게까지 느껴졌다. 말하는 것을 들어 보니 이번 일이 오르카의 독단으로 벌어졌단 사실을 이미 꿰뚫어 본 모양이었다.

"그렇게 말씀해 주시니 감사합니다."

물론 카시스가 한 말의 의미는 판도라를 두둔하는 것이 아니었지만 그녀는 일단 모르는 척 말했다. 카시스의 메마른 시선이 판도라에게 짧게 닿았다가 곧 떨어졌다.

하지만 그 후에도 판도라는 한동안 카시스를 뚫어져라 응시했다. 그녀는 속으로 몰래 감탄하고 있었다.

'이렇게 보니 청의 귀공자도 굉장히 근사해졌잖아?'

몇 년 전에 봤을 때까지만 해도 좀 더 부드럽고 유한 인상이었던 것 같은데 이렇게 분위기가 달라지다니. 물론 그때도 카시스 페델리안은 귀공자라는 말에 모자람이 없게 새벽의 빛 같은 수려한 매력을 자랑하고 있었다. 하지만 지금의 카시스를 보니 그때의 그는 설익은 과실이나 마찬가지였다는 사실을 알 것 같았다.

판도라는 카시스를 은밀히 훑어보았다. 사실 만찬장에 처음 들어섰을 때부터 그녀는 카시스를 훔쳐보느라 여념이 없었다.

'지금까지는 류자크 가스토르가 제일 내 취향이었는데 말이지. 하지만 청의 귀공자가 의외로 굉장히……'

판도라의 눈동자에 한순간 야릇한 빛이 번뜩이며 스쳐 지나갔다.

'그럼 여기에 머무는 동안 내 걸로 만들어 볼까?'

"오빠 얼굴에 뭐가 묻기라도 했나요?"

그때, 유리구슬이 굴러가는 것 같은 청아한 목소리가 만찬장 안에 울려 퍼졌다. 판도라는 퍼뜩 정신을 차리고 고개를 돌렸다. 그러자 언젠가부터 그녀를 쳐다보고 있던 실비아가 시야에 들어왔다.

눈이 마주친 순간, 실비아가 천진한 얼굴에 호기심 어린 표정을 지어 보였다.

"아니면 뭔가 다른 문제라도 있나요? 갑자기 오빠를 너무 무섭게 쳐다보셔서요."

"아, 그게 아니라 잠시 다른 생각을 하느라……."

판도라는 어색하게 웃으며 변명했다. 느닷없이 허를 찔러 들어오는 실비아 때문에 그녀는 내심 당황한 상태였다.

"아, 그래요?"

실비아가 그런 판도라를 보며 다행이라는 듯이 표정을 풀었다. 그 후 그녀는 방긋 웃으며 말했다.

"만찬 시간 동안 느낀 건데, 휘페리온의 사람들은 자기만의 세계를 참 확고하게 구축하고 있는 것 같아요."

그런데 이어진 실비아의 목소리에 판도라는 그만 무어라 답해야 할지 갈피를 잡을 수 없게 되고 말았다.

"지금 자리를 비운 백의 마수사 님도 아까 대화를 나누다 보니 꼭 딴 세상에 있는 사람처럼 느껴졌거든요. 그런데 휘페리온 양도 지금 이렇게 주변을 잊고 혼자만의 생각에 깊이 골몰하시는 걸 보니까, 역시 같은 휘페리온이라 그런지 상당히 많이 닮으셨구나 싶어서 신기하고 재미있네요."

"그……."

"조금 전에 오르카 휘페리온 님만 특이한 경우라고 하셨는데 제가 봤을 때는 두 분, 상당히 비슷하세요."

……욕인가?

판도라는 엄청난 욕을 먹은 것 같은 기분에 휩싸였다. 오르카 따위와 자신이 닮았다니. 뭔가 굉장히 굴욕적이고 수치스러운 기분이었다.

꼭 그런 이유가 아니더라도, 지금 실비아의 말은 만찬 자리에서 동석자를 배려하지 않는 행동을 보인 두 사람을 예의 없다 지적하는 것 같기도 했다.

하지만 실비아가 워낙 생글생글 순수하게 웃고 있어서 뭐라고 말하기도 애매했다. 게다가 저 순진무구한 얼굴을 보니 그녀는 딱히 나쁜 의도로 말한 것이 아닌 것 같았다.

"실비아."

카시스가 옆에서 조용히 여동생을 불렀다. 하지만 실비아는 마냥 해맑게 웃을 뿐이었다.

"응? 오빠도 그렇게 생각하지 않아?"

판도라로서는 더욱이 당황스럽게도, 카시스는 실비아의 말에 부정하지 않았다.

"틀린 말은 아니지만 이쯤 하는 게 좋을 것 같다. 그런 말을 바로 면전에서 하는 건 경우에 따라 실례가 될 수도 있으니까."

그는 부모님이 없는 자리에서 처음 손님맞이에 나선 여동생을 자상하게 가르치듯이 말했다.

"어머, 정말? 난 좋은 의미였는데. 사촌 남매인데도 많이 닮은 게 신기해서. 그래도 혹시 제 말에 기분이 상했다면 사과할게요."

"아니……. 괜찮습니다."

판도라는 떨떠름하게 대답할 수밖에 없었다. 분명 탐탁지 않은 기분이었지만 그렇다 해서 뭐라고 따질 정도로 태도가 예의에 어긋난 것도 아니었다. 더욱이 저렇게 사과까지 하니 여기서 속 좁게 굴기도 미묘했다. 실비아도 그렇고 카시스도 그렇고, 남매 모두가 워낙에 성결한 외양을 하고 있어서 더 그런 것도 있었다.

하지만 여전히 판도라의 기분은 찜찜했다. 그녀는 내내 카시스를 응시하던 시선을 아래로 떨구고 멈추었던 식사를 다시 이어 갔다.

만찬 시간이 이상할 정도로 길게 느껴졌다.

'오르카, 얘는 빨리 돌아오지 않고 뭘 하는 거야?'

실비아는 그런 판도라를 보며 그녀 몰래 새침하게 흥 콧방귀를 뀌었다.

오르카는 만찬장에서 나와 배를 움켜쥔 채 복도를 걸었다. 사용인에게 상태를 설명하니 곧 어디로 가면 될지 친절히 알려 주었다.

오르카는 격하게 고마움을 표한 뒤 다시 걸음을 서둘렀다. 그러나 그는 겉으로 보이는 것처럼 정말 격렬한 배설의 욕구를 느끼며 복통을 겪고 있는 것이 아니었다.

날카로운 은회안이 기민하게 시선을 움직였다. 역시 카시스 페델리안은 눈치가 빨랐다. 저렇게 뒤를 밟을 사람을 곧장 따라 보내다니.

하지만 오르카는 마물의 영역에서 땅의 주인인 그들의 눈을 피해 몰래 움직이는 데 특화된 사람이었다. 그는 어렵지 않게 뒤를 쫓는 사람들을 따돌리는 데 성공했다.

"아까부터 저쪽이 영 수상하단 말이지."

오르카는 그림자를 밟아 이동하며 멀리 솟은 건물을 응시했다. 그곳은 별관이 있는 곳이었다. 어쩐지 저곳에서 묘한 기운이 흘러나오는 것 같았다. 마물을 추적하고 그들 사이에서 생활하는 동안 오르카의 동물적인 육감은 놀라울 정도로 발달해 있었다.

만찬장에서 실비아와 마주한 결과, 그녀는 독나비의 주인이 아니라는 사실을 확신할 수 있었다. 무엇보다도 페델리안 특유의 맑은 기운은 독나비와 상성이 맞지 않았다. 게다가 실비아 자체도 마물을 길들이는 일에 관심이 없는 것 같았다.

처음에는 혹시 천연덕스럽게 아무것도 모르는 양 시치미를 떼고 잡아떼는 것은 아닐까 하고 의심했다. 하지만 좀 더 대화를 나눠 보니 아무래도 그건 아닌 것 같았다.

"저쪽이다!"

이크. 오르카는 벌써 그의 뒤를 쫓아온 이들을 피해 달리기 시작했다. 역시 목적지는 그의 오감을 건드리는 별관이었다.

"역시 백의 마수사네."

나는 독나비가 전해 주는 영상을 보며 피식 웃었다. 지금 내가 보고 있는 것은 만찬장 안의 광경이었다.

책을 봐서 이미 알고는 있었지만 백의 마수사 오르카 휘페리온은 굉장히 아름다운 남자였다. 그의 화려함은 활자로만 보고 상상했던 것보다 훨씬 웃돌았다.

그의 특이한 성격은 그보다 한술 더 떴다.

자기 자신을 꽃에 비유하다니.

아무리 스스로의 아름다움을 잘 알고 있고 또 자기애가 넘친다고 해도 여주인공의 앞에서 할 만한 소리는 아니었다. 황당해하는 실비아의 얼굴이 너무 적나라해서 또 한 번 웃음이 나올 뻔했다.

오르카와 함께 방문한 사람이 판도라인 것도 주목할 만한 일이었다. 휘페리온 특유의 연청색 머리카락은 오르카의 것과 똑같았지만 그녀의 눈동자만큼은 그와 상반되는 검은색이었다.

판도라는 요염하고 고혹적인 느낌을 풍기는 강렬한 인상의 미인이었다. 그리고 그녀는 『나락의 꽃』에서 록사나 아그리체와 마찬가지로 실비아의 남자를 탐했던 조연 캐릭터였다.

작중에서 그녀는 류자크 가스토르를 마음에 품고 실비아를 연적으로 여겨 질투했다. 거기에 더해 또 다른 남주인공인 오르카의 사촌 누이라는 명패를 걸고 실비아를 괴롭힌 시누이 캐릭터이기도 했다.

음, 물론 실비아가 오르카와 결혼을 한 것은 아니니 진짜 시누이는 아니었으나 어디까지나 그녀의 역할을 묘사하자면 그렇다는 의미였다.

판도라는 소설에서 오르카가 실비아를 납치해 휘페리온에 감금했을 때, 오르카 몰래 그녀를 괴롭혔다.

그런데 역시 휘페리온은 마물을 다루는 가문인 데다 소설의 수위가 19금이지 않은가? 그러다 보니 실비아와 오르카, 그리고 판도라가 얽혔던 휘페리온 가문의 에피소드는 특히 그 수위가 상당히 극악했던 것으로 기억한다.

대충 마물의 촉수를 이용해 실비아를 능욕하기도 하고, 마물의 페로몬으로 실비아를 미약에 취한 상태로 만들어서 괴롭히고…… 그랬던 것 같은데.

물론 오르카와 판도라, 이 두 사람이 비슷한 짓을 했어도 응징당하는 것은 판도라뿐이었다. 남주인공인 오르카가 실비아에게 하는 짓은 사랑이라는 명목하에 모든 것이 용납되었다.

그런데 막상 이렇게 직접 오르카의 얼굴을 보니……. 저런 멀쩡한 모습으로 소설에서 그런 정신 나간 짓거리를 저질렀다는 게 도저히 믿기지가 않았다. 물론 지금도 성격이 썩 좋아 보이지는 않지만 그래도 저 정도면 괴짜라는 말로 납득 가능한 범위인 것 같은데.

나는 혹시 오르카가 소설에서처럼 현실에서도 실비아에게 반하는 게 아닐까 싶어 영상에 주의를 집중했다. 하지만 다행이라고 해야 할지, 오르카는 시간이 지날수록 실비아에게 말을 거는 횟수가 줄어들고 있었다. 표정을 보아 하니 무언가가 그의 생각과 달라 실망한 것 같았다.

나는 그 이유가 뭔지 알았다. 오르카가 구금되었던 곳에 독나비를 보냈었기 때문이다. 그래서 지금 그가 무슨 생각을 하고 있을지 유추하는 건 어렵지 않았다.

오르카는 어디에선가 내 독나비를 보고 그것을 찾아 페델리안에 들어온 것이었다. 살육 나비에게 먹이를 주기 위해 그동안 두 번 정도 페델리안 밖의 마물 서식지에 나비들을 날려 보냈었는데 아마도 그것을 목격한 모양이었다. 오르카는 혹시 실비아가 독나비의 주인일지도 모른다고 생각해 혼자 기대했다가 실망한 것 같았다.

나는 사랑에 빠진 오르카가 얼마나 몸서리쳐지게 집요해질 수 있는지 알고 있었다. 물론 소설의 남자 주인공 중의 하나답게 그는 상당히 매력적인 남자로 서술되었지만, 여자를 납치해 감금한 데 이어 능욕까지 하는 사람이 정상일 리 없었다. 그래서 차라리 그가 실비아에게 관심을 거둔 것이 다행이라 여겨졌다.

그런데…….

이건 또 뭘까?

왜인지 조금 전부터 나는 오르카보다 판도라에게 자꾸 신경이 쓰였다.

기분 탓일까? 어쩐지 카시스를 보는 그녀의 눈빛이 심상치 않았다. 아까부터 먹으라는 밥은 안 먹고 대화도 하는 둥 마는 둥 하면서 카시스만 계속 훔쳐보는 게…….

아무리 봐도 저건 분명 흑심이 있는 거였다. 현실의 판도라는 류자크를 좋아하는 게 아닌 건가? 이미 소설과 상당히 많은 부분이 변한 후였으니 그렇다 해도 이상할 것은 없었다.

그런데 왜일까? 그런 생각을 하는 동안 나는 기분이 다소 언짢아졌다.

물론 내가 그럴 이유는 어디에도 없었다. 아무래도 오랜만에 독나비와 꽤 장시간 시각을 공유했더니 머리가 아파져서 그런 모양이었다.

나는 커다란 식탁에 둘러앉은 네 사람을 잠깐 지켜보다가 곧 독나비와의 연결을 끊어 냈다.

그 후 나는 테라스의 문을 열고 밖으로 나섰다. 지금 내가 있는 곳은 카시스의 방이었다. 어차피 할 일도 없어서 그가 올 때까지 그냥 여기에서 기다릴 생각이었다.

밤의 후원은 그 나름대로의 멋이 있었다. 나는 테라스의 난간에 상체를 기댄 채로 바깥의 풍경을 시야에 담았다. 그러다 문득 얼마 전에 들었던 나지막한 속삭임이 후원의 은은한 향기에 떠밀려 귓가로 흘러들었다.

"그날, 아그리체를 나온 밤에……."
"만약 손을 내민 사람이 내가 아니었어도 넌 상관없었겠지."
"하지만 난 꼭 너여야만 했어."

나는 숨을 천천히 내쉬었다.

……역시 괜히 따라왔나.

그 당시에는 별로 고려하지 않았던 것들이 이제 와서 뒤늦게 내 마음을 서서히 짓눌렀다. 카시스와 함께 지내는 동안 내 안에 하나둘씩 어떤 발자국이 새겨지는 것 같았다. 그날, 그냥 카시스를 따라오지 말 걸 그랬다는 생각이 들었다.

나는 난간에 팔을 올리고 그 위에 얼굴을 기댔다. 등허리에 늘어뜨린 머리카락이 어깨 밑으로 스르륵 미끄러져 내렸다. 아마 실비아가 묶어 주었던 붉은 리본이 그새 느슨해져 있었던 모양이다.

사락. 별안간 내 머리카락에서 풀린 리본이 뒤이어 불어온 바람에 떠밀려 날아갔다.

아. 저거 실비아가 준 거라 잃어버리면 안 될 것 같은데.

내 머리를 땋아서 리본을 묶어 주며 행복해하던 실비아의 얼굴이 문득 떠올랐다. 그런 생각에 난간에 기대고 있던 몸을 막 일으켰을 때, 밑에서 바스락거리는 소리가 들려왔다.

"뭐야, 갑자기 어디서 끈이 날아온⋯⋯."

붉은 리본을 들고 나무 그림자 속에서 나타난 것은 연청색 머리카락을 가진 아름다운 남자였다. 그는 분명 오르카 휘페리온이었다. 어째서 오르카가 여기에 있는지 의문을 품을 새도 없이 시선이 마주쳤다.

다음 순간, 마주한 눈동자가 크게 벌어졌다. 그는 숨 쉬는 것조차 잊은 것처럼 딱딱하게 굳어서 나를 올려다보았다. 커다랗게 뜨여 얼어붙은 은회안에는 몹시도 큰 당혹감이 어려 있었다.

"⋯⋯마물?"

그러다 오르카에게서 자그마하게 새어 나온 속삭임에 나는 슬쩍 눈살을 찌푸리고 말았다.

"마물인가⋯⋯? 새로운 진화종인 인간형 마물?"

오르카는 얼떨떨한 얼굴을 하고 여전히 저런 헛소리를 지껄이고 있었다.

"아니야, 그런 게 있다고는 들어 본 적 없는⋯⋯."

"오르카 휘페리온."

그 순간, 미성의 목소리 위로 얼음 덩어리 같은 차가운 목소리가 묵직하게 떨어져 내렸다. 이번에 나타난 것은 카시스였다. 그의 얼굴에는 한기가 폴폴 날리고 있었다.

"허락 없이 페넬리안 안을 들쑤시고 다니다니, 경고를 알아듣지 못했군."

상황을 보아 하니 만찬장 안에 있던 오르카가 재주 좋게 몰래 자리를 빠져나온 듯했다. 카시스는 그것을 알아차리고 곧바로 뒤를 따라온 것이고 말이다. 하지만 오르카는 여전히 얼이 빠진 얼굴로 카시스를 쳐다볼 뿐이었다.

"아니……. 청의 귀공자, 혹시 지금 당신 눈에도 저게 보이나요? 저건 아무리 봐도 인간이 아닌 것 같은데……."

그의 말을 듣고 카시스의 시선이 위로 들렸다. 그는 잠깐 나와 눈을 맞대다가 다시금 오르카에게 시선을 떨어뜨렸다.

"뭐야, 혹시 내 눈에만 보이는 거야? 그럼 역시 저건 영체?"

"역시 어제까지 머물던 곳이 더 마음에 든 모양이군. 그럼 원하는 대로 해 주지."

카시스의 무반응한 모습을 어떻게 해석했는지, 오르카가 기함해 입을 벌렸다.

"끌고 가."

카시스는 그런 그를 무시하고 뒤를 따라온 수하들에게 서늘히 명령했다. 그들은 카시스의 명을 따라 오르카의 양쪽 팔을 붙잡았다.

하지만 오르카는 여전히 뭐가 뭔지 모르겠다는 얼굴로 나를 쳐다보고 있을 뿐이었다. 결국 그는 넋이 빠진 상태로 카시스의 수하들에게 붙들려 갔다.

"왜 밖에 나와 있어."

나를 대하는 카시스의 태도는 오르카를 마주할 때와 확연히 달랐다. 내게 건네진 목소리에 찬기가 꺾여 있는 것이 뚜렷하게 느껴졌다. 아직 그의 뒤에 남아 있던 수하들이 조용히 물러났다.

나는 카시스의 눈에 시린 유리 조각의 잔해 같은 것이 여전히 박혀 있는 것을 발견했다. 지금 그가 무슨 생각을 하고 있는지 어쩐지 알 것 같았다. 나를 향한 감정은 아니었지만 그래도 그 원인에 내가 있다고 생각하니 달래 주고 싶어졌다.

그래서 말했다.

"당신을 기다리고 있었어."

그러자 카시스가 입을 다물고 나를 올려다보았다.

"이제 아예 온 거야?"

"……그래."

"약속했던 대로 정말 일찍 왔네."

나는 테라스의 난간에서 손을 떼며 덧붙였다.

"그럼 올라와. 당신 방에 있을 테니까."

카시스는 대답 없이 나를 응시하다가 마침내 자리에서 발길을 뗐다. 나도 그제야 테라스를 떠나 방으로 들어섰다.

그 후 우리는 카시스의 방에서 함께 늦은 저녁 식사 시간을 가졌다. 카시스는 이미 만찬장에서 대충 배를 채운 뒤라 제대로 식사를 하지 않고 주로 내가 먹는 모습을 앞에서 지켜보았다. 조금 전에 본 오르카에 대해서는 카시스도 나도 아무 말도 하지 않았다.

그렇게 또 하루가 지나갔다. 그리고 다음 날, 자리를 비우고 있던 페델리안의 주인과 안주인이 돌아왔다.

카시스의 말대로였다. 페델리안의 주인 내외가 저택을 비운 것은 사실이었다. 그들은 약 열흘 동안 이어졌던 공백에 점을 찍고 페델리안에 돌아왔다.

나는 리셸의 부름을 받고 처음으로 페델리안의 본관에 발을 들였다. 지금까지 내가 했던 생각이 무색하게도 그는 저택에 돌아오자마자 나를 만나고자 했다.

그리하여 내가 안내받은 곳은 리셸의 집무실로 보이는 곳이었다. 이런 내밀한 공간에 나를 들인 것이 의외였다. 어쩌면 이제부터 나눌 이야기의 중차대함을 암시하는 것인지도 몰랐다.

똑똑.

"록사나 아그리체 양입니다."

나를 안내한 사람이 문 앞에 서서 노크를 한 뒤 내 방문을 알렸다. 숨을 한 번 크게 들이마셨다가 내쉴 만큼의 시간이 지난 뒤 안쪽에서 응답이 들려왔다.

"들어오게."

잠시 후, 나는 리셸과 마주 보고 앉았다. 리셸의 집무실은 매우 정갈했다. 그와 내 사이에 있는 테이블에는 하얀 김이 피어오르는 찻잔이 놓여 있었다.

리셸은 바로 서두를 던지지 않고 내게 차를 마시라고 말했다. 나는 그의 권유대로 찻잔을 들어 올렸다. 어쩌면 찬물 한 잔 내주지 않고 1분 1초도 아깝다는 양 곧바로 본론에 들어갈지도 모른다고 생각했는데.

고결한 성품을 가진 페넬리안의 수장답게 리셸은 내게 충분한 예의를 갖춰 주고 있었다.

차를 거의 다 비워 가는 동안 리셸과 나 사이에 다른 대화는 없었다. 하지만 그것이 불편하지는 않았다. 어쩌면 생각보다 리셸이 위압적이지 않은 분위기를 띠고 있었기 때문일 수도 있었다. 아니면 애초에 내가 그에게 기대하는 바가 없었기 때문이었는지도 몰랐다.

"긴말을 나눌 필요는 없을 것 같군."

그래서 마침내 입을 연 리셸이 그렇게 운을 띄웠을 때, 나는 차분한 마음으로 앞으로 이어질 그의 말을 기다릴 수 있었다. 그러나 이어서 내 귀를 파고든 말은 의외의 내용을 담고 있었다.

"원하는 만큼 편안히 머물도록 하게."

나는 귀를 의심하며 리셸을 바라보았다. 그는 조금 전 무슨 말을 했냐는 듯이 담담한 낯을 하고 있었다. 그러다 그의 시선이 내게 닿았다.

"왜 그런 눈으로 쳐다보지?"

나는 잠시 말을 골랐다. 그러다 이윽고 굳은 입술을 떼 나지막한 음성을 흘려보냈다.

"떠나라 하실 줄 알았습니다."

"지금 바로 떠나라고 하면 그럴 생각이었나?"

거기에는 대답하지 않았지만 리셸은 내 얼굴을 보고 속을 간파한 듯했다.

"카시스가 마음고생을 좀 하겠구먼."

곧 그가 들고 있던 찻잔을 내려놓으며 혼잣말처럼 낮게 읊조렸다. 집무실 안에 깔린 공기는 차분하게 가라앉아 있었지만 나를 압박하듯이 무겁지는 않았다. 뒤이어 내게로 날아든 리셸의 눈길 역시 마찬가지였다.

"환영하지 못할 이유도 없지 않겠는가. 카시스가 3년 전에 아그리체에 있었을 때…… 음."

그러나 그는 말을 끝맺지 않고 잠시 무언가를 고민하는 기색을 내비쳤다.

"자네의 호칭을 무어라 해야 할지 모르겠군. 성으로 불리는 건 원치 않을 것 같고. 그냥 지금처럼 편히 부르겠네."

"네, 괜찮습니다."

"그래. 카시스가 3년 전 아그리체에 있을 적에 자네에게 큰 도움을 받았다고 하던데."

나는 잠시 침묵했다. 그렇게 찻잔에 얕게 고인 액체를 말없이 내려다보다가 마침내 닫혀 있던 입술을 뗐다.

"아니요. 아마…… 진실은 그가 생각하는 것과 조금 다를 겁니다."

카시스와 페델리안의 사람들이 생각하는 게 무엇이든 그것은 내가 가진 진실과 완전히 동일하지 않을 터였다.

솔직히 말하자면 그것은 순수한 선행이 아니라 나 좋을 대로 그를 이용한 것에 불과했다. 실제로 나는 내 목적을 이루기 위해 그 시절 일부러 그를 위험에 처하게 만들기도 했다. 내가 원하는 바를 이루기 위한 과정에서 그가 어느 정도 다쳐도 상관없다고 생각했다. 그를 살리고자 한 이유의 대부분은 그저 알량한 자기만족일 뿐이었다. 그러나 그런 것은 굳이 내 입으로 밝힐 필요가 없는 일이었다.

어쨌거나 내가 그때 카시스를 돕고자 했던 것도, 또 그것을 실제로 행한 것도 분명한 사실이었다. 그러니 그저 이대로 입을 다물고 있으면 모두가 알아서 나를 좋은 사람이라 착각할 터였다.

그런데 나는 지금 왜 이런 것을 구태여 리셸에게 말하고 있는가. 마치 그런 이유로 나를 페넬리안에 받아들일 필요는 없다고 말하기라도 하는 것처럼. 꼭 이곳에서 내쫓기기를 바라기라도 하듯이.

그러나 지금 여기에서 나를 강제하는 사람은 아무도 없었다. 그러니 만약 떠나고 싶다면 내 입으로 직접 의사를 표명하면 될 것이다. 하지만 그러지 않는 이유는…….

나는 아래로 내리깔고 있던 눈을 완전히 감아 시야를 차단했다. 조금 전에 마신 차 때문인지 어쩐지 입안이 조금 씁쓸했다.

"본래 어떤 일이 벌어졌을 때, 그 일이 무엇이든 거기에 한 가지 이유만 존재하는 경우가 오히려 극히 드물 테지."

리셸이 그런 나를 가만히 들여다보다가 시선을 돌렸다.

"악행이든 선행이든 다 마찬가지 아니겠나."

곧 그의 손이 테이블 위의 찻잔을 다시 들어 올렸다.

"그러니 설령 주는 사람이 그런 의도가 아니었다 해도 그것을 받는 사람에게는 선행이 되었다고 한다면 진실은 이미 상관없지 않겠는가. 하물며 카시스는 그런 것 정도야 어찌 되었든 이미 상관하지 않는 모양이니까."

그의 말은 놀라울 정도로 상냥했다.

"그러니 나로서도 굳이 반대할 이유가 없어."

어투는 무심할 정도로 담담했고, 또 그 안에 깃든 온도는 높지도 낮지도 않게 미지근했다. 하지만 그 말의 내용만큼은 그렇지 않았다.

"그 외에 자네나 우리나 똑같이 마음에 걸려 하고 있는 복잡한 일들이 있기는 하지만……. 적어도 우리에게는 지금 앞서 말한 부분보다 그 일이 우위에 있지 않으니 굳이 들추지 않아도 괜찮지 않겠나."

페넬리안의 사람들은 이상했다. 카시스뿐만이 아니라 리셸까지 내게 이런 말을 할 줄은 몰랐다. 그런 이유로 나를 받아들일 수 있다니…….

리셸의 말에 대한 그 어떤 대답도 적당하지 않게 생각되어 나는 그저 말을 삼켰다. 그리고 잇따른 음성에 불현듯 그의 눈에 시선을 고정시키고 말았다.

"그래도 이건 지금 말해 둬야 할 것 같군. 아그리체에 대한 소식이네."

리셸은 그런 나를 똑바로 직시하며 덧붙였다.

"카시스는 어느 쪽이든 자네가 원하는 대로 해 주라 했으니 직접 선택하게. 듣고 싶은가?"

잠시 후 나는 리셸의 집무실에서 빠져나왔다. 그리고 그러자마자 이쪽을 향해 다가오고 있는 사람과 마주쳤다. 거리는 불과 스무 걸음도 채 떨어져 있지 않았다.

그녀는 단아하고 우아한 분위기를 가진 여인이었다. 나와 그녀는 둘 다 서로를 마주하고 잠깐 움직임을 멈추었다.

나를 향한 눈동자가 일순간 크게 떠졌다. 그러나 여인은 곧 표정을 정리하고 자리에 멈추었던 발길을 떼 곧장 나를 향해 다가왔다.

"벌써 이야기를 끝낸 모양이군요."

아마도 그녀는 리셸의 집무실에 방문할 예정이었던 듯했다.

나는 그녀가 페델리안의 안주인이라는 사실을 어렵지 않게 눈치챘다. 그 후 내가 먼저 그녀에게 인사했다.

"네, 지금 막 자리에서 일어난 참입니다. 좀 더 일찍 찾아뵙고 인사드리지 못해 죄송합니다."

"이름이?"

"록사나입니다."

"그래요. 나는 쟌느예요."

그녀는 나처럼 성을 떼고 이름만으로 자신을 소개했다. 나는 그것이 나를 위한 배려임을 깨닫고 또다시 묘한 감정을 느끼고 말았다.

"인사를 나누는 시기가 늦어진 것이 왜 그대 탓이겠어요. 우리가 내내 자리를 비우고 있었던 탓도 있지요. 그저 상황이 여의치 않았을 뿐이니 마음 쓰지 말아요."

쟌느의 시선이 잠깐 내 얼굴을 스쳤다. 고요한 눈동자가 내 모습을 천천히 살피고 지나갔다. 그러다 이윽고 그녀가 작게 미소 지었다.

"좀 더 이야기를 나누고 싶지만 좀 전에 카시스가 기다리는 걸 보고 온 참이라."

그 말을 듣고 나도 모르게 시선을 그녀의 뒤쪽에 있는 복도로 움직였다. 하지만 카시스는 지금 우리가 서 있는 장소에서는 보이지 않는 곳에 있는 모양이었다.

"환영의 의미로 조만간 차를 대접하고 싶은데. 곧 전갈을 보내지요."

나는 정확히 정의 내릴 수 없는 기분을 느끼며 앞에 있는 사람에게 성긴 시선을 보냈다. 그러다 가까스로 자그마하게 속삭였다.

"……환대에 감사드립니다."

"생각보다 늦게 나왔군."

회랑으로 나서자 바로 그 앞에 서 있는 카시스의 모습이 눈에 띄었다.

"그래? 언제부터 기다렸는데?"

"조금 전부터."

내가 다가가자 카시스가 내 얼굴을 물끄러미 들여다보았다. 하지만 그것으로 끝이었다. 카시스는 내게 아무것도 묻지 않았다.

그의 침묵은 내가 그 앞에서 보이던 것과 닮아 있었다. 그래서 나도 그에게 리셸과 쟌느를 만나 나누었던 대화에 대해 말하지 않았다.

카시스와 나는 나란히 걸음을 옮기기 시작했다.

"아앗!"

그러다 우리는 휘페리온의 사촌 남매와 마주쳤다. 아무래도 그들 역시 나처럼 페델리안 내외에게 인사를 하러 가는 중인 듯했다.

"설마 했는데 이렇게 보니까 진짜 사람이 맞잖아! 누이, 누이 눈에도 보이지? 영체가 아닌 게 맞지?"

오르카는 횡설수설하며 나를 손가락질했다. 하지만 카시스가 그것을 부러뜨려 버릴 것처럼 지그시 응시하자 곧 흠칫해서 손을 내렸다.

판도라는 아까부터 나를 보며 입을 쩍 벌리고 있었다. 그녀 역시 나를 보고 오르카 못지않게 놀란 것 같았다.

"마, 마물? 신화 속의 세이렌?"

나를 보고 또 마물 소리 운운하는 것을 보니 역시 오르카와 같은 피가 흐르는 사촌지간인 것이 맞긴 한 것 같았다. 나를 마물 취급하는 판도라에게 카시스의 찌푸린 눈빛이 박혀 들었다. 하지만 그녀는 그것을 느끼지 못한 듯, 혼이 빠져나간 얼굴로 계속해서 혼잣말을 중얼거렸다.

"아니면 멸종했다는 님프인가……?"

"가자, 카시스."

"지, 지금 사람 말을⋯⋯."

카시스와 나는 영 정신을 못 차리는 두 사람을 두고 발길을 돌렸다. 어차피 지금 그들의 상태로는 무슨 말을 해도 듣지 못할 것이 분명했다.

회랑 밖으로 완전히 나서자 눈부신 햇빛이 시야를 찔러 들어왔다. 나는 잠시 멈칫하며 손을 들어 올려 눈가를 가렸다. 그동안 주로 실내에만 있어서 그런지 시력이 약해진 건가 싶었다.

카시스의 눈길이 옆에 있는 내게 닿았다. 아마도 내가 현기증이라도 일으킨 것으로 오해하는 듯했다.

"걷기 힘들면 말해."

"말하면?"

이 사람, 날 진짜 심각한 병자 취급 하는구나. 물론 완전히 틀린 것은 아니긴 했다. 게다가 내가 본의 아니게 그에게 약한 모습을 보였던 것도 있었으니까. 하지만 그렇다 해서 이 정도 거리도 걷지 못해 골골거릴 정도는 절대 아니었다.

당연히 지금 내가 그에게 반문한 것은 정말 걷기 힘들어서 나를 어떻게 해 달라고 하는 것이 아니었다. 그러나 카시스는 지체 없이 내게 다가섰다.

"아니, 잠깐만⋯⋯."

뒤이어 몸이 위로 붕 떴다. 시야가 금세 높아졌다. 카시스가 별관 내에서 그러던 것처럼 나를 안아 들었기 때문이었다.

"⋯⋯지금 못 걷겠다는 의미로 한 말이 아니거든?"

도대체 이게 무슨 짓이지? 황망함을 느끼며 항의하자 카시스가 힐끔 나를 쳐다보았다.

"그래? 의사 표현을 불분명하게 해서 오해했나 보군."

아니, 도대체 뭐가 불분명했다는 거야……

"이제 알았으면 내려 주지?"

"아까 보니 네 보폭으로는 별관과 본관 사이로 이동하는 시간이 5분 정도 더 지체되더군. 그냥 이대로 가는 게 빨라."

무감한 음성 끝에 카시스가 걸음을 옮기기 시작했다. 정말 단순히 효율, 비효율을 따지는 것 같은 단조로운 억양이어서 뭐라고 반박하기에도 마땅찮았다. 이번에도 내가 뭐라고 더 말해 봤자 귓등으로도 듣지 않을 것이 분명했다.

"하아."

그래, 포기하면 편하지.

결국 나는 한숨을 내쉬며 카시스의 어깨에 턱을 올렸다. 그러다 보니 자연스럽게 조금 전 등지고 온 오르카와 판도라의 모습이 정면에서 보였다.

그들은 우리를 보고 아까보다 입을 더 크게 벌리고 있었다. 동그랗게 뜬 눈이 당장에라도 밑으로 굴러떨어질 듯했다. 막상 그런 그들의 얼굴을 보자 나는 또 잠깐 말문이 막히고 말았다.

"당신, 진짜로 다른 사람들 눈은 전혀 신경 안 쓰는구나."

잠시 후 어쩐지 나도 체념 섞인 심정이 되어 중얼거렸다.

"따로 인식해 본 적 없는 부분인데, 네가 그렇게 말하니 그런 것 같기도 하고."

"난 좀 신경 쓰인다고 해도 소용없겠지?"

"그냥 적응해."

대체 앞으로 얼마나 이런 짓을 더 하려고 적응씩이나 하라는 건지 알 수가 없었다.

나는 그의 어깨에 고개를 얹고 청명한 하늘을 올려다보았다. 기분 탓인지, 아까 이 길을 거꾸로 갈 때보다 지금 날씨가 더 맑고 화창해진 것 같았다.

그러다 다시 시선을 내렸을 때, 페델리안 내부를 오가던 사람들이 저마다 크게 당황하거나 돌덩이처럼 굳은 채로 이쪽을 보고 있는 것을 발견할 수 있었다.

때마침 시야에 나타난 실비아도 카시스와 나를 보고 흠칫했다. 그녀는 곧 흐뭇하게 웃으며 다시 살금살금 뒷걸음질 쳐 사라졌다.

아……. 나는 차마 형용하지 못할 기분을 느끼며 카시스의 어깨에 얼굴을 가리듯이 파묻었다.

잠깐 바람을 쐬러 테라스에 나갔다가 거기에서 의외의 사람을 발견했다. 감람색의 동그란 정수리가 꼭 보호색처럼 주위의 풀과 나뭇잎들하고 잘 어우러져 있었다. 내 인기척을 느꼈는지, 테라스 밑에 있던 그녀가 고개를 들었다.

"아, 안녕하십니까!"

올린이 깍듯한 자세로 내게 인사했다. 아닌 척해도 이렇게 나와 마주쳐 내심 동요하기는 했는지, 그녀의 행동에서 당혹감이 느껴졌다.

"그래, 안녕."

나도 일단 올린에게 마주 인사해 준 뒤 물었다.

"왜 여기에 있어?"

그녀는 아그리체에서 페델리안으로 이동할 때 보고 그 후로는 만난 적이 없는 카시스의 수하였다. 리셸을 만날 때 잠깐 본관에 갔던 것을 제외하고 나는 줄곧 별관 안에만 틀어박혀 있었다. 그러니 서로 얼굴을 볼 일이 없었던 게 당연하다면 당연했다.

그런데 어째서인지 지금 그녀는 내가 머무는 방의 테라스 밑에 보초를 보듯이 서 있었다.

"별관의 경비를 강화하라는 명이 있었습니다."

아, 오르카 때문인가. 그 말을 듣자 지난 일이 떠올라서 나는 알겠다는 듯이 고개를 끄덕였다.

"별관 주변만 경계하는 것만으로는 부족한 것 같아서 이제부터는 안쪽까지 3겹으로 보초를 서려고 합니다. 그래서 제가 이곳을 맡게 되었습니다."

올린은 그렇게 설명하며 언뜻 표정을 흐렸다. 그녀는 어쩐지 면구함을 느끼는 듯했다. 오르카의 일 때문이었다.

오르카가 별관에 몰래 숨어들어올 때도 그들은 카시스의 명으로 경비를 서고 있었다고 한다. 그런데도 오르카를 놓쳐 안쪽까지 잠입하는 걸 허용한 것이 못내 마음에 걸리는 모양이었다.

하지만 그들로서는 어쩔 수 없는 일이었을 것이다. 왜냐하면 오르카는 이래 봬도 소설의 남주인공이 아니겠는가?

일단 백의 마수사라는 위명이 괜히 있는 게 아니었다. 지금까지 마물들 틈에서 죽지 않고 살아온 남자인 만큼 오르카의 신체 능력은 대단할 수밖에 없었다.

특히 그의 민첩함과 기척을 숨기는 능력은 세 명의 남주인공들 가운데 가장 뛰어날 것이 분명했다. 그러니 오르카가 마음먹은 이상 다른 사람들이 그를 붙잡기 어려운 것은 당연했다.

그때, 저 멀리서 자그마한 소음이 흘러들었다. 뭔지는 잘 모르겠지만 또 별관의 후원 쪽에서 한바탕 소란이 벌어진 듯했다.

혹시 또 오르카인가? 아까도 별관에 숨어들려고 하다가 걸렸다고 들었는데. 왜 저렇게까지 여기에 기어들어 오려고 하는지…….

그가 출몰하는 구역이 후원 쪽이라 더 찜찜했다. 그곳은 지난번에 오르카와 우연히 마주쳤던 테라스와 거리가 멀지 않았으니까.

계속 별관의 뒤쪽을 노리는 것을 보니 아무래도 지난번에 내가 있던 카시스의 방을 내 방이라 착각하고 있는 것 같기도 했다.

혹시 내가 독나비의 주인이라는 걸 눈치챘나? 그래서 저렇게 별관에 들어오려고 하는 건가? 그런 생각을 하며 나는 소음이 들려오는 곳으로 시선을 고정시켰다.

"무슨 일이 있어도 저희가 지켜 드릴 테니 안심하십시오."

그런 나를 보고 무슨 생각을 했는지, 올린이 조금 전보다 힘이 실린 눈빛으로 나를 보며 말했다. 그녀의 얼굴에는 사명감마저 어려 있었다. 그 모습이 참으로 믿음직스럽기도 했다.

아무래도 올린은 나를 오르카나 그 밖의 위험 요소로부터 몸 바쳐 지켜 줘야 한다고 생각하는 것 같았다. 어쩌면 그녀 역시 이곳에 오는 내내 병든 닭처럼 골골거리던 내 모습을 보고 나를 연약하다고 생각하는 것인지도 몰랐다. 아니면 카시스가 워낙에 나를 병자 취급하다 보니 그것이 옳은 것일 수도 있었다.

음, 어느 쪽이든 어쩐지 기분이 좀 미묘해졌다. 나는 그녀에게 희미하게 웃으며 고맙다고 말한 뒤 다시 방으로 들어갔다.

알고 보니 올린은 성이 아니라 이름이었다. 원래 그녀의 풀 네임은 올린 올리비아로, 성과 이름이 비슷했다. 그러다 보니 어릴 때부터 '올린 올린'이나 '올리 올리' 따위의 줄인 이름으로 불리며 놀림당하기도 했다고 한다. 그래서 그럴 바에는 차라리 성을 떼고 올린이라 부르라고 한 것이 오늘까지 이어졌단다. 이제는 본인도 성이 아닌 이름으로 불리는 것이 더 편하다고 했다.

이제부터 내 방의 테라스 밑에서 경비를 서게 된 올린에게 직접 들은 이야기였다. 참고로 카시스는 수하들을 모두 성이 아닌 이름으로 부른다고 한다.

별로 쓸모 있는 대화는 아니었지만 이런 것도 의외로 나쁘지는 않았다. 올린은 내가 말을 걸 때마다 흠칫하면서도 묻는 말에는 또 꼬박꼬박 대답을 잘 해 주었다. 물론 그렇다 해서 내가 그녀에게 자주 말을 거는 것은 아니었지만 말이다. 그저 가끔 테라스에 나가 바람을 쐴 때, 밑에 올린이 있는 것을 알면서도 무시하기가 좀 그래서 가볍게 인사나 나누곤 했을 뿐이다.

게다가 그녀와의 대화는 기분을 전환하기에 그럭저럭 괜찮았다. 리셸과 만나고 온 이후로 부쩍 나 혼자서 상념에 빠지는 일이 잦아졌기 때문이다.

"그래도 이건 지금 말해 둬야 할 것 같군. 아그리체에 대한 소식이네."

그날 들었던 말이 하루에도 몇 번씩 메아리처럼 머릿속에 울려 퍼졌다.

"카시스는 어느 쪽이든 자네가 원하는 대로 해 주라 했으니 직접 선택하게. 듣고 싶은가?"

만약 그때 내가 다른 대답을 했더라면 차라리 지금보다는 마음이 가벼워졌을까 하는 생각이 들었다. 하지만 분명 다시 그 순간으로 돌아가더라도 나는 같은 선택을 할 것이다.

그러니 이 번민은 틀림없는 내 몫이었다. 그런 이유로 나는 종종 테라스나 방에 있을 때마다 혼자 생각에 빠지곤 했다.

그러다 늦은 오후에, 나는 카시스의 방에 들어갔다. 그는 자리를 비워 별관에 없었다.

카시스는 요즘도 계속 내게 생기를 불어넣어 주고 있었다. 그가 내게 하는 일을 그런 식으로 말고 또 무어라 설명해야 할지 아직 나는 몰랐다.

카시스가 입술을 맞대고 내 안에 그를 닮은 정결한 기운을 흘려보내 주면, 몸에서 서서히 온기가 돌고 머리가 맑아졌다. 어떤 면에서는 가슴에 눌어붙어 있던 오물이 정화되는 것 같기도 했다.

조금 전에도 카시스는 자리를 비우기 전에 내게 같은 일을 하고 갔다. 하지만 그는 단순히 입술을 맞대기만 할 뿐, 여전히 그 이상의 일은 하지 않았다.

"아, 역시 좋네."

나는 주인이 없는 카시스의 방에서 떡하니 그의 침대를 차지하고 누웠다. 남의 떡이 커 보이는 것인지, 내 방에 있는 침대보다 카시스의 방에 있는 것이 훨씬 더 푹신하고 좋은 느낌이었다.

이렇게 직접 누워 보니 역시 만족스러웠다. 나는 슬쩍 몸을 굴려 자세를 옆으로 했다. 카시스에게서 기운을 나누어 받고 나면 꼭 잠이 쏟아졌다.

그는 아닌 것처럼 굴었지만 역시 내 수면 시간이 대폭 늘어난 것은 카시스 때문이 맞는 것 같았다. 카시스의 몸에서 풍기던 은은한 향기가 그의 이불에서도 묻어 나왔다.

나는 거기에 코를 파묻었다. 왜인지 그의 냄새를 맡으면 마음이 편안해졌다. 전에 아그리체에 있을 때에도, 카시스를 떠올릴 때마다 긴장이 풀어지고 몸이 이완되는 것을 느끼곤 했다. 그것은 지금도 마찬가지였다.

하지만 아무리 생각해도 그런 건 좀 이상했다. 카시스와 나는 3년 전에 고작 한 달도 안 되는 시간만을 함께 보냈을 뿐이었다.

물론 그것은 퍽 강렬한 경험이었지만…….

그래도 그에게서 이런 기분을 느낄 수 있다는 게 이해가 되지 않았다. 그러나 원래 이 세상에는 내가 이해할 수 있는 일만 벌어지는 것이 아니니까……. 그러니 이해할 수 없는 일은 이해하지 못하는 대로 그저 그렇게 내버려 두는 것도 하나의 방법일 것이다.

사색에 오래 잠길 틈도 없이 서서히 눈이 감겼다. 나는 주인이 오기 전까지 잠시만 눈을 붙이기로 하고 몸에서 힘을 풀었다.

꿈을 꾸었다.

시간을 거슬러 올라가 마침내 도달한 지점은 아그리체에서의 마지막 밤이었다. 어쩌면 리셀을 만나고 온 탓에 이런 꿈을 꾸는 것인지도 몰랐다.

나는 란트의 집무실에 있었다. 그곳의 서리 낀 공기와 그 속에 검은 얼룩처럼 배어 있던 약초의 매캐한 향기가 아직도 선명했다. 그런데 그 사이에 얼핏 다른 냄새가 섞여 들었다. 란트가 늘 피우던 각성제와는 종류가 다른 청량하고 맑은 향기였다.

아, 그래. 카시스의 옷을 걸치고 있었지.

나는 위그드라실에서 만난 카시스가 주었던 겉옷을 입은 채로 술을 마시고 있었다. 제레미에게 사용인들을 한곳에 대피하게 하고 병사들을 해산시키는 일을 맡긴 뒤였다.

그러다 굳게 닫힌 문을 열고 데온이 안으로 들어왔다. 어둠 속에서도 선연한 광채를 내는 붉은 눈동자가 곧바로 시선을 맞춰 왔다.

낮은 발걸음 소리와 함께 그가 내게 다가왔다. 나는 그때 그를 똑바로 마주 보았던가, 아니면 또 외면하듯이 눈을 감았던가?

그때의 내가 어땠는지는 기억이 나지 않지만 지금의 나는 후자 쪽이었다. 불현듯 뺨에 차가운 무언가가 닿아 왔다. 어쩐지 아득한 의식 너머로, 누군가의 시린 손이 내 얼굴을 가볍게 스치는 것이 느껴졌다.

피부 위로 스미는 서늘한 온도에 연상되는 사람이 있었다. 하지만 그는 이런 식으로 나를 다정히 만진 적이 없었다. 그와 나는 그런 관계가 아니었다.

내가 그에게 이런 일을 결코 허락할 리 없는 것처럼, 그 역시도 내게 이와 같은 행위를 시도할 리 없다는 사실을 너무나도 잘 알고 있었다.

그 괴리감에 서서히 정신이 돌아왔다. 어느덧 해가 완전히 떨어졌는지 사위가 어두웠다. 가물가물한 시야에 검은 형체가 비쳤다.

아……. 드디어 올 것이 왔나.

그 순간, 무심결에 그런 생각이 들었다. 그래서 나도 모르게 조금 전 꿈에서 보았던 사람의 이름을 소리 내 부르고 말았다.

"……데온?"

뺨에 닿아 있던 손이 우뚝 멈추어졌다. 그제야 무언가 이상하다는 사실을 깨달았다. 마침내 잠기운이 완전히 사라진 내 눈에 들어온 사람은 카시스였다.

"데온이라고?"

낮게 읊조려진 음성이 머리 위에서 무겁게 떨어졌다. 카시스가 밖에서 묻혀 온 찬 기운이 나한테까지 번져 들었다. 그의 손이 내게서 완전히 떨어졌다.

"……내가 그자와 닮았다고는 한 번도 생각해 본 적 없는데."

나를 내려다보는 카시스의 눈동자에서 삭풍이 부는 것 같았다.

"내 방에 잠들어 있던 네 입에서 왜 그 이름이 나온 건지 이유를 모르겠군."

낮게 속삭이며 카시스가 어스름하게 웃었다. 하지만 그것은 분명 유쾌해서 지은 미소가 아니었다.

나는 카시스를 올려다보며 숨을 깊게 들이마셨다. 그 후 다시 느리게 숨을 토해 내면서 누워 있던 몸을 일으켰다.

어느새 입안이 바싹 메말라 있었다. 나는 입술을 벌려 모래알처럼 건조하게 부스러지는 목소리를 밖으로 내몰았다.

"……순간 잠결에 착각했어."

카시스가 그냥 넘어갔으면 좋겠다고 생각했지만 이번에는 내 뜻대로 되지 않았다.

"다른 의미는 없었……."

"그러고 보니 위그드라실에서도 날 데온이라 불렀었지."

화합회의 마지막 날, 아직은 동이 트기 전이던 깊은 밤의 일이었다. 분명 카시스의 말처럼 그때도 나는 그를 데온이라 착각했다.

하지만 그것은 카시스를 3년 만에 보았기 때문이었다. 게다가 그때는 그의 얼굴이 어둠에 먹혀 있어서, 체형과 분위기를 보고 오해했던 것이 컸다.

"그 사람이 나오는 꿈이라도 꿨나 보군."

바싹 메마른 목소리가 귀에 고였다. 나는 이 상황이 무겁게 느껴졌다. 무슨 말로도 내 안에 들어 있는 것을 설명할 수 없다는 생각이 나를 침묵하게 했다.

일단 지금 이 자리를 피하기 위해 침대에서 몸을 일으켰다. 하지만 침대를 짚은 내 손을 카시스의 손이 위에서부터 덮어 눌렀다.

그 후 그와 나 사이의 거리가 좁혀 들었다. 나는 반사적으로 몸을 뒤로 물렸지만 그만큼 카시스가 상체를 앞으로 기울여 오히려 조금 전보다 더 가까워지게 되었다. 그래서 결국 나는 그에게 갇힌 것 같은 모양새가 되고 말았다.

"설마 지금까지 데온 아그리체를 기다리고 있었나?"

얼어붙은 금색 눈동자가 정면에서 나를 관통했다. 나는 살며시 입술을 지르물었다. 카시스에게 붙들려 단단히 고정된 손을 움직여 보았지만 옴짝달싹하지 않았다.

카시스가 이런 반응을 보이는 것도 당연했다. 내가 생각하기에도 조금 전 잠결에 데온의 이름을 불렀던 내 목소리는 기다려 왔던 것을 맞이하는 듯한 느낌을 풍기고 있었으니까.

하지만 지금 카시스가 무슨 생각을 하고 있든, 그것은 진실과 달랐다. 나는 아그리체의 마지막 날에 헤어진 데온이 어떻게 되었는지 알지 못했다. 그가 죽었는지, 살았는지도.

하지만 만약 그가 어딘가에 살아 있다면, 반드시 나를 찾아올 것이라 생각했다. 아그리체를 떠난 내가 어디에 있든, 아마 데온이라면 굴하지 않을 것이라고.

잠에서 깨 눈앞에 있는 검은 형체를 보았을 때, 나는 그것이 지금인 줄 알았다. 그것이 내가 무심코 데온의 이름을 입 밖에 낸 이유였다.

"……그런 게 아냐."

그 순간 나는 체념하는 한편, 우습게도 가슴이 철렁 내려앉는 것을 느끼고 말았다. 내가 카시스의 옆을 진짜 종착지라 여기지 않았던 이유. 어째서인지, 가끔씩 나 스스로 그려 왔던 내 결말에는 데온의 손에 죽는 내가 있었다.

"그 사람과 네 관계는 어딘가 기묘해."

묵직하고 차갑고, 또 예리한 음성이 고막을 찔러 들어왔다.

"아그리체를 나와서 지금까지 넌 란트 아그리체 이외에 다른 사람에 대해서는 한 번도 묻지 않았지. 데온 아그리체에 대해서도."

숨죽인 시선이 내 눈을 깊이 들여다보고 있었다. 마치 내게서 드러나는 한 치의 허점도 놓치지 않겠다는 것처럼.

"그래서 그날 난 말했어. 전부 다……."

느릿하게 이어지는 목소리가 적막한 공기 위에 무겁게 내려앉았다.

"네가 원하는 대로 되었다고."

거기에 담긴 의미는 분명 가볍지 않았다. 하지만 카시스에게 그 말을 듣고도 나는 무엇 하나 결정지을 수 없었다.

왜냐하면 데온이 그날 그곳에서 죽었기를 바라는지, 아니면 살았기를 바라는지, 아직도 나는 그것을 알 수 없었으니까.

"아그리체로 돌아가고 싶어?"

속삭이는 듯한 낮고 작은 음성이 성글은 숨결과 함께 허공에 흩뿌려졌다. 내 손을 움켜쥔 힘이 한결 강해졌다. 당장에라도 입술이 닿을 것처럼 가까운 거리에서 카시스가 말했다.

"하지만 보내 주지 않을 거야."

그 말을 듣는 순간 심장이 꽉 조여들었다.

다른 것은 모두 다 불투명한 와중에, 지금 카시스가 내게 원하는 단 하나만큼은 당장에라도 손에 잡힐 것처럼 눈에 선명하게 보였다.

그 순간 내가 느낀 것은, 이제는 차마 부정할 수 없는 희열이었다. 동시에, 아마도 내가 카시스에게 원하고 있을 것도 그 낯선 감정 위에 안개처럼 어른거리는 걸 알 수 있었다.

그래서 어쩔 수 없이 나는 어렴풋이 웃고 말았다.

"그래."

한 점의 흔들림 없이 곧은 눈빛이 좀 더 가까워졌다.

"만약 네가 다른 곳으로 가도, 다시 데려올 거야."

"그래."

나는 이번에도 카시스에게 똑같이 대답했다. 이상한 일이었다. 나를 쫓아오는 사람이 카시스라면, 그에게 그냥 잡혀 주고 싶었다. 분명, 아무에게나 이런 기분이 드는 것은 아닐 것이다.

카시스가 물어뜯듯이 내 입술에 키스했다. 평소에는 그렇게 조심스럽게 나를 대하는 주제에, 입맞춤만큼은 지난번에 그랬듯이 폭풍이 몰아치는 것처럼 거칠고 집요했다.

어쩌지……. 죽는 게 좀 아쉬워졌는데.

카시스와 있으면 내가 아주 귀한 사람이 된 것 같았다. 그는 나 같은 사람도 이 세상에 살아갈 가치가 있고, 또 누군가에게 사랑받을 자격이 있는 것처럼 느껴지게 만들었다.

이곳에서 만난 모두가 나를 내쫓기는커녕 오히려 환영해 주니, 정말 내가 여기에 있어도 되는 게 아닐까 하는 생각이 들었다.

그럼 이 사람, 그냥 내가 가질까? 그리 긴 시간이 아니더라도, 그냥 죽을 때까지 내가 거두는 걸로 할까? 그런 생각을 하며 나는 카시스의 등에 팔을 감아 더 가까이 끌어당겼다.

어차피 나는 이기적인 사람이었고, 사는 동안 내가 욕망하던 것을 갖기 위해서라면 무슨 짓이든 해 오던 여자였다. 그러니 모래알처럼 가슴 밑자락에 깔린 다른 것들은 그냥 전부 묻어 버리고 내 마음이 움직이는 대로 하자…….

지금까지의 고민을 떨쳐 내고 결국 나는 그렇게 결정했다. 그러자 날아다니는 민들레 홀씨처럼 한동안 허공에 붕 떠서 어디에도 내려앉지 못했던 마음이 무게를 입고 서서히 낙하하기 시작했다.

그래, 역시 내가 가져야겠다. 어쩌면 카시스는 훗날 나를 선택한 자신의 결정을 후회할지도 몰랐지만……. 미안하게도, 그런 건 내가 알 바가 아니었다.

다음 날, 이제까지 중에 가장 개운한 기분으로 잠에서 깨 자리에서 일어났다. 카시스는 또 별관에 없었다. 딱히 특이한 일은 아니었지만 오늘은 조금 불만스러운 마음이 생겼다.

나는 내 방의 테라스로 나갔다.

"아가씨. 좋은 오후입니다."

아, 지금이 오후였나. 시간이 벌써 그렇게 되었는지 몰랐다. 올린이 나를 보고 건넨 인사에 나는 희미하게 미간을 찌푸렸다.

카시스는 내가 잠든 사이에 일정에 없던 다른 용무가 생기면 올린에게 미리 이야기해 두곤 했다. 종종 그녀와 대화를 나누는 것을 알고 혹여나 내가 궁금해하지 않게 손을 써 둔 것이었다.

"카시스는?"

"가주님을 만나러 가신다고 하셨습니다. 1시 전까지 오신다고 했으니 지금쯤 돌아오는 중이시겠네요."

그 말을 듣고 나는 잠깐 고민하다가 이내 마음을 정하고 난간에서 손을 뗐다. 그러자 내게서 어떤 낌새를 느낀 올린이 물어 왔다.

"마중을 나가실 생각이십니까?"

"그냥 좀 걷고 싶어서."

"그럼 제가 뒤에서 따르겠습니다."

그렇게 나는 건물을 나와 올린과 함께 초목이 우거진 길을 거닐었다. 3중으로 별관을 지키고 있다는 게 사실인지 이동하는 동안 경비를 서는 사람 여럿과 마주칠 수 있었다.

그들은 나를 보고 몹시 놀라고 당황했다. 티를 내지 않으려 노력하는 모습이 가상하긴 했지만 그들의 동요가 나한테까지 여실히 전해져 왔다.

그래도 그들은 내게 반듯하게 인사했다. 비록 내 얼굴을 똑바로 마주하지 못하기는 했지만. 나도 그들에게 마주 인사해 주었다. 그 후 그들을 지나 별관 밖으로 나섰다.

경비를 세워 둔 것은 역시 오르카를 막기 위한 목적일 뿐인 것 같았다. 그들은 별관을 나서는 내 걸음을 막지 않았다.

다만 내 뒤로 경비를 서던 사람들 중 일부가 따라왔다. 도대체 오르카가 평소에 얼마나 상식 밖의 짓을 많이 해 왔기에 이렇게 경계를 늦추지 않는지 문득 궁금해졌다.

하긴, 나도 소설에서 본 게 있으니 그를 요주의 인물 취급하는 것이 납득되기도 했다. 곧 돌아온다고 했다던 말을 지킬 생각이었는지, 별관을 나온 지 얼마 지나지 않아 카시스를 발견할 수 있었다.

그런데 그는 혼자가 아니었다. 맑은 여름날의 하늘을 닮은 푸른 머리카락이 풍만한 몸매 위로 굽이쳐 흘러내렸다. 흑요석 같은 눈이 카시스를 향해 농염하게 웃음 지었다. 카시스는 판도라와 함께 있었다.

둘이 마주 보고 서서 무슨 이야기를 나누는지 궁금했다. 마치 아주 즐거운 대화를 나누고 있는 것처럼 판도라가 내내 웃고 있어서 더 그랬다. 물론 카시스의 얼굴은 판도라와 대조되게도 심히 무미건조했다.

나는 눈을 가늘게 좁혔다. 판도라의 저 교태 어린 몸짓과 눈빛에 담겨 있는 의도가 너무나 노골적이었다. 그녀는 분명 요염한 매력을 가진 여인이었다. 그러니 만약 나도 다른 상황에서 그녀를 보았다면 그저 아무런 사감 없이 예쁘다고 생각했을 것이다.

하지만 지금은……

그때, 카시스가 자신을 향해 다가오는 사람을 확인하려는 듯이 내가 있는 곳으로 고개를 돌렸다. 시선이 마주치는 순간, 온기 없던 금색 눈이 빛깔을 달리했다.

카시스는 설마 지금 나를 만날 줄은 상상도 못 했던 모양이었다. 일순간 놀란 기색을 내비치던 그의 눈이 고요한 물살처럼 잔잔해졌다.

그 안에 어린 감정이 녹아내릴 것처럼 부드럽고 달콤했다. 그것을 보고 나는 만족스러운 기분이 들었다.

줄곧 카시스의 얼굴을 보고 있던 판도라도 나와 같은 것을 목격한 것 같았다. 카시스에게서 떠나 내게 미끄러진 검은 눈동자에는 명백한 경계심이 박혀 있었다.

나는 서두르지 않고 카시스에게 다가갔다. 카시스도 나를 발견한 직후 판도라를 내버려 두고 곧장 내게 발길을 돌렸다. 그래서 내가 움직인 거리보다 그가 이동한 거리가 훨씬 길었다.

판도라도 곧바로 돌아가지 않고 카시스의 뒤를 따라오는 것이 보였다.

"카시스."

"왜 나왔어? 아직 몸 상태가 좋지 않을 텐데."

거의 동시에 입을 열었다. 나를 내려다보는 카시스의 얼굴에는 나를 향한 염려가 희미하게 번져 있었다. 나는 대답하는 대신 그를 보며 오히려 질문을 던졌다.

"아침에 왜 그냥 나갔어? 깨우지 않고."

평소보다 달짝지근하게 녹여 낸 내 목소리를 듣고 카시스가 한순간 눈매를 움칫했다. 나는 거기에서 그치지 않고 그의 팔에 손을 얹어 부드럽게 밀착시켰다. 그 밀접한 접촉에 맞닿은 팔의 근육이 조금 딱딱하게 굳어지는 것이 느껴졌다. 짧은 공백 끝에 카시스가 다물려 있던 입술을 뗐다.

"……곤히 잠들어 있어서 깨우지 않는 게 나을 것 같더군."

그에 나는 여트막한 숨을 내쉬며 약간 투정을 부리듯이 말했다.

"당신이 너무 늦게까지 안 재워 줘서 그렇잖아."

그 순간 카시스도 침묵하고, 주위를 둘러싼 공기도 한결 적요해졌다. 내 입에서 나온 것이 야릇한 의심을 사고도 남을 오묘한 말이었으니 그럴 만도 했다.

큰 목소리가 아니라 지금 멀찍이 떨어져 있는 수하들의 귀에는 닿지 않았겠지만, 바로 근처에 있던 판도라는 틀림없이 내 말을 귀에 담았다. 그 증거로 그녀는 입을 벌린 채 나와 카시스를 번갈아 쳐다보고 있었다.

물론 카시스와 나는 어젯밤에 빨간 딱지를 붙여야 할 만한 일을 하지 않았다. 뭐, 분위기가 그렇게 흘러가다 보니 상당히 위험한 수위의 키스를 하긴 했다.

그러다 절제를 잃고 상반신까지는 조금 풀어헤쳤던가, 아니던가. 그리고 좀 애먼 곳을 만졌던 것 같기도 하고 아닌 것 같기도 하고.

내가 이렇게 불분명하게 말하는 이유는 어젯밤에 카시스와 한참 저러다가 갑자기 또 열이 올라서 정신이 오락가락했기 때문이다. 그 후에 카시스가 또 나한테 맑은 기운을 엄청나게 밀어 넣어 주었던 기억이 언뜻 떠올랐다.

그런 이유로 나는 내내 정신없이 자다가 이렇게 해가 중천에 뜬 시각에 눈을 뜨게 된 것이었다. 그래서 지금도 나를 보자마자 카시스가 내게 걱정하는 어투로 말을 건넨 것이기도 했다.

어쨌든, 그래서 요점만 말하자면 카시스와 나는 어젯밤에 어른들의 위험한 놀이를 하지 않았다, 이거였다.

"그래…… 간밤에는 내가 지나쳤던 것 같군. 다음에는 주의하도록 하지."

카시스가 내 말을 어떻게 생각했는지는 모르겠지만, 일단 그는 반박하지 않았다. 나로서는 의도했던 대로 내 말이 사실임을 카시스의 입으로 직접 입증한 셈이 되었으니 만족스러운 일이었다.

"흠, 크흠."

굳은 채로 카시스와 내 대화를 듣고 있던 판도라가 가까스로 평정을 되찾은 듯이 헛기침을 했다.

"안녕하세요. 당신이 우리보다 한발 앞서 페델리안에 머물고 있었다는 손님이군요."

판도라는 먼저 나를 알은척하며 대화의 물꼬를 틀었다. 나도 이제야 그녀를 발견했다는 듯이 생긋 웃으며 말했다.

"아, 지난번에 회랑 앞에서 만났었죠."

내 미소를 본 판도라의 눈빛이 몽롱해졌다. 아무래도 휘페리온의 사촌 남매는 내 미모에 유독 취약한 체질을 타고난 모양이었다. 그래도 학습 능력이란 게 있는지 판도라는 지난번에 비해 금방 정신을 차렸다. 그리고 서둘러 표정을 가다듬었다.

"난 판도라 휘페리온이에요. 당신 이름은?"

"록사나예요."

성은 밝히지 않았다. 그래서인지 판도라는 혼란을 느끼는 것 같았다. 그녀 혼자 머릿속으로 내 정체를 열심히 추리하고 있는 것이 나한테까지 느껴졌다. 무언가 짐작하는 부분이 아주 없지는 않은 것 같은데, 그래도 아직은 확신할 수 없는 단계인 듯했다.

카시스의 시선도 내 얼굴에 내려앉았다. 하지만 그는 내 언동에 대해 아무 말도 하지 않았다.

"다른 한 분은 모습이 보이지 않네요. 리본을 돌려받고 싶은데."

판도라가 고민하는 것을 보면서 나는 태연하게 말을 이었다. 이번에는 판도라보다 옆에 있던 카시스에게서 먼저 반응이 이끌어졌다.

"리본?"

"응, 그때 실비아가 머리에 묶어 줬던 거 말이야. 테라스에 나가 있다가 바람에 날아갔거든."

"그럼 실비아에게 바로 돌려주게 하면 되겠군."

아까부터 판도라는 카시스와 내가 대화를 나누는 것을 보며 시시각각 표정을 변화시키고 있었다. 그러나 곧 그녀는 언제 그랬냐는 듯이 웃으며 내게 말을 건넸다.

"록사나 양, 괜찮으면 함께 정원을 산책하지 않겠어요?"

나를 향한 판도라의 눈에는 미처 숨기지 못한 검은 독이 은밀하게 도사리고 있었다. 나는 그런 그녀를 보며 고개를 슬쩍 기울였다.

이상한 사람이네. 왜 날 저런 눈으로 보지? 꼭 먹기 직전의 밥그릇을 나한테 가로채이기라도 한 것처럼.

하지만 카시스는 처음부터 내 것이었다. 만찬장에서 카시스를 훔쳐보는 판도라에게 내가 언짢은 감정을 느꼈던 이유를 이제야 알 것 같았다.

어쩌면 나는 3년 전 아그리체에서 맨 처음 카시스를 만났을 때부터 지금까지 줄곧 그렇게 생각하고 있었던 듯하다. 카시스에 대한 소유권은 나한테 있다고. 그리고 그와 나 사이의 연결은 우리가 떨어져 있던 동안에도 결코 끊어진 적이 없다고.

"이렇게 만난 것도 인연이니 친분도 다질 겸 오붓하게 담소라도 나누고 싶네요."

"단둘이 말인가요?"

"네."

판도라는 퍽 친근한 태도로 내게 청했지만 나를 보는 그녀의 눈빛에는 도전의 의미가 담겨 있었다. 나는 방긋 웃으며 흔쾌히 수락했다.

"그래요, 그럼."

하여 내가 판도라 쪽으로 막 한 발짝 내디뎠을 때, 나를 주시하던 카시스가 팔을 붙잡아 왔다.

"오래 걷는 건 아직 힘들 텐데. 무리하면 몸에 좋지 않아."

"이 정도는 괜찮아. 그냥 산책인걸."

"그럼 나도 동행하지."

"아니야, 당신은 바쁘잖아."

하지만 나는 평소보다 단호한 태도로 그를 뿌리쳤다. 카시스의 눈이 일순간 가늘게 좁혀졌지만 나는 그것을 못 본 척했다. 그 후 나는 판도라를 향해 나긋이 눈웃음 지었다.

"가요, 휘페리온 양."

록사나는 '정말 사람이 맞는 걸까?' 싶을 정도로 휘황찬란한 아름다움을 가진 여자였다. 분명 그녀 역시 다른 사람들과 마찬가지로 뼈와 살과 피로 이루어져 있을 텐데, 도무지 다른 인간들과 동일 선상에서 그녀를 두고 생각할 수가 없었다.

그녀의 미모는 그야말로 개안하는 것 같은 기분이 들 정도로 독보적이었다. 이렇게 새순이 돋아난 정원을 거닐고 있는 모습을 보니 '봄의 향기를 형상화하면 이런 생물체가 될까?' 싶은 생각이 들 정도였다.

그녀의 머리 위로 내리쪼이는 햇빛마저 신성한 후광처럼 느껴졌다.

'아니, 연적의 미모에 이렇게 감탄해서 어쩌자는 거야.'

판도라는 멍하니 록사나를 지켜보다가 퍼뜩 정신을 차렸다. 그 후 스스로의 뺨을 마구 후려치고 싶어졌다. 회랑에서 처음 봤을 때에도 판도라는 같은 실수를 저질렀다.

록사나와 카시스의 앞에서 한심하게 마물이니, 세이렌이니, 님프니 하는 소리를 지껄였던 것을 상기하면 지금도 절로 수치심에 몸서리치게 되었다.

아, 그러게 괜히 오르카 따위의 말을 들어서는.

얼마 전 만찬장에서 사라진 후 페넬리안의 수하들에게 붙잡혀 온 오르카는 어째서인지 넋이 빠져 있었다. 그러면서 그는 꼭 뭘 잘못 먹기라도 한 것처럼 별관에서 마물 같은 여자를 봤다느니, 사람이 아니라 영물 같았다느니 하는 헛소리를 지껄여 댔다.

그래서 판도라도 록사나를 보자마자 저도 모르게 그와 비슷한 소리를 입 밖으로 내뱉고 만 것이었다. 그래, 이건 저도 모르게 세뇌를 당한 탓이지, 절대로 오르카 따위와 같은 생각을 한 것이 아니었다!

"좀 전에 카시스와는 무슨 이야기를 나누던 중이었나요?"

아, 제길. 목소리까지 환상적이야. 이슬이 풀잎 위를 구르는 소리가 이러할까.

"압류당했던 마물을 돌려받아서 감사를 표하고 있었어요."

"아, 페넬리안의 성문을 넘는 데 이용했다는 그 마물 말이군요."

조물주가 록사나를 만드는 데 심혈을 기울이느라 몇 날 며칠 동안 식음을 전폐했다 해도 믿을 수 있을 것 같았다. 하지만 조금 전에 카시스와 록사나가 정답게 눈을 맞대고 이야기를 나누던 모습을 떠올리자 속에서부터 울컥 뜨거운 열이 올라왔다.

이번에는 판도라가 록사나에게 물었다.

"청의 귀공자님과는 언제부터 알고 지낸 사이인가요?"

"햇수로 치면 3년이 되었네요."

이대로 아무것도 하지 않고 포기하기에는 카시스 페델리안이 매우 탐이 났다. 오르카를 만나기 전에 튜로베가 들려준 바에 의하면 분명 청의 귀공자가 데려갔다는 여자의 정체는 아그리체일 텐데.

그런데 어떻게 페델리안인 카시스와 아그리체 소속인 록사나가 이런 긴밀한 관계가 된 것인지 도무지 납득이 되지 않았다.

그래도 다행이라 해야 할지, 록사나는 그녀가 한 대만 쳐도 픽 쓰러질 것처럼 몹시도 가냘프고 여린 모습을 하고 있었다. 꼭 누군가 조금만 괴롭혀도 당장에 눈물 바람을 하며 시름시름 앓을 것 같았다.

판도라조차 그런 장면을 생각하자 자신의 안에 존재하는 줄도 몰랐던 보호 본능이 자극되는 느낌이 들 정도였다. 지난번에도 청의 귀공자가 그녀를 유리 인형처럼 조심히 안고 걸어갔던 기억이 났다. 오늘도 그의 걱정을 받을 정도로 몸 상태가 안 좋다고 했었고⋯⋯.

"당신이 너무 늦게까지 안 재워 줘서 그렇잖아."

그 순간 또 아까 들었던 그들의 대화가 떠올라 표정 관리를 하기 어려워졌다. 어쨌든, 그 모든 것을 종합해 보았을 때 록사나 아그리체는 보이는 그대로 상당히 연약한 여자인 것 같았다.

그럼 조금만 겁을 주면 알아서 물러나지 않을까?

물론 카시스는 록사나를 꽤 깊이 마음에 담고 있는 것처럼 보였지만⋯⋯. 어차피 남녀 간의 애정이란 몸에서 멀어지면 마음에서도 멀어지게 마련이었다.

"그럼 청의 귀공자님과 지금처럼 가까운 사이가 된 것도 3년 전부터인가요?"

판도라가 또다시 던진 물음에 록사나의 시선이 움직여졌다. 이어지는 대답에 판도라는 마음을 굳혔다.

"네, 처음 만났을 때부터 카시스는 내 것이었죠."

뜻밖의 오만한 말이었지만 기묘하게도 위화감이 없었다. 그래서 판도라도 이상함을 느끼지 못했다. 판도라가 걸음을 멈추자 록사나도 자리에 멈춰 서서 그녀를 마주 보았다.

"록사나 양. 당신에게 딱히 악감정은 없지만 난 원하는 건 뭐든 가져야 직성이 풀리는 성격이어서요."

어머, 나도 그런데. 록사나는 속으로 그렇게 생각하며 겉으로는 무구한 눈빛으로 판도라를 응시했다.

"그래서 내가 점찍은 남자의 옆에 달라붙어 있는 당신이 거슬려요."

그것 역시, 록사나도 마찬가지였다.

"그러니 내 앞에서 사라져 줘야겠어요."

판도라는 그녀의 마물을 불러들였다. 오늘 돌려받은 보석 팔찌에서 짤랑, 유리가 부딪치는 것 같은 맑은소리가 울렸다.

휘오오.

눈앞에 작은 바람이 일고 그 직후 거대한 검은 형체가 시야에 모습을 드러냈다. 불길한 검은 불꽃이 일렁이는 것 같은 모습을 한 마물 듀렉투스가 록사나를 당장에라도 집어삼킬 것처럼 위협적으로 입을 벌렸다.

크오오!

록사나는 판도라의 예상대로 놀란 것 같았다. 그녀는 두 눈을 동그랗게 뜨고 판도라의 마물을 바라보았다. 하지만 곧이어 판도라의 귓가를 간질인 음성은 공포에 질린 것과는 거리가 멀었다.

"아, 유감스러워라."

자그마하게 읊조린 속삭임 끝에 록사나가 야트막한 숨결을 내뱉었다. 그것은 어딘가 한숨과 닮아 있었지만 그 직후 아름다운 얼굴에 떠오른 것은 달콤한 독을 녹여 바른 것 같은 미소였다.

"난 이렇게까지 할 생각은 없었는데. 하지만 다른 사람이 먼저 걸어온 싸움을 피하는 취미는 없어서."

뜻밖에도 록사나는 정말 심히 안타깝다는 듯이 웃고 있었다. 그것이 무슨 의미인지 깨닫기도 전에 눈앞의 미소가 완전히 사라졌다. 꼭 빛이 꺼진 것처럼 순식간에 미소가 지워진 자리에는 깜짝 놀랄 정도로 싸늘히 얼어붙은 한기만이 남았다.

화아악!

다음 순간 시야를 뒤덮은 붉은 폭풍 속에 록사나의 모습이 파묻혔다.

"그럼 당신이 준 선물, 고맙게 받을게요."

섬뜩한 느낌을 풍기는 달콤한 속삭임이 판도라의 귓가에 질척하게 달라붙었다. 뒤이어 머리 위의 태양이 순식간에 집어삼켜졌다.

"뭐? 판도라랑 그 여자가?"

오르카는 판도라를 찾아갔다가 그녀가 방에 없다는 사실을 알게 되었다. 거기에 더해 판도라가 록사나와 단둘이 만나는 중이라는 소리를 듣고 그는 눈을 번쩍 뜰 수밖에 없었다.

마침 오르카가 판도라를 찾아온 이유도 별관에 있는 손님을 밖으로 끌어낼 방법을 찾기 위해서였다. 아무래도 남자인 그보다는 여자인 판도라가 좀 더 상대방의 경계심을 허물어뜨릴 수 있지 않을까 싶었던 것이다.

그런데 판도라가 먼저 움직이다니. 이 시점에서 오르카와 판도라의 목적이 같을 리는 없었다. 그래서 오르카는 흥미가 동했다. 어쩐지 재미있는 일이 벌어질 것 같은 느낌이었다.

물론 그것은 오르카에게 흥미롭지만 판도라에게는 곤혹스러운 일일 가능성이 농후했다. 오르카가 생각했을 때 별관에 있는 여자는 독나비의 주인일 확률이 컸다.

물론 판도라는 아직 눈치채지 못한 것 같았다.

뭐, 당연했다. 오르카와 그녀는 같은 마수사였지만 급의 차이는 컸으니까.

'어쩐지 청의 귀공자를 마음에 들어 하는 눈치더니만, 결국은 눈엣가시를 치워 버리기로 마음을 굳혔군.'

판도라의 성격에 정말 그 여자와 쓸데없는 친분이나 도모하려고 단둘이 이야기를 나누고자 했을 리는 없었다. 그러니 분명 해코지를 할속셈일 것이다.

하지만 만약 그 여자가 정말 독나비의 주인이 맞다면, 오히려 판도라가 당하고 올 것이 틀림없었다. 자이로테의 무리를 휩쓸던 나비를 상기하자 오르카는 다시 한번 확신할 수 있었다.

그건 분명 독나비 중에서도 살육 나비였다. 그런데 고작해야 중급마물들을 주로 다루는 판도라가 무슨 수로 그걸 당해 낸단 말인가. 물론 그 여자가 독나비의 주인이 아닐 가능성도 있었지만, 그럴 확률은 상당히 낮았다.

어쨌거나 오르카로서는 드디어 별관에 있던 여자를 다시 볼 수 있게 된 셈이니 잘된 일이었다. 오르카는 판도라와 록사나가 만나는 중이라고 들은 정원으로 걸음을 옮기며 큭 웃었다.

청의 귀공자가 여자를 데려갔다기에 얼마나 대단한 여자인가 싶었는데. 이건 정말 상상 이상의 걸작이었다.

별관에서 처음 그녀를 보았을 때, 오르카는 정말 이제껏 자신이 모르고 있던 신종 마물이 이 세상에 나타난 줄 알았다. 그야, 인간이라기에는 그의 눈앞에 나타난 여자가 너무나도 아름다웠으니까.

그래서 나중에 그녀가 카시스 페델리안의 여자란 사실을 알고 오르카는 벌어진 입을 다물 수가 없었다. 누군가를 그렇게 소중히 품에 안아 들고 걷는 청의 귀공자라니. 제 눈으로 직접 목도하고도 도무지 믿을 수가 없었다. 그럼 뭐야. 천하의 카시스 페델리안이 여자한테 홀린 게 맞다는 건가? 진짜?

아니, 뭐……. 그래, 설령 그렇다 해도 이건 납득할 수밖에 없긴 했다. 오르카가 생각하기에도 그 여자라면 어떤 목석이 와도 별수 없을 것 같았으니까.

그럼 결국 청의 귀공자도 별수 없는 사내놈이었다는 거네.

오르카는 그렇게 속으로 저속한 생각을 하며 싱글벙글 웃었다. 갑자기 그동안 거리감 있게 느껴지던 카시스가 괜스레 좀 더 친근하게 여겨졌다.

"엇?"

그러던 어느 순간, 그리 멀지 않은 곳에서 판도라의 마물의 기운이 느껴졌다.

거참, 성격 한번 급한 사람이야. 나한테 경솔하니 뭐니 실컷 잔소리를 해 대더니 정작 자기는 한술 더 뜨잖아?

이런 대낮에 저렇게 공공연히 마물을 꺼내다니 판도라가 제정신인가 싶었다. 물론 판도라는 마물의 기운을 최대한 죽이고 있었다. 게다가 지금 꺼낸 마물도 그녀가 가진 마물 중에 가장 기척이 적은 것인 듯했다.

그럼 역시 특기가 은신인 듀렉투스인가.

페델리안의 안뜰에서 그 손님에게 마물로 상해를 입히는 미친 짓을 정말 자행하지는 않을 테니, 아마 단순히 겁만 줄 심산일 것이다. 마물 감응 능력이 없는 사람들은 대개 마물을 잘 감지하지 못했다. 그래서 판도라도 이 정도는 들키지 않으리라 여긴 것일지도 몰랐다.

"그래도 그렇지, 페델리안 사람들을 너무 무시하는 것 아니냐고."

아무래도 판도라는 한동안 마물 서식지만 돌아다니다 보니 판단력을 잃은 것 같았다. 이래서 마물 포획에만 지나치게 몰두하지 말고 적당히 다른 사람들하고 어울리기도 해야 하는 건데. 이런 부분이 바로 자기 관리를 할 줄 모르는 중하급 마수사들의 치명적인 문제점이었다.

오르카는 그렇게 생각하며 쯧쯧 혀를 찼다. 정작 판도라도 만찬장에서 오르카를 두고 같은 말을 한 적이 있다는 사실은 당연히 모르고 있었다.

어쩌면 실비아의 말처럼 두 사람은 정말 닮은 구석이 많은 것인지도 몰랐다. 물론 이런 말을 하면 그들은 서로 치를 떨며 절대로 인정하지 않을 것이 분명했다.

쏴아아.

오르카는 마물의 기운이 느껴지는 정원에 접어들었다. 그 역시 마물을 이용하면 좀 더 빠르게 이동할 수 있을 테지만 벌써부터 페델리안에서 쫓겨나고 싶지는 않았기 때문에 참았다.

판도라와 록사나의 모습이 꽃 덤불 사이에서 시야를 찔러 들어왔다. 그 자리에는 오르카보다 한발 앞서 정원에 도착한 듯한 청의 귀공자도 있었다.

화아악!

그 순간, 붉은 나비 떼가 꽃보라처럼 눈앞에 아득히 이지러졌다. 오르카는 숨 쉬는 것조차 잊은 채 저도 모르게 자리에 우두커니 멈추어 섰다.

그때 오르카가 본 것은, 앞으로 살면서 두 번 다시 볼 수 있을지 알 수 없을 정도로 숨 가쁘게 아름다운 광경이었다.

"나 참."

나른한 목소리가 귓가에 맺혔다. 판도라는 지금 벌어진 일이 도저히 믿기지 않았다. 아연함에 입술만 뻐끔거리는 판도라에게 재차 따분함이 섞인 속삭임이 흘러들었다.

"한 입 거리도 안 되는 걸 가지고 날 위협하려 들다니."

판도라의 마물을 흔적도 남기지 않고 순식간에 먹어 치운 나비들이 록사나를 향해 날아갔다. 불과 1분 정도밖에 안 되어 벌어진 일인 것치고는 그 파급력이 엄청났다.

판도라는 록사나의 뒤에서 위협적으로 도사리고 있는 붉은 나비들을 보고 기가 질려 멍하니 중얼거렸다.

"독나비……."

마물과의 교감이 끊긴 직후, 팔에 차고 있던 팔찌의 푸른 보석 하나가 파삭 소리를 내며 깨졌다. 판도라는 눈 한 번 깜빡이지 못하고 그녀의 앞에 펼쳐진 광경을 바라보았다.

붉은 나비 사이에 선 록사나는 마물들의 여왕 같은 위험한 아름다움을 발하고 있었다. 도대체 지금까지 어떻게 이 여자를 유약하다고 생각할 수 있었는지 이해가 되지 않았다.

어차피 판도라가 꺼낸 것은 하급 마물이었으니 죽었다고 해도 그다지 아깝지는 않았다. 그보다는 독나비의 주인을 목격한 놀라움과 충격, 그리고 경외감이 훨씬 더 컸다.

마수사라면 누구나 호기심을 갖고 탐내는 진귀한 마물들이 있게 마련이었고, 독나비도 그중 하나였다. 오죽하면 판도라도 페넬리안에 들어오기 전에 오르카에게서 독나비를 발견했다는 소리를 듣고 튜로베를 빌려주었을 정도였다. 그래서 판도라는 록사나의 독나비가 자신의 마물을 잡아먹었다는 사실도 잠시 잊고 멍하니 그녀를 바라보고 말았다.

한편 록사나는 시시하다고 생각했다. 하도 기세등등하게 마물을 꺼내기에 뭐라도 있는 줄 알았는데. 독나비가 이 정도로는 간에 기별도 안 찬다고 불만을 토로할 만큼 판도라의 마물은 한 입 거리도 채 되지 않았다.

그래도 요즘은 카시스 덕분에 독나비를 전처럼 제어할 수 있게 되었다. 그래서 나비들도 그녀의 허락 없이 마음대로 날뛰지는 않았다. 한동안 바깥의 마물 서식지를 휩쓸며 포식한 덕도 있는 것 같았다.

"안됐지만 카시스는 이미 내 것이고, 난 내 걸 다른 사람이 탐내는 건 못 참아서."

록사나는 그렇게 말하며 판도라를 향해 웃어 보였다. 언뜻 온화하게 보이나 그 안에 날카로운 유리 조각을 그득히 머금고 있는 듯한 미소였다.

"그러니 당신이야말로 허튼 마음은 곱게 접어 줘야겠는데."

그것은 가시 박힌 경고의 의미를 담고 있었다. 그러다 문득 록사나는 그녀를 지켜보고 있는 눈이 하나가 아니라는 사실을 깨달았다. 시선을 움직이자 멀지 않은 곳에 우뚝 서 있는 카시스가 눈에 들어왔다. 그의 뒤쪽에는 오르카도 있었다.

오르카는 오늘따라 장신구를 줄줄이 달고 있어서 더욱 화려한 차림새였다. 그는 어쩐지 전율에 떠는 것 같은 모습을 하고 록사나를 집어삼킬 것처럼 맹렬히 바라보고 있었다.

하지만 록사나의 주의를 끈 것은 오르카 따위가 아니었다. 록사나는 카시스를 의식하며 바로 독나비를 돌려보냈다.

아, 이런. 혹시 다 봤나? 그럼 어디서부터 봤지?

도대체 카시스가 언제부터 저 자리에 서 있었던 건지 알 수가 없었다. 바보같이 판도라를 협박하는 데 집중하느라 다른 사람이 오는 것도 모르다니. 물론 카시스나 오르카, 둘 다 워낙에 기척이 없는 사람들이기는 하지만.

어쩐지 아까 전에 판도라의 마물을 쓸어버릴 때 언뜻 시선 비슷한 게 느껴지는 것 같기도 했는데, 단순한 착각이 아니었구나 싶었다.

카시스는 자리에 우두커니 서서 의미를 알 수 없는 눈으로 록사나를 응시하고 있었다. 끝 모를 정도로 탁하고 어둡게 가라앉은 것 같기도 하고, 반대로 뜻 모를 선연한 광채가 박힌 것 같기도 한 기묘한 눈빛이었다.

마침내 카시스가 멈춰 있던 발길을 떼서 다가오는 순간, 록사나는 저도 모르게 찔려서 변명했다.

"내가 먼저 안 그랬어."

그런데 카시스는 록사나가 한 짓에 대해 일언반구 말도 하지 않고 그녀에게 손을 뻗었다. 몸에 온기가 닿은 다음 순간, 시야가 훌쩍 높아졌다. 카시스가 록사나를 안아 든 탓이었다. 록사나는 엉겁결에 카시스의 품에 안겨서 그의 어깨에 손을 얹었다.

"판도라 휘페리온."

그 후 카시스가 판도라를 돌아보며 말했다.

"휘페리온과의 신의를 생각해 이제껏 예우를 갖추어 대했으나, 먼저 그것을 저버리고 내 사람에게 위협을 가했으니 지금 이 순간부터는 불청객으로 간주하겠다."

판도라는 여전히 조금 전의 일로 아직 여운에 잠긴 듯 멍한 얼굴을 하고 있었다. 그래서 카시스의 말이 잘 와닿지 않는 모양이었다.

"페넬리안 내부에서 함부로 마물을 불러들인 일에 대해서도 묵과하지 않고 책임을 묻도록 하지."

어느새 정원의 입구에 서 있던 수하들이 카시스의 부름을 받고 다가왔다.

"판도라 휘페리온의 마물을 다시 압류하고 한동안 방 밖으로 출입하지 못하게 금하도록."

"예, 알겠습니다."

카시스는 끝까지 서늘한 어조로 읊조린 뒤 록사나를 데리고 정원을 떠났다.

별관으로 향하는 동안 맞닿은 몸에서 맑은 기운이 흘러들었다.

"독나비 때문에 몸에 무리가 갔을지도 모르니 곧장 방으로 돌아가겠어."

귓가에 울리는 나지막한 목소리를 들으며 록사나는 눈을 깜빡였다.

아무래도 카시스는 조금 전의 일로 그녀를 탓할 생각이 없는 것 같았다.

판도라에게 하던 이야기를 들어 보니 그녀가 먼저 록사나를 겁박할 의도로 마물을 꺼냈다는 사실을 이미 알고 있는 듯했다.

그럼 혹시 판도라가 마물을 꺼낸 순간부터 정원에 있었던 것일까? 만약 그렇다면 록사나가 하는 이야기를 전부 다 들었다는 소리였다.

어쩐지 아까 그녀를 보고 설명하기 어려운 표정을 짓고 있더니. 그렇다고 한다면 전부 이해가 되었다.

체온이 겹쳐진 몸이 조금씩 뜨거워졌다. 록사나는 그것이 카시스에게서 전해지는 열인지, 아니면 그녀의 안에서 지펴지기 시작한 열인지 구분하기 어려웠다.

조금 전에 정원에서 들었던 카시스의 말이 다시금 귀에 되감겨졌다.

"휘페리온과의 신의를 생각해 이제껏 예우를 갖추어 대했으나, 먼저 그것을 저버리고 내 사람에게 위협을 가했으니 지금 이 순간부터는 불청객으로 간주하겠다."

내 사람. 분명 그녀를 두고 내 사람이라고 했다.

어쩐지 심장 어귀가 간질간질해졌다. 요즘 카시스에게 하도 정순한 기운을 많이 받은 탓인지 이 정도 독나비를 부린 것으로는 아무런 타격도 받지 않았다. 어쩌면 어젯밤에 과할 정도로 실컷 몸을 회복받아서 그런 것인지도 몰랐다.

"정 그렇게 걱정되면……."

마침내 록사나가 천천히 입술을 벌려 설탕을 바른 것 같은 목소리로 카시스의 귓가에 속삭였다.

"당신이 치료해 주면 되잖아. 어젯밤에 그랬던 것처럼."

그 순간 카시스의 걸음이 우뚝 멈춰졌다. 곧이어 지척에서 시선이 부딪혔다. 마주한 눈동자에 고인 지독한 갈증과 열망을 보고 록사나는 미려하게 미소 지었다. 역시 어젯밤 못다 한 일이 아쉬운 건 그녀만이 아닌 듯했다.

방에 들어와 문을 닫자마자 록사나가 카시스의 턱에 새가 부리로 쪼는 듯이 살그머니 입을 맞추었다. 마치 그에게 무언가를 조르는 것처럼.

그에 화답하듯이 카시스가 조금도 지체하지 않고 록사나의 붉은 입술을 집어삼켰다. 들숨과 날숨이 섞여들었다. 뜨거운 혀가 뒤얽혀 내는 질척한 소리가 귀를 자극했다.

단숨에 몸에서 열이 치솟았다. 눈 깜짝할 새 록사나는 푹신한 침대를 깔고 눕게 되었다. 그 위로 카시스의 단단한 몸이 덮쳐들었다.

"으응."

록사나의 목에서 고양이가 가르랑거리는 것 같은 신음이 새어 나왔다. 카시스의 어깨에 얹혀 있던 손이 그의 등으로 미끄러져 내려갔다. 록사나의 가느다란 허리를 둘러 감고 있던 카시스의 팔도 한결 더 강하게 조여졌다.

카시스는 그동안 그를 억누르고 있던 고삐가 풀린 것처럼 눈앞에 있는 사람을 격렬하게 탐했다. 고이 여며져 있던 앞섶을 풀어헤쳐 마침내 드러난 하얀 목덜미에 입술을 파묻자 귀에 자그마한 신음이 들어찼다. 그것조차 지독히도 향기롭고 달콤해서 그대로 취해 버릴 것만 같았다.

지금 이 순간만큼은 본능이 다른 모든 것을 압도했다. 카시스는 암 컷에게 제 흔적을 새겨 넣는 맹수라도 된 것처럼 그녀의 목덜미에 빼곡히 자국을 남겼다. 거기에는 이미 그가 어젯밤에 아로새겼던 흔적이 남아 있었다. 그 옆에도 새로운 흔적을 덧씌웠다. 뜨거운 입술이 쇄골을 지나 점차 아래로 내려갔다. 둥글게 부푼 가슴을 그의 커다란 손이 덮었다.

"아, 카시스……."

그를 유혹하듯이 농익은 과실처럼 달콤한 향기를 내는 정점을 한 입 가득 머금자 열띤 음성이 그의 이름을 속삭였다. 밀어내는 건지 잡아당기는 건지 모를 손길이 그의 머리카락을 아프지 않게 그러쥐었다.

"아까 했던 말을 다시 해 봐."

카시스는 손을 움직여 그의 허리께에 있는 록사나의 다리를 쓸어내렸다. 손에 걸린 옷자락이 점차 밑으로 떠밀려 하얀 속살을 드러냈다.

"내가 네 거라고?"

하얀 시트 위에 금색 머리칼을 헝클어뜨린 채 누워 눈부신 나신을 반쯤 드러낸 록사나는 심장이 아리도록 아름다웠다. 열에 들떠 달아오른 눈가와 촉촉이 빛나는 입술에는 꽃물이 번진 듯했다.

붉은 눈동자가 밑에서 그를 올려다보았다. 하지만 그 눈 안에 깃든 선명한 광채가 마치 그녀를 위에서 내려다보는 사람인 것처럼 느껴지게 했다.

"그래, 당신은 내 거야."

달콤한 속삭임이 세상 단 하나의 진실을 읊듯이 한 점의 흔들림도 없이 고막을 뚫고 들어왔다. 카시스는 잠시 숨을 멈추었다.

"처음 봤을 때부터 줄곧 내 거였어."

희열과 닮은 감정이 머리끝부터 발끝까지 그를 집어삼켰다. 록사나의 입으로 다시금 확인한 그 말이 지독히도 만족스러웠다.

카시스는 배부른 짐승이 된 것 같은 기분으로 다시금 그녀에게 입을 맞추었다.

형체가 없는 온갖 것들이 두 사람을 집어삼킬 것처럼 쏟아져 들어왔다. 그들이 하고 있는 것은 몹시도 탐욕스럽게 서로에게서 무언가를 갈취하고 또 갈취당하는 행위였다.

카시스와 록사나는 한 점의 양보도 없이, 몸을 겹친 내내 지독할 정도로 제 욕망을 송두리째 풀어내 상대방을 엉망으로 만들었다. 마치 머리끝부터 발끝까지 뜨거운 열에 질척하게 녹아서, 이대로 하나의 덩어리가 되어 가는 것 같은 기분이었다.

둘을 나누고 있던 경계가 서서히 사라져 갔다. 맞닿은 사람만이 서로의 유일한 세계인 것처럼 다른 것은 아무것도 생각할 수 없었다. 어쩌면 그것을 세상에서 가장 완전하고 완벽한 충족감이라 불러야 하는지도 몰랐다.

카시스와 록사나는 몇 번이고 그 아찔한 감각에 몸을 맡겼다.

아……. 지금 이 순간만큼은, 이대로 세상이 멸망해도 좋을 것 같았다.

"아, 진짜 시발……."

제레미 아그리체는 거의 골조만 남은 저택의 모습을 바라보며 속에서부터 우러나오는 욕설을 읊조렸다. 그의 반반한 얼굴은 있는 대로 구겨져 있었다.

해가 뉘엿뉘엿 저물어 가는 시각. 땅거미 진 하늘이 한껏 장엄함을 드러내며 머리 위에 넓은 장막을 쳤다.

붉게 물든 아그리체는 아직도 황량한 폐허였다. 그나마 사용인들을 대피시켰던 별관은 멀쩡히 남아 있었지만 단지 그뿐, 아그리체에 남아 있는 것은 아무것도 없었다.

본래 저택에 있던 사람들 중 떠날 이는 떠나고 남을 이는 남았다. 제레미는 아그리체에 머무는 것을 선택한 사람들을 모아 재건을 시작했다.

하지만 그 무엇 하나 쉽지 않았다. 아그리체를 이렇게 만드는 데 일조했던 자신이 지금은 그 반대되는 일을 하기 위해 애쓰고 있는 현실에 문득문득 조소가 터져 나왔다.

특히 이렇게 해 질 무렵, 옛 영광은 온데간데없이 무너진 아그리체를 보노라면 꼭 그 자신이 망국의 왕이라도 된 것 같았다.

"시발, 좆같긴 해도 일단은 왕이라니 나쁘지 않네."

제레미는 그렇게 혼잣말을 중얼거리며 비리게 웃었다.

이번 사건을 계기로 그동안 란트 아그리체가 저질러 왔던 비리와 범죄의 일부도 함께 밝혀진 뒤라, 이제 와 항변하거나 페넬리안이 한 일에 책임을 묻는 것도 가당찮았다.

아마 그런 것은 제레미의 누이인 록사나도 바라지 않았을 것이다. 그래서 제레미는 아그리체의 치부를 안고 가기로 했다.

제레미는 이번 위그드라실의 모임에 아득바득 참석했다. 그리고 가까스로 아그리체의 수장으로 인정받았다. 물론 쉬운 일은 절대 아니었고, 그 과정은 제레미의 입장에서는 꽤나 더럽고 추잡하기까지 했다.

'개새끼들이 기회를 놓치지 않고 찍어 누르려 하는 꼴이란.'

그러나 목적을 위해 수단 방법을 가리지 않는 것은 아그리체의 종특이었다. 따라서 제레미도 원하는 바를 위해서는 얼마든지 속내를 숨기고 그들의 앞에서 기는 척할 수 있었다.

물론 이런 상황이 언제까지나 지속되지는 않겠지만, 아마 한동안은 계속 이 굴욕을 참아야 할 것이다.

그래도 괜찮았다. 그리하여 언젠가 록사나가 다시 돌아오고 싶어 할 만한 아그리체를 만들 수만 있다면.

"젠장, 눈에 뭐가 들어갔나."

어쩐지 눈이 따끔거리는 느낌이라 제레미는 손을 들어 벅벅 눈가를 비볐다.

부스럭.

그때, 낙조가 떨어지는 지점에서 웬 소리가 들렸다. 그새 침묵에 익숙해진 탓인지 소음이 유독 크게 고막을 찔러 들었다.

혹시 또 그 괴상한 뚱보 새를 가진 여자 아니야?

불현듯 뇌리를 스쳐 지나간 생각에 제레미의 얼굴이 일그러졌다. 지난번에도 제멋대로 아그리체 안에 들어와 텅 비어 있는 마물 사육장을 기웃거리던 여자가 있었다. 그녀는 아마도 마수사인 듯했다. 발각되자마자 검은 새 형태를 한 마물을 타고 잽싸게 달아나는 통에 제레미는 그녀를 잡지 못했다.

그 후에도 또 한 번 누군가의 시선을 느낀 적이 있었다. 그러나 워낙 찰나의 일이라 그냥 착각인가 보다 하고 넘어갔었는데.

그게 아니라 중간에 동태를 살피러 온 거였나. 범인은 꼭 현장에 다시 나타난다고 하더니. 만약 지금도 그 여자가 또 겁 없이 침입한 것이라면 이번에는 정말 가만히 두지 않으리라.

제레미는 서슬 퍼렇게 안광을 빛내며 자리를 박찼다. 그러고 나서 소리가 들려온 곳으로 이동했다. 하지만 그의 눈에 들어온 사람은 지난번에 보았던 여자가 아니었다.

"아, 뭐야. 마리아 아줌마였어?"

"어머나, 제레미구나."

제레미는 마리아를 보고 맥이 탁 풀리는 것을 느꼈다. 그러다 그는 퍼뜩 이상한 점을 깨달았다.

"그런데 그 꼴은 뭐야. 어디 가려고?"

마리아는 가벼운 짐을 챙겨 들고 두꺼운 외투를 걸쳐 입고 있었다. 물론 그 밑으로는 평소처럼 화려한 드레스를 입고 있었고 굽이 높은 구두를 신은 데다 꼭 가벼운 산책을 나가는 것처럼 한 손에 양산을 들고 있기도 했다.

하지만 제레미는 지금 마리아가 어딘가 먼 길을 떠나려던 참이란 사실을 눈치챘다. 마리아가 여느 때처럼 생글거리며 웃는 얼굴로 대답했다.

"시에라를 찾으러 가야지."

그 말을 듣고 제레미는 표정을 썩혔다.

집념 한번 참…….

마리아는 아그리체의 마지막 날에 제레미가 일부러 피워 둔 수면 향을 맡고 잠들어 있었다. 그러다 그녀는 모든 일이 다 끝난 후에야 의식을 되찾았다. 물론 그것은 혹여라도 마리아가 그들의 계획을 방해하지 못하게 하려고 미리 방비한 것이었다.

뒤늦게 상황을 알게 된 마리아는 한동안 발광을 해 댔다. 무엇보다 그녀는 록사나의 어머니인 시에라가 사라진 것에 야단법석을 떨었다.

남편인 란트가 죽고 아그리체가 이 모양 이 꼴이 된 데다 데온까지 실종된 것에는 눈곱만큼의 관심도 없는 눈치였다. 마리아가 시에라를 찾으며 어쩌나 야차처럼 소란을 피워 대는지, 그 기세에 제레미조차 기가 눌릴 지경이었다.

그래서 그는 수면 향을 피운 것이 자신이란 사실을 아직까지도 그녀에게 비밀로 하고 있었다. 그리고 지금 마리아가 한 말을 듣고, 제레미는 그녀가 무덤에 들어가는 날까지 이 사실을 절대로 발설하지 말아야겠다고 다시 한번 다짐했다.

"시에라 아줌마를 찾아서 뭐 할 건데?"

"당연한 걸 묻는구나."

제레미의 물음에 마리아가 일말의 머뭇거림도 없이 답변했다.

"옆에서 지켜 줘야지."

그 얼굴이나 말투가 굉장히 천연했다. 그녀의 말을 듣고 제레미의 표정이 묘해졌다.

"아줌마는 데온의 생사는 안 궁금해? 일단은 아들이잖아."

물론 제레미도 데온 따위를 걱정하는 것은 절대 아니었다. 그래도 상식적으로 마리아의 관심사 일 순위는 시에라가 아니라 아들인 데온이어야 하는 것이 아닌가 싶어서 일단 말을 꺼내 보았다.

하긴, 아그리체의 사람들이 언제는 상식적이었느냐마는.

"그 아이가 어디 쉽게 죽을 애니?"

역시 마리아는 시큰둥한 반응을 보였다.

"그리고 데온은 자기 죽을 자리 정도는 스스로 결정할 수 있는 아이잖니. 하지만 시에라는 아니까."

이건 제레미로서도 좀 뜻밖일 수밖에 없었다. 지금까지도 마리아는 아그리체에서 사는 동안 시에라의 파수꾼 노릇을 자처했다.

그런데 그것이 단순한 여흥이 아니라 정말 진심이었나. 제레미는 마리아를 묘한 감흥이 서린 눈으로 쳐다보았다. 이미 알고는 있었지만 아그리체 사람들의 집착은 알아줘야 했다.

"마음대로 하셔. 대신 밖에 나가는 순간부터 아줌마는 아그리체가 아니니까 쓸데없는 일에 이름 팔고 다니는 일은 없도록 해."

제레미가 다소 정나미 없게 말했다. 기껏 새 시작을 하려는 아그리체에 똥물이 튀면 곤란했다.

"걱정 마렴. 그런 건 나도 필요 없단다."

마리아는 별걱정을 다 한다는 듯이 대꾸했다. 그러다 그녀가 제레미를 보며 휴우 한숨을 내쉬었다.

"너도 어릴 때는 정말 예뻤는데. 아그리체 애들은 역시 나이를 먹을수록 귀엽지 않아진다니까. 특히 남자애들은 겉도 속도 시꺼메져서, 속으로 무슨 생각을 하는지도 모르겠고……. 정말, 시에라와 사나가 보고 싶구나."

마리아는 아련한 눈빛을 하며 고개를 절레절레 저었다. 그러다 별안간 다시 제레미를 향해 방긋 웃어 보였다.

"나중에 아이를 낳으면 연락하렴. 네가 어릴 때 그랬던 것처럼 귀여워해 줄 테니까."

"아, 지랄 말고 갈 거면 빨리 가!"

제레미는 버럭 소리 지르며 마리아를 쫓듯이 내보내 버렸다. 그래도 마리아는 웃는 낯으로 제레미를 등지고 아그리체를 떠났다.

긴 인사도 여운도 없이 그저 담백하고 깔끔하게. 그들에게 퍽 잘 어울리는 작별이었다.

빛 한 점 없는 암흑이었다.

꼭 건조하고 서늘한 사막의 모래 속에 깊이 파묻힌 것 같았다. 그보다 낮은 곳에 위치한 무저갱으로 끝도 없이 빨려 들어가는 것처럼 사방이 어둡고 고요했다.

어쩌면 지금 그가 있는 곳은 새까만 심해인지도 몰랐다.

소음 하나 없는 완전한 침묵의 세계.

그것은 어떤 의미로 안식과도 닮아 있었다. 놀랍게도 티끌 하나 존재하지 않는 것 같은 이 무의 공간이 더없이 평온하게 느껴졌다. 지금껏 단 한 번도 느껴 보지 못했던 감각이었다. 분명 낯설었지만 나쁜 기분은 아니었다.

하지만 그가 영혼을 의탁하고 있는 이 공간은 그렇게 여기지 않는 것 같았다. 꿈틀거리며 몸을 뒤틀던 무형의 세계가 어떻게든 그를 뱉어 내려 안간힘을 썼다.

곧 허공이 일그러지며 가느다란 균열을 그리기 시작했다.

파삭!

마침내 사금파리처럼 조각조각 깨진 공간이 그를 밖으로 토해 냈다.

"……."

데온은 돌덩이가 얹힌 것처럼 무거운 눈꺼풀을 천천히 들어 올렸다. 뿌연 시야에 제대로 상이 잡히지 않았다.

그가 누워 있는 곳은 크기가 그렇게 크지 않은 침상인 것 같았다. 온몸이 뻐근했고, 목에서는 날카로운 통증이 느껴졌다. 이것은 아버지 란트에게서 입은 상처였다.

데온은 그 상태로 소리 없이 기민하게 귀를 기울여 주위를 살폈다. 희미하게 소음이 떠밀려 오는 정도를 보니 지금 그가 있는 곳은 좁은 방인 것 같았다. 바깥에서 대화를 나누는 것 같은 말소리가 어렴풋이 들려왔다. 하지만 그 내용까지는 식별할 수 없었다.

주위에 있는 사람은 최소 셋. 바깥에서 이야기 중인 두 사람과 지금 데온이 있는 방 안에 머물고 있는 사람.

지금 이 방에서 데온은 혼자가 아니었다. 누군가가 작게 움직이면서 낸 옷감이 스치는 소리와 희미한 숨소리가 귀를 파고들었다. 그러다 문득 훅 숨을 들이켜는 소리가 들렸다.

달그락! 덜컹!

깜짝 놀란 듯이 무언가를 떨어뜨린 데 이어 의자가 바닥을 끄는 것 같은 소리가 정적을 깨트렸다.

"저, 정신이 드셨⋯⋯."

여인의 당혹감 어린 마음이 떨리는 음성에 실려 파문처럼 전해져 왔다. 데온은 어느덧 초점이 잡힌 눈으로 여인의 모습을 응시했다.

그의 눈은 지금 막 의식을 되찾은 사람이라고는 믿기지 않을 정도로 차분하고 또렷했다. 예기마저 품은 붉은 눈동자가 느리게 방 안을 훑고 지나갔다.

바닥에는 조금 전 여인이 떨어트린 것으로 추정되는 수틀이 내동댕이쳐져 있었다. 기분 탓인지 여인의 얼굴이 어딘가 낯이 익었다. 그녀는 잠깐 치맛자락을 움켜쥐고 어찌할 바를 몰라하다가 급히 문가로 나갔다.

"잠시만요."

여인은 데온에게 기다릴 것을 이야기했지만 그가 그래야 할 이유는 없었다. 데온은 자리에서 일어나기 위해 몸을 움직였다.

철컹.

그러나 그는 뜻한 대로 상체를 일으켜 세우지 못했다. 팔을 움직이자마자 거친 쇳소리가 고막을 긁었다. 데온의 서늘한 눈이 그의 양손을 속박하고 있는 구속구에 꽂혀 들었다. 손뿐만이 아니라 발목에도 똑같은 것이 걸려 있었다.

문밖에서 다가오는 발소리가 들렸다. 데온은 여전히 침상에 누운 상태로 싸늘하게 문가를 응시했다. 마침내 조금 전 밖으로 나갔던 여인이 다른 사람을 데리고 돌아왔다. 뒤이어 방으로 들어선 사람의 얼굴을 확인한 데온은 저도 모르게 눈매를 움찔 떨고 말았다.

"깨어나셨군요."

침착한 여인의 음성이 귓전을 때렸다. 그녀는 바로 록사나의 권속인 에밀리였다.

더욱 놀랍게도, 잠시 후에는 록사나의 어머니인 시에라가 방 안에 들어섰다.

"정말 깨어났구나."

그녀는 눈을 뜬 데온을 보고 일순간 표정을 작게 변화시켰다. 하지만 곧 그런 기색을 금방 지우고 그에게 말을 건넸다.

시에라의 하녀인 베스는 조용히 뒤쪽으로 물러났고, 에밀리는 시에라의 바로 옆에 붙어 서 있었다. 겉으로 드러나는 기운은 고요하고 적막했지만 데온이 혹시라도 위험한 짓을 하면 곧바로 제지하려는 의지가 에밀리에게서 느껴졌다.

그 증거로 에밀리는 시에라와 데온 사이에서 비스듬히 비낀 위치에 서 있었다. 데온을 응시하는 눈동자도 마치 포획 직전의 짐승을 보는 듯했다.

"의원에게 상태를 보이니 급소를 깊이 찔려서 위험했다고 하더구나. 조금만 늦었으면 진짜 죽을 뻔했다고 들었어."

시에라의 말투는 온기 없이 그저 단조롭고 삭막했다. 데온을 내려다보는 그녀의 눈빛 역시 마찬가지였다.

"충분한 휴식이 필요하다고 하니 좀 더 누워 있도록 해."

기묘한 상황이었다. 데온은 일단 사지를 구속하고 있는 족쇄를 부수려 했지만 좀처럼 몸이 원하는 대로 움직이지 않았다. 데온이 조금이라도 움직일 때마다 에밀리의 시선이 따라붙었다.

"여긴 어디지?"

형편없을 정도로 갈라진 거친 목소리가 성대를 긁고 밖으로 내뱉어졌다.

"란트 아그리체는 어떻게 되었나?"

데온의 물음에 모두들 대답이 없었다. 맨 뒤쪽에 서 있는 하녀는 시에라의 등에 가려져 얼굴이 보이지 않았고, 에밀리는 여전히 무표정한 얼굴을 하고 있었다. 그리고 시에라의 표정은 쉬이 가늠하기 어려웠다. 그녀는 눅눅함과 건조함을 동시에 품은 것 같은 눈으로 조용히 데온을 주시했다.

"……아무래도 좀 더 자는 게 좋을 것 같구나."

마침내 시에라가 입술을 달싹여 작게 읊조린 뒤 걸음을 옮겼다. 그녀의 시선을 받은 베스가 움직였다. 데온은 시에라의 옆얼굴을 보며 다시 느리게 입을 벌렸다.

"왜 나를 데려왔지?"

성긴 시선이 데온의 얼굴에 못 박혔다. 베스가 불을 붙인 초를 테이불 위에 내려놓았다.

결국 시에라는 데온에게 아무런 대답도 하지 않고 방을 나섰다. 들이마신 공기에 섞인 강력한 수면 향이 밀물처럼 폐까지 쓸려 들어왔다.

거부할 수 없는 강렬한 수마에 집어삼켜져 데온은 눈꺼풀을 떨어뜨렸다. 잠들지 않기 위해 몸에 상처를 내려다가 그는 곧 천천히 손을 내렸다.

……그래. 이 수면 향도 그렇고, 또 그의 몸을 구속하고 있는 족쇄도 그렇고. 어쩌면 그녀는 복수를 위해 그를 데려온 것일지도 몰랐다.

서서히 눈앞이 아득해졌다. 데온은 그의 몸을 깊은 심연까지 잡아당기는 부드러운 손길을 거부하지 않고 눈을 감았다.

"찾았다."

노엘의 인형인 닉스는 코끝에 스미는 달콤한 향기를 음미하듯이 눈을 감았다. 그의 입가에 비로소 만족스러운 미소가 떠올랐다. 햇빛을 녹여 부은 것 같은 금색 머리카락이 바람을 따라 잘게 흩날렸다.

그가 서 있는 곳은 하늘에까지 닿을 것처럼 높게 솟은 숲의 나무 꼭대기였다. 평범한 인간이라면 꿈도 꾸지 못할 높이였지만 닉스는 그 위에 가뿐히 올라 가느다란 나뭇가지를 밟고 서 있었다.

뒤이어 닉스는 눈꺼풀을 들어 올렸다. 그의 눈은 양쪽의 색이 달랐다. 그중 자수정 같은 빛을 띤 눈에 감각을 집중하자 저 먼 곳에 있는 페넬리안 내부의 모습이 희미하게 시야에 들어왔다.

'그녀'가 있는 곳은 새뜻한 초록빛으로 가득 찬 정원이었다. 나비의 붉은 잔상과 연초록 나뭇잎에 가려져 얼굴은 자세히 보이지 않았다. 하지만 그녀는 분명 노엘이 원하던 록사나 아그리체가 맞았다.

닉스는 노엘의 부탁을 받아 그녀를 찾기 위해 베르티움을 나섰다.

그 후 그는 아그리체에 가장 먼저 들러 흩어진 록사나의 흔적을 쫓았다. 그런데 거기에서부터 이어진 장소가 하필 페델리안이라.

이건 상당히 의외였다.

분명 두 가문은 적대적인 관계가 아니었던가?

게다가 저 록사나 아그리체가 마수사라고? 저런 괴상한 나비를 소환수처럼 부린다는 소리는 듣지 못했는데.

닉스의 얼굴에 못된 장난을 치기 직전의 어린아이처럼 어딘가 짓궂은, 그리고 그와 동시에 어딘가 기묘하게 사악한 느낌을 풍기는 미소가 배어났다.

재미있겠네. 노엘에게 가서 알려 줘야지.

그는 자홍색 눈의 마안의 연결을 끊고 나무 위에서 가볍게 뛰어내렸다. 지면에 사뿐히 착지한 닉스는 곧장 베르티움으로 향했다. 조만간 열릴 축제가 정말이지 너무나 기대되었다.

10장

인형들과
가면무도회의 밤

어느새 방 안에는 짙은 어둠이 들어차 있었다.

"하아⋯⋯."

맞붙은 입술에서 질척하게 젖은 소리가 울렸다. 약한 점막을 비비며 혀를 휘감아 올리는 움직임에 열띤 신음이 단물처럼 고였다.

록사나의 손이 카시스의 은색 머리칼 사이로 엉켜 붙었다. 두 사람은 아직도 침대 위에 얽혀 있었다. 낮부터 저녁 늦은 지금 이 시각까지, 폭풍처럼 쉼 없이 몰아치는 열락에 진이 빠졌다. 벌써 몇 시간이나 지났는지, 또 벌써 몇 번이나 카시스를 받아들였는지 알 수가 없었다.

마지막으로 인식했을 때만 해도 한참 하늘 꼭대기에 솟아 있던 태양이 지금은 꼭꼭 숨어 모습을 찾아볼 수 없었다. 정사를 벌이는 동안 밖은 내내 환한 대낮이었지만 두 사람 다 그런 것은 안중에 없었다.

카시스의 등에 두르고 있던 록사나의 팔이 주르륵 미끄러져 내려가는 순간 움직임이 멈추어졌다. 지금 그들은 둘 다 몸에 실오라기 하나 걸치고 있지 않았다.

카시스가 팔을 지지대 삼아 상체를 약간 들어 올리자 균형 잡힌 근육이 박힌 상반신이 시야에 들어왔다. 카시스의 목덜미에는 아까 록사나가 흥분에 못 이겨 물어뜯어 놓은 자국들이 고스란히 새겨져 있었다.

카시스는 록사나보다 더 심하게 굴었으니 모르긴 몰라도 지금 그녀의 몸은 그보다 더 상태가 심할 것이 분명했다.

"……힘들어?"

뒷덜미가 쭈뼛 곤두설 정도로 낮게 가라앉은 음성이 귓가에 흘러들었다. 그녀를 내려다보는 눈동자에는 아직 해갈되지 않은 열이 고여 있었다.

카시스가 색색 숨을 몰아쉬는 록사나의 아랫입술을 다시 머금어 빨다가 놓았다. 그런 후 그는 헝클어진 그녀의 머리카락을 쓸며 고개를 내려 귓불을 핥았다.

그러는 동안 맞닿은 몸을 통해 정결한 기운이 흘러들어 왔다. 그 일련의 행위가 몹시 애틋하고 상냥했지만 거기에 속아서는 안 되었다.

그 증거로 카시스는 록사나의 다리를 고쳐 잡아 더 활짝 벌리게 한 뒤 이번에는 그녀의 목을 진득하게 빨았다.

"어차피 마음대로 할 거면서…… 뭐 하러 물어봐…… 웃."

거대한 자극이 다시 강하게 짓쳐 올라왔다.

정말, 병 주고 약 주는 것도 아니고. 기껏 기력을 회복시키면 뭐 하나? 다시 그 배로 진을 빼놓는데.

그런 생각에 힐난하자 후우, 얕은 웃음이 그녀의 얼굴 위로 흩뿌려졌다.

"그것도 그렇군."

그 후 아까보다 더 깊숙이 몸이 겹쳐져서 록사나는 억눌린 숨을 내뱉었다.

힘들다고 말하면 당장에라도 그만둘 것처럼 물어 놓고는.

하지만 그런 건 전부 거짓말이었다. 벌써 몇 번째 그는 그녀의 의사를 무시하고 있었다. 그런 주제에 그녀가 반응하는 곳만 어찌나 귀신 같이 찾아내 자극하는지 몰랐다.

지금도 카시스가 손과 입술을 이용해 몸을 조금 건드리자마자 여 지없이 거부의 의미와는 거리가 먼 신음이 입에서 토해져 나왔다.

록사나는 카시스가 조금 괘씸해져서 아래를 꽉 조여 반격했다.

"윽……."

그러자 카시스의 눈매가 일순간 짙게 찌푸려졌다. 그에게서 새어 나 온 거칠게 눌린 소리가 고막을 긁었다.

평소 성결하게 느껴질 정도로 금욕적이고 단정하던 카시스는 지금 이 순간 어디에도 없었다. 정욕에 사로잡힌 남자만이 불에 타는 듯한 시선으로 그녀를 내려다보며 잡아먹을 것처럼 거친 키스를 퍼부을 뿐 이었다.

결국 또 한 차례 쾌락의 정점에 올라갔다 온 뒤에야 그녀는 카시스 에게서 풀려날 수 있었다.

록사나는 완전히 기진맥진해서 손가락 하나도 까딱하기 힘들었다. 가물가물한 시야로 창밖을 내다보았다. 커튼 사이로 드러난 바깥이 한 치 앞도 보이지 않을 것처럼 깜깜했다. 이대로 아무 생각 말고 좀 자고 싶었다.

하지만 카시스는 그녀를 재울 생각이 없는 것처럼 이번에는 가느다 란 발목을 붙잡아 여린 살을 아프지 않게 잘근거리며 씹었다. 지난번 록사나에게 신을 신겨 줄 때 충동에 사로잡혀 저도 모르게 손을 댔 던 바로 그 부분이었다.

발목을 지분거리며 록사나를 내려다보는 그의 눈동자에는 어둑한 광채가 서려 있었다.

아직도 부족했다. 머리끝부터 발끝까지 록사나의 몸에 자신의 흔적을 새겨 넣어야 비로소 만족할 수 있을 것 같았다.

"이제 그만…… 으, 좀 해."

록사나가 더 견디지 못해 카시스의 손에서 발목을 빼냈다.

물론 처음에야 록사나도 카시스와 비슷한 적극성을 보이며 이 행위를 즐겼다. 하지만 결국 나중에는 그녀가 먼저 백기를 들고 말았다. 완전히 제어가 풀린 카시스는 정말 장난이 아니었다. 이런 주제에 도대체 지금까지는 어떻게 참아 왔는지 도통 모를 노릇이었다.

록사나가 정말 더는 무리라는 듯이 밀어내자 이번에는 카시스도 비교적 순순히 그녀의 의사를 따랐다. 록사나의 발목을 놓아주는 손길에는 아쉬움이 남아 있었다.

지금까지 카시스는 록사나에게 먼저 접촉하는 것을 각별히 주의해왔다. 물론 그동안 생기를 나누어 주기 위해 매일같이 입술을 맞대고, 또 록사나의 발이 바닥에 닿는 것조차 용납하지 못하는 것처럼 늘 그녀를 품에 안아서 옮기곤 했다.

하지만 어쩌다 정말 참지 못했을 때를 제외하고는, 성애의 의미를 담은 접촉을 극도로 조심해 왔다. 그 이유는 바로 지금처럼 될 것 같아서였다.

카시스는 이제껏 살아오는 동안 자신이 절제라는 것을 모른다고 생각해 본 적이 없었다. 하지만 그런 생각은 오늘에 이르러 완전히 깨어졌다. 카시스는 록사나와 마주 보고 누워 그녀의 이마에 흘러내린 머리카락을 쓸어 넘겨주었다. 애정 어린 손길과 눈빛이 그녀에게 쏟아져 내렸다. 그것을 느낀 록사나의 얼굴이 녹진하게 풀어졌다.

지친 그녀를 본 카시스의 표정이 오묘해졌다.

"내가 너무 괴롭힌 건가?"

아니, 뭘 이제 깨달은 것처럼…….

"설마 그걸 이제 알았어?"

하지만 카시스는 반성하기는커녕 오히려 야트막한 숨결을 내쉬며 말했다.

"역시 체력을 좀 더 길러야겠어. 너무 쉽게 지치는군."

……미친 거 아니야?

록사나는 저도 모르게 반발심 어린 눈을 치뜨고 카시스를 보았다.

"내가 쉽게 지치는 게 아니라, 당신이 정상이 아닌 거야……."

하지만 따질 힘도 없었다. 그래서 그녀는 그저 그렇게 뇌까린 뒤 카시스의 가슴팍에 얼굴을 묻었다.

카시스도 록사나를 더 가까이 끌어당겨 감싸 안았다. 그의 손이 그녀의 머리와 뒷덜미를 부드럽게 위아래로 쓸었다.

"록사나."

얼마 후 카시스가 나른한 어조로 그녀의 이름을 불렀다. 어쩐지 대답을 바라는 게 아니라, 그저 단순히 옆에 있는 사람이 그녀라는 사실을 혼자 확인하는 것 같은 느낌이었다.

그래서 록사나는 대답하지 않았다.

"록사나."

하지만 아무래도 그녀의 생각이 틀렸던 모양이다. 그가 재차 다시 한번 그녀를 불러 왔다. 그래서 이번에는 록사나도 대답해 주었다.

"응, 카시스……."

같이 침대에 누워 그녀를 끌어안고 있는 카시스의 품은 크고 따뜻했다. 그래서인지 슬슬 눈이 감겼다.

그런데 기분 탓인가?

머리를 쓸던 손이 좀 더 아래로 내려간 것까지는 괜찮은데, 왠지 점점 등허리를 야살스럽게 훑으면서 묘하게 움직이는 느낌이 드는 것이…….

몸의 윤곽을 덧그리는 것처럼 느리게 미끄러진 손길이 예민한 부위를 자극하듯이 어루만지는 순간, 록사나는 움찔 몸을 떨고 말았다.

아무래도 그녀의 착각이 아닌 것 같았다. 순간 잠이 확 달아났다.

"잠깐……. 설마 또 하려는 건 아니지?"

록사나는 설마 싶어서 물었다. 설마 아직도 그럴 기운이 남았단 말인가? 말도 안 되었다. 아까부터 지금까지 내내 그렇게 해 댔으면서.

아니, 물론 조금 전에도 그녀의 발목을 지분거리면서 미련을 내비치기는 했지만, 그래도…….

하지만 카시스는 록사나의 생각이 틀리지 않다는 듯이, 머리카락을 걷어 드러난 그녀의 흰 목덜미에 잘게 입술을 맞추며 속삭였다.

"한 번만."

아니, 그 한 번이 좀 엄청나야지…….

하지만 뒤이어 눈이 마주친 순간 어째서인지 거부의 말이 나오지를 않았다. 밤의 카시스는 낮보다 치명적인 매력이 넘쳐흘렀고, 이렇게 보니 꼭 그녀를 홀리려 찾아온 몽마인 것 같았다.

록사나가 할 말을 잃은 사이 카시스가 그녀에게 키스해 왔다. 아주 감미롭고 농밀한 입맞춤이었다. 뒤섞여 삼켜진 타액이 마치 중독성 있는 마약이라도 된 것처럼 금세 몸이 달아올랐다.

그쯤 되자 록사나도 그냥 에라 모르겠다…… 하는 마음이 들었다.

그래서 결국 그녀는 카시스를 거부하는 것을 포기하고 키스에 응했다.

허벅지를 야릇하게 쓸다가 더 안쪽으로 파고든 카시스의 손이 깊은 곳에 닿았다. 록사나는 작게 신음하다가 카시스의 몸을 확 밀쳐 그의 위에 올라탔다.

시야가 뒤바뀌어 이번에는 록사나가 카시스를 내려다보게 되었다. 카시스가 눈매를 슬쩍 찡그린 채 록사나의 허리를 붙잡고 그녀를 올려다보았다.

록사나의 입가에 희미하게 만족스러운 미소가 걸렸다. 역시 이쪽이 더 마음에 드는 광경이었다.

"이번에는 내가 위에서 할 거야. 당신은……."

고개를 숙이자 그녀의 머리칼이 카시스의 위로 흘러내렸다. 금색과 은색 실타래가 한곳에서 섞였다. 록사나는 그 상태로 카시스에게 입술을 맞대고 명령하듯이 오만하게 속삭였다.

"그냥 얌전히 나한테 깔려서 신음이나 해."

그 순간 어둡게 느껴질 정도로 짙은 욕망이 배인 눈에 뜨거운 섬광이 스쳐 지나갔다. 카시스의 금색 눈동자에 번뜩이는 불씨가 튀는 것 같았다.

록사나는 정말 그 상태로 몸을 이었다. 다음 순간, 다소 거칠게 록사나의 뒷덜미를 잡아당긴 카시스가 그녀의 입술을 조급히 집어삼켰다.

록사나는 그런 카시스의 반응을 즐기며 애태우듯이 느리게 몸을 움직이기 시작했다. 그래, 그러니 결국 그렇게 다시 시작된 정사가 그 한 번으로 끝나지 않게 된 것은 어떤 의미로 록사나의 자업자득이라고도 할 수 있었다.

······잠깐 미쳤던 게 아닐까?

나는 뒤늦게 내 방만함과 어리석음을 반성했다. 카시스와 나는 그 후로 사흘 동안 내내 방에만 틀어박혀 있었다.

물론 우리가 그동안 한 일이란 뻔했다. 밥을 먹고 잠을 자고, 또 씻는 기본적인 시간을 제외하고는 그야말로 밤낮을 잊고 쾌락에만 몰두한 것 같았다. 그러는 동안 현실의 다른 그 무엇도 환락 속에 끼어들지 못했다.

아무리 그래도 그렇지, 이건 좀 심하긴 했어.

나는 테이블에 앉아 카시스와 함께 늦은 아침 식사를 하던 중에 얕은 숨을 푹 내쉬었다.

"묻었어."

그러던 중에 카시스가 짤막하게 읊조리며 나한테 손을 뻗었다. 그의 손가락이 내 입가를 훑었다. 나는 무심코 그걸 핥았다.

그 순간 카시스의 손이 우뚝 멈추어졌다. 내 얼굴에 박힌 카시스의 눈빛이 순식간에 짙어졌다.

"아, 미안. 실수."

나는 덤덤히 말한 뒤 다시 고개를 비스듬히 비껴 식사를 이어 갔다. 하지만 속으로는 약간 낭패감을 느끼고 있었다.

3일간의 여파 때문에 나도 모르게 반사적으로 행동하고 말았다. 정말 맹세코, 지금 여기에서 또 카시스를 자극해 방에 틀어박히고 싶어서 이런 게 절대 아니었다.

다행히 카시스는 나한테서 깨끗이 손을 거두어들였다. 그래, 그 정도로 지지고 볶았으면 카시스도 이제 충분할 것이다. 짐승도 아니고 사람인데 아무렴.

"어머니가 이번에는 너한테 직접 서신을 보내셨군."

카시스는 나보다 먼저 식사를 끝내고 사용인이 가져다준 종이봉투의 발신인을 확인했다. 뭐야. 카시스가 아니라 내 앞으로 온 서신이었나.

그런데 카시스의 말 중에 걸리는 부분이 있었다.

"'이번에는 직접'이라고?"

나는 포크를 움직이던 손을 멈춘 뒤 반문했다.

"얼마 전에는 여기로 사람을 보내셨었지."

"그게 언제인데?"

"이틀 전, 네가 자는 동안에."

카시스는 봉투를 열지 않고 그대로 내 앞에 내려놓았다. 그래도 내게 온 서신이니 직접 확인해 보라는 의미 같았다.

"아마 다과 시간에 초대하려던 의중이셨던 듯한데. 네 몸이 좋지 않다 하고 내가 돌려보냈어."

아니, 그러니까……. 그 말인즉 나를 방에서 내보내지 않으려고 나를 찾아온 사람까지 홀랑 돌려보냈다는 건가?

"혹시 기분이 상했다면 사과할게. 내 멋대로 행동한 게 잘한 일은 아니니."

카시스가 내 눈을 들여다보며 말했다. 사흘 동안 감언이설로 나를 속여 양껏 나를 괴롭힐 때와 달리 이번에는 그래도 정말 좀 반성하는 기색이었다.

나는 카시스를 지그시 쳐다보았다. 새벽까지만 해도 굶주린 짐승처럼 굴던 사람은 온데간데없었다. 저 시리도록 청명한 얼굴을 보니 도저히 뭐라고 할 마음이 생기지 않았다.

애초부터 카시스에게 화가 났던 것도 아니었다. 그저 그의 행동이 워낙 뜻밖이라 조금 놀라서 그렇지.

"다음에는 그러지 마."

"그래."

"그래도 이번에는 잘했어. 내가 직접 거절하긴 어려웠을 테니까."

결국은 나도 사흘 동안 이 방에 틀어박혀 카시스와 단둘이 있는 것이 좋았다는 뜻이었다. 카시스도 그 의미를 눈치챘는지 나를 보고 얕게 웃었다. 나는 식사를 마치고 카시스의 어머니인 쟌느에게 답장을 보내야겠다고 생각했다.

쟌느는 지난번에도 느꼈듯이 품위 있는 귀부인이었다. 그녀가 이루어 내는 분위기는 차분하고 고즈넉했다. 어쩐지 그녀에게서 은은한 목련 향 내지는 난 꽃의 향이 풍기는 것 같았다.

"카시스에게 들었어요. 몸이 안 좋았다죠?"

쟌느의 물음에 나는 약간의 양심의 가책을 느끼며 대답했다.

"심려하실 정도는 아니에요. 그저 기력이 떨어져 휴식을 취했을 뿐이니까요."

그녀는 잠깐 내 얼굴을 들여다보다가 다시 입을 열었다.

"얼마 전 밖에서 소동이 있었다던데."

아, 판도라와의 일을 들은 모양이구나. 혹시 그것 때문에 내게 만나자고 했을까?

물론 쟌느는 얼마 전에 리셸의 집무실 앞에서 만났을 때에도 나중에 함께 차를 마시자고 했었다. 하지만 그 이유도 합해서 겸사겸사 지금 나를 보고자 한 것 같았다.

그날 내가 불러들인 독나비의 존재를 카시스나 오르카 외에 아무도 알아차리지 못했다고 생각하기는 어려웠다. 무엇보다 판도라가 페델리안에게 그때의 일을 진술하는 과정에서 필연적으로 밝혀졌을 일이기도 했다.

어쩌면 오르카도 옆에서 증언했을 가능성도 있었다. 두 사람은 같은 휘페리온이니까. 판도라가 겁박하려 한 페델리안의 손님이 무력한 여자인 것보다는 마물을 가진 여자인 것이 그들의 입장에서는 당연히 더 나을 것이었다. 카시스도 오늘 같이 아침 식사를 하는 중에 그 부분에 대해 언급했었다.

나는 손에 들고 있던 찻잔을 테이블 위에 내려놓은 뒤 말했다.

"저택 내에서 소란을 일으켜 죄송하게 생각합니다."

"왜 사과하나요? 휘페리온 쪽에서 먼저 무례를 가했다고 들었는데."

"저도 대처가 다소 과했으니까요."

사실 판도라의 마물을 잡아먹을 필요까지는 없는 일이었다. 하지만 카시스가 얽힌 문제라 그런지 지금에 와서 생각해 보면 나도 좀 지나치게 반응한 부분이 없잖아 있었다. 어찌 보면 과잉 대응을 한 셈이라고도 할 수 있었다.

하지만 애초에 판도라는 마물을 이용해 페델리안의 성문을 넘으려한 전적도 있었다. 그런데 압류당했던 마물을 다시 돌려받자마자 또다시 페델리안 안에서 이런 일을 벌였으니 그에 따른 책임이 가중되는 모양이었다. 그래서인지 그녀에게 대응한 나를 질책하는 사람은 없었다.

"나는 마수사가 아니라 자세한 것은 모르지만 독나비는 주인을 숙주로 삼아 자라는 기생형 마물이라 들었어요."

쟌느는 역시 그날 정원에서 내가 꺼낸 마물이 독나비라는 사실을 알고 있었다.

"페델리안에는 내로라하는 마수사가 없지만 그래도 이시도르가 경계로 마물 토벌을 자주 다닌 탓인지 그 방면에 조금 견문이 있다더군요. 그래서 물어보니 당신이 이번에 사흘간이나 앓은 것도 그 마물 때문에 심력을 소진해 그런 것 같다고 하던데."

아, 그래. 이시도르는 이미 3년 전에 내 독나비를 본 적이 있었지.

"그래서 더 걱정했답니다."

그런데 이건 좀 의외였다. 설마 다른 사람들도 그런 식으로 생각하고 있나?

하지만 스스로도 의외일 정도로 나는 독나비를 부린 것에 아무런 타격도 받지 않았다.

오히려 요즘 카시스에게 틈틈이 몸을 회복 받고 있어서 그런지 전보다 나비와의 교감이 더 활성화된 느낌이었다. 그래서 독나비를 꺼내도 몸이 가뿐했다.

지난 사흘간 카시스와 내내 붙어 있으면서 그의 기운을 받은 덕분에 물 먹은 잔디처럼 오히려 전보다 더 생생해져 있었다. 그리고 무엇보다 내가 그동안 별관 밖으로 안 나온 건 카시스와…….

음. 더 생각할 필요도 없이 나는 그냥 그 부분에 대해서 말을 아끼기로 했다. 무엇보다 다들 그런 식으로 알아서 나를 가련히 봐 준다는데, 내 입장에서는 공연히 앞장서 반박할 필요가 없었다.

"걱정해 주셔서 감사합니다."

그래서 시치미를 떼고 말했다.

"제가 미진하여 본의 아니게 심려를 끼쳐 드렸네요. 그래도 카시스가 세심히 신경 써 준 탓에 금방 회복할 수 있었답니다."

쟌느가 나를 물끄러미 바라보았다. 이렇게 보니 무언가에 골몰할 때의 표정이 카시스와 닮은 것 같기도 했다.

"록사나."

잠시 후 쟌느가 나지막하게 나를 불렀다.

"그대, 카시스가 가진 힘이 무엇인지 아나요?"

그 순간 깨달았다.

이쪽이 진짜 본론이었구나.

그녀가 나를 불러 정말 하고 싶었던 말은 이것이었다는 직감이 등줄기를 스쳐 지나갔다. 그렇다면 나는 안다고 대답해야 할까, 아니면 모른다고 대답해야 할까.

나는 잠깐 짧은 공백을 가진 뒤 입술을 뗐다.

"어렴풋이는…… 알고 있다고 할 수 있을까요."

솔직하지만 모호한 답변이었다. 그러자 마주한 얼굴이 약간 흐려졌다. 그녀는 어쩐지 조금 안도하는 것 같기도, 혹은 반대로 불안해하는 것 같기도 했다.

"그래요. 알고 있군요."

어찌 되었든 나로서는 쉽사리 정의 내리기 어려워 보이는 감정이었다.

"예전에……."

이윽고 그녀에게서 자그마하게 흘러나온 말에 나는 다시금 벌리려 했던 입술을 다물었다.

"그것 때문에 실비아가 위험에 처한 적이 있었어요."

쟌느는 아까처럼 내 얼굴을 가만히 응시해 반응을 살폈다. 마치 이 이상 말을 이어도 될지 판가름하려는 것 같았다.

"실비아는 예전에 지금과 비할 수 없는 말괄량이라 혼자서 곧잘 위험한 놀이를 하곤 했죠. 그래서 그때도 혼자 정원 앞에 있는 동상 위에 올라갔었는데."

결국 그녀는 계속 이야기하는 것을 선택한 듯, 다시 조용히 입을 열었다.

"그러다 아래로 떨어질 때 잘못해서 머리를 크게 다쳤어요. 카시스가 그걸 발견했고요."

쟌느의 눈이 그 당시의 일을 회상하는 듯이 살짝 흐려졌다.

"그때의 카시스는 아직 자신이 가진 능력을 제대로 쓸 줄 몰랐어요. 그래도 피를 흘리며 쓰러진 여동생의 상태가 너무 위험해 보이니까, 그 힘을 사용했죠."

그 후에 좋은 일이 일어나지 않았다는 사실을 그리 어렵지 않게 짐작할 수 있었다. 조금 전에 쟌느가 말할 때에도 카시스의 힘 때문에 실비아가 위험에 처했다고 했으니까.

"하지만 그러던 중에 반작용이 일어났고. 실비아는……."

그러나 내가 듣게 된 말은 상상보다 더 좋지 않았다.

"그때 완전히 숨이 멎었었어요."

"……."

"나는 어리석은 어미라 카시스를 원망했답니다. 워낙 경황이 없었던지라 당시의 일이 자세히 기억나지 않지만 그 아이를 꽤 모질게 비난했던 것 같기도 해요."

그런 뒤 짧은 침묵이 그녀와 내가 앉아 있는 곳 주위에 내려앉았다. 곧 쟌느의 얼굴에 어스름한 미소가 걸렸다.

"하지만 나는 그때 내가 무슨 말을 했는지 기억하지 못해도, 분명 카시스는 아직 잊지 못하고 있겠죠."

나는 그녀에게 무슨 말을 하면 좋을지 쉽게 헤아릴 수 없어 잠시 말을 골랐다. 지금쯤 한창 아버지인 리셸을 만나고 있을 카시스가 뇌리를 스쳐 지나갔다.

"줄곧 그 일을 후회하고 있어요. 이루 말할 수 없이 부끄럽고 또 미안하게 생각하고 있답니다."

"그런 마음을…… 카시스에게도 전해 주셨나요?"

뒤이어 건넨 내 물음에 지금까지와는 확연히 다른 표정이 마주한 얼굴에 희미하게 번져 들었다.

"네. 3년 전에 그 아이가 아그리체에서 돌아온 후에요."

아…… 그렇구나.

"물론 그것으로 내 할 도리를 전부 했다고는 생각하지 않지만. 그래도 만약 최악의 상황이 닥쳤다면 이마저도 평생 말하지 못했을 수 있겠죠."

그렇다면 아마 소설에서의 그녀는 카시스에게 평생 미안한 마음을 전하지 못했을 것이다. 그 이야기에서 카시스가 페델리안에 돌아오는 일은 결코 없었으니까. 지금처럼 이 우아한 귀부인이 이렇게 조금이나마 묵은 마음을 해감한 얼굴로 미소 짓는 일도 없었겠지.

또 나로서는 카시스의 심중을 모두 헤아릴 수 없지만……. 그래도 어머니에게 늦게나마 저런 진심 어린 속말을 듣는 편이 그렇지 않은 것보다는 당연히 더 나을 것이라 여겨졌다.

그런 생각을 하자 카시스가 지금 이 순간 이렇게 무탈하게 페델리안에 있는 것이 다시 한번 새삼스럽게 다행으로 여겨졌다.

"나는 그때 같은 경험을 카시스가 다시 하지 않기를 바라요. 물론 지금이라면 그 아이가 원해서 구해 내지 못할 사람은 없겠지만."

다음 순간 쟌느의 곧은 눈과 시선이 마주쳤다.

"그래도 나는 당신이 아픈 곳 없이 되도록 건강히 오래오래 살기를 바라고 있어요. 아마 세상 그 누구보다 간절히. 당신의 행복이 카시스의 행복으로 귀결될 테니까."

나는 조용히 그녀의 말을 듣다가 이내 천천히 시선을 내리깔았다.

"지난번에 보았을 때, 당신은 분명 내 눈앞에 서 있었지만 어쩐지 그 자리에 존재하지 않는 것처럼 느껴졌어요. 꼭 빈껍데기만 남은 사람처럼. 그래서 조금 걱정이 되었는데……."

예리한 것은 페델리안 사람들의 특징일까? 아마도 쟌느는 지난번에 만났을 때 내 상태를 내심 정확히 꿰뚫어 보고 있었던 모양이다.

"지금은 지난번에 봤을 때보다 표정이 좋아졌군요. 마음이 좀 놓여요."

그렇게 말하는 그녀의 얼굴에는 온화함이 담겨 있었다. 마지막으로, 쟌느가 내게 말했다.

"카시스를 잘 부탁해요."

잠시 후 쟌느와 헤어진 나는 조금 전까지 나누었던 대화에 대해 곰곰이 생각했다. 그녀의 말에는 따로 고심해 봐야 할 부분이 있었다.

무엇보다도, 카시스의 능력은 내가 생각했던 것보다 훨씬 더 강한 듯했다. 반작용으로 누군가를 죽일 수 있는 힘이라면, 반대로 제 능력을 발휘했을 때 그만큼 강력한 효과를 낼 수도 있다는 의미였다.

물론 카시스의 힘에 대해서는 예전에 본 것도 있고, 또 몇 번이나 내가 직접 경험한 것도 있어서 어느 정도 알고 있었다.

그가 기운을 불어넣어 주면 몸에 온기가 돌고 힘이 샘솟는 것도, 또 칼로 베인 상처가 아물고 몸에 있는 독이 중화될 수 있다는 사실도 모르지 않았다.

하지만 모든 것에는 무릇 정도란 것이 있는 법 아니겠는가. 그래서 나는 그의 치유 능력이 대단하기는 하나 엄청나게 비현실적인 효과까지 발휘할 것이라고는 생각해 본 적이 없었다. 그렇기 때문에 카시스가 아무리 애써도 지금의 나를 살리지는 못하리라 생각했다.

그런데 지금 카시스가 마음먹으면 구하지 못할 사람이 없을 거라니. 쟌느의 그 말은 굉장히 의미심장하게 느껴졌다.

게다가 그때 실비아의 숨이 완전히 멎었었다고 하지 않았던가? 하지만 그녀는 지금 아주 멀쩡히 살아 있었다. 그럼 죽은 실비아가 도대체 어떻게 되살아났다는 거지?

그 당시의 카시스는 실패했다고 했다. 그럼 혹시 청의 수장인 리셸일까. 그렇다면 역시 카시스의 힘은 페델리안의 유전이란 말이었다.

가만, 그럼 설마 지금 카시스가 나한테 하는 일들도 단순 회복이 아닐 수 있다는……. 불현듯 스쳐 지나간 생각에 나는 움찔 눈가를 잘게 미동했다.

"록사나 양?"

그러던 어느 순간 내 귀에 돌연 미성의 목소리가 흘러들어 왔다. 나는 그 음성이 들려온 방향으로 동요 없이 시선을 미끄러뜨렸다.

"이것 참, 오랜만에 뵙네요. 그동안 몸이 편찮으셨다고 들었는데. 다행히 이젠 전부 털고 일어나셨나 보죠?"

오르카 휘페리온의 화사한 미소가 시야에 스몄다. 누구라도 능히 무장 해제시켜 버릴 것만 같은, 유리처럼 더없이 맑고 투명한 웃음이었다.

물론 그의 속을 알고 있는 나한테는 통하지 않았다.

"백의 마수사시군요."

나는 그의 인사에 무던히 화답했다. 내 뒤에는 별관에서부터 따라온 올린이 있었고, 오르카의 뒤에는 이시도르가 서 있었다.

그는 오르카를 향해 탐탁지 않은 눈길을 보내고 있었다. 오르카를 호위하고 있을리는 없고. 아무리 봐도 저건 노골적으로 오르카를 감시하는 것 같은데. 아마 이시도르가 오르카를 따라다니며 일거수일투족을 지켜보는 역할을 맡은 모양이었다. 지금까지는 그래도 손님으로서 예우해 그런 짓을 하지 않았지만 판도라의 일 이후로 신뢰를 잃은 영향인 것 같았다.

"아, 제가 누구인지 알고 계시네요? 하긴, 그때 청의 귀공자가 저를 그렇게 불렀던가요."

오르카는 내가 자신을 알고 있다는 사실이 몹시 기쁘다는 듯이 눈을 빛냈다.

"정식으로 소개드리죠. 오르카 휘페리온입니다. 오르카라고 불러 주세요."

"글쎄요. 백의 마수사라는 호칭으로 이미 충분한 것 같은데."

오르카는 퍽 친근감 있는 태도로 서글서글하게 말했다. 그러나 나는 그저 한 번 의례적으로 웃어 보인 뒤 거부했다. 그러자 마주한 얼굴에 과장된 실망이 떠올랐다.

"지난번에는 제가 실례를 저질렀지요. 그때의 제 부끄러운 언동은 잊어 주셨으면 좋겠습니다."

풀이 죽은 척하며 사과하는 모습이 정말 그럴듯해 보였다. 생긴 게 워낙 청순가련해서 그런지, 저 안에 능구렁이가 백 마리쯤 들었다는 사실을 모른다면 누구나 절로 측은지심이 들 것 같았다.

"괘념치 않으니 마음에 담아 두지 마시길. 그 말을 하러 저를 찾아오셨나요?"

"아, 볕이 좋아 산책을 하는 중이었습니다. 그런데 이렇게 록사나 양과 딱 마주치다니, 마치 운명 같네요."

뻔히 보이는 거짓말이었다. 저런 식으로 웃고 있는 사람에게 아무런 꿍꿍이가 없을 리가. 오르카가 나한테 이렇게 관심을 갖는 건, 역시 독나비 때문인가.

문득 사흘 전 정원에서 보았던 열망 어린 눈동자가 뇌리를 스쳐 지나갔다. 그때 은연중에 내가 느꼈던 찝찝함도 덩달아 떠올랐다.

"괜찮으시다면 주위 사람을 물리고 같은 마수사끼리 유익하고 즐거운 대화를……."

"불가합니다."

"불가합니다."

"나누고 싶지만 역시 안 되나 보군요."

오르카가 운을 띄우자마자 이시도르와 올린이 동시에 그의 말을 쳐냈다. 오르카도 애초에 기대했던 건 아닌 것 같았다. 다시 침울한 표정을 짓는 오르카를 이시도르와 올린이 경계하듯이 응시하고 있었다.

나는 그 모습을 보고 기분이 좀 미묘해졌다. 역시 나는 페넬리안의 사람들에게 연약한 이미지로 낙인찍힌 것이 맞는 것 같았다.

첫 만남에서부터 지금까지 본의 아니게 상황이 저절로 그렇게 흘러간 것도 있었고, 또 카시스가 다른 사람들의 시선 따위는 조금도 신경 쓰지 않고 워낙에 나를 병자 취급했기 때문이기도 했다.

하지만 한편으로 생각해 보면 거기에 내 의지가 아주 없었다고 할 수도 없을 것 같았다. 어쩌면 나도 그들에게 호감을 살 만한 무구하고 가련한 모습을 무의식중에 내보이고 있었던 건지도 몰랐다.

그래도 이렇게 대놓고 보호받는 입장이 되니 기분이 이상하긴 했다.

"스스로를 마수사라 칭하기에는 견문이 넓지 않아서."

한편으로는, 그럼 그들이 원하는 대로 나설 자리를 줄까 싶은 마음도 들었다.

"차라리 뒤에 있는 윈스턴 경과 대화를 나누시는 편이 더 유익하겠네요."

내 말에 오르카가 의외라는 듯이 이시도르를 뒤돌아보았다.

"윈스턴 경이요? 당신, 마수사였나요?"

"아닙니다."

이시도르는 내가 왜 그런 이야기를 했는지 이해하지 못하는 눈치였다. 나는 그를 보며 고개를 슬쩍 옆으로 기울였다.

"쟌느 님께 이야기를 들어 보니 마물에 대한 윈스턴 경의 견문이 넓다고 하던데."

"그 정도의 식견은 없습니다만……. 원하신다면 어느 정도 대화 상대가 되어 드릴 수는 있을 것 같군요."

눈이 마주친 순간 내가 의도한 바를 읽었는지, 이시도르가 작게 고개를 끄덕이며 오르카에게 말했다. 이시도르는 오르카가 더 이상 나를 귀찮게 하는 것보다 그냥 스스로를 희생양으로 삼는 편이 낫다고 생각하는 듯했다.

"음, 아뇨, 별로."

하지만 오르카는 떨떠름함을 숨기지 않고 질색한 얼굴로 거절했다. 잘은 몰라도, 이시도르와 붙어 있는 동안 그에게 학을 뗄 만한 일들이 적지 않게 있었던 듯했다.

"제가 대화를 나누고 싶은 건 독나비의 주인이어서 말이죠."

역시 오르카는 예상에서 벗어나는 사람이 아니었다. 짐작하고는 있었지만 역시 독나비 때문이었군.

"아무리 생각해도 궁금하단 말이에요. 당신이 어떻게 독나비를 각인시켰는지."

이시도르와 올린이 자리를 비켜 줄 것 같지 않으니 그냥 이대로 말을 꺼내려는 모양이었다.

하기야, 독나비를 찾아 페넬리안에 무단 침입까지 하려 했을 정도이니, 그 열의가 오죽하련만은. 마물에 대한 그의 집념과 열망이 어느 정도인지는 나도 아는 바가 있었다.

"일단은 독나비 서식지를 찾는 것도 하늘의 별 따기고."

원래대로라면 독나비는 그 노력의 산물로 마땅히 오르카의 몫이 되어야 했다. 그런데 그걸 중간에서 내가 홀랑 가로채 꿀꺽해 버린 셈이니. 아마 오르카가 그 사실을 알게 된다면 나를 마물 밥으로 던져 주고 싶을 것이다.

"또 알을 찾는다고 해도 부화시키는 데 엄청난 개고생을, 아이고, 숙녀분 앞에서 실례했습니다. 어쨌든 그렇게 엄청난 공을 들여야 하는 데다, 또 그마저도 성공할 가능성은 현저히 낮지 않습니까?"

갑자기 오르카에게 조금 가련한 마음이 들어서 잠깐 정도는 이야기를 들어 줄까 하는 생각이 들었다.

"게다가 그렇게 부화한 독나비를 각인시키기란 또 바늘구멍으로 마물 통과시키기인데 말이죠."

나도 굉장히 운이 좋았다고 생각한다. 독나비와 내 상성이 상상 이상으로 좋았던 것도, 또 대량의 독을 조달하기 쉬운 환경에 있던 것도. 그리고 지금까지 독나비에게 잡아먹히지 않고 이렇게 공생하며 살아올 수 있었던 것도.

"그런데 제일 걸작인 건……."

오르카는 내가 아무런 반응을 내보이지 않아도 알아서 혼자 계속 말을 이어 갔다. 이미 그가 하는 말은 거의 혼잣말처럼 느껴졌다.

"그걸 또 살육 나비로 키우셨다고."

이윽고 오르카가 흥을 참지 못하겠다는 듯이 킥 소리 내 웃었다. 그의 눈이 얄팍하게 접혔다. 가늘게 미소 짓는 얼굴이 여우를 닮아 있었다.

"록사나 양, 지금껏 독나비의 주인들은 하나같이 행방이 묘연해졌다는 이야기를 들어 보셨겠죠?"

당연히 들어 보았다.

"그 이유가 독나비에게 먹혔기 때문이란 걸 압니까?"

그 순간 이시도르와 올린이 몸을 움찔 굳히는 것이 느껴졌다. 나는 동요 없이 눈을 한 번 느리게 감았다 뜬 뒤 나른한 어조로 읊조렸다.

"독나비의 주인인 내가 그걸 모르리라 생각하나요?"

과연 오르카의 말대로였다. 기록에 남아 있는 독나비의 소유자 자체가 손에 꼽을 정도로 적기도 했지만, 그들의 결말은 대개 같았다.

독나비에게 잡아먹히는 모습이 목격되거나, 어느 날 갑자기 돌연 종적을 감추고 사라진 것이다. 물론 소리소문없이 실종된 사람들이 나중에 다시 모습을 드러내는 일은 없었다.

아마 다른 누군가에게 목격당하지 않았을 뿐, 최후는 다른 독나비의 숙주들과 동일하지 않았을까 하고 대부분의 마수사들이 추측하고 있었다.

독나비는 원한다고 해서 각인시킬 수 있는 마물도 아니었지만, 애초에 선뜻 독나비의 각인에 나서는 마수사도 극히 드물었다.

상상할 수 있는 최후가 뻔하기 때문이다.

란트 아그리체가 탐욕스러운 눈빛을 보내면서도 나한테서 독나비의 알을 빼앗지 않았던 이유도 그와 동일했다.

그런 의미로 소설 속에서의 오르카는 역시 특이한 놈이었다. 그렇게까지 독나비를 열망해 갖은 애를 써서 결국은 그것을 각인시키는데 성공했으니까.

오르카는 이미 최상급 마물들을 다량 보유하고 있었기 때문에 굳이 독나비에 목을 맬 이유도 없었다. 게다가 그는 휘페리온의 후계자였다. 그런 귀한 몸을 직접 독나비의 숙주로 삼다니.

독나비의 주인인 내가 할 말은 아니지만, 제정신으로 할 짓이 아니었다.

"아, 진짜 재미있네."

다음 순간, 재미있어 견디지 못하겠다는 듯한 목소리가 귓가에 울렸다. 눈앞에 있는 청년의 고운 얼굴에 배꽃 같은 미소가 걸렸다.

하지만 그와 반대로 오르카의 눈동자에는 몹시도 위험해 보이는 선득한 이채가 어려 있었다. 그것은 어떤 의미로 광기로도 보였다. 올린도 그것을 봤는지 일순간 흠칫했다.

그러나 뒤이어 올린이 몸에서 경계심을 피어 올리며 내게 한 걸음 다가섰을 때, 오르카의 얼굴에 떠올랐던 위험한 빛이 씻은 듯이 사그라졌다.

"록사나 양, 혹시 오해하실까 봐 첨언하는데 이번에 판도라가 저지른 일은 저와 아무런 관계도 없답니다."

어느새 다시 실없이 웃는 얼굴로 돌아간 오르카가 날아갈 듯이 가벼운 태도를 보이며 말했다.

"누이가 록사나 양에게 설마 이렇게 큰 결례를 저지를 줄 알았다면 제가 앞장서서 진작 가문으로 돌려보냈을 거예요. 앗, 안 믿으시는 건가요? 이런, 전 진심인데요."

내가 눈을 슬쩍 가늘게 접고 보자 오르카가 너스레를 떨었다.

결국 판도라는 휘페리온으로 귀환하게 되었다. 공식적으로는 마물을 이용해 성문을 넘은 일의 주범 역시 판도라로 알려져 있었기 때문에 그녀는 곧바로 백의 수장의 부름을 받았다.

다만 오르카는 판도라와 함께 휘페리온으로 동행하지 않고 감시를 당하면서까지 페넬리안에 남는 것을 선택했다. 그가 보유하고 있는 마물들까지 스스로 반납했다고 한다.

그래서 지금 오르카는 지난번 정원에서 만났을 때와 달리 장신구를 하나도 하고 있지 않았다. 모든 마수사들이 그런 것은 아니지만, 휘페리온은 가문에서 비밀리에 전해 내려오는 주술을 보석에 새겨 각인의 매개로 이용하고 있었다. 마물과의 각인 시 신체에 가해지는 부담을 최소화하기 위해서였다.

그런데 그것들을 모조리 몸에서 떼어내면서까지 페넬리안에 남다니.

"판도라가 록사나 양에게 저지른 실수는 제가 대신 사과드리죠. 그러고 싶어서 페넬리안에 남은 거니까요."

입에 침이나 바르고 거짓말을 하시지. 아마도 그가 오늘까지 페넬리안에 남아 있는 진짜 이유는 독나비에 대한 미련을 버리지 못해서일 것이라고 나는 생각했다.

"물론 록사나 양에게 개인적인 관심이 있기도 하지만."

오르카는 거기에서 잠시 말을 멈춘 뒤 나를 지그시 응시했다. 뒤이어 그의 얼굴에 떠오른 것은 명백히 나를 유혹하는 듯한 은밀한 미소였다.

어쩌나 노골적인지, 나와 카시스의 관계를 공공연히 알고 있는 이시도르와 올린이 슬쩍 얼굴을 구겼을 정도였다.

"그러니 너무 그렇게 경계하지 마세요. 판도라와 달리 저는 신사랍니다."

오르카는 자신의 무해함을 한껏 내 앞에서 주장했다. 꼭 날카로운 송곳니와 발톱을 숨기고 양을 꾀어내는 늑대의 모습 같았다.

"아무래도 오해가 있는 듯한데."

나는 그런 오르카를 보며 입을 열었다.

"지금까지의 일과는 별개로 나는 당신과 친분을 도모하고 싶은 생각이 없어요, 백의 마수사."

내 입에서 흘러나온 단조로운 음성에 오르카가 움찔했다. 아마 지금 그를 응시하고 있는 내 눈도 목소리 못지않게 무감정하게 메말라 있을 것이 분명했다.

"왜죠? 제가 록사나 양에게 따로 밉보일 짓이라도 했던가요? 아, 혹시 제가 그때 록사나 양에게 마물이니 뭐니 헛소리를 했던 것을 아직 마음에 담아 두고 계신 거라면."

"그건 괘념치 않는다고 말했어요."

"그럼 어째서?"

나는 의문을 표하는 오르카를 지그시 응시하며 고개를 비스듬히 기울였다.

"이유는 간단해요."

그리고 입술 끝을 슬쩍 끌어 올려 웃었다.

"당신이란 사람 자체에 전혀 흥미가 동하지 않으니까요."

그 순간 오르카의 얼굴이 경직되었다. 그의 눈가가 희미하게 꿈틀거리는 것이 시야에 박혔다.

"아쉽게도 저는 당신과의 만남에 아무런 감흥도 느껴지지 않네요. 그런데 당신이 내게 관심을 표한다는 이유로 마음에도 없이 거기에 응답해야 할 의무는 없지 않겠어요?"

이시도르와 올린도 조금 놀란 듯했다. 그들은 내가 이런 식으로 도도하다 못해 거만하게 느껴지는 어투로 말하는 것도, 또 이렇게 겸손함의 미덕 따위 없는 조소 섞인 미소를 짓는 것도 처음 볼 것이다.

"그러니 당신도 필요 이상의 관심은 거두어 주었으면 좋겠군요. 피차 시간 낭비하지 말도록 해요, 백의 마수사."

오르카는 내심 당황한 것 같았다. 그는 설마 여자에게서 이런 말을 들을 줄은 꿈에도 몰랐다는 표정을 짓고 있었다.

"음……. 저는 록사나 양과 제가 잘 통할 거라고 생각했는데."

오르카는 쉬이 말을 고르지 못하고 조금 더듬거렸다. 반응을 보니 아무래도 먼저 관심을 표한 상대에게 이런 식으로 직설적인 거부의 말을 들은 것이 처음인 모양이었다.

옆에 있던 이시도르와 올린이 어쩐지 고소하다는 듯한 얼굴을 하고 있는 건…… 기분 탓이 아니었다.

오르카가 묘한 눈길로 나를 보았다. 미미한 불쾌감과 당혹감, 그리고 혼란과 지난번 정원에서 얼핏 보았던 기묘한 열이 뒤섞인 복잡한 눈빛이었다.

잠시 후 오르카가 굳게 다물고 있던 입을 열어 침묵을 깨트렸다.

"그러고 보니 록사나 양에게 돌려 드릴 것이 있었는데."

그래도 말귀를 알아들었는지, 오르카는 더 이상 내게 껄떡대지 않고 주머니에서 주섬주섬 무언가를 꺼냈다. 그것은 지난번에 테라스에서 날아갔던 실비아의 리본이었다.

나는 손을 들어 오르카가 내민 것을 받았다. 잠시 살펴보았지만 리본에 무언가 이상한 짓을 하지는 않은 것 같았다.

"이 판국에 페델리안에 오래 신세를 지는 것도 실례일 테니 저도 그만 휘페리온으로 돌아가야겠네요."

오르카가 입매를 작게 비틀어 미소를 그리며 말했다.

"그러시군요. 짧은 만남이지만 반가웠습니다."

나도 그에게 아예 작별 인사를 했다. 좀 더 끈질기게 굴 줄 알았던 오르카는 생각보다 깔끔히 물러났다.

"다음에는 페델리안 밖에서 만나 뵙게 되었으면 좋겠네요, 록사나 양."

오르카는 다시 아까처럼 해사한 얼굴로 돌아와 웃었다. 하지만 그가 건넨 여상한 인사말은 기분 탓인지 어딘가 의미심장하게 들렸다.

"어머, 두 분 모두 안녕하세요?"

그때, 실비아가 나타났다. 어디에서 오르카와 내 소식을 듣고 온 건지, 아니면 그냥 이 길을 지나다가 우연히 마주친 건지는 확실히 알 수 없었다.

하지만 그녀의 가녀린 몸에서 은근히 흘러나오는 기백이 자못 전투적인 것을 보면, 아마도 전자인 것 같았다.

"좋은 오후네요, 록사나. 그리고 백의 마수사님."

"안녕하십니까, 페델리안 양. 오늘도 변함없이 아름다우시네요."

오르카가 평소와 같은 가벼운 태도로 실실 웃으며 인사했다. 하지만 그는 다른 때처럼 매끄러운 혀를 놀려 치근덕대는 대신 그만 이 자리에서 물러날 것을 알렸다.

"이대로 페넬리안 양과 좀 더 긴한 대화를 나누고 싶지만 전 이제 휘페리온으로 돌아갈 준비를 해야 해서요."

"아, 이제 백의 가문으로 돌아가시나요?"

"네, 그렇게 되었습니다. 그럼 저는 청의 수장님께 들러야 해서 이만 실례하겠습니다. 두 분, 좋은 시간 보내세요."

오르카는 그렇게 인사를 남긴 뒤 정말 자리를 떠났다. 이시도르도 나와 실비아에게 한 번 작게 묵례해 보인 뒤 오르카의 뒤를 따라갔다.

"웬일이지?"

오르카의 뒷모습을 바라보는 실비아의 얼굴에 의문이 떠올랐다. 그녀는 다소 맥이 빠진 듯했다. 기껏 전투 만반의 자세로 왔는데 상대방이 너무 금방 사라져 버려서 조금 허탈한 것 같기도 했다.

"아무래도 좀 전에 록사나 아가씨께 마음을 거절당한 일로 심적인 충격을 크게 받은 것이 아닌가 싶습니다."

지금까지 옆에서 조용히 있던 올린이 말했다. 어쩐지 그녀의 목소리에 귀찮은 날벌레를 떨쳐 낸 듯한 후련함이 배어 있는 것 같았다.

"마음을 거절당했다니?"

실비아의 눈이 동그랗게 떠졌다. 나는 그녀를 보고 그저 아무것도 아니라는 양 여상히 웃어 보였다. 실비아는 몹시 궁금한 것 같았지만 그래도 다른 것을 먼저 물었다.

"참, 록사나. 이제 몸은 완전히 쾌차했나요? 그새 얼굴이 반쪽이 된 것 같아요."

나는 걱정 어린 눈으로 나를 올려다보는 실비아의 얼굴을 잠깐 들여다보았다. 그 후 손을 올려 그녀의 머리를 쓰다듬고 만 것은 거의 충동적인 일이었다.

실비아의 뺨이 순식간에 발그레하게 달아올랐다.

"실비아, 그때 네가 준 리본, 내가 가져도 될까?"

오르카가 돌려준 리본에는 별다른 이상한 흔적이 남아 있지 않았다. 하지만 괜스레 찜찜해서 실비아에게 이것을 돌려주고 싶은 마음이 들지 않았다. 혹시 모를 일을 대비해 리본을 이대로 내가 가져가서 처리할 요량이었다.

"그럼요. 얼마든지요."

실비아는 기쁜 듯이 말갛게 웃었다. 그녀는 소설의 여주인공이어서가 아니라, 또 카시스의 여동생이어서가 아니라, 그저 그녀 자체로 사랑스럽고 예뻤다.

그리고 정말 이상하게도, 나는 그런 실비아를 볼 때마다 제레미가 떠올랐다. 두 사람에게는 전혀 닮은 구석이 없었는데도 그랬다. 지난번 리셸의 집무실에 다녀온 이후로는 제레미를 떠올리는 횟수가 더 빈번해졌다.

그때 들었던 이야기가 다시금 떠올랐다. 제레미는 아그리체에 남았다고 했다. 그래서 이대로 아그리체를 사라지게 하는 것이 아니라, 스스로 가문의 대표가 되어 아그리체를 복권시키는 쪽으로 움직이고 있다고 들었다.

"만약 내가…… 내가 아그리체를 누나가 웃을 수 있을 만한 곳으로 만들면 다시 돌아올 거야?"

그때 했던 말이 정말 진심이었던가. 분명 나는 간절한 눈빛을 보내던 그에게 아무런 대답도 해 주지 않았다. 그런데도 제레미는 내가 망가뜨린 그 폐허에 남아서 혼자 무언가를 노력하고 있다고 한다.

나는 분명 그날 내가 가진 걸 다 버리고 왔다고 생각했는데. 하지만 여전히 나한테 묶여 있는 것이 있었다.

예전에는 그것이 내 발목을 조이고 있는 수많은 족쇄 중 하나로 느껴졌지만……. 지금은 그렇지만은 않았다.

그렇다면 아마 제레미의 말처럼 될 수도 있을 것이다. 지금 당장은 아니더라도, 언젠가는. 그것이 정확히 언제가 될지는 아직 시일을 가늠할 수는 없지만.

그래도 아마, 그렇게 머지않은 때에.

그렇게 생각하며 나는 어스름하게 웃었다. 어쩐지 지금 이 순간, 실비아가 아닌 제레미의 머리를 쓰다듬고 있는 것 같은 기분이 들었다.

내가 별관에 도착했을 때, 카시스는 아직 돌아오지 않은 상태였다. 그러고 보니 아까 오르카가 청의 수장에게 찾아간다고 하지 않았던가. 그럼 먼저 리셸을 만나고 있던 카시스 때문에 목적을 달성하지 못했을 수도 있었다.

"아가씨, 실례하겠습니다."

"들어와."

그러던 중에 사용인이 방문을 두드렸다. 내가 대답하자 쟁반을 든 여자가 안으로 들어섰다. 쟁반 위에는 진한 붉은색의 편지 봉투가 얹혀 있었다.

"아가씨 앞으로 서신이 도착했습니다. 발신지는 황의 베르티움입니다."

의외의 말을 듣고 나는 살짝 미간을 좁혔다. 베르티움에서 내게 서신을 보냈다니? 내가 여기에 있는지 어떻게 알았지?

물론 굳이 바깥에 필사적으로 숨기고 있던 비밀도 아니기는 했다. 하지만 그런 이유는 둘째 치더라도, 무엇보다 베르티움에서 내게 서신을 보낼 만한 이유가 없었다.

"페델리안에서 내용을 확인했나?"

"아니요. 기본적인 검사만 끝마쳤습니다."

기본적인 검사라 하면, 편지에 혹시 위험한 것이 들어 있지는 않은지, 혹은 삿된 주술이 걸려 있는 건 아닌지 등을 확인했다는 의미였다.

나는 쟁반 위에 놓인 붉은 봉투를 집어 들었다. 페델리안에서 검사를 마쳤다면 다른 위험성은 없을 것이다.

나는 사용인을 돌려보내고 소파에 앉아 서신을 열어 보았다. 안에는 네다섯 줄 정도 되는 짤막한 내용이 담겨 있었다. 보통 누군가에게 편지를 보낼 때 의례적으로 앞에 넣곤 하는 장황한 서술을 모조리 생략한, 담백하고 간략한 서신이었다.

[록사나 아그리체 양. 다시 만나 뵙고 싶은 간절한 마음을 담아, 당신이 그리워하실 만한 것을 보냅니다.]

이게 무슨 말인가 싶었다. 의문을 느끼며 봉투를 뒤집으니 그 안에서 무언가가 떨어졌다. 그것은 누구의 것인지 모를, 한 줌 정도 되는 잘린 금색 머리카락이었다.

그것을 보고 눈매를 잘게 찌푸렸다. 그 후 편지의 내용을 마저 읽어 보았다.

[머나먼 타지에서 보는 혈육의 흔적은 더욱 각별해 얼어붙은 마음을 녹이고 깊은 향수에 젖게 만들지요. 제 선물이 마음에 드신다면 초대에 응해 주시기를 기대하겠습니다.]

종이 위에 적힌 글을 읽을수록 점차적으로 기분이 싸늘히 가라앉기 시작했다.

[그럼 당신의 소중한 사람과 함께 기다리고 있겠습니다.

-노엘 베르티움.]

같잖은 수작질을 부리는군. 나는 노엘 베르티움이 보낸 편지를 다 읽고 삐뚜름한 미소를 짓고 말았다. 여기에 적힌 내용과 동봉된 잘린 머리카락이 의미하는 바가 뭔지, 의심의 여지가 없었다.

혈육의 흔적. 그리고 내 소중한 사람.

이 모든 연결점과 이어진 건 세상에 단 한 명뿐이었다. 노엘 베르티움은 지금 내 어머니를 자신이 데리고 있다고 나를 협박하고 있는 것이었다.

"이건 상당히 불쾌한데."

하지만 이게 정말 어머니의 머리카락이라는 생각은 들지 않았다. 그녀가 지금 진짜 노엘 베르티움의 수중에 있을 리도 없다고 판단되었다.

아그리체에 있던 마지막 날, 나는 에밀리를 보내 어머니가 원하는 대로 움직이라고 명령했다. 만약 그녀가 아그리체에 남는 것을 선택한다면 저택 내의 안전한 곳에 피신시킬 생각이었다. 또 만약 아그리체를 떠나는 것을 선택한다면 그것 역시 그녀가 원하는 대로 할 수 있게 미리 준비를 끝마쳐 두었다.

내가 어머니를 위해 마련해 둔 장소는 당연히 베르티움의 영역이 아니었다. 게다가 무엇보다도, 그 후 두 사람에게 무슨 일이 생기면 내게 알려지도록 만든 신호가 오지 않고 있었다.

그런 이유가 아니더라도 내 직감이 이것은 어머니의 머리카락이 아니라고 말해 주고 있었다. 그러니 이건 색이 비슷한 다른 사람의 머리카락일 것이 분명했다.

지난번에 화합회 때 코피를 쏟으며 어수룩하게 구는 모습을 보고 그래도 내심 순박한 면이 있다고 생각했는데. 그런데 이런 비열하고 치사한 수를 쓰는군.

하기야, 소설에서 묘사된 노엘 베르티움은 아이 같은 순진무구한 얼굴 속에 영악한 일면을 숨기고 있는 사람이 아니었던가.

나는 손에 들고 있던 것을 테이블 위에 내려놓았다. 노엘은 내가 깜짝 놀라 자신에게 달려올 것이라 여겨 이런 수작을 부린 것이겠지만 유감스럽게도 별다른 감흥이 들지 않았다.

"……."

나는 눈앞에 내려놓은 봉투를 내려다보며 손가락으로 의자의 팔걸이를 툭툭 두드렸다.

그래도 확인해 봐서 나쁠 건 없을 것이다. 독나비와 교신이 되는 거리에는 한계가 있어서 지금 어머니가 있는 곳에 직접 나비를 보낼 수는 없었다.

그래서 대신 그리젤다에게 연락을 취했다. 아그리체에서 마지막으로 보았을 때, 그녀는 앞으로 한동안은 중립 지역의 경계 부근에 머물 것이라고 말했었다. 그 정도 거리라면 나비를 보낼 수 있었다.

아그리체를 떠나 이렇게 다른 사람에게 연락하는 것은 이번이 처음이었다. 아마 그녀라면 그리 오래 걸리지 않아 답을 줄 것이 분명했다.

"한동안 자리를 비워야 할 일이 생겼어."

"그래?"

그날 저녁, 별관으로 돌아온 카시스가 내게 말했다. 나는 한가하게 침대에 엎드려 아까 보았던 노엘 베르티움의 서신에 대해 생각하고 있던 참이었다.

카시스가 다가와 내가 있는 침대 위에 걸터앉았다. 나도 몸을 움직여 그에게 가까이 다가갔다. 그의 다리에 머리를 올리자 카시스가 부드러운 손길로 내 머리카락을 쓸었다.

카시스는 조만간 5가문의 모임에 참석해야 한다고 했다. 아그리체에서 있었던 일의 주역이었던 만큼 이번에는 카시스도 마땅히 얼굴을 비쳐야 하는 자리라고 들었다.

어쩐지 리셸과의 대화가 길어진다 싶더니, 역시 중요한 이야기를 나누었구나 하는 생각이 들었다.

나는 카시스의 얼굴을 물끄러미 들여다보았다. 사실 아그리체에서 있었던 일의 대부분에는 내가 얽혀 있었다. 하지만 그 사실을 아는 사람은 극소수뿐이었고, 그 극소수의 사람들은 나를 수면 위에 올릴 마음이 없는 이들이었다.

나는 아그리체의 파멸을 내가 이루어야 할 마지막 과업이라 여겼다. 그래서 그 이후의 일은 아무것도 상정해 두고 있지 않았다.

왜냐하면 이후의 내 남은 수명이 얼마든, 내 인생은 분명 아그리체와 함께 그날로 종지부를 찍게 된다고 생각했기 때문이다.

하지만 지금은 그때와는 상황이 달라졌다. 물론 지금도 내게 무언가를 하라고 독촉하는 사람은 아무도 없었지만……. 분명 이대로 나혼자 언제까지나 이 자리에 멈춰 있을 수는 없는 것이다.

그렇게 생각하며 나는 카시스를 보고 희미하게 웃었다. 내 미소를 본 카시스도 나를 따라 작게 웃음 지었다.

베르티움에서는 페넬리안에 있는 내 앞으로 공공연히 서신을 보냈다. 그러니 카시스의 귀에도 분명 소식이 닿았을 것이다. 하지만 그는 먼저 내색하지 않았다.

지난번 리셸의 집무실에 갔을 때 아그리체에 대한 이야기를 들었는지 내게 먼저 확인하지 않았던 것처럼. 그래서 나도 구태여 그에게 설명하지 않았다.

나로서는 다소 마음이 놓이기도 하는 일이었다. 만약 카시스가 내게 무언가를 물었더라도 솔직히 대답했을지 단언할 수 없었기 때문이다.

"당신 어머니, 좋은 분이더라."

내가 불쑥 꺼낸 말에 카시스의 눈빛이 조금 변했다. 카시스는 내 얼굴을 잠깐 말없이 내려다보았다. 마치 나와 그의 어머니가 나누었을 대화를 내 표정을 통해 유추해 내려는 것 같았다.

"실비아가 어머니를 많이 닮은 것 같던데."

"외모상으로는. 성격은 별로 비슷하지 않아."

다행히 내 얼굴에서 마음에 걸리는 점을 발견하지 못했는지, 카시스의 표정이 조금 풀어졌다.

"그래, 성격은 실비아보다는 당신이 더 어머니를 닮은 것 같았어."

"그런 말은 처음 듣는데."

내 머리카락을 쓸던 카시스의 손이 얼굴로 옮겨졌다. 이마를 훑다가 관자놀이 밑으로 내려와 얼굴선을 따라 미끄러진 손이 내 턱을 살짝 들어 올렸다.

고개를 떨어뜨린 카시스가 이제까지 중에 가장 부드럽게 키스했다. 등이 저려오도록 거칠고 성급한 입맞춤이 아니라 깃털로 간질이는 듯한 녹녹하고 나른한 입맞춤이었다. 그만큼 감질나는 키스이기도 했다.

오래지 않아 고개를 들어 올린 카시스가 지척에서 나를 내려다보았다. 턱에서 옮겨진 손이 물기에 젖은 내 입술을 느리게 매만졌다.

나는 입술을 벌려 그의 손가락을 잘근 깨물었다. 그러다가 혀를 내밀어 핥았다. 아침에 그랬던 것처럼 카시스의 눈이 금세 어둠에 침몰하듯이 가라앉았다.

뜸 들이지 않고, 곧바로 다시금 입술이 겹쳐졌다. 깊숙이 파고든 혀가 입안을 거칠게 헤집었다. 정신을 차려 보니 어느새 나는 카시스에게 깔려 침대에 완전히 파묻혀 있었다.

잠시 후 젖은 소리를 내며 입술이 떼어졌다. 날 내려다보는 카시스의 눈동자와 시선이 마주친 순간 뒷목이 오싹거렸다. 열이 모인 금색 눈동자가 나를 온통 뒤덮을 것 같았다.

이번에는 더 깊게 고개를 숙인 카시스가 내 목에 입술을 묻었다. 눈앞에 그의 은색 머리칼이 방종하게 흐트러졌다. 옷가지를 헤쳐 드러난 가슴을 손에 움켜쥐고 목덜미를 입에 머금어 빨아들이는 움직임에 작게 신음이 새어 나왔다.

사흘간 그렇게 질릴 정도로 몸을 겹쳐서 이제 한동안 이럴 생각은 들지 않을 줄 알았는데, 완전히 오산이었다.

어떤 의미로 이건 카시스와 내게 있어 일종의 대화법이나 마찬가지인지도 모른다는 생각이 들었다.

카시스도 나도, 서로에게 미처 건네지 못한 말과 물음 대신에 이렇게 직접 몸으로 체온을 나누며 서로의 존재를 느끼고 있는 것인지도 몰랐다. 그래서인지 서로를 만지는 카시스와 내 손길은 항상 어딘가 절박하게 느껴질 정도로 갈급했다.

카시스의 손과 입술이 점점 아래로 내려갔다. 카시스가 지난밤에 그러던 것처럼 내 허벅지를 얕게 깨물다가 달래듯이 혀로 핥았다.

맨 살갗에 쉴 새 없이 촘촘한 열기가 눌러 찍혔다. 그러다 이내 내 안 깊은 곳까지 파고 들어와 끝 모르고 거칠게 몰아치는 움직임에 정신이 아득해졌다.

"아…… 카시스, 잠깐……. 읏, 천천히……."

벌써 한 차례 쾌락의 정점에 올라간 직후인데 카시스는 그 여운이 가시기도 전에 더 깊게 몸을 겹쳤다. 이러다 정말 숨이 넘어갈 것 같아서 나도 모르게 좀 약한 소리를 내뱉었다.

그러자 사정없이 몰아붙이던 움직임이 아주 조금 늦추어졌다. 머리 위에서 얕은 한숨인지 웃음인지 모를 소리가 뒤섞인 낮은 음성이 울렸다.

"천천히라니, 너무 어려운 요구인데."

그래도 조금은 내 말을 들어 주는 척하나 싶었는데, 역시 그건 속임수였다.

"진짜…… 이럴 거야?"

알고는 있었지만 카시스의 태도는 밤과 낮이 참 달랐다. 나는 약이 올라서 눈앞에 있는 그의 목덜미를 꽉 깨물었다. 그리고 내 것이라는 흔적이 남을 정도로 강하게 빨아들였다.

너도 좀 당해 보라는 심정으로 한 일이었지만 지난 사흘간 그랬던 것처럼 별다른 소용은 없었다. 오히려 카시스는 내가 주는 통증마저 흥분으로 치환시키는 것 같았다.

……사실 어느 정도는 나도 그렇기는 했다.

어젯밤에 그랬던 것처럼 그렇게 오늘도 카시스와 나는 엎치락뒤치락하며 거의 새벽이 올 때까지 침대 위에서 하나가 되어 뒹굴었다.

끝 모르고 활활 타오르던 불이 소강된 후, 여지없이 카시스가 축 늘어진 내게 기운을 밀어 넣어 주었다. 항상 지치는 건 내가 먼저였고, 나는 그 사실에 은근히 부아가 치밀었다.

하지만…… 그래.

긍정적으로 생각하면, 내가 충분히 만족하기도 전에 상대방이 침대 위에서 먼저 지쳐 나가떨어지는 것보다는 나았다.

"이런 식으로 나한테 힘을 쓸 때마다 당신한테 피해가 가는 건 아니야?"

나는 물끄러미 카시스의 얼굴을 올려다보다가 물었다. 그러자 카시스가 나를 잠깐 가만히 응시했다. 곧 그가 내 뺨에 입술을 묻으며 속삭였다.

"아니야. 그러니까 그런 건 신경 쓰지 않아도 돼."

나는 카시스의 말이 진짜인지를 가늠하기 위해 그에게 주의를 집
중했다. 아무래도 나한테 거짓말을 하는 건 아닌 것 같았다. 나는 어
쩔 수 없이 마음에 안도감이 어리는 것을 느끼며 나른히 눈을 감았
다 떴다.

"피곤할 텐데 자."

얼굴에 다정한 시선과 입맞춤이 내려앉았다. 귓가에 울리는 나직한
속삭임이 자장가 같았다. 그의 말처럼 온몸이 노곤했다. 나는 카시스
에게 안겨서 그대로 잠이 들었다.

며칠 뒤 그리젤다에게 연락이 왔다.

그녀가 보내 준 서신에는 내가 원하던 정보가 들어 있었다. 만에 하나
의 경우로 정말 노엘 베르티움이 내게 보낸 것이 어머니의 머리카락이 맞
고, 또 그가 어머니를 빌미 삼아 나를 협박한 것이 사실이라면……. 무
슨 일이 있어도 이 일을 반드시 후회하게 만들어 주고 말 것이었다.

나는 차갑게 식은 마음을 안고 그리젤다가 보내 준 서신을 열어 보
았다. 그 안에는 누군가의 이름 하나만이 덩그러니 적혀 있었다.

"……!"

내가 지금 뭘 본 건지 알 수가 없었다. 눈을 의심하며 다시 종이에
적힌 이름을 확인했지만 그것이 바뀌는 일은 없었다.

나는 한순간 숨 쉬는 것을 잊었다. 갑자기 속에서부터 드글거리는
열이 독처럼 피어올랐다.

주위의 소음이 일시에 사그라졌다. 눈앞의 검은 글씨가 하얀 종이

위에서 나를 비웃듯이 어지럽게 춤을 추며 돌아다녔다.

온갖 상념이 폭풍우처럼 머릿속에서 부상했다. 그것들은 정신없이 내 안을 헤집으며 할퀴다가 마침내 저들끼리 몸을 부딪쳐 산산이 깨어졌다.

얼마간의 시간이 지난 후 나는 깊숙이 숨을 들이마셨다. 그리고 곧 그것을 천천히 내뱉으며 소란스럽던 마음을 서서히 진정시켰다.

바스락. 그리젤다가 보내 준 서신은 이미 내 손안에서 구겨진 지 오래였다. 성에가 낀 것처럼 속이 싸늘하게 부스럭거렸다.

노엘 베르티움.

확인을 위해서라도 그를 직접 만나야만 했다.

"가는 거야?"

카시스가 페델리안을 떠나는 날이 되었다.

"다녀올게."

그가 별관을 나서기 전에 우리는 짧은 인사를 나누었다.

"카시스."

나는 가만히 카시스를 바라보다가 나지막하게 그를 불렀다. 그러자 카시스가 이어질 말을 기다리듯이 나를 조용히 응시했다. 나는 그의 얼굴을 보며 입을 열었다.

"당신 말처럼, 그날 나를 찾아낸 사람이 만약 다른 사람이었어도 나는 따라갔을지 몰라."

어느 날 밤, 카시스가 내게 했던 말에 대한 답변이었다.

"하지만 당신이 아니었다면……."

카시스는 내게 굳이 답을 구하지 않았지만, 나는 그가 떠나기 전에 말하고 싶었다.

"그때 죽지 않고 지금 살아 있어서 다행이라고, 그런 생각이 들지는 않았을 거야."

그 순간 마주한 카시스의 눈빛이 변했다. 얕은 파문이 이는 금색 눈이 오직 그 안에 나만을 담아내고 있었다.

"그러니까 결국은 나도 당신이 아니면 싫었던 거겠지."

나는 카시스의 얼굴을 바라보다가 느리게 눈꺼풀을 내렸다.

"나도 그냥 말해 두고 싶었을 뿐이야."

그리고 무심한 어조로 읊조렸다. 마치 지금 내가 한 말에 어떤 의미도 없다는 것처럼. 그런 후 다시 그에게 시선을 맞추고 빙긋이 웃었다.

"그럼 잘 다녀와."

카시스는 문가에 서서 미동조차 하지 않고 나를 응시했다.

"록사나."

조금 전에 내가 그랬던 것처럼, 이번에는 카시스가 내 이름을 불렀다.

"만약 그날 아그리체에서 너를 발견하지 못했더라도, 나는 반드시 너를 찾아냈겠지."

확신과도 같은 단호한 어조의 목소리가 귓가에 울렸다. 나를 향하고 있는 그의 눈동자도 그만큼 곧았다.

"앞으로도 만약 네가 내 눈앞에서 사라진다면 나는 세상 전부를 뒤져서라도 널 다시 찾아내고 말 거야."

마침내 카시스가 자리에 멈춰 있던 걸음을 옮겼다. 내 앞으로 바싹 다가온 그가 나를 내려다보며 움직였다.

"그러니 너는, 무엇이든 네가 원하는 대로 해."

몸이 빈틈없이 맞붙었다. 카시스는 나를 으스러지게 끌어안고 내 귀에 입술을 댄 채 나지막하게 속삭였다.

"나도 그렇게 할 테니."

꼭 뜨거운 낙인이 눌러 찍히는 것 같았다. 따스한 온기가 온몸을 감쌌다. 카시스가 무언가를 알고 이런 말을 하는 건지, 아니면 그냥 조금 전 내가 한 말에 대한 또 다른 대답을 한 것일 뿐인지 알 수가 없었다.

알 수는 없었지만…….

'아, 그래. 나는 이제 정말 이 사람이 아니면 안 될 것 같아.'

나도 모르게 열려 있던 창문의 작은 틈새로 가느다란 실바람이 불어온 것처럼, 정말 불현듯 그런 생각이 내 가슴에 스며 적셔 들었다.

이윽고 나는 팔을 들어 카시스와 마찬가지로 그를 꼭 끌어안았다. 애초부터 그를 떠날 생각인 것도 아니었지만……. 역시 내가 돌아와야 할 곳은 이 사람의 옆이었다. 그 어느 때보다도 강하게, 그런 확신이 들었다.

페델리안에 온 이후로 카시스가 이렇게 자리를 비우는 것은 이번이 처음이었다. 나와 이렇게 오래 떨어지게 된 것도 마찬가지였다. 그래서인지 카시스는 얼마 전부터 거의 하루 종일 나와 붙어 있으면서 들이붓다시피 생기를 불어넣어 주었다.

그 덕분에 내 몸 상태는 최상 중의 최상이었다. 아마 이대로라면 최소한 카시스가 돌아올 때까지는 문제없이 생활할 수 있을 것이 분명했다. 그러니 카시스도 나를 두고 페델리안을 떠날 수 있었을 것이다.

그렇게 카시스가 자리를 비우고, 약속했던 시간이 다가왔다. 나는 별관을 떠날 채비를 끝마치고 방을 나섰다.

그런 나를 보고 올린이 다가왔다.

"산책을 나가시나요?"

휘페리온의 손님들이 떠나고 나서부터 올린은 더 이상 내 테라스 앞을 지키고 있지 않아도 되었다. 그래도 그녀는 다시 원래 임무로 복귀하지 않고 카시스의 명에 따라 내 곁을 지키고 있었다.

"아니, 이번엔 좀 멀리까지 나가 볼까 하고."

"멀리라 하시면?"

"베르티움."

"예?"

마주한 눈이 깜짝 놀란 듯이 휘둥그렇게 떠졌다.

"초대를 받았거든."

이미 쟌느에게는 상황을 전달하고 왔다. 페델리안의 수장인 리셸과 카시스는 함께 위그드라실로 떠났다. 그러니 안주인인 그녀에게 응당 소식을 알려야 했다.

물론 그렇다 해서 베르티움에서 내게 보낸 서신의 내용이라든가, 내가 그곳에 가기로 한 진짜 목적을 이야기할 수는 없었다.

그래서 그저 베르티움의 수장에게 초대를 받아 잠깐 방문하기로 했다는 선에서 상황을 설명했다.

몰래 떠나려면 충분히 그럴 수도 있었지만 그런 방식은 쓰지 않기로 했다. 내가 말없이 사라진다면 페델리안의 사람들은 상당히 당황하고 또 걱정할 것이 분명했다. 무엇보다 카시스에게 내가 그를 두고 떠났다는 생각을 하게 만들고 싶지 않았다.

별관을 나서기 전에 카시스가 나한테 보인 태도를 떠올리면…….
그는 자신이 없는 사이에 어쩌면 내가 이곳을 떠날지도 모른다는 생각을 하고 있었던 것 같다.

그래도 그는 무엇이든 내가 원하는 대로 하라고 말해 주었다. 물론 그것은 나를 그대로 놓아주겠다는 의미가 결코 아니었다.

카시스는 내가 어디에 있든 반드시 나를 다시 데리러 갈 것이라고 말했다. 카시스의 그 말은…… 몇 번을 되새겨 떠올려 보아도, 그때마다 믿을 수 없을 정도로 나를 충만해지게 만들었다.

반면 노엘 베르티움이 보낸 서신의 내용을 상기할 때면 속에서부터 비릿한 웃음이 차올랐다.

"그럼 제가 모시겠습니다."

"아니, 그럴 것 없어. 베르티움에서 사람이 올 거야."

올린이 동행하겠다고 말했지만 페넬리안의 사람들을 베르티움에 데려갈 생각은 없었다. 하지만 내 거절에도 올린은 쉽게 포기하지 않았다.

나는 재차 자신을 데리고 갈 것을 권하는 올린을 뒤로하고 별관을 나섰다.

"안녕하십니까. 황의 수장이신 노엘 베르티움 님의 심복, 단테라고 합니다."

그날 오후, 한 무리의 사람들이 페넬리안에 당도했다.

"어서 오세요, 베르티움의 사자."

그 자리에는 나뿐만 아니라, 쟌느와 실비아도 나와 있었다. 페넬리안의 안주인인 쟌느가 베르티움에서 온 사람들을 가장 앞에서 맞이했다.

"베르티움에서는 이번 위그드라실의 회의에 참석하지 않을 예정인가 보죠?"

"예, 저희 수장님께서는 원래 그런 공식적인 자리와는 연이 없으시지요."

무리의 대표로 보이는 백발의 청년도 우리를 향해 정중히 인사한 뒤 말했다.

리셸과 카시스는 5가문의 모임을 위해 위그드라실로 향한 참인데, 황의 수장은 한가롭게 나를 초대하고 있으니 쟌느가 의문을 가질 만도 했다. 하지만 단테의 말을 듣고 곧바로 수긍하는 것을 보니 역시 노엘 베르티움은 평소부터 그런 모임에 얼굴을 잘 내밀지 않았던 모양이다.

단테는 쟌느와의 짤막한 인사를 끝내고 내게 시선을 움직였다.

"초대에 응해주셔서 진심으로 감사드립니다, 록사나 양. 베르티움까지 쾌적하고 안전하게 모시겠습니다."

내 상황을 알고 있는지, 그는 나를 아그리체 양이라 부르지 않았다. 하기야 그러니 애초에 페넬리안으로 서신을 보내왔을 터다.

가까이에서 본 그의 얼굴이 낯익었다. 자신을 단테라 소개한 남자는 지난 위그드라실에서의 화합회 때 노엘 베르티움과 함께 연회장에 등장했던 사람이었다.

아. 하지만 지금 생각해 보니 그때 말고도 한 번 더 얼굴을 마주했

던 적이 있었다. 아무래도 그날 위그드라실을 떠나기 전에 내게 찾아와 꽃을 건넸던 남자인 것 같은데.

하지만 그 당시에는 워낙에 아그리체의 일로 촉각이 곤두서 있어서, 꽃을 받고 돌아선 직후에 곧바로 그 일을 잊어버렸다. 기억이 가물가물하지만 그때 이 남자가 '수장님의 선물'이라는 말을 나한테 했던 것 같기도 했다.

뭐야, 그럼 나한테 그 꽃을 준 게 노엘 베르티움이었다는 말인가?

"저야말로······."

하지만 나는 속으로 생각하고 있는 것을 겉으로 내색하지 않고 입꼬리를 들어 올렸다.

"황의 수장께서 직접 친필 서한을 작성해 초대의 의사를 밝혀 주신 것으로도 모자라 이렇게 가까운 심복을 보내 미리 환대해 주시기까지 하니, 이 얼마나 감사할 만한 일인지요."

내 미소를 본 단테의 눈이 일순간 가늘어졌다. 내 말 속에 가시가 있다는 사실을 알고 있을 테니 당연했다.

사실 지금의 상황은 노엘 베르티움이 처음에 예상하던 것과는 몹시도 다를 것이었다.

애초에 베르티움에서는 비밀리에 나를 만나고자 했다. 그가 전달한 계획에 의하면 내가 페델리안에서 빠져나가는 것도, 또 베르티움에서 보낸 사람들과 접선하는 것도, 다른 사람들은 아무도 모르게 은밀히 이루어져야 했다.

하지만 내가 무엇하러 그들이 원하는 대로 따라 준단 말인가.

비록 그리젤다의 서신을 보고 확인할 점이 있어 베르티움에 방문하기로 결정하기는 했지만, 그렇다 해서 내가 무작정 그들의 의견을 따를 것이라 생각한다면 큰 오산이었다.

일단 나는 노엘이 바라는 것과 반대로 베르티움의 초대를 공식적인 것으로 만들었다. 이렇게 페넬리안에 직접 사람이 온 것도 내가 노엘 베르티움에게 요구한 것이었다.

그는 내가 보인 예상 밖의 태도에 당황하는 듯했다. 무조건 그의 의견에 따를 줄 알았을 텐데 그러기는커녕 오히려 당당하게 내가 먼저 무언가를 요구해 왔으니 그럴 만도 했다.

하지만 내 의사를 따르지 않으면 베르티움에는 가지 않겠다고 강력히 말하자 노엘은 금방 알겠다는 답신을 보냈다. 앞선 서신을 적은 사람과 다른 인물이 아닌가 싶을 정도로 확연히 조급한 느낌을 풍기는, 다소 횡설수설한 어투의 답장이었다.

같잖은 협박질을 할 때부터 예상했지만 그는 어지간히도 나를 베르티움에 불러들이고 싶은 모양이었다.

"더불어 저를 위해 진귀한 선물을 준비하셨다지요? 기대하고 있습니다."

그렇게 되어서, 노엘은 이렇게 내가 있는 페넬리안에 공식적으로 사람을 보내 나를 손님으로 맞이하게 된 것이었다.

나는 여전히 미소 띤 얼굴로 단테에게 말했다. 하지만 그를 보는 내 시선은 더없이 차가울 것이 분명했다.

단테는 내 말에 공손히 고개를 숙여 보였다.

"아마 실망하시지 않을 겁니다."

그래야 할 것이다. 노엘 베르티움은 상당히 큰일을 해냈다. 나로 하여금 이렇게 오랜만에 직접 움직일 마음을 들게 했으니. 그러니 만약 그가 나를 실망시킨다면 나는 상당히 많이 화가 날 것이 분명했다.

"록사나. 역시 오빠가 오면 같이 가는 편이 좋지 않을까요?"

나를 배웅하러 나와 있던 실비아가 걱정이 가시지 않은 얼굴로 나를 보았다. 내게 작게 속삭이는 목소리에도 염려가 그득히 담겨 있었다.

하지만 그곳에 카시스를 데려갈 수는 없었다. 어디까지나 이건 내 개인적인 일이었고, 또 나 때문에 그와 페넬리안의 사람들에게 폐를 끼치고 싶지는 않았으니까.

나는 실비아에게 안심하라는 듯이 작게 웃어 보이며 말했다.

"괜찮아. 그리 오래 있다 오지는 않을 테니까."

실비아는 아직 포기하지 못했는지 다시 입술을 달싹였다. 하지만 단테의 말이 더 빨랐다.

"죄송하지만, 페넬리안 양. 저희 수장님께서 초대하신 분은 록사나 양뿐이십니다."

그 순간 실비아의 눈썹이 꿈틀거렸다. 그녀는 나를 설득하려는 듯이 애처로운 빛을 띠고 있던 얼굴을 단테에게 돌려 사납게 눈을 치떴다.

그동안 내 앞에서는 늘 유순한 얼굴만 하고 있어 미처 몰랐는데, 이렇게 보니 실비아도 마냥 순한 성격은 아닌 것 같았다.

하긴, 어릴 때부터 말괄량이였다고 했었지.

"그럼 다녀올게요."

나는 쟌느와 실비아에게 떠나기 전 마지막 인사를 남겼다.

"그녀는 페넬리안의 귀한 손님이기도 하니, 머무는 동안 베르티움에서 모자람 없이 대우해 주리라 믿어요."

쟌느의 말에 단테가 알겠다며 고개를 숙였다. 고개를 숙이기 전, 그의 눈동자에 언뜻 곤혹감이 어리는 것을 나는 목격했다. 이렇게 되면 베르티움에서도 내게 원하는 것이 무엇이건, 행동에 제약이 걸릴 것이 분명했다. 그럼 허튼짓을 하기도 어려워질 것이다.

나는 내심 냉소하며 베르티움에서 준비한 마차에 올라탔다. 그렇게 나는 카시스가 없는 페델리안을 잠시 떠나 있게 되었다.

베르티움까지 가는 길은 조용했다. 백의 마수사 오르카가 페델리안에서 떠나기 직전에 남긴 말 때문에 은근히 찜찜했는데 괜한 기우였나 싶었다.

페델리안의 성문을 넘어 페델리안의 땅에서 벗어난 이후에도 베르티움의 행렬에는 아무 문제도 발생하지 않았다. 그래서 나는 아무에게도 방해받지 않고 혼자 상념에 젖을 수 있었다.

오르카가 나한테 관심을 가진 건 독나비 때문이었다고 쳐도, 도대체 노엘은 뭘까?

화합회 날 나를 보고 코피를 쏟은 것으로도 모자라, 그 후에도 심복을 시켜 꽃다발을 선물하지를 않나. 그리고 나서도 그는 나를 베르티움에 초대하려 안간힘을 쓰고 있었다.

마치 어떻게든 나를 만나고 싶어 애가 달기라도 한 것처럼.

바로 그런 부분이 이상하다는 거였다.

『나락의 꽃』에서 록사나 아그리체는 란트의 명으로 실비아의 남자들을 유혹하려다가 장렬히 실패했다고 했다. 그런데 왜 지금은 내가 아무 짓을 안 해도 이렇게 알아서 꼬여 드는지 도무지 이해가 되지 않았다.

물론 소설의 인물들과 현실의 인물들 사이의 동일성은 입증된 바

없었다. 하지만 어찌 되었건, 내 입장에서는 달갑지 않은 일이었다.

'이놈이나 저놈이나 귀찮기도 해라.'

그렇게 생각하며 나는 창밖을 바라보던 시선을 내리깔았다. 이제 막 페델리안을 벗어났을 뿐인데도 벌써부터 다시 돌아가고 싶어졌다.

헤어진 지 얼마 되지 않은 카시스가 보고 싶었다. 아마 베르티움에 가려는 내 목적을 그가 알았다면 절대 나를 혼자 보내려 하지 않았을 것이다.

하지만 이건 나와 아그리체의 일이었다. 그러니 그를 여기에 끼어들게 해서는 안 되었다. 그렇다면 최대한 빨리 베르티움에서의 일을 끝마치고 돌아가야지.

카시스가 위그드라실에서 오기 전에.

나는 흔들리는 커튼을 보다가 눈을 감았다. 다시 눈을 떴을 때 카시스가 있는 페델리안이었으면 좋겠다는 생각을 하면서.

"도착했습니다."

마침내 베르티움에 당도했다.

마차의 문을 연 순간, 코가 아릴 정도로 달콤한 향기가 가장 먼저 오감을 자극했다.

그다음으로, 하얀 꽃잎이 열린 문틈으로 날아 들어왔다. 문을 좀 더 활짝 밀치자, 시야 가득 흐드러지게 피어난 꽃들이 허공에서 눈처럼 흩날리고 있는 광경이 보였다.

사방이 온통 지상낙원 같은 꽃 천지였다. 아득해질 정도로 짙은 향기가 만개한 꽃들 사이에서 흘러들었다.

나는 바닥에 얇은 융단처럼 깔린 꽃잎을 밟고 내려섰다. 역시 가문마다 이런 외관에도 큰 차이가 있구나 싶었다.

아그리체가 어딘가 음습하고 폐쇄적인 느낌이었다면 페델리안은 고즈넉하고 단정한 분위기였다. 반면 베르티움은 아그리체나 페델리안과는 또 다른 화려한 모습을 하고 있었다.

"베르티움에 오신 것을 환영합니다, 록사나 양."

"방문을 환영합니다."

단테가 먼저 내게 말하자 어느덧 다가온 베르티움의 사용인들이 줄지어 고개 숙여 인사했다. 사람들의 분위기도 베르티움의 경관에 걸맞게 따스하고 활기찼다. 하지만 나는 그들을 바라보다가 슬쩍 눈매를 찌푸리고 말았다.

"짧지 않은 여정으로 피곤하실 텐데 일단은 푹 쉬십시오."

"황의 수장님과 먼저 인사를 나누고 싶은데."

"저녁에 록사나 양을 위한 환영 연회가 열릴 예정입니다. 수장님께서는 그때 정식으로 인사드리겠다고 하셨습니다."

단테가 나를 향해 말을 이었다.

"또 서신에 적힌 내용에 대해서도 그때 이야기하자고 전하셨습니다."

나는 그 말을 듣고 일단 지금은 물러나기로 했다. 내가 작게 고개를 끄덕이자 단테가 옆에 있던 사용인들에게 눈짓했다.

"저희 하녀들이 방까지 안내해 드릴 겁니다."

"이쪽으로 오세요, 아가씨."

"그럼 부디 편안한 시간 보내십시오."

단테는 뒤로 물러났고, 대신 세 명의 여인들이 내게 다가왔다. 이

자리에 있는 다른 사람들과 마찬가지로 그녀들 역시 다정히 웃는 얼굴을 하고 있었다.

그들은 하나같이 빼어나게 아름다웠고, 또 하나같이 미묘한 위화감을 풍기고 있었다. 나는 아무 말 없이 그들을 따라 걸었다.

그들이 안내해 준 곳은 한눈에 봐도 '굉장히 공들여 꾸몄구나' 하는 생각이 드는 방이었다. 더 솔직히 말하자면, 화려함이 과해서 토할 것 같은 기분이 들 정도였다. 하지만 어차피 이곳에 오래 머물 생각은 없었으니 방 따위야 아무래도 상관없었다.

사용인들이 물러간 뒤 나는 나비를 불러들였다.

어떤 방법인지는 모르겠지만, 노엘 베르티움은 내가 아그리체를 떠나 페델리안에 있다는 사실을 상당히 빠른 시일 내에 알아냈다. 그러니 어쩌면 내가 독나비의 주인이라는 사실도 알고 있을 수 있다고 생각했다. 하지만 귀걸이가 반응하지 않는 것을 보니 방에 이상한 짓거리를 하지는 않은 모양이었다.

지금 내 귀에 걸린 귀걸이는 이번에 그리젤다에게 받은 물건으로, 혹시 근처에 주술진 같은 것이 있다면 감지해 효과를 감소시키는 기능을 가지고 있었다.

원래는 내게도 이런 다용도의 장신구들이 있었지만 아그리체를 나올 때 빈손이었던 탓에 지금은 가지고 있는 게 아무것도 없었다.

그런데 내가 따로 말하지 않았는데도 이런 걸 전해준 것을 보면, 역시 그리젤다는 눈치가 빨랐다. 그녀는 아그리체에 있을 때도 내게 조력자 역할을 해 준 사람이었다.

그리젤다의 성격은 특이하다면 특이했고, 괴상하다면 괴상했다. 그녀가 아그리체를 몰락시키는 데 일조한 것도 단순히 재미있을 것 같다는 게 그 이유였다.

이번에도 그리젤다는 베르티움과의 일에 상당한 흥미를 느끼는 눈치였다. 아마 지금쯤 그녀 역시 나를 따라 베르티움 근처를 서성거리고 있을 것이 분명했다. 어찌 되었건, 나로서는 편리한 일이었다.

나는 독나비들을 베르티움 곳곳에 아주 은밀히 날려 보냈다.

나를 그렇게 만나고 싶어 안달하더니, 저녁 연회 때나 얼굴을 비치겠다고?

그동안 무엇을 하려고 그러는지 알아볼 생각이었다. 또, 그가 나를 이곳에 불러들이는 데 이용한 미끼에 대해서도.

베르티움에서 내 독나비에 대해 알고 있는지 아닌지는 아직 확신할 수 없으니 물론 양쪽 다 염두에 두고 주의할 생각이었다.

나는 광택이 흐르는 보라색 커튼을 좀 더 활짝 걷고 창밖을 바라보았다. 여전히 밖은 무릉도원이라고 해도 믿을 수 있을 정도로 아름다운 풍경이었다. 하지만 그것을 바라보는 내 기분은 싸늘할 뿐이었다.

노엘 베르티움은 자신의 방에서 한껏 단장을 하고 있었다. 옷을 거의 수백 벌이나 꺼내 입었다 벗었다 하며, 이제 막 베르티움에 돌아온 단테와 사용인들을 닦달하여 자신에게 가장 잘 어울리는 복장을 골라내라고 그야말로 성화를 부리는 중이었다.

독나비를 통해 별로 알고 싶지 않은 것을 알아 버린 나는 얼굴을 구기고 말았다. 그 후 다른 곳에 주의를 집중했다.

연회장으로 보이는 곳에서는 아까 단테가 말한 대로 환영 연회가 한창 준비 중인 것 같았다. 그런데 그곳의 사람들은 모두 얼굴에 가면을 쓰고 있었다. 다른 곳을 살피고 온 나비들도 같은 광경을 내게 보여주었다. 노엘 베르티움의 방에 있는 사람들을 제외하고는 저택에 있는 모든 사람들의 얼굴에 가면이 씌워져 있었다.

그것을 확인하고 나는 입매를 비틀어 웃고 말았다. 그래, 쉽게 알아 갈 생각은 하지 말라는 건가. 이쯤 하면 충분한 것 같아서 나비를 거두어들였다.

똑똑. 때맞춰 방문을 두드리는 소리가 들렸다.

"아가씨, 실례합니다. 연회를 위한 단장을 도와 드리러 왔습니다."

"들어와."

곧 문이 열리고, 하녀들이 방으로 줄줄이 들어왔다. 그녀들의 손에는 화려한 드레스와 장신구, 그리고 구두 따위가 잔뜩 들려 있었다.

인형 놀이라도 할 셈인가.

나는 내심 비소하며 그녀들의 손에 몸을 맡겼다. 그들이 들고 온 옷의 개수만 해도 아까 노엘 베르티움의 방에서 보았던 것과 비슷한 수준 같았다. 장신구의 수는 더 엄청났다.

당연하게도 나는 그 모든 것을 전부 몸에 걸쳐 볼 생각은 눈곱만큼도 없었다.

그래서 결국 가장 처음에 입어 보았던 하얀 드레스가 곧바로 낙찰되었다. 사용인들은 못내 아쉬움이 남은 눈치였지만 내 냉담한 태도에 어쩔 수 없이 포기했다. 그래서인지 그녀들은 장신구에라도 심혈을 기울이는 기색이었다.

"그럼 귀걸이도 목걸이와 짝인 것으로 갈아 끼우겠습니다."

"그래."

나는 장신구의 착용을 담당한 사용인의 말에 단조로운 음성으로 대답했다. 곧이어 그녀의 손이 내 왼쪽 귀에 닿았다.

그 순간 나는 눈살을 찌푸리며 신음을 내뱉었다. 그녀가 손을 댔던 내 귀에서는 붉은 피가 뚝뚝 떨어지고 있었다.

"죄송합니다!"

사용인이 곧바로 무릎을 꿇고 사과했다. 나는 서늘한 눈빛으로 발치에 있는 사람을 내려다보았다. 구두와 장갑을 고르고 있던 사용인들도 갑작스러운 상황에 놀라 굳어 있었다.

나는 싸늘히 읊조렸다.

"베르티움에서는 손님 접대를 이런 식으로 하는 모양이지? 장신구 하나 똑바로 바꿔 달지 못해서 몸에 상처를 내고 말이야."

고개를 조아리고 있던 여인이 내 말에 다시 한번 사죄했다.

"잘못했습니다, 아가씨. 제가 미숙하여 귀하신 몸에 상처를 입혔습니다. 부디 용서를……."

"됐어. 피를 닦을 만한 걸 줘."

옆에서 장신구를 정리하고 있던 사용인이 얼른 손수건을 건넸다. 나는 그것으로 피가 나오는 귀를 눌러 지혈했다.

사실 이건 귀를 건드리면 피가 나도록 일부러 내가 낸 상처였기 때문에 이 이상 그들을 타박할 생각은 없었다.

"흥이 식었어. 치장은 이쯤 하도록 하지."

나는 무표정한 얼굴로 자리에서 일어났다. 내 말에 사용인들이 아직 착용하지 못한 귀걸이와 팔찌를 얼른 내 눈앞에서 치웠다.

"다른 건 됐고, 미리 골라 놓은 장갑이 있다면 줘."

"네, 준비해 두었습니다."

나는 장갑을 낀 뒤, 장신구 착용 담당이었던 하녀에게 말했다.

"이번은 실수이니 그냥 넘어가겠어. 다음에는 조심하도록 해."

"용서해 주셔서 감사합니다, 아가씨."

그녀는 내 말에 안도한 듯이 감사를 표했다. 머리를 조아리다가 나를 올려다보는 얼굴에도 기쁨과 안심이 어려 있었다. 주위에 있던 다른 사용인들도 마찬가지였다.

하지만 그것을 보는 순간, 아까 밖에서 느꼈던 것과 같은 기이한 감각이 또다시 나를 스쳐 지나갔다. 나는 슬쩍 미간을 찌푸리며 방을 나섰다.

"연회장까지 제가 모시겠습니다, 록사나 양."

방 밖에서 단테가 나를 기다리고 있었다. 그도 나처럼 연회에 어울리는 예복으로 갈아입은 뒤였다.

단테의 얼굴은 아까 보았던 것보다 확연히 파리했다. 그는 몹시 피곤하고 또 지쳐 보였다.

나는 아까 노엘 베르티움의 방에서 보았던 광경을 상기해 낸 뒤 침묵했다.

"베르티움은 상당히 재미있는 곳이군요."

잠시 후 나는 입을 열어 단테에게 말했다.

"그렇습니까? 노엘 님이 들으시면 기뻐하시겠군요."

"네, 이렇게까지 허와 실의 경계에 아슬아슬하게 걸쳐 있는 곳은 본 적이 없으니까요."

옆에서 걷던 단테의 시선이 내 옆얼굴에 떨어졌다. 그의 눈에는 이채가 어려 있었다. 단테는 내 말에 놀란 것 같기도 하고, 또 조금은 당황한 것 같기도 했다.

"물론 나를 위해 준비된 선물은 허상이 아니겠죠?"

나는 그런 그를 바라보며 입술 끝을 들어 올려 미소 지었다. 이렇게 웃고 있어도 그 말에 담긴 내용은 경고에 가까웠고, 단테도 내 시린 눈빛을 통해 그것을 알아차렸을 것이 분명했다.

"이렇게 기대를 많이 하고 있는데, 기껏 보게 된 것이 가짜라면 실망이 정말 클 거예요."

"그건⋯⋯."

곧 단테가 굳게 다물고 있던 입술을 열어 대답했다.

"록사나 양의 안목으로 직접 판단하셔야 할 문제인 것 같습니다."

그렇게 그와 나는 잠깐 말없이 시선을 교환했다.

"그래요. 내가 직접 판단하죠."

내가 먼저 그에게서 고개를 돌렸다. 단테와 나는 아무런 대화 없이 연회장으로 향했다.

그렇게 홀의 거대한 문 앞까지 갔을 때, 단테가 에스코트하고 있던 내 손을 놓고 정중히 인사했다.

"저는 여기까지만 허락받았습니다. 그럼 부디 안에서 즐거운 시간 보내시기를 바라겠습니다, 록사나 양."

그 후 소리 없이 육중한 문이 열렸다. 나는 단테를 뒤로한 채 밝은

빛 속으로 걸음을 내디뎠다. 내가 완전히 안으로 들어서자, 등 뒤에서 조용히 문이 닫혔다.

나는 눈앞의 광경을 보고 자리에서 걸음을 멈추었다. 연회장 안에 는 경쾌한 음악과 밝은 웃음소리가 뒤섞여 파도처럼 강렬히 넘실거리 고 있었다. 박자에 맞추어 화려하게 흔들리는 레이스 자락이 바위에 부딪혀 깨지는 하얀 파도 같았다.

"아하하하!"

눈앞에서는 수십 쌍의 남녀가 짝을 이루어 환하게 웃으며 춤을 추 는 중이었다. 그들은 모두 얼굴에 가면을 쓰고 있었다. 그래, 지금 이 곳에서는 가면무도회가 열리고 있는 중이었다.

"베르티움의 가면무도회에 오신 것을 환영합니다!"

그때, 춤을 추듯이 유려한 움직임으로 다가온 누군가가 내 앞에 한 쪽 무릎을 굽혀 앉았다.

"오늘의 주인공인 아름다운 숙녀분께 선물을."

그 모양새도, 잇따라 읊조려진 말도 모두 연극을 하는 것처럼 익살 스럽게 과장되어 있었다. 그는 검은 연미복을 입고 머리 전체를 감싼 앵무새 가면을 머리에 쓴 남자였다.

그가 내게 진상하듯이 내민 것은 붉은 벨벳 쿠션 위에 놓인 나비 모양 가면이었다. 지금 내 앞에 있는 남자와 달리 그것은 얼굴의 앞쪽 만 절반 정도 가리도록 되어 있는 형태였다.

나는 무표정하게 그것을 들어 올렸다. 그러자 앵무새 가면을 쓴 남 자가 자리에서 일어나 또다시 과장되게 인사해 보인 뒤, 아까처럼 사 람들의 물결 속에 휩싸여 사라졌다.

나는 가면을 깨부수고 싶은 충동을 누르고 그것을 얼굴에 착용했다. 내가 이 웃기지도 않는 촌극에 어울려 주는 이유는 나 역시 노엘 베르티움에게 궁금한 것이 있었기 때문이다. 그렇지 않았다면 이런 불쾌한 공간에 발을 들였을 리가 없었다.

베르티움의 성은 낙원처럼 아름다웠지만 이곳에는 기묘한 위화감이 안개처럼 깔려 있었다. 그것은 베르티움의 내부에서부터 소리 없이 비틀려 일그러진 틈새에서 새어 나오고 있었다.

나는 그 위화감의 정체가 무엇인지 이미 눈치채고 있었다. 이 성에 있는 대부분의 사람들은, 거의 다 인형이었다.

나를 맞이해 주었던 사람들도, 또 내 치장을 도와준 사용인들도, 그리고 이 가면무도회장에서 지금 춤을 추고 있는 사람들도 거의 대부분, 아니, 어쩌면 전부 다.

그들은 분명 소름이 끼칠 정도로 사람과 똑같은 외양을 하고 있었지만 어딘가 묘한 부자연스러움을 달고 있었다. 아까 보았던 사용인들의 표정에 내가 위화감을 느낀 이유도 그와 동일했다. 지금 내 눈앞에서 춤을 추는 사람들도 마찬가지였다. 내 눈에 그들은 최선을 다해 '사람을 흉내 내는' 것처럼 보였다.

한참 흥에 취해 춤을 추던 사람들이 하나둘씩 내 앞에서 갈라지기 시작했다. 마치 내게 길을 내어 주는 것 같았다.

나는 그들이 원하는 대로 그 길의 끝에 있는 사람을 향해 걸어갔다.

"루나."

마침내 드러난 홀의 중앙에는 검은 산양의 가면을 쓴 남자가 서 있었다.

"이렇게 다시 만나서 정말 반가워. 그동안 얼마나 보고 싶었는지 몰라."

흰색 연미복을 입은 그가 나를 향해 양팔을 벌려 보였다.

"내 왕국, 베르티움에 온 걸 진심으로 환영해!"

미성의 목소리에는 벅찬 기쁨이 담겨 있었다. 곧이어 가면을 벗은 남자는 이미 예상했듯, 노엘 베르티움이었다.

밝은 주황색 머리카락이 샹들리에의 불빛 아래에서 꿀이 흐르는 것처럼 반짝였다. 연두색에 가까운 밝은 녹색 눈동자에도 그의 목소리에 담긴 것과 같은 감정이 넘쳐흐를 것처럼 가득 차 있었다.

"루나라고?"

나는 고개를 비스듬히 기울이며 반문했다.

서신에는 내 이름이 제대로 적혀 있었던 걸 보면 날 다른 사람과 착각한 건 아니고.

그럼 설마 지금까지 혼자서 제멋대로 날 그렇게 부르고 있던 건가? 자기 인형들에게 마음대로 이름을 가져다 붙이는 것처럼?

게다가 지금 나를 대하는 노엘의 태도는 꽁장히 서슴없었다. 나는 그것이 거슬렸다. 그를 보는 내 눈빛은 더없이 냉랭하게 가라앉아 있을 것이 분명했다.

하지만 노엘은 어지간히 들떠 있던 탓에 내 상태를 알아차리지 못한 것 같았다.

"아, 정말이지. 이 순간을 얼마나 고대해 왔는지 몰라."

그는 자기 감정을 주체하지 못하는 모습으로 내게 성큼 다가와 덥석 손을 붙잡았다. 소년 같은 얼굴 때문에 미처 몰랐는데, 이렇게 가까이 있는 것을 보니 키가 제법 컸다.

"그래, 먼저 환영의 의미로 널 위해 준비한 내 선물을 보여줄게!"

나는 그의 손을 매정히 뿌리치려 하다가 곧이어 귓가를 파고든 말에 움직임을 멈추었다.

"오는 동안에도 네가 기대를 굉장히 많이 했다고 단테에게 들었어. 내 선물을 네가 마음에 들어 하는 것 같아서 정말 기뻐."

처음 서신을 보낼 때와 달리 노엘은 더 이상 이 일로 나를 협박하거나 뜸을 들일 생각은 없는 것 같았다. 그는 곧바로 내게 미리 준비했던 선물을 주겠다고 말하며 환하게 웃었다.

"닉스!"

노엘이 고개를 돌려 누군가를 불렀다. 어느새 홀 안에 가득 울려 퍼지고 있던 음악 소리가 깨끗이 멎어 있었다.

"노엘도 참."

미리 준비된 관람객처럼 모여 서 있던 화려한 남녀들 사이에서 누군가가 나타났다. 아까 나에게 다가왔던 앵무새 가면을 쓴 남자였다.

"내 순번은 마지막으로 해 달라니까. 벌써부터 가진 패를 다 뒤집어 버리면 남은 환영 파티에는 무슨 재미로 있으라고?"

"하지만 루나가 궁금해하잖아! 그러니까 빨리 이리 와서 가면이나 벗어."

"뭐, 하는 수 없지."

노엘의 말에 결국 앵무새 가면의 남자가 어쩔 수 없다는 듯이 여트막하게 웃었다. 뒤이어 그의 손이 움직였다. 머리 전체를 감싸고 있던 가면이 마침내 남자의 얼굴에서 떨어져 나갔다.

그가 머리를 잘게 흔들자 구불거리는 금발이 약간 헝클어졌다. 어렴풋이 미소 짓고 있는 얼굴이 몹시 곱고 아름다웠다.

눈은 한쪽이 자홍색, 다른 한쪽이 호수처럼 맑은 푸른색이었다. 섬세하게 짜여진 이목구비와 얼굴 전체에 깔린 온화한 분위기가 낯설지 않았다.

아니, 정확히 말하자면 망막에 새겨진 것처럼 매우 익숙했다.

왜냐하면…….

그건 내가 꿈에서 매번 보던 아실의 모습이었으니까.

"안녕, 록사나."

한순간 심장을 저릿하게 만들 정도로 그리운 미소를 짓고 그가 말했다.

"만나고 싶었어, 내 동생."

아. 지금 이 순간, 만약 내 눈앞에 란트 아그리체가 살아 있었다면 내 손으로 직접 그를 찢어 죽여 버리고 말았을 것이 분명했다.

11장

닉스,
일그러진 밤의 그림자

록사나가 페델리안을 떠나기 몇 시간 전.

오르카는 곧장 휘페리온으로 돌아가지 않고 페델리안의 경계에 은신하고 있었다.

"지금쯤 출발했으려나."

그는 리셸과 카시스가 페델리안을 떠날 때를 기다리는 중이었다. 조만간 5가문의 중책들이 위그드라실에 모일 예정이라는 사실을 오르카 역시 전해 들었다. 물론 휘페리온의 연락책은 그를 가문에 불러들이기 위해 그 소식을 알려 준 것이었다.

하지만 오르카는 위그드라실의 회의에 참석할 의사도, 또 휘페리온에 순순히 돌아갈 마음도 없었다. 그래서 그는 페델리안을 떠나는 척, 그 주변에 몸을 숨기고 기회를 엿보는 중이었다.

오르카가 이렇게 불나방 같은 위험한 짓을 하려는 이유는 당연히 록사나 때문이었다.

그가 그토록 찾아 헤매던 독나비의 주인.

지금껏 오르카는 원하는 마물을 얻기 위해 그 주인을 죽여 없애는 짓도 서슴없이 저질러 오곤 했다. 하지만 이번에는 설령 죽여서 빼앗는 것이 가능하다고 해도 그렇게 하고 싶지 않아졌다.

그래, 오르카는 '독나비의 주인인 록사나'라는 여자 자체에게 지금 껏 사람을 상대로 단 한 번도 가져 본 적 없는 엄청난 흥미와 매력을 느끼고 있었다.

페델리안의 정원에서 독나비를 부리던 록사나의 모습을 떠올리면 지금도 등줄기가 찌릿찌릿했다. 이런 것은 오르카가 평소에 마물들에 게서만 느껴 오던 감정이었다.

스스로도 믿기지 않게도, 그는 독나비뿐 아니라 그 주인인 여자도 함께 갖고 싶어졌다. 하지만 하필 청의 귀공자의 여자라니, 상대가 영 좋지 못했다.

'내가 대놓고 미인계를 써 유혹했는데도 눈 하나 깜짝 안 하고 말이지.'

페델리안을 떠나기 전에 록사나와 나누었던 대화를 떠올리자 절로 미간에 주름이 생겼다. 그에게 흥미가 없다고 그렇게 딱 잘라 말하다 니. 다시 생각해도 불쾌했다.

하지만 오르카는 갖고 싶은 것은 반드시 가져야만 직성이 풀리는 남자 였다. 그러기 위해서는 일단 록사나를 페델리안 밖으로 끌어내야 했다.

'회의 일정을 맞추려면 늦어도 오늘 해가 지기 전까지는 위그드라 실로 출발하지 않을까 싶은데. 그럼 나도 저녁때쯤 움직여 볼까.'

오르카는 록사나가 카시스의 보호를 받고 있지 않을 때 그녀를 밖 으로 유인할 생각이었다. 만약 상황이 여의치 않다면 다시 한번 성문 을 넘는 위험을 감수할 생각도 하고 있었다.

물론 아무리 계획을 철저히 세운다 한들, 페델리안의 성에 침입하 는 것은 쉬운 일이 아니었다. 그러나 리셀과 카시스가 자리를 비운 틈 이라면 한 번쯤 시도해 볼 만한 가치가 있었다.

오르카는 바싹 마른 육포를 질겅질겅 씹으면서 미리 세워 둔 계획을 되짚었다. 몇 시간 후 록사나가 베르티움에 가기 위해 제 발로 페델리안을 나설 것을 알았다면 당연히 이런 개고생을 하지는 않았을 터였다. 하지만 오르카는 그런 사실을 몰랐기에 열심히 머리를 굴리며 계획에 빈틈이 없는지 따지고 또 따져 보았다.

벌써 며칠째 한자리에만 가만히 있으려니 슬슬 따분함에 몸이 가려워지기 시작했다. 하지만 마물 서식지 탐방을 위해 죽치고 있을 때에 비하면 이 정도는 그리 오랜 인내를 필요로 하는 것도 아니었다. 게다가 대개 기다림 뒤에는 달콤한 보상이 기다리고 있게 마련이다.

그러다 얼마 후, 오르카는 얼굴을 구기며 씹고 있던 것을 바닥에 퉤 뱉어냈다.

"에이, 입맛만 버렸어. 페델리안에서 산해진미를 맛보고 온 뒤라 그런지 도통 못 먹어주겠네."

그는 페델리안에서 먹었던 요리들을 떠올리며 입맛을 다셨다. 그런데 문득 기묘한 감각이 오르카의 뒷덜미를 스쳐 지나갔다. 마치······ 무언가가 그의 뒤에 바싹 다가와 서 있는 듯한 느낌이었다.

한순간 온몸의 솜털이 예민하게 곤두서며 팔뚝에 오소소 소름이 돋았다. 하지만 그럴 리가 없었다. 분명 아무런 기척도 느껴지지 않았는데······.

휘익!

막 고개를 돌려 확인하려던 찰나, 둔탁한 힘이 그의 뒷목을 사정없이 후려쳤다. 오르카는 찍소리도 내지 못하고 의식을 잃고 말았다.

풀썩!

불시에 급소를 가격당한 오르카가 맥없이 바닥에 쓰러졌다. 카시스는 그런 그를 시린 눈으로 내려다보았다. 발로 툭 차서 오르카의 몸을 굴리자 눈을 감고 있는 얼굴이 시야에 들어왔다. 그는 완전히 기절한 상태였다.

카시스의 눈이 잠시 주변을 훑었다. 간단한 술식을 그려 넣은 보석들이 오르카의 둘레에 동그란 원을 그리고 있었다.

"기척을 지우는 주술진인가."

그것보다는 차라리 일정 거리 이상 다가온 생물체를 감지하는 주술을 이용하는 편이 지금 상황에서는 보다 유용했을 것이다.

파삭.

카시스는 발치의 보석을 지르밟았다. 오르카를 향한 카시스의 시선은 시종일관 차가웠다. 그렇지 않아도 오르카는 페델리안 안에서 줄곧 카시스의 눈에 거슬리는 짓만 저질렀다.

그런데 이번에는 경계에 몰래 은신해 있는 것을 발견했으니 카시스의 심기가 사나워질 만도 했다.

사실 카시스는 오르카가 휘페리온으로 순순히 돌아가겠다고 했을 때에도 그를 믿지 않았다.

처음부터 록사나가 있는 별관에 접근하려고 기를 쓰던 오르카였다. 게다가 그것만으로도 모자라 카시스가 잠깐 곁을 비운 사이 록사나에게 대놓고 집적거렸다는 사실도 이시도르를 통해 전해 들었다.

그러니 이번에 오르카가 휘페리온으로 돌아가는 척하고 페델리안의 경계에 몸을 숨기고 있었던 것도 불온한 목적인 것이 분명했다. 카시스가 자리를 비운 틈을 노린 것이 눈에 빤히 보였다.

"기껏 아량을 베풀어 고이 내보내 주었더니, 겁 없이 까부는군."

카시스는 싸늘한 눈으로 오르카를 내려다보다가 이내 몸을 숙였다. 그 후 그는 주저 없이 손을 움직였다.

콰직!

오르카의 몸에서 뜯어낸 장신구의 보석들이 카시스의 손안에서 무참히 깨졌다. 반짝이는 보석 조각과 가루들이 풀잎 위에 후두둑 떨어져 내렸다.

오르카와 마물들 사이의 각인이 단번에 끊어졌다. 마수사라면 누구나 기함하여 피눈물을 흘리면서 통곡하고도 남을 만한 일이었다.

주술이 새겨진 각인용 매개체는 마수사의 신체적 부담을 줄이는 역할을 했지만 그만큼 다른 위험을 짊어지고 있었다. 지금처럼 매개로 쓰이는 물건이 파손되면 마물과의 연결에 문제가 생긴다는 점이 바로 그것이었다.

물론 그런 만큼 주술을 새길 매개체는 쉽게 망가지지 않을 물건으로 선택하는 것이 기본이다.

휘페리온에서 사용하는 이 보석도 특수 제작된 것이었다. 그렇기 때문에 일반적으로는 외부적인 이유로 파손될 위험이 극히 적었다. 보석이 손상될 수 있는 내부적인 요인으로는, 각인된 마물이 소멸한다거나 하여 보석에 새겨진 주술이 깨지는 경우가 대표적이었다.

하지만 카시스는 오르카가 가진 보석들을 모조리 맨손으로 부숴 버렸다. 손에 힘을 조금 불어넣자 그리 어려운 일도 아니었다.

오르카가 어렵게 각인에 성공했던 귀한 마물들이 카시스의 손안에서 하나둘씩 자유를 되찾아 갔다. 만약 오르카에게 의식이 남아 있었다면 카시스의 잔인무도한 만행에 거품을 물고 기절하고도 남았을 것이었다.

파사삭!

마침내 오르카의 마지막 장신구에 달려 있던 보석들까지 모조리 고운 가루가 되어 허공에 흩날린 뒤, 카시스는 손을 털고 자리에서 일어났다. 오르카를 내려다보는 그의 얼굴에는 한 점의 죄책감도 깃들어 있지 않았다.

지금껏 페델리안 안에서 행동에 제약이 있었던 것은 카시스도 마찬가지였다. 물론 오르카는 그 반대라고 생각하는 모양이었지만, 만약 카시스가 다른 것을 다 제쳐 두고 마음 내키는 대로만 행동했다면 오르카는 이렇게 멀쩡한 모습으로 실실 웃으며 페델리안을 떠나지 못했을 것이다.

지금 오르카가 이런 꼴이 된 것도 그 스스로가 자초한 일이었다. 순순히 휘페리온으로 돌아가기만 했어도 지금 여기에서 카시스와 맞닥뜨리는 일은 없었을 테니까.

카시스는 오르카를 이대로 마물 서식지에 던져두고 싶은 충동을 느끼며 발밑에 있는 그를 지그시 내려다보았다. 하지만 오르카 휘페리온이 페델리안에서 목격된 것을 마지막으로 실종되었을 때 찾아올 반향과 그로 인해 벌어질 귀찮은 일들을 생각하면 그건 좋은 방법이 아니었다.

'운이 좋은 녀석이군.'

카시스는 마뜩잖게 혀를 차며 오르카를 향해 다시 손을 뻗었다.

잠시 후 카시스는 숲에서 빠져나왔다.

"아니, 그건 백의 마수사 아닙니까?"

카시스의 명에 따라 숲 밖에서 대기하고 있던 이시도르가 놀라서 물었다. 이시도르의 얼굴에는 당혹감과 황당함이 뒤섞여 있었다.

오르카는 사지를 꽁꽁 묶인 상태로 축 늘어져서 짐짝처럼 카시스의 어깨에 둘러메진 상태였다.

"숲에 숨어 있더군."

리셸은 먼저 위그드라실로 출발한 뒤였다. 카시스가 경계 주변을 한번 정찰하고 가겠다며 나설 때만 해도 이시도르는 크게 마음 쓰지 않았다. 본래도 경계를 살피는 것은 주기적으로 하던 일이었으니까. 그런데 설마 거기에서 백의 마수사가 튀어나올 줄이야.

카시스는 수하들에게 오르카를 던져주며 그를 휘페리온에 운송할 것을 명했다.

"위그드라실로 향하던 중에 쓰러져 있는 걸 우연히 발견해 페델리안 쪽에서 보호했다고 전해라."

"예, 알겠습니다."

어디로 보나 백의 마수사가 저런 꼴이 된 건 카시스의 짓인 것이 분명했지만 수하들은 모르는 척 그의 명을 따랐다.

"저희도 그만 출발할까요?"

이시도르의 말에 카시스는 잠깐 눈길을 움직여 어딘가를 바라보았다. 그의 시선이 닿은 곳은 페델리안의 저택이 있는 방향이었다.

카시스의 눈이 얕게 가라앉았다.

그는 베르티움이 페델리안을 향해 움직이고 있다는 사실을 이미 보고 받은 바 있었다. 얼마 전 록사나가 황의 수장에게 서신을 받은 것도, 또 그 직후 중립 구역에 독나비를 날려 보낸 것도 모르지 않았다.

분명 그녀는 카시스가 없는 사이에 베르티움에 찾아갈 생각인 것이다.

카시스는 록사나가 겉보기만큼 약하지 않다는 사실을 알고 있었다. 하지만 그래도 마음이 편치 않은 것은 어쩔 수 없었다.

록사나가 이대로 아무것도 하지 않고 그의 품 안에서 언제까지나 안전하게 보호받았으면 좋겠다는 생각을 해 보지 않았던 건 아니었다.

하지만 분명 록사나는 그런 방식을 원하지 않을 것이라는 생각이 들었다. 카시스가 아는 그녀라면, 설령 그가 막아선다 해도 어떻게든 자신의 의지를 관철시키고 말리라.

잠시 후 카시스는 먼 곳을 바라보던 시선을 끊어내고 자리에서 발길을 뗐다.

"예정보다 시간이 지체되었으니 서두르는 편이 좋겠군."

"예."

카시스 역시 나름의 방법으로 만일의 상황에 대비해 조치를 취해 두었다. 그러니 아마 괜찮을 것이다. 하지만 그렇게 생각하면서도 카시스는 최대한 빨리 위그드라실에서의 일을 끝마쳐야겠다고 다시 한 번 마음을 다지고 있었다.

"……'내 동생'이라고?"

록사나는 작게 입술을 달싹여 속삭였다. 나지막하게 소리 내 반문한 말이 어지럽게 웅성거리는 귀에 메아리쳤다.

록사나가 입술을 떼자마자 주변이 기이할 정도로 조용해졌다. 연회장 안에 있는 모두가 숨소리조차 내지 않고 그들을 주시하고 있었다.

"그 말은, 네가 진짜 아실이라는 건가?"

눈앞에 있는 소년은 열다섯 살에 죽은 아실과 똑같은 모습을 하고 있었다. 물결치는 듯한 화려한 금색 머리칼. 반듯한 하얀 이마. 아치형을 그리고 있는 눈썹과 그 밑에 자리한 맑은 푸른 눈동자. 갸름한 얼굴에 박힌 섬세한 이목구비나 그 위에 드리워진 특유의 부드러운 미소도 기억 속의 아실과 소름이 끼칠 정도로 흡사했다.

그래서 눈앞에 있는 이가 인형인지 사람인지 분간하기가 어려웠다. 마치 그 혼자서만 멈추어진 시간 속에 존재하는 것 같았다.

록사나의 물음에 아실의 얼굴을 한 소년이 웃는 낯으로 대답했다.

"내 죽은 육신을 노엘이 되살렸지."

그것은 그녀의 질문에 대한 답이었지만, 핵심적인 본질에서는 어긋나 있는 설명이었다.

"안타깝게도 나한테 죽음 이전까지의 기억은 없지만."

소년은 록사나가 물은 자신의 근원에 대한 답변은 하지 않고 오묘하게 돌려 말했다. 하지만 록사나는 본능적으로 알 수 있었다.

그는 분명 아실이되 아실이 아니었다.

지금 그의 이름이 아실이 아닌 '닉스'인 것처럼.

그럼에도 그는 록사나 스스로조차 놀랄 수밖에 없을 정도로 그녀에게서 강렬한 동요를 이끌어 내고 있었다.

한동안 마주한 얼굴을 가만히 응시하던 록사나의 입술이 마침내 다시금 벌어졌다.

"죽은 육신을 되살리다니, 그건 인형술사가 아닌 사령술사의 영역일 텐데."

"아, 그건 아니야. 인형술과 사령술은 원리 자체가 다르니까. 궁금하면 내가 자세히 설명해 줄게, 루나."

록사나와 닉스의 만남을 즐겁게 바라보고 있던 노엘이 끼어들었다.

"그런데 닉스의 예전 이름이 아실인가 보지? 그런 우중충한 이름보다는 역시 닉스라는 이름이 어울려."

그는 남매의 오랜 조우에 뿌듯함이라도 느끼는 것 같은 얼굴을 하고 있었다. 두 사람을 바라보는 눈동자가 더없이 천진하고 해맑게 빛났다.

"그나저나 그렇게 같이 서 있는 걸 보니까 내 생각보다 둘이 훨씬 많이 닮은 것 같네. 정말 멋져. 너무 완벽한 그림이야!"

노엘의 들뜬 음성이 노랫소리처럼 연회장 안에 퍼져 나갔다. 조금 전까지 홀 안을 누비며 춤을 추다가 양쪽으로 갈라선 사람들도 짜 맞춘 것처럼 박수를 치기 시작했다.

짝짝짝짝짝!

우레와 같은 소음이 사정없이 고막을 찔러 들었다. 그 모습이 마치 무대 위의 연극배우들에게 찬사를 보내는 관객들 같았다.

정말이지…… 웃기지도 않은 짓거리였다. 록사나는 미소 띤 아실의 얼굴을 시야에서 가리듯이 눈을 감았다.

"노엘 베르티움."

그 후 다시금 모습을 드러낸 그녀의 눈동자에는 조금 전까지 남아 있던 감정의 잔해가 깨끗이 거두어져 있었다.

노엘을 응시하는 시선은 빙해처럼 더없이 차디찼다. 그것을 정면에서 마주한 노엘이 열정적으로 박수를 치던 손을 어정쩡하게 멈추었다.

"으, 응?"

"오늘의 연회는 이쯤에서 끝내는 게 좋을 것 같은데."

그것은 권유나 양해를 구하는 것이 아닌 일방적인 통보였다.

"지금 못다 한 이야기는 내일 다시 나누기로 하지."

싸늘히 말한 록사나는 뒤돌아섰다.

또각또각.

구두의 굽이 대리석 바닥에 부딪혀 내는 소리가 홀 안에 울려 퍼졌다. 하얀 치맛자락과 길게 늘어뜨린 금색 머리카락이 그림자처럼 잔상을 남겼다. 그녀는 한 번도 뒤돌아보지 않고 곧장 연회장을 빠져나갔다.

"어?"

노엘은 그런 록사나의 뒷모습을 멍하니 지켜보다가 뒤늦게 정신을 차리고 멍청히 입을 벌리고 말았다.

"단테."

록사나를 위한 환영 연회는 생각보다 일찍 파했다.

"예, 노엘 님."

흥겨운 음악도 멈추고, 연회장을 가득 채우고 있던 관객들도 썰물처럼 빠져나갔다.

노엘은 적적함이 느껴질 정도로 텅 비어 있는 연회장의 한가운데에 혼자 서 있었다. 불과 한 시간 전까지만 해도 드디어 루나를 만난다고 노래를 불러 대며 공들여 단장한 것이 무색해 보일 지경이었다.

"이게 어떻게 된 일인지 설명해 봐."

노엘의 목소리는 착 가라앉아 있었다. 힐끔 본 그의 얼굴도 굳어 있기는 마찬가지였다.

단테는 슬쩍 닉스에게 시선을 던졌다. 그는 연회장 한구석에 마련된 테이블 위에 걸터앉아 혼자 여유롭게 술잔을 기울이고 있었다. 그의 발밑에는 아까 쓰고 있던 우스꽝스러운 앵무새 모양 가면이 받침대처럼 깔려 있었다.

시선이 마주치자 닉스가 단테를 향해 눈꼬리를 접어 웃었다. 그것을 보고 단테는 눈살을 찌푸리며 작게 혀를 찼다. 늘 그래 왔지만 닉스는 역시 도움이 되지 않았다.

"그렇게 말씀하셔서 봤자, 저는 줄곧 밖에 있었기 때문에 자세한 상황을 모릅니다만."

평소라면 좀 더 깐죽거렸겠지만 지금은 노엘의 기분이 영 좋지 않은 것 같아서 자제했다.

단테는 그저 연회장 안에 들어갔던 록사나가 예상했던 것보다 훨씬 더 빨리 밖으로 나왔다는 사실만 알 수 있었을 뿐이었다. 그리고 막 눈앞을 스쳐 지나쳐 가는 그녀에게서 매서운 찬 바람이 몰아치는 느낌이 들었다는 것도.

그 후 연회장 안을 채우고 있던 인형들이 문밖으로 쏟아져 나왔다. 단테는 그것을 보고 안으로 들어온 것이었다.

노엘은 어쩌다 이렇게 되었는지 도저히 이해가 안 된다는 눈빛을 하고 있었다.

"루나가 내일 다시 이야기하자 그러고 방으로 돌아갔어."

그 심각한 얼굴을 보고 단테가 고개를 슬쩍 옆으로 기울였다.

"여독이 덜 풀려서 피곤했나 보네요."

"그게 아니야! 아무래도 화가 난 것 같았다고."

지금의 상황을 대수롭지 않게 여기는 듯한 단테의 반응에 노엘이 결국 언성을 높였다. 그의 얼굴에 서서히 불안감이 차올랐다.

"나를, 엄청나게 차가운 눈으로 쳐다봤어."

"저런."

"난 그냥 닉스를 소개해 준 것밖에 없는데 갑자기 한기를 풀풀 날리면서, 꼭 달의 여신이 아니라 겨울이나 서리의 여신인 것처럼……."

노엘이 안절부절못하며 열심히 설명하는 것을 듣고 단테는 눈매를 찡그렸다. 아니, 원래대로라면 연회가 끝날 때쯤에나 닉스를 보여 줄 계획이었을 텐데?

유감스럽게도 단테는 연회장의 분위기가 무르익기도 전에 록사나가 자리를 떠난 이유를 알 수 있을 것 같았다. 하지만 노엘은 불안하게 입술을 짓씹다가 돌연 단테를 향해 눈을 치켜떴다.

"네가 루나한테 무슨 실수라도 저지른 거 아니야?"

"예? 왜 애꿎은 저한테 불똥이 튑니까?"

"페델리안에서부터 내내 네가 옆에 있었잖아. 게다가 넌 가만히 있어도 사람 속을 뒤집어 놓는 데 일가견이 있으니까."

"무슨 그런 억울한 말씀을……. 록사나 양이라면, 제가 페델리안에 도착해 인사하기 전부터 기분이 유쾌해 보이지는 않았습니다."

"그래? 그럼 페델리안이 원인인가? 감히 루나의 심기를 거스르다니, 가만두지 않겠……."

"하지만 록사나 양의 기분이 좋지 않은 건 당연히 노엘 님 때문이 아니겠습니까?"

단테의 말에 노엘이 흠칫했다.

"뭐? 그게 무슨 소리야? 내가 뭘 어쨌다고?"

그는 진심으로 이해하지 못하는 표정이었다. 루나를 위해 선물도 준비하고, 환영 연회까지 열었는데?

단테는 그런 노엘을 불쌍한 중생 보듯이 응시하며 입을 열었다.

"상식적으로 생각해 보십시오. 일단 노엘 님이 보낸 서신부터 불쾌하고도 남지."

"내가 보낸 서신이 왜?"

"아무리 포장을 해 봤자 결국은 협박 편지 아닙니까. 그런 걸 받고 좋아할 사람이 세상천지 어디에 있겠습니까."

"혀, 협박이라니, 나, 난 그럴 의도는……."

노엘은 말문이 막히는지 더듬거렸다. 단테는 측은함과 성가심이 담긴 눈으로 그런 노엘을 쳐다보았다. 그런데 별안간 노엘이 단테를 향해 다시 한번 사납게 눈을 치떴다.

"거봐, 역시 너 때문이잖아!"

당연히 단테는 황당해졌다.

"왜 또 저를 걸고넘어지시는지……."

"먼저 보냈던 편지는 네가 썼으니까!"

"저는 단지 노엘 님이 처음에 쓰려던 내용을 좀 더 우아하고 품위 있게 고쳐 쓴 것뿐입니다. 아시다시피 노엘 님의 작문 실력은 영……."

단테는 처음에 노엘이 삼 일 밤낮을 공들여 써 그에게 보여 주었던 엉망진창의 서신을 상기하며 눈살을 찌푸렸다. 내용도 내용이거니와, 필체도 아주 끝내주게 괴발개발이었다.

게다가 단테가 질겁했던 이유는 하나 더 있었다.

"그리고 말이 나왔으니까 말인데, 편지 안에 사람 머리카락은 뭉텅이로 왜 집어넣습니까? 저주 편지도 아니고, 소름 끼치게시리."

편지를 봉하기 전, 단테가 필사적으로 말렸지만 노엘은 듣지 않았
다. 그러니 결국 록사나는 봉투를 열자마자 쏟아져 내리는 흉측한 머
리카락 뭉치를 보게 되었을 것이다. 그런 주제에 노엘은 한 점의 부끄
러움도 반성도 없는 모습으로 단테에게 말했다.

"닉스의 머리카락은 루나처럼 예쁜 달빛색이니까! 그래서 직접 보
게 되면 루나도 한눈에 닉스의 존재를 알아챌 수 있을 거라고 생각했
을 뿐이야."

단테는 이 정도면 멍청한 것도 병이라고 생각했다. 주인을 대상으
로 한 평가라기에는 심히 신랄하고 무엄하기 짝이 없는 생각이었다.

노엘을 상대할 때면 늘 그래 왔듯이 급격한 피로감이 엄습했다.

"그깟 머리칼 하나 뚝 떼어 내서 보낸다고 퍽도 알아채겠습니다. 차
라리 좀 더 특징적인 신체 부위를 보낸다면 또 몰라."

차라리 노엘이 이렇게 생생할 때보다 밤새 인형을 만든 탓에 잠이
부족해서 비몽사몽 상태에 있는 것이 훨씬 나은 것 같다는 생각이 들
었다.

"예를 들어 저 파란 눈알이라든가, 흉터가 남아 있는 오른손이라
든가……."

"뭐……! 그런 짓은 너무 잔인하잖아! 이 사악한 놈!"

"어쨌든, 솔직히 록사나 양이 그 서신을 보고 노엘 님이 바라던 대
로 여기까지 오기로 결정한 게 기적 같은 일이지요."

단테는 시큰둥하게 읊조렸다. 그러다 이내 무슨 생각을 했는지, 단
테가 노엘을 보며 빙긋이 웃어 보였다.

"그래서 결국 록사나 양의 호감을 얻는 데는 실패하셨나 보군요?

그것참, 마음이 상당히 많이 쓰리시겠습니다."

노엘의 얼굴이 무참히 구겨졌다. 그는 단테의 말에 바싹 약이 오른 듯했다. 그러다 노엘은 인정하지 못하겠다는 듯이 명령했다.

"거기, 너네! 루나의 시중을 들었던 애들을 데려와!"

그의 말을 듣고 연회장의 한구석에 눈에 띄지 않게 남아 있던 시종 하나가 곧바로 몸을 움직였다. 단테는 그런 노엘을 보며 또 시작이구나 싶어서 한숨을 내쉬었다.

잠시 후 하녀 몇 명이 연회장 안으로 들어섰다.

"너희들, 루나랑 같이 있으면서 별일 없었어?"

"별일이라 하시면……."

"혹시 루나의 기분을 상하게 할 만한 일이 없었냐는 말이야."

그 순간 노엘의 앞에 머리를 조아리고 있던 하녀들이 멈칫했다.

"뭐야."

노엘은 그 반응을 놓치지 않았다.

"마음에 걸리는 게 있나 보네?"

연녹색 눈동자에 한순간 번뜩이는 빛이 스쳐 지나갔다.

"뭔데? 어서 말해 봐."

노엘이 보챘다.

록사나의 생각대로 그녀의 시중을 든 하녀들은 인형이 맞았다. 그리고 인형들은 거짓말을 몰랐다. 노엘의 명을 받은 인형들이 아까 방에서 있었던 일을 곧이곧대로 설명했다.

"환영 연회를 위한 치장을 도와 드리다가 실수로 아가씨의 몸에 작은 상처를 입혔습니다."

"뭐? 루나의 몸에 상처를 입혔다고? 어디를, 어떻게?"

"귀걸이를 갈아 끼우던 중에 생채기가 났는지 피가 나서……."

"피까지 났단 말이야?"

"하지만 아가씨께서 너그러이 용서해 주셨어요."

"그래? 루나가 용서해 줬어?"

잠깐 날카로워졌던 노엘의 눈빛이 다시 누그러졌다.

"그렇다면 다행이네. 그럼 혹시 그 일 때문에 마음이 아직 덜 풀려서 연회를 즐길 기분이 아니었던 걸까?"

그는 이제야 원인을 알게 되어 속이 시원한 듯했다.

"난 또 단테의 말처럼 혹시 진짜 나 때문일까 봐 마음 졸이고 있었잖아."

노엘의 얼굴에 여유와 온화함이 돌아왔다.

"고마워. 너희가 솔직하게 말해 줘서 마음이 편해졌어."

맑고 순수한 빛을 띤 얼굴 위에 덧그려진 미소가 봄볕처럼 따스하고 다정했다. 그러나 잇따른 노엘의 행동은 조금도 온건하지 않았다.

"그런데 너희 때문에 루나와의 재회를 망친 건 어떻게 책임질 거야?"

퍼억! 노엘의 손에 들려 있던 산양 가면이 한 번 휘둘러질 때마다 인형들의 살이 으깨지고 피가 튀었다. 그 모습을 지켜보는 노엘의 눈은 더없이 무자비했다.

움직여도 좋다는 명령이 없었기에 인형들은 자리에서 꼼짝도 하지 않았다.

"죄송합니다, 주인님. 저희가 미숙하여 실수를……."

그러면서 그들은 무감정한 목소리로 노엘에게 용서를 빌었다. 이런 상황에서도 인간의 감정을 흉내 내 애원하거나 호소하면 노엘이 더 화를 낸다는 사실을 알기 때문이었다.

"주인님, 잘못…… 부디 용서를……."

"아아, 시끄러워. 어차피 아프지도 않잖아."

노엘은 인형들의 사죄를 듣기 싫다는 듯이 짜증스럽게 뇌까렸다.

"당신은 그만 방으로 돌아가시죠, 닉스."

단테는 얼굴을 찌푸린 채 눈앞의 광경을 지켜보다가 아직까지도 테이블 위에 앉아 있는 닉스에게 고개를 돌렸다. 그러자 닉스가 킥 웃으며 앵무새 가면을 딛고 밑으로 내려섰다.

"나한테도 불똥이 튈까 봐 걱정해 주는 건가?"

"알고 있겠지만, 네가 예뻐서 그런 게 아닙니다."

단테의 음성은 닉스를 대할 때 늘 그렇듯이 정 없고 쌀쌀맞았다. 닉스는 그런 단테를 보면서도 웃는 얼굴을 변화시키지 않았다.

"그럼 내가 얌전히 네 말을 따를 리 없다는 것도 알 텐데."

곧이어 무용수처럼 우아하게 뻗어진 닉스의 손이 그 안에 들려 있던 빈 술잔을 허공에서 놓았다.

쨍그랑!

날카로운 소음이 연회장 안에 울려 퍼졌다. 그 순간 단테는 움찔 미간을 좁혔다. 인형들을 구타하던 노엘의 손이 멈추어졌다.

"그만 진정해, 노엘."

닉스는 연회장을 떠나는 대신, 그대로 단테를 지나쳐 노엘에게 다가갔다. 마침내 노엘의 스산한 눈빛이 소음의 원인인 닉스에게 닿았다.

"그러고 보니……."

노엘이 문득 기억났다는 듯이 입을 열었다.

"루나가 생각보다 널 반가워하는 눈치가 아니었어."

더 이상 인형들에게 폭력을 행사할 마음이 없는지, 노엘은 손에 들고 있던 가면을 바닥에 떨구었다. 피에 절은 산양 가면이 거의 부서진 채로 대리석 바닥 위를 나뒹굴었다. 노엘의 앞에 있는 인형들은 바닥에 쓰러져 몸을 경련하고 있었다.

"살아생전에 이 육신의 주인과 별로 친한 사이가 아니었나?"

노엘의 의문에 닉스가 고개를 작게 저었다.

"그건 아니야. 눈이 마주치는 순간 나한테까지 숨길 수 없는 동요가 전해져 오던걸."

그러나 닉스는 곧 담담하게 덧붙였다.

"뭐, 죽은 줄 알았던 오빠가 이렇게 멀쩡히 살아 움직이는 걸 보았으니 혼란스러워할 만도 하잖아?"

물론 어디까지나 껍데기만 같을 뿐, 닉스의 내용물은 그녀가 본래 알던 사람과 완전히 달랐지만 말이다.

"단지 그녀에게도 시간이 필요할 뿐이야. 그 정도는 네가 이해해 줘야지."

닉스의 미소를 보고 노엘도 서서히 굳은 얼굴을 폈다.

"걱정 마. 결국은 전부 네가 원하는 대로 될 거야, 노엘."

달콤한 속삭임이 귓가에 꿀처럼 휘감겼다. 노엘은 어느새 분이 거의 풀린 듯이, 아까보다 확연히 풀어진 얼굴을 하고 있었다.

하지만 단테는 그런 두 사람의 모습을 보며 반대로 얼굴을 구겼다.

"자, 그럼 오늘은 이만 방으로 돌아가서 쉬는 게 좋겠어. 너의 루나가 내일 다시 이야기하자고 했잖아? 최상의 상태로 그녀를 만나려면 너도 충분히 휴식을 취해 둬야지."

"그래, 네 말이 맞아."

노엘은 언제 사납게 돌변했었냐는 듯이 다시 천진한 얼굴로 돌아와 닉스의 말에 온순하게 고개를 주억거렸다. 곧 노엘과 닉스는 함께 연회장의 문을 향해 걷기 시작했다.

닉스가 여봐란듯이 고개를 돌려 단테를 향해 비릿하게 웃었다. 그 순간 단테의 눈에 서늘한 광채가 일었다.

'그래 봤자 불량품인 주제에, 건방지게……'

그러다 퍼뜩 노엘이 걸음을 멈추며 단테를 돌아보았다.

"아, 참. 단테."

"예."

"그 인형들은 눈에 안 띄는 곳에 치워 버려. 실패작이니까."

"알겠습니다."

노엘은 바닥에 널브러져 있는 부서진 인형들에게 시선 한 번 주지 않고 연회장을 빠져나갔다. 그 자리에 혼자 남은 단테는 아무도 모르게 야트막한 한숨을 내쉬고 말았다.

록사나는 불이 꺼진 어두운 방 안에 혼자 우두커니 앉아 있었다. 연회장에서 빠져나온 이후, 그녀는 옷을 갈아입지도 않고 줄곧 이렇게 침묵을 지키고 있는 중이었다.

앞에 있는 거울에 표정 없는 여자의 얼굴이 비쳤다. 하지만 그녀의 마음은 겉보기만큼 차분한 상태가 아니었다.

조금 전 베르티움의 연회장에서 보았던 소년의 얼굴이 거울 위에 겹쳐졌다.

[아실(Achille).]

처음에 그리젤다에게서 온 서신 속의 이름을 보고, 도무지 지금 그녀가 보고 있는 것이 무엇인지 이해할 수가 없었다. 분명 록사나는 베르티움에서 지칭한 사람이 어머니라고 생각했다. 그런데 어째서 이런 상황에 아실의 이름이 나온단 말인가.

하지만 곧이어 지금껏 흩어져 있던 퍼즐 조각이 서서히 제자리를 찾아 맞춰지는 느낌이 들었다.

아그리체와 베르티움 사이에 존재한다고 느껴졌던 묘한 연결 고리.

란트 아그리체는 분명 살아생전 베르티움의 인형술에 관심이 지대했었다. 물론 록사나는 아직 이 일에 얽힌 자세한 내막을 알지 못했다. 하지만 아그리체에서 베르티움의 인형술에 어떻게든 관여했다는 사실만큼은 확신할 수 있을 것 같았다.

그래서 록사나는 노엘의 초대에 수락한 것이었다. 정말 이곳에 아실이 있는지 그녀의 두 눈으로 직접 확인하기 위해서.

"안녕, 록사나."

하지만 정말 아실과 똑같은 모습을 한 그를 목격하는 순간……. 이미 그의 존재를 예상하고 있었음에도 요동치는 마음을 어찌할 수가 없었다.

"만나고 싶었어, 내 동생."

연회장 안에서의 일을 다시 한번 되새겨 떠올리는 동안, 거울에 비친 록사나의 붉은 눈동자가 이제까지와 비할 바 없을 정도로 싸늘해졌다.

록사나는 그 후로도 한동안이나 우두커니 앉아 있다가 천천히 손을 움직였다.

그녀는 장갑을 벗고 몸에 걸치고 있던 장신구들을 하나씩 직접 떼어 냈다. 아까 사용인들이 시중을 들겠다며 찾아왔었지만 혼자 있고 싶어 모두 돌려보냈다.

그러다 문득 록사나는 미묘한 위화감을 느끼고 손을 들어 올렸다.

아까 일부러 상처를 내 피를 보았던 왼쪽 귀에 손길이 닿았다. 그런데 어찌 된 일인지 조금의 통증도 느껴지지 않았다. 하다못해 이렇게 직접 손을 대서 만지는데도 일말의 따끔한 감각조차 없었다.

록사나는 이상함을 느끼고 거울을 들여다보았다. 그러자 귀의 상처가 말끔히 아물어 있는 것이 눈에 들어왔다. 처음에는 방 안이 어두워 착각했나 싶었지만 그런 것이 아니었다.

록사나의 눈매가 움찔 잘게 미동했다. 이렇게 단기간에 흔적도 없이 상처가 사라지다니. 어떻게 생각해도 부자연스러운 일이었다.

물론 록사나는 바로 얼마 전까지만 해도 이런 일을 가능하게 만드는 사람과 함께 있었다. 하지만 지금 카시스는 그녀의 곁에 없었다. 그런데 어째서…….

"……."

잠시 후 록사나는 머리에서 떼어 낸 장신구 중 하나를 들어 날카로운 끝부분을 손가락에 대고 찔렀다. 당연한 수순으로 손끝에 붉은 핏방울이 맺혔다.

하지만 얼마간의 시간이 지난 후, 손가락 끝에서 느껴지던 예리한 통증이 사라졌다. 손끝을 문질러 피를 닦아 내자 조금 전까지 있던 상처가 씻은 듯이 나은 것이 눈에 들어왔다.

"카시스……."

록사나는 작게 벌어진 입술 틈으로 지금 머릿속에 스쳐 지나간 사람의 이름을 읊조렸다.

같이 있는 동안 한시도 낭비하지 않고 자신의 기운을 그녀에게 아낌없이 불어넣어 주었던 카시스가 떠올랐다. 그러자 마치 지금도 카시스의 흔적이 그녀의 몸 안에 가득 차 있는 것만 같은 느낌이 들었다.

록사나는 술렁이는 마음을 끌어안고 눈을 감았다. 어쩐지 지금 이 순간, 카시스가 그녀의 옆에 함께 있는 것 같은 기분이 들어 그래도 조금 위안이 되었다.

"오랜만이네, 청의 귀공자."

위그드라실에 도착해 회의장으로 향하던 카시스는 그리 반갑지 않은 사람과 마주쳤다.

바로 제레미였다. 그는 마치 카시스를 기다리기라도 했던 것 같은 모양새로 복도에 몸을 기댄 채 서 있었다.

카시스의 걸음이 멈추어졌다. 그는 눈앞에 있는 사람을 응시하며 입을 열었다.

"의외로군. 정말 이 자리에 나타날 줄은 몰랐는데."

"이제는 내가 아그리체의 수뇌인데 이런 중요한 자리에 빠지면 쓰나."

제레미는 당당히 말했지만, 사실상 현재 5가문 사이에서 아그리체의 입장은 몹시 좋지 못했다.

물론 다른 가문들에서는 이번 일을 계기로 페델리안에도 압력을 넣으려 시도했다. 하지만 이번에 보인 페델리안의 행보에는 정당성이 충분했다.

타 가문의 후계자를 살해하려 계략을 꾸민 것은 어떤 이유로도 용납받을 수 있는 일이 아니었다. 그동안 페델리안이 아그리체처럼 정도를 모르고 제멋대로 굴었다면 또 모르나, 그들은 지금껏 항시 균형을 지켜 단 한 번도 선을 넘는 행동을 한 적이 없었다.

이번에도 페델리안의 실질적인 목표물은 란트 아그리체뿐이었다. 그들은 당시 저택 안에 있던 란트의 다른 식솔들에게까지 보복할 수 있었으나 그러지 않았다. 그것만으로도 사실상 페델리안은 최소한의 도의를 지킨 셈이었다.

게다가 다른 가문들 역시 아그리체가 이미 곪을 대로 곪아 썩어 가던 종기나 마찬가지였다는 사실을 모르지 않았다. 그러니 이참에 한 번 썩은 뿌리를 솎아내는 것도 나쁘지 않은 일이었다.

거기에 좀 더 개인적인 이유를 포함시키자면, 다른 가문들 역시 날이 갈수록 안하무인으로 굴며 추저분한 일을 일삼는 란트 아그리체와 같은 물에서 노는 데 질려가던 참이기도 했다.

그런 이유로 이번에 페델리안에서 아그리체에 저지른 일을 묵인하기로 결정하는 데에는 그리 긴 논의가 필요하지 않았다.

그러던 중 스스로 고개를 숙이고 들어온 제레미 아그리체의 청으로, 흑의 가문은 가까스로 형체만 남아 있는 것이 허락되었을 뿐이었다.

"지금 자리가 상당히 마음에 드는 모양이군, 제레미 아그리체."

카시스의 얼굴에 떠오른 싸늘한 미소는 어디를 보나 조소라고밖에 할 수 없었다. 그에 제레미가 발끈해 으르렁거리며 이를 드러냈다.

"그래, 그러니까 인사할 때마다 꼬박꼬박 흑의 수장님이라고 불러."

아무래도 장소가 썩 좋지 않았기 때문에 말끝에 자동적으로 붙어서 튀어나오려던 욕설은 그냥 집어삼켰다. 제레미는 카시스에게 속 시원히 욕을 퍼붓고 싶어 몸이 뒤틀리는 것을 느꼈다.

역시 이 녀석은 데온만큼이나 재수가 없다. 오래전에 죽은 줄 알았던 놈이 귀신처럼 나타나서 사람 혼을 쏙 빠지게 만든 것도 마음에 안 들고.

하지만 아무리 생각해 봐도 카시스를 살린 건 록사나의 의지인 것이 분명했다. 그래서 제레미는 카시스가 더 거슬려 미칠 지경이었다. 그래도 록사나를 생각해 목구멍에서 치미는 욕을 꾹꾹 눌러 참았다. 게다가 그는 카시스에게 궁금한 것이 있었다.

"청의 개…… 귀공자. 너, 요 근래 들어 나 말고 다른 아그리체 사람 본 적 있냐?"

제레미는 전부터 록사나의 행방을 찾고 있었다. 물론 그녀가 원하지 않는다면 만나자고 억지를 부리지는 않을 것이다. 하지만 그래도 록사나가 몸 건강히 잘 있는지, 또 지금 어디에서 머물고 있는지 정도는 알고 싶었다.

그러나 좀처럼 마음먹은 대로 되지 않았다. 록사나의 뒤를 쫓다가 애꿎은 에밀리와 시에라의 흔적만 발견했을 뿐이었다. 물론 그것은 제레미에게 있어 하등의 쓸모도 없는 정보였다.

그날, 록사나는 분명 모든 것을 다 버리고 떠날 작정인 것으로 보였다. 그런 그녀가 에밀리와 시에라가 있는 곳에 갔을 리가 없었다.

그러다 문득 혹시 하는 생각이 들어서, 제레미는 오늘 카시스를 떠볼 작정이었다. 만약 카시스 페델리안이 3년 전에 죽지 않은 것이 록사나의 뜻이고, 또 얼마 전 아그리체를 무너뜨리는 데 그가 앞장선 것도 록사나의 계획 중 일부라면…….

상상만으로도 정말 엄청난 짜증이 치솟기는 했지만, 혹시 카시스가 록사나의 소재지를 아는 것이 아닐까 하는 의심이 들었다.

하지만 카시스는 낯빛 한 번 변화시키지 않고 말했다.

"다른 아그리체의 사람이라니, 누구를 말하는지 모르겠군."

"말 그대로, 그냥 아무나 본 적 있냐고."

"누군가 찾는 사람이라도 있는 모양이지?"

"묻는 말에 대답이나 할 것이지 뭘 그렇게 꼬치꼬치 따져 물어?"

제레미는 애써 짜증을 억눌렀다. 그런 그를 보며 카시스가 툭 내뱉듯이 지나가는 어투로 말했다.

"아그리체 내부의 일을 타 가문 사람인 내게 묻다니. 수장으로서 자격 미달 아닌가."

"이……."

제레미의 눈에서 불똥이 튀었다. 하지만 그는 잇새로 튀어나오는 욕을 씹어 삼키며 인내심을 최대치로 끌어 올렸다.

시발, 이 새끼가 또 빡치게 하네.

카시스는 분을 억눌러 참는 제레미를 탐색하는 듯한 눈빛으로 쳐다보았다. 그러나 제레미는 깊게 심호흡을 하며 열을 삭이느라 그것을 알아차리지 못했다.

"그래, 네까짓 게 알 리가 없지. 내가 괜히 시간 낭비했네."

그렇게 읊조린 뒤 제레미가 먼저 뒤돌아섰다. 물론 마지막으로 카시스에게 던진 그의 눈빛은 사나웠다. 그러나 제레미는 카시스에게 더 이상 시비를 거는 일 없이 입을 꾹 다물고 먼저 회의장으로 들어섰다.

카시스는 그 모습을 잠깐 가만히 지켜보다가 이윽고 제레미의 뒤를 이어 걸음을 옮겼다.

"시간 낭비였군."

회의를 마치고 나오는 길에 리셸이 나지막하게 읊조렸다. 옆에 있던 카시스도 거기에 동의했다.

이번 회의는 5가문 간의 결속을 다시금 돈독히 하기 위한 방안을 논의하려 마련한 자리였다. 그러나 긴 시간을 소요한 끝에 도출된 결과는 참으로 변변찮았다.

제레미 아그리체도 한껏 떫은 표정을 지으며 회의장을 빠져나오고 있었다.

"그만 돌아가자."

리셸이 쯧 혀를 차며 카시스에게 말했다. 바로 그때, 복도의 맞은편에서 걸어오는 사람이 카시스의 눈에 띄었다.

카시스는 그가 베르티움의 사자라는 것을 한눈에 알아보았다. 노엘 베르티움은 가문들의 모임에 잘 참석하지 않는 대신 중요한 회의 때마다 이렇게 수하를 보내 결과를 전달받곤 했다.

꾸벅 묵례한 뒤 그들을 스쳐 지나가는 남자에게 일순간 카시스의 시선이 닿았다. 잠시 후 카시스가 걸음을 멈추었다.

"전 들를 곳이 있으니 여기서부터는 따로 움직이겠습니다."

그의 말에 리셸도 멈추어 서서 카시스를 돌아보았다. 속까지 꿰뚫는 듯한 눈길이 카시스의 얼굴에 얼마간 머물렀다. 조금의 시간이 더 지난 후 마침내 리셸이 카시스에게서 시선을 거두고 다시 뒤돌아 걸음을 옮기기 시작했다.

"너무 늦지 않게 오거라."

"예."

리셸은 카시스에게 가타부타 다른 설명을 요하지 않고 다만 그렇게 말한 뒤 자리를 떠났다. 아들을 믿기에 가능한 일이었다.

카시스도 멈춰 있던 발길을 돌렸다. 이시도르가 카시스의 뒤를 따랐다.

잠시 후 베르티움의 사자가 다시 눈앞에 모습을 드러냈다. 그는 회랑을 걸으며 인장을 찍어 봉인한 봉투를 품에 갈무리하고 있었다.

카시스는 남자가 막 회랑을 나와 잔디를 밟는 순간, 기둥 뒤에서 나타나 그의 급소를 가격했다. 오르카 때와 마찬가지로 불시에 공격당한 남자가 '억' 하고 단말마의 소리를 내지른 뒤 풀썩 쓰러졌다.

카시스가 앞으로 고꾸라지는 남자의 몸을 붙잡았다.

"요즘은 길 한복판에 쓰러져 있는 사람을 자주 보는 것 같군."

물론 오르카도 그렇고 지금 눈앞에 있는 베르티움의 사자도 모두 카시스가 기절시킨 것이었다.

"심신 미약 상태인 사람이 이리도 많다니, 염려할 만한 일이 아닌가."

그런데 카시스는 조금 전 무슨 일이 있었냐는 듯이 태연자약하게 읊조렸다.

"심신 미약…… 입니까."

카시스의 뻔뻔한 말에 이시도르가 떨떠름하게 반문했다. 그래도 카시스는 미동조차 하지 않았다.

"베르티움의 사자가 먼 길을 달려온 탓에 지친 모양이다. 이렇게 기력을 다해 의식을 잃을 정도라면 좀 쉬게 해 주는 편이 좋겠지."

이시도르도 카시스의 의중을 눈치챈 뒤였기 때문에 그냥 체념하고 맞장구를 쳤다.

"예, 제 생각에도 그렇습니다. 하지만 오늘 위그드라실에서 있었던 중차대한 논의에 대해서는 베르티움에 한시라도 빨리 전달하는 편이 좋지 않을지요."

"그럼 어쩔 수 없군."

카시스는 이시도르의 말에 작게 고개를 끄덕인 뒤 의식을 잃은 남자의 품을 뒤적여 봉인된 서신을 꺼내 들었다. 그런 후 카시스는 더 이상 남자에게 볼일이 없다는 듯이 그를 이시도르에게 떠넘겼다.

이시도르는 군말 없이 남자를 둘러업었다.

"우리가 대신 베르티움으로 간다."

그렇게 말한 뒤 카시스가 앞장섰다.

이시도르는 걷는 동안 마주친 위그드라실의 시종들에게 베르티움의 사자를 넘겨주었다. 그들은 다른 가문의 수장들을 배웅하고 오다가 갑작스럽게 맞이한 상황에 퍽 놀라고 당황한 눈치였다.

카시스와 이시도르는 허둥지둥하는 사람들을 뒤로한 채로 곧장 위그드라실을 떠났다. 물론 목적지는 베르티움이었다.

다음 날, 록사나와의 만남을 위해 만반의 준비를 갖추었던 노엘은 결국 그녀를 볼 수 없었다.

"일어나십시오, 노엘 님. 벌써 해가 중천에 떴습니다."

"우으응."

"노엘 님이 그토록 만남을 고대하던 록사나 양이 응접실에서 기다리고 있습니다만."

"드르렁……."

노엘은 단테의 갖은 노력에도 불구하고 아직까지 꿈에서 헤어나지 못하고 있었다. 드디어 록사나가 베르티움에 온다고 잔뜩 들떠서 며칠 동안 거의 밤을 새우다시피 한 여파였다. 닉스의 설득으로 어제는 그래도 웬일로 일찌감치 잠자리에 드나 싶더니만. 본래도 수면 부족에 취약했던 노엘은 입맛까지 쩝쩝 다시며 쿨쿨 잠들어 있었다.

"노엘 님. 노엘 님?"

단테가 아무리 깨우려 애를 써도 노엘의 눈은 뜨일 낌새조차 보이지 않았다. 결국 단테의 이마에 빠직 핏대가 섰다.

"그만 일어나라고, 인간아!"

"음냐……."

"그렇게 돼서 내가 오게 되었어."

그리하여 결국 록사나가 있는 응접실에 들어선 것은 닉스였다. 록사나는 빙긋이 웃어 보이는 닉스를 온도 낮은 눈으로 응시했다.

물론 단테는 몹시도 마뜩잖아했지만, 닉스가 먼저 자신이 직접 록사나를 접대하겠다고 나섰다. 그러면서 그는 노엘에게 어느 정도 미리 지시받은 사항이 있어 괜찮다고 말했다. 그에 단테는 어쩔 수 없이 닉스를 안으로 들여보냈다.

물론 닉스의 말뿐이라면 미심쩍어서라도 그의 뜻을 따라 주지 않았을 것이다. 하지만 단테도 이번 일에 닉스의 역할이 상당히 중요하다는 점은 이미 노엘에게 들어서 주지하고 있었다.

"헛걸음했군. 너와는 할 말이 없는데."

물론 록사나는 주저 없이 자리에서 일어나려 했다. 그런 그녀의 발목을 붙든 것은 잇따른 닉스의 음성이었다.

"그래? 난 오히려 노엘이 없기 때문에 편하게 대화할 수 있을 거라고 생각했는데."

소리 없이 미끄러진 붉은 눈이 다시금 닉스의 얼굴에 닿았다. 하지만 닉스는 시종일관 의연한 표정이었다.

"그 말은, 네가 노엘 베르티움보다 솔직할 거란 의미인가?"

이윽고 작게 벌어진 록사나의 입술에서 나직한 음성이 새어 나왔다.

"어쩌면 '나'이기 때문에 답할 수 있는 내용이 있을 수도 있다는 거지."

닉스가 록사나를 향해 미소 지었다. 록사나는 의자에 앉아 그런 그를 말 없이 주시했다. 여전히 시린 눈빛이었지만 그래도 그녀는 닉스를 내치지는 않았다. 닉스는 록사나의 침묵을 무언의 허락으로 받아들였다.

"취향이 어떤지 몰라서 베르티움에 있는 가장 좋은 차로 준비했어."

닉스는 록사나의 옆에서 직접 차 시중을 들었다. 움직임이 퍽 자연스러운 것을 보니 이런 일이 익숙한 것 같았다.

하지만 베르티움에서의 그의 역할을 노예나 하인으로 여기기에는 시야에 비친 모습이 지나치게 우아하고 품위 있었다. 닉스에게서는 여유가 느껴졌고, 그의 태도에는 굴종하는 느낌이 없었다.

록사나의 눈길이 테이블 위에 찻잔을 내려놓는 닉스의 오른손에 잠깐 머물렀다. 더 정확히 말하자면, 그녀의 시선이 닿은 곳은 닉스의 손등에 있는 흉터였다.

"혹시 단것 좋아해? 그랬으면 좋겠는데."

찻잔에 이어 트레이 위에 있던 각종 티 푸드들이 테이블에 올라왔다. 보기만 해도 달콤해 보이는 케이크 종류가 특히 많았다.

"먹어 봐. 내가 직접 만든 건데, 맛은 보장해."

록사나는 닉스가 먹어 보라 권한 것을 조용히 내려다보았다.

"이걸 네가 직접 만들었다고?"

"응. 베르티움에 있는 동안 어쩌다 보니 익히게 되어서."

그런 후 닉스가 록사나의 맞은편 자리에 앉았다.

"원래는 이 자리에 노엘이 있어야 하지만 상황이 이렇게 되었으니까."

'그러니 어쩔 수 없이'라고 말하듯이 닉스가 웃었다.

그의 미소는 어딘가 묘한 구석이 있었다. 록사나가 보았던 베르티움의 다른 인형들과 달리 닉스의 웃는 얼굴은 마치 진짜 사람처럼 자연스러워 보였다. 어쩌면 그녀가 그의 얼굴을 보고 무의식중에 기억을 되짚어 아실을 떠올리고 있기 때문일 수도 있었다. 그래서 이런 당치도 않은 생각을 하는 것인지도 몰랐다.

록사나는 눈앞에 있는 찻잔을 들어 올려 그 안에 있는 액체를 한 모금 머금었다. 그 후 그녀가 가차 없이 평했다.

"설탕 덩어리 차에 설탕 덩어리 케이크라니. 취향이 형편없어."

닉스는 록사나의 말이 예상 밖인 것처럼 두 눈을 크게 떴다.

"그래? 미안해. 왠지 네가 단 걸 좋아할 것 같았는데. 내가 잘못 생
각했나 봐."

"어디에서 나온 생각인지는 모르겠지만 터무니없군."

"그러게."

닉스의 말에 록사나는 말없이 찻잔을 기울였다. 확실히 눈앞에 있
는 사람은 그녀의 향수를 자극하는 부분이 있었다. 지금도 그와 이러
고 있으려니 문득 어릴 때의 기억이 났다.

어릴 때부터 아그리체의 아이들은 가풍에 따라 내성을 기르기 위
해 독을 섭취해야 했다. 어머니와 아실은 어린 그녀를 위해 이것처럼
달콤한 케이크나 꿀을 넣은 음료 등에 독을 조금씩 섞어서 주곤 했다.

지금 닉스를 보고 문득 그때의 일이 떠올랐다. 반사적으로 얕은 그
리움이 차올랐으나 단지 그뿐이었다. 지금 이 자리에 함께 있는 것이
아실이 아니라는 사실은 누구보다 그녀가 가장 잘 알았다.

"록사나."

그때, 다정한 목소리가 그녀의 이름을 불렀다. 록사나는 조용히 눈
앞의 얼굴을 주시했다.

"이렇게 가까이에서 마주 보니까 왠지 기분이 좀 이상하네."

정말 그 말처럼 닉스는 어딘가 어색한 표정을 짓고 있었다. 그것 역
시 인형의 것이라기에는 지나치게 생동감 있었다.

록사나의 눈이 약간 낮게 가라앉았다. 그녀 역시 기분이 이상하기
는 마찬가지였다. 이렇게 실제로 살아 움직이는 아실을 다시 볼 수 있

으리라 상상조차 해 본 적 없었으니까.

그나마 딱 한 번, 열다섯 살의 월례 평가 때 아실의 환영을 본 적이 있기는 했다. 하지만 그때의 그는 이렇게 멀쩡한 모습이 아니었고, 그나마도 실재하고 있는 존재가 아닌 허상이었다.

아실의 모습을 한 인형이 록사나를 향해 다시금 입을 열었다.

"응, 그래. 꼭 오래전부터 알던 사람을 오랜만에 다시 만난 것 같은 기분이야."

그 순간, 록사나의 입술 사이로 얕은 웃음소리가 뱉어졌다.

"인형 주제에 사람의 감정을 아는 것처럼 말하다니……."

닉스와 닮은 그녀의 얼굴에 선명한 조롱의 미소가 피어났다.

"이것 참 우습기도 하지."

록사나는 싸늘한 비소를 지은 상태로 의자에 조금 더 깊이 몸을 기댔다.

"설마 그 몸뿐만 아니라 영혼까지 아실의 것이라 주장하기라도 할 셈이야?"

설령 닉스가 어떤 달콤한 말로 꾀어낼지라도 록사나는 그것을 믿지 않을 것이다. 그래도 굳이 허튼소리를 늘어놓을 작정이라면, 그것을 듣고 비웃어 줄 생각은 있었다.

"음, 솔직히 말하자면."

닉스가 냉기 어린 록사나의 얼굴을 보고 맑은 눈에 엷은 곤혹감을 드러냈다.

"네 오빠인 척 행동해서 어떻게든 너를 베르티움에 오래 붙잡아 놓으라고 노엘에게 명령을 받긴 했는데 말이야."

과연 예상했던 대로라고 해야 할지. 노엘의 얄팍한 수에 절로 냉소가 배어 나왔다.

하지만 닉스가 이런 내용을 록사나에게 실토하는 것은 다소 뜻밖이었다. 어떤 감언이설을 늘어놔도 록사나가 믿지 않을 것을 알았기 때문인지, 닉스는 의외로 솔직하게 노엘의 계획을 털어놓았다.

"하지만 나한테 그래 봤자 뭘 어떻게 해야 하는지 도통 모르겠단 말이지. 이 몸 주인의 기억이 나한테 남아 있는 것도 아니고."

"그렇겠지. 넌 아실이 아니니까."

"사실 나는 인형술이니 뭐니 하는 건 너무 복잡해서 들어 봤자 잘 모르기도 하고. 그래서 지금 네가 나에 대해 뭘 물어봐도 사실은 속 시원히 설명해 줄 말이 없어."

그리고 이어서 귓가를 파고든 음성에 록사나의 눈매가 움찔 작게 미동했다.

"하지만 널 보는 순간 무척 반갑고 그리운 기분이 들었어. 이상한 이야기지만, 정말이야."

그녀를 똑바로 직시하는 닉스의 눈은 정말 진실해 보였다. 지금 그가 말한 내용도 거짓과는 거리가 멀게 느껴졌다.

"널 만나고 싶었다고 어제 연회장에서 말한 것도 진짜야."

록사나는 닉스의 말을 도중에 끊어 낼 수 있었지만 그러지 않았다.

"오늘 내가 이 자리에 온 것도 노엘의 명령을 따르기 위해서가 아니라, 그저 내가 너를 따로 만나고 싶었기 때문이고."

서리 낀 눈이 거짓을 가려내려는 듯이 마주한 얼굴을 가만히 들여다보았다.

"노엘에게 네 이야기를 듣고 호기심이 들었거든."

록사나는 덧붙여진 닉스의 말을 듣고 입을 더 굳게 다물었다.

"물론 인형에게 호기심이라니, 말도 안 된다고 생각할 수도 있지만."

"……."

"하지만 정말이야. 난 이 몸으로 눈을 떴을 때부터 줄곧 궁금했어. 다시 되살아나기 전의 '나'는 어떤 사람이었는지."

닉스를 바라보는 록사나의 얼굴은 수면 위에 얇게 낀 살얼음처럼 설핏 굳어 있었다.

"네 입장에서는 가당찮다고 여길 수도 있지만, 난 이 몸을 온전한 내 것이라고 느껴. 어쨌든 내 삶은 이 육신에서부터 시작되었으니까."

닉스는 록사나의 그런 반응을 이해한다는 듯이 평온히 미소 지었다.

"내 안에는 노엘이 복구한 아실의 진짜 심장이 뛰고 있고, 난 다른 인형과 달리 감정도 느낄 수 있지."

확실히 닉스는 록사나가 베르티움에 와서 본 다른 인형들과 다르긴 했다.

"단테는 이런 나를 불량품이라고 말했지만."

그렇게 덧붙이며 닉스는 조금 씁쓸하게 웃었다.

"네가 봤을 때는 어때? 나는 사람에 가까운 것 같아, 인형에 가까운 것 같아?"

"……."

"인간을 이루는 요소는 크게 육체와 영혼, 두 부분으로 나눌 수 있다고 하지. 그럼 지금의 내게서 이 몸, 즉 아실이 차지하고 있는 부분은 몇 할 정도라 할 수 있을까?"

록사나는 대답하지 않았다.

"나는 잘 모르겠어. 너는 어때?"

자신의 정체성에 의문을 갖는 인형이라니. 확실히 전대미문이었다.

"혹시 그 답을 찾게 되면 지금 내가 왜 널 보면서 이렇게 기쁘고 슬픈 기분이 드는지도 알 수 있게 될까?"

설마 이런 이야기를 들을 줄은 몰랐던 록사나는 침묵을 지키며 닉스의 눈을 마주했다.

방 안에 정적이 깔렸다.

록사나는 무슨 생각을 하는지 알 수 없는 얼굴을 하고 닉스를 응시했다. 마침내 닉스가 그런 록사나를 보며 여트막하게 웃어 보였다.

"며칠 더 이곳에 머무르면서 나를 관찰해 보는 것도 나쁘지는 않을 거라고 생각해."

조금 전처럼 강한 호소력이 담긴 목소리 대신, 봄바람이 살랑이는 것처럼 부드러운 미성의 목소리가 귓가를 간지럽혔다.

"노엘의 초대에 수락했다는 건, 너도 나에 대해 좀 더 알아볼 마음이 있다는 거잖아."

'그렇지?'라고 덧붙이며 닉스가 고개를 슬쩍 기울였다.

"어차피 노엘에게 듣고 싶은 설명도 있을 테고."

그 아름다운 얼굴에는 일말의 속임수나 꿍꿍이도 없는 것처럼 보였다. 악한 마음 같은 것은 그의 손끝에 닿기만 해도 모조리 새하얗게 화해 버릴 것만 같은 순수한 선량함이 마주한 눈빛에서 느껴졌다.

록사나는 여전히 감정을 내비치지 않은 눈으로 그런 닉스를 바라보았다.

"예상했던 것보다 흥미로운 주제이긴 했지만……."

달그락.

마침내 그녀는 들고 있던 찻잔을 내려놓았다.

"일부러 시간을 내 들을 정도로 유익한 이야기는 아니었어."

그런 뒤 록사나는 자리에서 일어났다.

"먼저 일어나도록 하지."

닉스를 혼자 남겨 둔 채로 록사나는 문을 향해 걸었다. 그녀의 등에서는 어떤 미련도 아쉬움도 느껴지지 않았다.

하지만 문을 나서기 직전, 록사나는 닉스를 향해 지나가듯이 말했다.

"내일은 다른 차를 내와. 지금처럼 혀가 아리도록 단 건 내 취향이 아니야."

사실상 닉스의 권유에 대한 간접적인 수락이었다.

"수확은 좀 있었습니까?"

록사나가 응접실을 나간 후, 단테가 안으로 들어와 물었다. 닉스는 여전히 테이블 앞에 앉아 있었다. 그는 손에 턱을 괸 채로 느긋이 차를 마시며 대답했다.

"뭐, 예상대로. 좀 더 머물다 가기로 했어."

"노엘 님이 기뻐하시겠군요."

"그렇겠지?"

그러다 문득 닉스가 킥 웃음을 터트렸다.

"하여간 인간들은 정말 멍청해."

논란의 소지가 가득한 그 말을 듣고 지금 이 자리에 있는 유일한 인간인 단테가 미간을 좁혔다.

"실컷 관심 없는 척, 냉랭한 척하더니, 결국은 꾸며낸 말 몇 마디와 행동에 금세 흔들리는 꼴이란. 이까짓 껍데기, 이까짓 육신 따위가 뭐라고 거기에 연연하는 거지?"

어제 무도회가 파한 연회장에서 그랬던 것처럼 지금 닉스의 주위에는 눈에 보이지 않는 보호 결계가 형성되어 있었다.

여기에는 결계 내부의 소리를 외부에 차단하는 효과도 있어서, 설령 록사나가 그 이상한 나비를 보낸다 해도 지금 그가 하는 말은 엿들을 수 없을 터였다.

"역시 이 몸의 본래 주인과 저 여자는 살아생전 남매간의 우애가 굉장히 돈독했나 봐. 덕분에 내가 파고들 틈도 생기고. 생각보다 일이 쉬워지겠어."

닉스는 그렇게 말하며 전부 다 비운 찻잔을 테이블 위에 내려놓았다.

조금 전 그가 록사나에게 보인 모습은 의도적으로 아실을 흉내 낸 것이었다. 물론 닉스는 아실의 실제 모습이 어땠는지 알지 못했다. 하지만 간접적으로 들은 바가 있어 이 몸의 주인이 어떤 사람이었는지 막연하게나마 머릿속으로 그려 낼 수 있었다.

사실 그는 노엘의 명으로 록사나를 찾으러 베르티움 밖으로 나갔을 때, 다른 아그리체의 일원과 만난 적이 있었다. 록사나의 흔적을 쫓기 위해 가장 먼저 아그리체의 땅을 밟았을 때의 일이었다.

그 당시 아그리체는 페넬리안에 의해 쑥대밭이 된 뒤였고, 그런 이유로 각자의 살길을 찾아 그곳을 떠나기로 결정한 사람도 다수 있었다.

닉스는 기회를 엿보다가 밖으로 빠져나오는 사람들 중 가장 허술해 보이는 남자 하나를 낚아챘다. 즉, 납치를 했다 이 말이었다.

처음에는 록사나의 행방에 대해 물을 생각이었다. 그런데 남자는 닉스를 보고 기절할 것처럼 놀랐다. 이야기를 들어 보니 그는 록사나의 이복형제 중 하나라고 했다.

나이는 록사나와 동갑이라고 했던 것 같기도 하고, 한 살이 어리다고 했던 것 같기도 하고. 그 밖에 이름도 얼핏 들었던 것 같지만 별로 중요하지 않은 부분이라 전부 잊어버렸다.

어쨌든, 닉스는 육체의 주인을 알아보는 남자의 반응에 흥미가 생겨 그에 대한 이야기를 들어 볼 요량으로 좀 더 깊은 대화를 시도했다.

물론 닉스가 시도한 방법은 가장 빠르고 효과적인 몸의 대화. 바로 고문이었다. 하지만 기대했던 만큼 쓸모 있는 정보는 없었다. 아그리체는 가족들 간에도 교류가 거의 없어 다른 이복형제에 대해서도 자세히 아는 바가 없다고 했다. 더구나 아실은 일찍 죽어 더욱 알려진 정보가 없었다.

그래도 수확이 아예 없는 것은 아니어서, 닉스는 아실이 무척 상냥하고 다정한 성품이라는 사실을 알아낼 수 있었다. 물론 그건 좋은 의미로 말했을 때 그렇다는 의미고, 닉스가 생각했을 때 아실은 유약하고 한심한 인간이었다.

참고로 닉스가 고문을 가한 남자는 록사나의 행방에 대해서도 아는 것이 없었다. 그래서 닉스는 아쉬운 마음으로 직접 그녀의 흔적을 찾아 바삐 움직여야만 했다. 물론 자리를 떠나기 전에 즐거운 시간을 함께 보냈던 남자에게 영원한 안식을 안겨 주는 것도 잊지 않았다.

그때 들었던 정보를 토대로 닉스는 록사나 앞에서 지금까지 나름대로 상상했던 아실의 모습을 흉내 내 보았다.

결과는 그럭저럭 나쁘지 않은 것 같았다. 별것 아닌 사소한 수작이긴 했지만, 록사나에게 달콤한 차와 달콤한 케이크를 내온 것도 고의적인 행동이었다.

나이 터울이 있는 사이좋은 남매. 오빠는 여동생을 매우 아끼는 선하고 다정한 성격이다. 어린아이라면 당연히 당분이 다량 함유된 음식을 좋아할 테고. 그런 오빠에게 사탕이라도 하나 받았던 기억이 록사나에게 없을 리 없었다.

예상대로 닉스가 다과를 들라고 권할 때, 굳어 있던 록사나의 눈매가 아주 약간 이완되는 것을 볼 수 있었다. 그녀 스스로는 부정하고 있겠지만, 분명 록사나가 이곳에 온 것은 미련을 완전히 버리지 못해서일 것이다. 그것이 헛된 희망이든, 알량한 자기 위안이든 간에.

처음의 완고한 태도를 버리고 이곳에 조금 더 남아 있기로 결정한 것도 같은 맥락이리라 생각되었다. 당연히 그것은 멍청하기 짝이 없는 기대였다.

닉스는 조금 전 테이블을 사이에 두고 마주했던 얼굴을 떠올리며 흐음, 낮은 소리를 냈다.

'그 아그리체 놈에게 록사나에 대해서도 좀 더 물어볼 걸 그랬나.'

당시에는 그녀에게 개인적인 관심이 없었다. 그래서 그때 당시 궁금했던 록사나의 행방과 아실에 대한 정보만 남자에게 물어봤던 것이 뒤늦게 아쉬워졌다.

그냥 평범한 여자인 줄 알았던 록사나 아그리체에게 마물을 부리는 능력이 있는 것도 조금 신경 쓰였다. 그러나 이후에 단테가 따로 조사해 본 결과 록사나 아그리체가 가지고 있는 마물은 그 이상한 나비 하나뿐인 것 같다고 했으니 그것만 주의하면 크게 문제 될 일은 없을 터였다.

"그래서 준비해 놓은 약 말인데. 내일은 좀 더 많이 넣어도 될 것 같아."

닉스는 그녀의 고아한 얼굴이 실망과 슬픔으로 물드는 것을 보고 싶다고 생각하며 웃었다.

"조심성 있게 일을 진행하는 것도 좋지만 역시 오늘 준비한 양은 너무 적었어. 한 방울만 섭취해도 바로 효과가 나타난다더니 순 엉터리잖아. 그 여자가 멀쩡히 걸어서 나가는 거 너도 봤지?"

단테는 닉스의 말에 부정적인 반응을 보였다.

"하지만 그러다 실수라도 하면."

그 실수라는 것은, 첫째로 록사나가 약에 대해 알아차리는 것과, 둘째로 정량 이상의 약을 섭취해 부작용이 나타나는 것을 의미했다.

"어차피 기회가 그리 많은 것도 아니잖아. 노엘이 원하는 대로 하려면 어쩔 수 없지."

노엘은 닉스가 생각한 것 이상으로 록사나를 마음에 들어 하고 있었다. 그래서 닉스는 노엘이 원하는 것을 그에게 선물해 줄 생각이었다. 그런 후 노엘이 행복의 정점에 서 있을 때, 그의 손에 쥐어진 것을 망가뜨려 버리는 것도 재미있을 것 같았다.

아마 노엘은 굉장히 분노하고 또 좌절할 것이다. 아, 그 모습을 보고 앞에서 웃어 주면 노엘이 어떤 표정을 지을까?

닉스의 얼굴에 아이처럼 장난스러운 미소가 떠올랐다. 단테가 끔찍하게 싫어하는 바로 그 표정이었다. 지금 닉스가 무슨 생각을 하며 저렇게 웃는지는 알 수 없었지만 왜인지 뒷덜미가 싸해졌다.

단테는 찌푸린 얼굴로 닉스를 가만히 쳐다보다가 이내 참지 못해 본심을 내뱉고 말았다.

"아마 네 안에 든 건 악마일 겁니다."

"칭찬 고마워."

닉스는 키득 웃으며 자리에서 일어났다.

"그런데 말조심해야지, 단테."

드르륵, 의자가 끌리는 소리 뒤로 날아든 닉스의 시선이 독사처럼 단테를 휘감았다.

"노엘의 아름다운 루나가 이곳에 있는 동안 난 그녀의 착한 오빠인 아실이잖아."

춤을 추듯이 걸어 단테에게 다가간 닉스가 살가운 태도로 그의 어깨를 툭툭 두드렸다. 그 후 그는 먼저 응접실에서 빠져나갔다.

단테는 그런 닉스의 뒷모습을 구겨진 얼굴로 쳐다보았다.

"루나, 정말 미안해!"

노엘은 저녁이 되어서야 잠에서 깨어났다. 그는 정신을 차리자마자 허둥지둥 록사나를 찾아갔다.

"원래 아침 일찍 내가 먼저 찾아가려고 했는데! 그런데 며칠 내내 베르티움에 널 맞이할 준비를 하느라 밤을 새웠더니 나도 모르게 깜빡 잠이 들었지 뭐야! 그런데 단테가 이 시간까지 나를 안 깨워서!"

단테가 들었다면 억울함에 뒷목을 잡고도 남을 상황이었다. 노엘은 저자세로 느껴질 정도로 쩔쩔매면서 록사나에게 사과와 변명을 반복했다.

록사나는 그런 노엘의 모습을 잠깐 관찰하듯이 지켜보았다. 서신을 주고받을 때와 어제의 환영 연회에서도 느꼈지만 그는 그녀의 눈치를 상당히 많이 보았다. 어지간해서는 그녀의 심기를 불편하게 만들고 싶지 않은 듯했다.

그의 스스럼없는 태도나 호칭이 매우 거슬렸지만 '노엘 베르티움'이라는 사람을 파악하는 데는 쓸모가 있었다. 록사나는 그리 오래 고민하지 않고 노엘을 대할 태도를 결정지었다.

"왜 사과해? 아직 약속한 하루가 지난 것도 아닌데."

어제와 달리 온기가 깃든 다정한 목소리가 노엘의 고막을 파고들었다. 그는 멍하니 록사나를 바라보았다. 그리고 처음으로 보는 록사나의 미소에 헤에 입을 벌렸다.

노엘이 우려했던 바와 달리 록사나는 화가 나 보이지도, 불쾌해 보이지도 않았다. 부드럽고 달콤한 크림 같은 미소가 노엘을 맞아 주었다.

노엘은 어제 록사나가 연회장에서 매정할 정도로 싸늘한 모습을 보였던 것을 지금 이 순간에 모조리 잊어버렸다. 록사나가 일부러 공대를 사용하지 않고 말투를 천진하게 바꿔 그와의 거리감을 순식간에 좁힌 것도 미처 인식하지 못했다.

"마침 잘 왔어. 그렇지 않아도 네 인형에 대해 생각하고 있던 참이었는데."

"어, 아, 그……. 내 인형? 그게 뭐더라……. 아, 닉스?"

노엘은 잠깐 머리가 돌아가지 않는 것 같았다. 그는 어렵사리 닉스의 이름을 떠올리는 데 성공했다.

"그와 관련해 묻고 싶은 것이 있어."

록사나는 그런 노엘에게 나긋이 속삭이며 가까이 오라는 듯이 손을 내밀었다.

"그, 그래, 무엇이든 물어봐! 루나가 알고 싶어 하는 거라면 내가 전부 다 말해 줄게……!"

그러자 노엘이 발갛게 상기된 얼굴로 후다닥 다가왔다. 록사나의 손을 붙잡은 그가 그녀의 앞에 무릎을 굽히고 앉았다. 그 모습이 꼭 주인에게 헥헥거리며 꼬리를 흔드는 개 같았다.

노엘의 얼굴 위로 언뜻 제레미의 얼굴이 스쳐 지나갔다. 두 사람의 모습이 조금쯤은 닮은 것 같기도 했지만 그럼에도 노엘에게는 영 정이 가지 않았다. 록사나의 입장에서는 당연한 일이었다.

그래도 그녀는 서늘한 속내를 감추고 노엘을 향해 웃었다. 섬세한 손길이 악기를 연주하듯이 뺨을 어루만지자 노엘은 거의 술에 취한 것처럼 해롱거렸다.

"네가 어떻게 닉스를 만들게 되었는지, 자세히 설명해 주었으면 좋겠는데."

조용한 속삭임이 녹은 꿀처럼 공기 속에 흘러내렸다.

"그게, 당시에 나는 진짜 사람으로 인형을 만들 수 없을지 궁금해서 그 부분에 대해 연구하고 있었거든."

노엘은 무언가에 홀린 사람처럼 록사나가 바라던 대로 주저리주저리 설명하기 시작했다.

"아, 원래 베르티움에서는 실제 인체를 이루는 구성 요소를 연구해서 최대한 그것과 비슷하게 조합해 인형을 만들어."

록사나는 노엘의 말에 귀를 기울이고 있다는 의미로 고개를 작게 끄덕였다. 그녀의 격려에 힘입어 노엘은 더욱 신이 나서 입에 날개가 달린 듯이 말을 이어 갔다.

"하지만 아무리 진짜 같은 육신을 만든다고 해도 그건 완벽한 인체가 아니잖아? 그래서인지 내 인형들은 완벽하게 아름답지 않았어. 난 그 점을 늘 아쉽게 생각하고 있었지."

"그랬구나."

"그러던 중에 란트 아그리체가 베르티움의 인형술에 관심을 표하며 접근하더라고."

그 순간 록사나의 눈에 이채가 스쳐 지나갔다.

"자꾸 만나자고 귀찮게 굴어서 한 번 시간을 내주긴 했는데, 음……. 그때 만나서 흑의 수장이 나한테 무슨 말을 했었는지 기억이 안 나네. 나한테 무슨 제안을 해서 거절했었는데. 호, 혹시 이거 중요한 부분인 건 아니지? 내가 그때 그가 한 말을 좀 대충 흘려들어서……. 단테한테 기억하냐고 한번 물어볼까?"

"아니, 그건 따로 설명할 필요 없어."

"아, 그래? 다행이야. 어쨌든, 그러다 내가 진행 중인 인형술의 연구에 대한 말이 얼핏 나와서 란트 아그리체가 나를 도와주겠다는 말을 했었어. 이건 또렷하게 기억나. 그래서 그 후에 그가 나한테 연구에 쓸 재료를 제공해 주었거든."

노엘의 말을 들을수록 록사나의 가슴에는 스산한 바람이 몰아쳤다.

"살아 있는 사람한테 바로 인형술을 시도하는 건 아직 어려울 것 같아서, 먼저 죽은 사람의 육신을 가지고 여러 가지로 실험해 볼 생각이었어. 하지만 그게 쉽게 구할 수 있는 재료는 아니잖아? 그래서 란트 아그리체가 주는 걸 받은 거야."

"……."

"아그리체 용어로 '폐기 처분을 당한다'고 했던가. 그런 시체도 몇 구 베르티움에 운반되었지."

역시 아실의 모습을 한 인형이 있다는 사실을 알고 그녀가 짐작했던 내용과 다르지 않았다. 닉스의 몸이 아실을 본떠 만든 가짜 육신이 아니라, 그 몸 자체가 진짜 아실의 것이라는 사실은 의심의 여지가 없었다.

만약 그의 몸이 가짜라면 원래 아실의 몸에서 손상되어 있던 부분까지 그대로 옮길 필요는 없었을 것이다. 가령 흉터가 남은 그의 오른손이나, 죽기 직전 마지막으로 치른 월례 평가 때 큰 부상을 입었던 왼쪽 눈 같은.

결론적으로, 란트 아그리체는 폐기 처분으로 죽은 자식들의 시체를 베르티움에 실험용으로 던져 주었다는 이야기였다.

불사의 인형 군단에 관심이 지대하던 란트이니만큼, 노엘의 새로운 연구에도 흥미가 동했을 가능성이 있었다. 아니면 그저 재활용이 불가능한 쓰레기를 선심 쓰는 척 적선해 베르티움과의 연결고리로 삼을 셈이었는지도 모른다.

어느 쪽이든 란트 아그리체는 참으로 구역질 나는 인간이었다.

"사실 난 처음에 란트 아그리체가 내 취향에 맞는 아름다운 육신을 구해다 주겠다고 했을 때만 해도 별로 기대하지 않았는데, 막상 받아 보니 생각보다 굉장히 훌륭하더라고."

하지만 록사나가 노엘에게 정말 듣고 싶었던 것은 시체의 제공자에 대한 내용만이 아니었다.

"특히 닉스는 정말 내 상상 이상이었어. 보자마자 첫눈에 반할 정도였다니까."

노엘이 아련한 목소리로 덧붙인 순간, 록사나의 눈동자에 이제까지와 다른 한기가 번뜩였다.

시기상 란트와 노엘이 만나 인형의 연구에 대한 이야기를 나눈 것은 아실이 죽기 전이어야 했다. 아그리체에서는 폐기 처분 당한 시신을 고이 보관하지 않으니까.

그러나 아실의 빈 육신은 바로 마물의 밥으로 던져지지 않고 멀쩡하게 노엘의 손에 들어갔다. 그렇다면…… 만에 하나의 경우로, 란트가 노엘의 마음에 들 만한 아름다운 시신을 구하기 위해 아실을 죽였을 가능성은 없을까?

또는 노엘이 먼저 살아 있는 아실을 보고 반해 그의 육신을 달라고 란트에게 청했을 가능성은?

"노엘 베르티움. 당신……."

록사나의 손이 서서히 미끄러져 노엘의 목덜미에 닿았다.

"혹시 아실이 살아 있을 때 그를 본 적이 있어?"

노엘을 응시하는 그녀의 얼굴에는 여전히 봄볕 같은 미소가 걸려 있었다. 하지만 어루만지듯이 부드럽게 그의 목덜미를 배회하는 손길에는 명백한 살의가 담겨 있었다. 그러다 그녀의 손끝이 지금 당장에라도 맞닿은 살갗을 찢고 그 안에 깊숙이 파고들 것처럼 곧추세워진 찰나…….

"아니. 내가 본 건 관 속에 들어 있는 시신뿐이었어."

노엘이 아쉬움이 역력한 얼굴로 대답했다.

"뚜껑을 딱 열었는데 천사 같은 사람이 그 안에 있어서 얼마나 놀랐는지 몰라. 그래서 눈을 뜬 모습을 보고 싶어서 더 열심히 노력했어!"

노엘은 칭찬을 바라는 아이처럼 록사나를 바라보았다. 록사나의 붉은 눈이 진의를 파악하려는 듯이 마주한 얼굴을 예리하게 꿰뚫었다. 그때까지도 노엘의 목 뒤에 소리 없이 도사리고 있던 손길이 마침내 느리게 떼어졌다.

그래. 생각해 보면, 그건 합리적인 방식이 아니었다.

란트 아그리체가 아무리 베르티움의 인형술에 관심이 있었다 한들, 노엘에게 줄 시신을 마련하기 위해 일부러 자식들을 죽이는 짓을 하지는 않았을 것이다.

물론 그 이유가 란트에게 그런 최소한의 인간적인 양심이 있었기 때문이라 여겨지지는 않았다. 그저 단순히 수지 타산이 맞지 않기 때문이었다.

차라리 납치나 인신매매를 통해 미색이 뛰어난 소년 소녀들을 구하는 쪽이 훨씬 쉽고 간단했으리라. 거기에 폐기 처분된 자식들을 끼워 넣은 것이야말로 덤이나 마찬가지였을 것이다. 물론 속이 시꺼먼 란트이니만큼 거기에 아무런 의도가 없지는 않았을 테지만.

어쨌든, 노엘 역시 란트 못지않게 굉장히 놀라운 인간이었다. 란트에게서 시신을 양도받았을 당시엔 노엘도 어린 나이였을 텐데, 사람의 시신을 대상으로 한 실험에 손댈 생각을 하다니.

황의 가문은 대대로 단명하기로 유명했고, 그래서 노엘은 상당히 어릴 때 수장이 된 것으로 알려져 있다. 자신의 욕망을 위해 그런 어린애를 일찍부터 구워삶으려 시도한 란트나, 그런 그에게서 연구용 시신을 뜯어내는 데 성공한 노엘이나 둘 다 참으로 기상천외했다.

노엘의 말을 들으면서 록사나는 여러 의미로 점차 가슴이 싸늘하게 식어 가는 것을 느꼈다. 그러다 마음에 걸리는 또 다른 부분이 떠올라 묻지 않을 수 없었다.

"제공받은 시체가 하나가 아니라는 말은, 설마 지금 닉스 같은 존재가 또 있다는 의미야?"

"아니야. 성공한 건 닉스뿐이었어. 그게, 나도 정말 우연히 성공한 거라서 어떻게 해도 두 번은 안 되더라고. 그래도 성공한 게 닉스라 정말 정말 다행이야."

그의 표정을 보니 아무래도 지금 한 말은 모두 사실인 것 같았다.

노엘은 록사나가 묻지 않은 인형술의 원리에 대해서도 설명을 늘어

놓았다. 직접 손으로 빚은 인형의 몸을 각성시켜 종으로 부리는 것은 베르티움의 후계자에게만 전해지는 주술을 이용한 방법이었다.

그렇게 만들어진 인형은 주인이 원하는 대로 명령을 수행하는 능력이 있다고 했다. 개중에서도 종속이 강하게 된 것들은 진짜 사람처럼 대화도 가능하다고 하니, 실로 놀라운 일이었다.

하지만 그럼에도 그들은 진짜 인간이 아니기에 감정을 느끼지 못하고, 오감이 완벽하지 않으며, 몸속에 심장도 없다고 했다. 그러면서 그는 어제 말했던 인형술과 사령술의 공통점과 차이점까지 신이 나서 앞장서 설명했다.

그러다 노엘이 문득 생각났다는 듯이 록사나에게 물었다.

"아 참, 내가 없는 사이에 닉스를 만났다면서? 둘이 대화는 좀 나누었어?"

"조금은."

그의 얼굴을 보니 아무래도 먼저 닉스에게 이야기를 전해 듣고 온 뒤인 것 같았다.

"베르티움에 조금 더 머물다 가기로 했다고 들었어. 난 대환영이야, 루나! 원하는 만큼 오래오래 있어도 돼! 그냥 이대로 평생 나랑 같이 여기에서 살자!"

노엘은 몹시도 반색하며 록사나의 손을 부여잡고 눈을 빛냈다. 붉은 눈동자가 힐끗 노엘의 얼굴로 미끄러졌다. 그는 기대감이 어린 눈으로 록사나를 올려다보고 있었다.

"이틀."

잠시 후 록사나가 자연스럽게 노엘의 손을 툭 쳐서 떼어 내며 가느다랗게 미소 지었다.

"난 앞으로 이틀만 더 머물다 떠날 거야. 그 이상은 안 돼."

노엘은 록사나의 말에 크게 실망한 듯이 두 눈을 흔들었다.

"그, 그래. 그럼 이틀 동안이라도 나랑 같이 재미있게 지내자."

그러나 그는 곧 애써 마음을 추스른 듯이 말했다. 록사나는 그런 그를 조금 전과 다른 무표정한 얼굴로 쳐다보았다.

어디를 가나 꽃이 만발해 있는 베르티움의 봄 풍경은 확실히 절경이었다.

"베르티움 말이야, 정말 아름답지 않아?"

하지만 막상 옆에서 누군가 이렇게 말하니 괜스레 반박하고 싶어졌다. 그래서 따분한 듯이 말했다.

"글쎄, 그냥 흔해 빠진 풍경 같은데."

그러자 닉스가 그러냐는 듯이 나를 보고 희게 웃었다. 나는 오늘도 직접 내 차 시중을 들어 주고 있는 닉스를 가만히 쳐다보았다.

오늘은 응접실이 아닌 야외에서 다과 시간을 보내고 있었다. 이번에도 이 자리에 있는 것은 닉스와 나, 단둘뿐이었다. 그것을 먼저 요구한 것은 바로 나였다.

노엘은 생각보다 흔쾌히 그러라고 했지만 내심 조금쯤은 불만인 모양이었다. 닉스를 보는 그의 눈에는 숨길 수 없는 질투의 감정이 녹아들어 있었다.

닉스를 이용해 나를 베르티움에 잡아 두려 한 것은 분명 노엘의 계책이었을 텐데, 막상 이런 상황이 되자 질투를 하다니. 상당히 웃기는 일이었다.

그래도 저녁 만찬 때에는 함께 식사를 하기로 약속한 것이 있어서 노엘은 순순히 물러났다.

"그 왼쪽 눈, 진짜 사람의 안구가 아닌 것 같은데."

나는 내 앞에 놓인 찻잔에 차를 따르는 닉스를 보다가 입을 열었다.

"그럼 그건 의안인가?"

지천에 깔린 꽃나무에 함초롬하게 피어난 하얀 꽃들이 꼭 알알이 맺힌 보석 같았다. 깃털처럼 흩날리는 꽃잎 사이에서 닉스가 시선을 들어 나를 응시했다. 그의 오른쪽 눈은 어머니를 닮은 푸른색이었고, 왼쪽 눈은 그의 뒤쪽에 있는 꽃을 닮은 자홍색이었다.

"응. 베르티움에 왔을 때 내 신체는 이미 손상되어서 완전하지 않은 상태였다고 해. 그래서 군데군데 복구가 필요했거든."

닉스의 말처럼 아실은 부상을 입은 채로 죽었다. 최종적으로는 데온에 의해 심장을 꿰뚫려 죽었지만 폐기 처분을 받기 직전에 치렀던 마지막 월례 평가에서 눈을 크게 다쳤었다.

"당시에 노엘이 가지고 있던 안구 중 가장 상성이 좋은 것을 찾다 보니 결국 양쪽 눈의 색이 다르게 되었어."

뭔가를 알고 일부러 그러는 건지, 아니면 그저 우연히 겹치는 것뿐인지 몰라도, 닉스는 내 앞에서 죽은 아실을 떠올리게 할 만한 모습을 자주 보이고 있었다.

그래서 반대로 나는 이렇게 닉스와 함께 있는 동안 그에게서 아실과 다른 점을 하나씩 찾아내는 데 의미를 두고 있었다.

"오늘은 차가 입에 맞았으면 좋겠네. 이번에는 좀 더 신경 썼는데."

내 맞은편에 앉은 닉스가 상냥하게 웃으며 내게 차를 권했다. 나는 묵묵히 그가 원하는 대로 앞에 놓인 찻잔을 들었다.

그 후 맛본 차는 확실히 어제처럼 달지 않았다. 그리고 어제와 마찬가지로, 그 안에서 희미하게 이질적인 맛이 느껴졌다.

어제와 오늘, 이틀에 걸쳐 확인한 끝에 나는 확신을 얻었다. 혀끝에 감도는 특유의 은은한 향으로 미루어 짐작하건대, 이것은 몸의 오감을 일시적으로 차단하는 독약이었다.

설명은 간단하지만, 시력과 청각을 포함한 몸의 감각을 전부 차단해 사람을 완전히 무력해지게 만드는 극악한 효능을 가진 약이었다. 물론 독에 내성이 있는 내게는 통하지 않지만.

하지만 나는 내색하지 않고 아무것도 모르는 양 담담하게 입을 열었다.

"다과 준비는 전부 네가 하는 거야?"

"응, 널 접대하는 건 내 손으로 직접 하고 싶어서."

내가 차를 마시고도 아무렇지도 않아 보이자 닉스는 한순간 당황하는 눈치였다. 하지만 곧 그의 얼굴에 천연덕스러운 미소가 떠올랐다.

웃고 있는 닉스를 따라 나도 입가에 미소를 지었다. 아실의 얼굴이 이토록 가증스러워 보일 수 있다니, 지금까지는 상상조차 하지 못했던 일이었다.

"음, 전부터 궁금했던 게 있는데 물어도 되나."

그러다 닉스가 조심스러운 어투로 운을 띄웠다. 나는 말해 보라는 듯이 그를 쳐다보았다.

"아실은 왜 죽은 거야?"

그 순간 찻잔을 든 손이 나도 모르게 멈칫했다.

"심장에 있던 관통상이 사인인 것 같다고 하던데. 아그리체에서 폐기 처분 당했다고 듣긴 했지만 이유가 궁금해서."

뒤이어 닉스가 가볍게 웃으며 지나가는 듯한 어투로 덧붙였다.

"차라리 죽는 게 나을 정도로, 내가 그렇게 쓸모없었나?"

나를 자극하려는 의도로 말을 꺼낸 것이 분명했다. 그 증거로 지금 내 눈앞에 있는 사람은 감히 아실을 '나'라고 지칭했다.

하지만 어쨌거나 그가 아실의 얼굴을 하고 있는 것은 사실이었다. 그런 이유로, 한순간이지만 나는 어쩔 수 없이 그에게서 아실의 흔적을 느끼고야 말았다.

"쓸모없지 않았어."

잠시 후 입술을 벌려 나지막하게 읊조렸다.

"아실은⋯⋯."

색이 다른 그의 두 눈동자가 나를 응시하고 있었다.

"내 오빠는 쓸모없지 않았어."

나는 그에게 다시 한번 속삭였다. 내가 이 말을 해 주고 싶은 사람은 이미 이 세상에 없었다. 그러니 지금 이것은 내 자기만족일 뿐이었다.

지금 내 눈앞에 있는 아실의 육체는 내 기억 속에서처럼 열다섯 살의 모습 그대로 멈춰 있었다. 시간이 흘러 어른이 된 나와 달리, 그는 여전히 소년 시절의 모습을 그대로 유지하고 있었다.

앞으로도 그 사실에는 영원히 변함이 없을 것이다. 당연한 일이었기에 새삼스럽게 속이 쓰리지는 않았다. 나는 손에 들고 있던 찻잔을 내려놓고 자리에서 일어났다.

"오늘 마신 차도 형편없었어."

비어 있는 찻잔 속으로 하얀 꽃잎 하나가 날아와 사뿐히 내려앉았다. 닉스는 어쩐지 오묘한 눈빛으로 나를 보고 있었다.

"내가 너한테 내줄 수 있는 시간은 내일까지지."

나는 그런 그를 내려다보며 끝으로 말했다.

"마지막은 실망시키지 않기를 기대할게."

더불어 나도 내일 최종적인 결정을 내릴 생각이었다.

"단테. 너 이거 한번 먹어 볼래?"

단테는 닉스가 내민 것을 보고 오만상을 찌푸렸다.

"아무리 당신이라도 날 독살하는 것까지 노엘 님이 용서하진 않을 텐데요."

그의 눈앞에 들이밀어진 것은 독을 넣은 차였다. 단테는 다소 짜증스러운 손길로 닉스가 준 찻잔을 밀어냈다. 닉스의 손에 들린 차뿐만이 아니라 트레이 위에 있는 각종 티 푸드들에도 소량의 독이 들어 있었다.

"아쉬워라. 여기에 죽어도 되는 인간은 너뿐이니 네가 먹어서 효과를 확인해 주면 좋을 텐데."

"뭐요? 죽어도 되는 인간이라니, 굉장히 모욕적인 발언인데요?"

"이 건물에 있는 인간이라고는 너와 노엘뿐인데, 이걸 노엘에게 먹일 수는 없잖아?"

"그래서 나는 이걸 먹어도 된다고?"

"정말 죽을 정도의 독도 아닌데 예민하게 굴긴."

닉스의 뻔뻔한 말에 단테는 뒷골이 당기는 것을 느껴야만 했다.

"그냥 이제라도 다른 방법을 찾아보죠."

닉스가 준비한 약은 소량만으로도 효과가 확실하기로 유명한 것이었다. 그런데 어째서인지 록사나에게는 통하지 않았다. 닉스로서는 굉장히 의아하고 또 당황스러운 일이었다.

"그 여자, 지금 노엘하고 같이 있는 거 맞지?"

"네. 같이 화원으로 가는 걸 확인하고 오는 길입니다."

현재 베르티움은 록사나에게 겉으로 드러나는 위협을 가하지는 않고 있었다. 록사나가 그녀의 의지로 베르티움에 남는 것을 선택하길 바라는 노엘의 터무니없는 꿈 때문이었다.

그래서 혹시라도 록사나가 경계심을 느낄까 싶어 노엘은 그녀가 마수사라는 사실도 모르는 척 어떤 강제도 하지 않고 있었다.

'아직까지는' 말이다.

록사나도 베르티움에 있는 동안 나름대로의 숨겨진 무기라 할 수 있는 나비에 대해 들키지 않게 주의를 기울이는 눈치였다.

더군다나 지금은 노엘과 함께 있다고 했으니, 록사나가 나비를 꺼내는 것을 따로 경계할 필요는 없을 터였다. 물론 이는 그들이 희귀한 마물인 독나비에 대해 잘 모르기 때문에 잘못 생각하고 있는 것이었지만 당연히 그런 사실도 알 리 없었다.

"이상하네. 독을 거의 어제의 두 배나 들이부었는데 왜 저렇게 멀쩡하지?"

닉스는 트레이 위의 찻잔과 티 푸드들을 지그시 내려다보며 고민에 빠졌다. 역시 지난번에 아그리체 근처에서 만났던 남자를 바로 죽이지 말고 록사나에 대한 다른 정보도 좀 캐내 볼 걸 그랬다는 생각이 들었다.

작게 혀를 찬 닉스가 접시 위의 쿠키를 집어 든 뒤 자리에서 걸음을 뗐다.

"나 잠깐만 후원에 다녀올게."

"네? 갑자기 거긴 왜……."

단테가 이맛살을 찌푸리며 고개를 돌렸다. 하지만 닉스는 이미 그에게서 멀어지고 있었다.

"잠깐, 닉스!"

다급한 부름에도 닉스는 날듯이 가볍게 뛰어가 순식간에 단테의 시야에서 사라졌다. 수상함을 감지한 단테가 황급히 그 뒤를 쫓아갔다. 하지만 날렵한 닉스를 따라잡을 수는 없었다.

결국 단테가 다시 그를 발견했을 때에는 이미 숨이 턱까지 차올라 기절하기 일보 직전인 상태였다. 그리고 뒤이어 시야에 들어온 광경을 보고 그는 눈을 질끈 감고 말았다.

"으읍, 킄……!"

"음, 아직 반응이 없네. 조금 더 기다려 봐야 하나. 아니면 하나 더 먹어 볼래?"

닉스의 해맑은 음성이 머리 위로 내리비치는 하얀 햇볕 속에 스몄다. 닉스는 어떤 남자의 멱살을 붙잡고 그의 입에 강제로 독이 든 쿠키를 밀어 넣었다. 남자는 그것을 먹지 않으려 버둥거렸지만 닉스의 우악스러운 힘 앞에서는 별다른 도리가 없었다. 곧이어 남자의 눈에 초점이 풀렸다. 닉스에게서 벗어나려 용을 쓰던 몸에서도 힘이 빠지기 시작했다.

그것을 본 닉스의 눈에 반짝, 빛이 돌았다.

"뭐야, 이거 효과 엄청 좋잖아?"

하지만 부작용도 만만치 않았다. 남자는 입에 거품을 물고 휘청이기 시작했다.

"지금 이게 무슨 짓이야!"

바로 그때, 남자의 뒤에서 분노 어린 음성이 날아와 꽂혔다. 닉스의 시선이 그 소리를 따라 앞으로 향했다. 닉스가 손을 놓자 멱살을 잡혀 있던 남자가 지푸라기처럼 힘없이 고꾸라졌다.

"너……! 도대체 뭘 먹인 거야!"

꽃나무에 가려 평소에는 잘 보이지 않았지만 후원에 연결된 길의 끝에는 아담한 건물이 한 채 더 솟아 있었다. 닉스를 발견하고 그 안에서 빠져나온 사람들이 웅성거리며 모여들었다. 그 후 그들은 바닥에 쓰러진 남자를 보고 경악해 입을 벌렸다.

"그냥 가볍게 확인해 볼 일이 있었을 뿐이야."

닉스는 말간 얼굴로 별것 아니라는 듯이 말했다. 닉스가 한 짓을 보고 동요하며 분노하는 사람들과 반대로, 닉스는 독의 효과를 직접 확인해 답답하던 속이 맑게 갠 상태였다. 그래서 그는 평소보다 친절하게 설명해 주었다.

"괜찮아. 죽을 정도로 위험한 약은 아니야. 뭐, 잘못하면 백치 정도는 될 수도 있겠지만."

물론 그것은 닉스 기준에서의 친절이었다.

멀리서 그 모습을 바라보던 단테는 머리가 빠개지는 것을 느끼고 말았다. 이 일을 도대체 어떻게 수습해야 할지 생각하자 지끈지끈 골치가 아팠다.

현재 베르티움은 두 개의 영역으로 공간이 나누어져 있었다. 후원과 연결된 이곳에는 베르티움의 피를 이은 사람들이 살고 있었다.

본래 그들은 노엘이 있는 본관에서 지내던 이들이었다. 그러나 언젠가부터 노엘은 피를 통한 친척들보다 자신이 만든 인형들에게 편중

된 애정을 쏟기 시작했다.

그러다 보니 오늘에 이르러 다른 베르티움의 사람들은 날이 갈수록 늘어 가는 인형들에 밀려 후원에 있는 건물로 삶의 터전을 옮기게 되었다.

"네놈, 그걸 지금 말이라고……!"

"감히 우리를 독살하려 하다니, 노엘도 이 일을 알면 널 가만히 두지 않을 거야!"

"맞아! 우리도 이번에는 절대 그냥 넘어가지 않겠어!"

그 결과, 현재 그들 사이에서 인형에 대한 감정은 당연히 좋지 않았다. 그런데 그중에서도 노엘의 총애를 거의 독차지하고 있는 닉스가 이런 짓을 벌였으니, 소란이 쉽게 수그러들 리 없었다.

"흐음? 그냥 넘어가지 않으면?"

"당장 널 부숴 버리라고 요구할 거야!"

닉스의 물음에 사람들은 벌떼같이 들고일어나 악에 받친 듯이 외치기 시작했다.

"그래, 너 같은 건 당장 처분당해 버려져야 해!"

"시건방진 놈. 노엘의 인형 중에서도 특히 네놈은 예전부터 마음에 들지 않았어!"

"인형 따위가 감히 주제도 모르고 머리 꼭대기까지 기어오르려고 해?"

평소에 억눌려 있던 해묵은 감정의 크기만큼 기다렸다는 듯이 원색적인 욕설이 쏟아져 나왔다.

하지만 닉스의 얼굴은 평온하기 그지없었다. 그러다 마침내 그의 입에서 가벼운 웃음소리가 터져 나왔다.

"맞아, 난 인형이지. 너희는 위대하신 인간이고."

하지만 뒤이어 닉스의 얼굴에 맺힌 것은 선명한 조롱이었다.

"그런데 정말 이상하기도 하지. 그렇게 잘난 너희는 왜 나보다 나은 부분이 눈곱만큼도 없는 거야?"

"뭐……!"

"멍청한 인간들아. 아무리 잘난 척 거만 떨며 유세 부려 봤자, 너희는 신이 만든 실패작이야. 나는 노엘이 만든 성공작이고."

닉스의 눈동자에 섬뜩한 광채가 흘렀다. 그 모습을 본 사람들이 흠칫하며 저도 모르게 주춤했다. 닉스는 그런 그들을 향해 비릿하게 웃으며 읊조렸다.

"유감스럽게도 노엘은 너희 같은 것들보다 날 훨씬 더 많이 아껴서 말이야. 평소에 관심 한 톨 없던 인간 하나 죽여 없앤다고 해서 날 어쩌지는 않을 것 같은데."

"거기까지만 하시죠, 닉스."

더는 안 되겠다고 판단한 단테가 다가와 닉스와 베르티움의 사람들 사이를 가로막았다. 그는 서늘한 시선을 닉스에게 던졌다. 더 이상 사람들을 자극하지 말라는 경고였다.

"알았어. 이쯤 하지, 뭐."

그것을 보고 닉스는 조금 전에 무슨 일이 있었냐는 듯이 어깨를 으쓱해 보이며 입꼬리를 끌어 올렸다.

"그럼 뒷정리는 너한테 맡길게, 단테."

그는 격려하듯이 단테의 등을 한 번 가볍게 툭 건드린 뒤 사뿐히 걸음을 옮겼다. 적의 어린 강렬한 눈빛들이 그런 닉스의 뒷모습에 날아가 박혔다.

단테는 잠깐 사이에 10년은 늙은 것 같은 기분을 느끼며 낮은 신음을 흘리고 말았다.

-◆- 🦋 -◆-

"어쩐지 분위기가 좀 어수선해진 것 같은데."

꽃그늘 진 붉은 눈동자가 슬쩍 옆으로 미끄러졌다.

"응? 그래? 난 잘 모르겠는데."

록사나의 말에 노엘이 의아하다는 듯 반문했다. 현재 두 사람은 베르티움의 화원을 함께 거니는 중이었다. 노엘이 아름다운 베르티움의 모습을 록사나에게 보여 주고 싶다며 강력히 주장했기 때문이었다.

빈말이 아니라, 노엘은 조금 전부터 공기의 파동이 달라진 것을 정말 알아차리지 못한 기색이었다. 록사나와 눈이 마주치는 순간, 그의 얼굴이 다시 헤벌쭉해졌다.

록사나가 먼저 멈추었던 걸음을 뗐다.

"그러고 보니 후원 쪽에도 길이 하나 있는 걸 봤어."

그러면서 지나가듯이 그녀가 흘린 말에 노엘이 멈칫했다.

"거긴……."

"그쪽에도 건물이 한 채 있는 것 같던데."

"으응, 거긴 다른 사람들이 사용하는 곳이라 난 거의 가지 않아."

"그래?"

노엘은 거짓말을 하지 않고 순순히 답했다.

"후원에 있는 산책로도 상당히 정리가 잘 되어 있는 것 같아서 궁금하던데."

하지만 덧붙여진 록사나의 말에는 눈에 띄게 당황했다. 혹여나 록사나가 후원 쪽으로 가자고 요구할까 불안해하는 것이 여실히 느껴졌다.

"아니야, 거기는 내가 관리하는 곳이 아니라 여기처럼 예쁘지도 않고 별로 볼 것도 없어! 루나, 그러지 말고 우리 저쪽으로 가자!"

노엘이 노골적으로 말을 돌리며 록사나의 주의를 다른 곳으로 끌기 위해 안간힘을 썼다.

그 반응을 본 록사나의 눈이 일순간 가늘게 떠졌다.

"빨리, 빨리!"

하지만 그녀는 노엘의 성화에 따라 후원에 관심을 거두고 그가 이끄는 대로 순순히 걸음을 옮겼다. 그런 록사나를 보고 노엘은 안심한 표정을 지었다.

그들은 다시 꽃이 만발한 화원을 거닐었다.

"저기, 루나."

힐끔거리며 잠깐 록사나의 눈치를 보던 노엘이 불현듯 가까이 다가왔다. 그런 후 그녀의 귓가에 스치듯이 손길이 닿았다. 조금 전까지 노엘의 손에 들려 있던 붉은 꽃이 록사나의 금빛 머리칼 사이에서 두드러진 존재감을 드러냈다. 귓가에 꽃을 단 록사나를 보고 노엘이 웃었다.

"예쁘다."

아직 거두어지지 않은 그의 손이 어깨 위에 늘어뜨린 그녀의 머리카락을 느릿하게 휘감았다.

"물론 이런 꽃들도 네 아름다움에는 발끝에도 미치지 못하지만."

가늘게 호선을 그리고 있는 입술과 지긋한 시선을 보내는 눈빛이 조금 전과 확연히 다른 느낌을 풍기고 있었다. 제법 성인 남자의 태가 나는 모습이라 하마터면 조금 놀랄 뻔했다. 지금의 상황에 다소 작위적인 냄새가 풍기지만 않았다면 아마 그랬을 것이다.

"어쩜, 정말 진심이 느껴지는 선물이에요."

"역시 아름다운 분께는 꽃이 잘 어울리죠."

"정말 예뻐요."

"이렇게 나란히 계신 걸 보니 두 분 너무 잘 어울리세요."

지금까지 줄곧 존재감 없이 뒤따라오던 사용인들이 기다렸다는 듯이 노엘과 록사나에게 연거푸 호들갑스러운 칭찬을 날렸다.

짝짝짝짝!

연회장에서 그랬던 것처럼 찰진 박수 소리가 고막을 찔러 들어왔다. 노엘은 그들을 등 뒤에 두고 은근히 뿌듯한 표정을 짓고 있었다. 록사나는 노엘의 취향이 유치하다는 것을 이제 확실히 알 것 같았다.

"가자, 루나. 안쪽에 자리를 준비해 뒀어."

록사나가 베르티움을 떠나기로 한 시간에 가까워질수록 노엘은 초조함을 느끼는 눈치였다. 그래서 그는 어떻게든 록사나의 마음을 사로잡기 위해 갖은 애를 쓰고 있었다. 아름다운 인형들을 불러 모아 록사나를 떠받들게 하는 것도 그 일환이었다.

"이쪽에 앉으세요. 그늘 아래에 자리를 마련해 두었어요."

"오늘은 햇볕이 조금 강하네요. 더우시면 부채질을 해 드릴게요."

"지금 계절에만 즐길 수 있는 베르티움의 희귀한 과일이에요. 한번 드셔 보세요."

"시원한 음료를 가져다 드릴까요? 꿀에 절인 레몬을 넣고 그 위에 꽃잎을 띄워서요. 따뜻한 차가 좋으시면 말씀해 주세요."

"악단을 미리 준비시켜 놓았는데 혹시 신청하고 싶은 곡이 따로 있으신지요?"

"몸에 손을 대는 걸 허락해 주신다면 저는 안마를 해 드릴게요."

아름다운 인형들에게 둘러싸여 극진한 대우를 받는 록사나는 정말 베르티움의 여왕 같았다. 그런 모습이 조금이라도 어색하거나 부자연 스러워 보이지 않았기 때문에 더욱 그랬다.

록사나로서는 어디까지 하나 한번 보자는 심산으로 가만히 놔둔 것뿐이었다.

그러나 노엘은 그녀가 이런 것을 마음에 들어 한다고 생각했는지 흡족한 미소를 지었다.

"루나는 손가락 하나 까딱할 필요 없어. 무엇이든 원하는 게 있으 면 말만 해."

록사나는 그 말을 듣고 고개를 삐딱하게 기울였다. 꼭 옛날에 영상 매체에서 봤던, 돈다발 휘두르는 철딱서니 없는 재벌 2세 남자 주인 공을 보는 것 같았다. 하지만 록사나는 보이는 대로 노엘을 평가해 방 심하지 않았다.

"그러고 보니 처음에 내 시중을 들어 주던 하녀들이 보이지 않네."

"응, 너한테 실수를 했다고 들어서 교체했어."

록사나의 물음에 노엘은 아무렇지도 않게 말했다.

"그래? 별일 아니었는데."

마찬가지로 태연히 흘려보낸 록사나의 목소리에 노엘이 일순간 멈 칫했다.

"어······. 그 애들이 마음에 들었던 거면 다시 보내 줄까?"

그렇지 않아도 록사나가 인형들에게 세세한 시중까지 맡기지는 않 는다고 얼핏 전해 들은 참이었다. 그러던 중에 지금 그녀가 말을 꺼내 는 것을 들어 보니, 혹시 새로 보낸 인형들이 마음에 들지 않아 그런 것일까 싶었다.

먼저 시중을 들던 인형들은 이미 망가졌지만 다시 고치는 일은 그리 어렵지 않았다. 혹시 복구에 시간이 오래 걸릴 것 같으면 얼굴만 우선적으로 고친 뒤 다른 인형에 갈아 끼워 보내도 될 일이었다. 어차피 시중을 드는 인형들의 알맹이는 다 고만고만했으니까.

하지만 록사나는 거절했다.

"그렇게까지 할 필요 없어. 괜히 번거롭잖아."

"하나도 안 번거로운데. 루나가 원하는 건 그게 뭐든 다 해 줄 수 있어."

"어차피 난 내일 떠날 텐데."

그 순간 노엘의 입이 딱 다물렸다. 록사나는 자신의 얼굴에 꽂힌 시선을 느끼지 못한 것처럼 손을 움직여 머리카락을 귀 뒤로 쓸어 넘겼다. 그 우아한 손짓에 노엘의 시선이 따라붙었다.

"이곳에서 일하는 사람들은 모두 인형이야?"

"어떻게 알았어?"

그러다 뒤이은 록사나의 물음에 그의 눈이 동그랗게 떠졌다.

"그렇게 티가 많이 나나?"

시선을 받은 인형들이 방긋 웃었다. 그것 역시 아주 작위적으로 느껴지는 미소였다. 하지만 노엘은 정말 모르겠다는 듯이 고개를 갸웃거렸다.

"하나같이 손이 얼음장처럼 차가워."

"아."

노엘은 그 부분은 미처 생각하지 못했다는 듯이 어물거렸다.

록사나의 팔을 주무르던 인형이 즉시 손을 뗐다. 옆에서 그녀의 시중을 들던 다른 인형들도 그녀에게 손이 닿지 않도록 각별히 조심하기 시작했다.

노엘은 혹시 록사나가 새로운 인형들의 시중을 거절한 이유도 그것 때문일까 싶어져서 시무룩해졌다.

"그, 그럼 이제부터는 체온을 가진 인형을 만들 수 있게 연구해 볼게."

노엘은 그렇게 의지를 불태웠지만 록사나는 아무래도 상관없다는 듯이 무심한 태도로 앞에 놓인 음료를 마셨다. 그래도 닉스가 내온 차와 달리 이 안에는 아무것도 들어 있지 않아서 그럭저럭 먹을 만했다.

이곳 베르티움은 노엘의 왕국인 것이 맞았다.

독나비를 보내 살펴보니 베르티움은 두 개의 큰 공간으로 나누어져 있었다. 지금 이 건물에는 노엘과 그의 심복인 단테, 그리고 인형들이 살고 있었고, 다른 베르티움의 사람들은 모두 후원에 있는 별채에서 생활하고 있는 것 같았다.

노엘은 줄곧 자신의 가솔들은 뒷전이라고 했다. 그래서 그들 사이에서는 노엘과 그의 인형에 대한 불만이 나날이 쌓여 가고 있는 실태였다.

그런 이유로 두 무리 사이에서는 가끔 마찰이 있는 모양이었다. 마냥 평화롭고 아름다워 보이는 베르티움의 이면이라고도 할 수 있었다.

또 한 가지, 역시 노엘은 록사나의 독나비에 대해 알고 있는 것 같았다. 그녀가 이곳에 온 첫날, 환영 연회 전부터 닉스의 존재를 숨기려는 듯이 가면을 쓰고 있던 사용인들만 보아도 짐작할 수 있던 일이었다.

게다가 지금까지 지켜본 결과, 노엘을 비롯한 본관의 사람들과 인형들은 그녀가 보고 있지 않은 곳에서도 언동에 조심하고 있었다.

물론 그렇다 해서 독나비에 대해 잘 아는 것은 아닌지, 경솔히 입을 놀릴 때도 있긴 했다.

록사나는 노엘과 화원을 산책하는 동안 단테와 닉스가 나누었던 대화를 미리 심어 두었던 독나비에게 전해 듣고 입매를 비틀었다. 후원에 있는 별채에서 닉스와 다른 사람들 사이에 있었던 일도 확인한 뒤였다. 아무래도 그들 사이의 갈등은 록사나의 예상보다 깊은 모양이었다.

조금 전 후원의 사람들이 단테를 통해 노엘에게 대화를 청했으나 노엘은 귀찮은 듯이 거절했다. 몇 번 그를 설득하다가 결국 실패한 뒤 돌아서는 단테의 표정이 영 좋지 못했다. 단테에게 이야기를 들은 후원 쪽의 사람들 역시 분개한 기색이었다.

아그리체와는 다른 의미로 현재 베르티움의 상황도 꽤 혼란해 보였다.

달빛이 비치는 창밖의 풍경을 조용히 응시하던 록사나가 이윽고 커튼을 치며 뒤돌아섰다.

내일, 그녀는 예정대로 베르티움을 떠날 생각이었다.

"벌써 오늘이 마지막 날이구나."

쪼르륵. 향긋한 냄새를 풍기는 액체가 금테를 두른 하얀 찻잔에 따라 부어졌다.

"좀 더 깊은 이야기를 나눌 시간이 있으면 좋았을 텐데 아쉬워."

그렇게 말하는 닉스는 오늘도 변함없이 양순한 얼굴을 하고 있었다. 그는 마지막 다과상을 제 손으로 직접 차리는 중이었다.

"오늘은 특별히 더 신경 써서 준비했는데. 마음에 들었으면 좋겠네."

그러면서 빙긋이 웃는 얼굴이 어제 독나비를 통해 보았던 모습과 몹시도 달라 록사나는 문득 실소가 났다.

어제 화원에서 노엘 베르티움이 일순간 보였던 눈빛도 그렇고, 또 지금까지 그녀에게 내오는 차 안에 꾸준히 독을 타 왔던 닉스의 행동에서도 느껴지는 바가 있었다.

그들은 맨 처음 협박 편지를 보낼 때를 제외하고 표면적으로는 단 한 번도 그녀를 강제하는 모습을 보이지 않았다. 하지만 그것이 본심은 아닐 것이다.

지금은 이렇게 그녀를 곱게 보내 줄 것처럼 굴고 있지만, 잠시 후에는 이야기가 달라질 것이라는 사실을 어렵지 않게 짐작할 수 있었다.

록사나는 곧바로 닉스가 준 차를 마시지 않고 느린 손짓으로 찻잔을 매만졌다. 닉스는 여전히 웃는 낯을 한 채 그녀를 보고 있었다. 조금의 조바심도, 흔들림도 내보이지 않는 그 모습이 주인인 노엘보다 나았다.

록사나는 어제보다 오래 뜸을 들이며 앞에 있던 유리병에 들어 있던 각설탕을 찻잔에 집어넣었다.

한 개, 두 개, 세 개…….

찻물에 녹아드는 각설탕의 개수가 많아질수록 두 사람 사이에 흐르는 침묵도 짙어졌다. 단 차를 싫어한다더니, 오늘따라 록사나는 이상할 정도로 찻잔에 설탕을 많이 넣었다.

"혹시 마지막으로 하고 싶은 말이 있다면 해도 좋아."

한동안 록사나의 손을 따라 시선을 움직이던 닉스가 마침내 다정한 말씨로 그렇게 속삭였다.

"하고 싶은 말?"

설탕이 녹아드는 찻잔을 응시하고 있던 록사나의 눈이 들렸다. 두 사람의 시선이 맞닿았다.

"내가 너한테?"

"어쨌거나 내 겉모습은 아실과 똑같으니까."

단조로운 반문에 닉스가 한결 더 짙은 온화함을 얼굴에 덧씌웠다.

"상당히 갑작스러운 죽음이었으니 오빠가 죽기 전에 미처 전하지 못했던 말 같은 게 있었을 테지. 그러니 혹시 원한다면 지금만이라도 날 아실이라 생각해도 좋다는 의미야."

미소 띤 입술에서 나긋한 음성이 덧붙여졌다.

"어제처럼."

시야에 비친 얼굴과 귓가에 고인 목소리가 더없이 다정다감했다. 하지만 그 안에 소리 없이 박힌 것은 분명한 악의였다.

록사나는 그가 지금의 상황을 즐기고 있다는 사실을 확신할 수 있었다. 주인인 노엘의 바람에 따라 그녀를 이곳에 묶어 두기 위해 노력하는 것처럼 보이기도 했지만, 그것만으로는 닉스의 행동을 전부 설명할 수 없었다. 그를 볼 때마다 은근히 거슬리던 점이 무엇인지 록사나는 이제 명확히 알 것 같았다.

닉스는 처음 만났을 때부터 록사나의 동요를 유도하며 그녀의 반응을 지켜보곤 했다. 마치 그 자신이 마리오네트 인형을 줄로 조종하는 인형사라도 된 것처럼. 그는 사람의 머리 꼭대기까지 올라 그 상대를 원 없이 가지고 놀아야 속이 후련해지는 족속이었다.

"닉스."

말없이 닉스를 응시하던 록사나의 입술이 마침내 작게 벌어졌다.

"내가 곧바로 베르티움을 떠나지 않고 널 조금 더 지켜보기로 결정한 이유가 뭔지 알아?"

무어라 대꾸하려는 듯이 닉스가 입을 열었으나 애초에 록사나는 그의 대답을 필요로 하지 않았다.

"아실의 몸을 가진 네게 관심이 생겨서일까? 그래서 이렇게라도 살아 움직이는 널 보며 얄팍한 위안이나마 얻으려고?"

사냥감 곁을 배회하는 짐승처럼 찻잔 위를 느리게 기어가던 가느다란 손가락이 비로소 움직임을 멈추었다.

"아니."

성에꽃 같은 미소가 시야에 박혀 드는 순간, 닉스의 얼굴이 얼어붙었다.

"널 죽이고 갈지, 그냥 놔둘지 결정하려고."

지금 시선을 마주하고 있는 상대의 목숨이 제 손에 달려 있음을 추호도 의심하지 않는 목소리와 눈빛이었다. 그것이 닉스의 심중에 있는 어느 한 부분을 깊숙이 찌르고 들어왔다.

"그게 무슨 말이야?"

하지만 그는 록사나의 말이 무슨 의미인지 모르는 양 말간 얼굴에 곤혹감을 그려 넣었다.

"갑자기 왜 그런 소리를 하지? 아, 혹시 방금 전에 내 말이 불쾌했어?"

"그래."

록사나는 쉽게 수긍했다.

"그러니 아실인 척 어쭙잖게 연기하는 건 그만둬. 어차피 어울리지도 않고, 같잖기만 하니까."

싸늘한 미소가 걸린 입술에서 신랄한 말이 쏟아져 나왔다.

"연기라니, 왜 그렇게 생각해? 이게 내 원래 모습인데."

그래도 닉스는 영문을 모르겠다는 듯이 난감한 표정을 지었다. 점차 흐려지는 얼굴이 제법 그럴듯했다. 멋모르는 사람이 지금의 닉스를 본다면 그를 안타깝다고 생각할지도 몰랐다. 록사나의 입가에 그려진 시린 미소가 한결 더 깊어졌다.

"이따위 차를 내온 주제에 잘도 말하는군."

그녀는 찻잔을 들어 올려 그 안에 든 내용물을 테이블 위에 쏟아부었다.

촤르륵.

말간 찻물이 하얀 천 위를 적셨다. 하지만 찻잔에서 쏟아진 것은 그것뿐만이 아니었다. 축축한 테이블보 위에 흩어진 무언가를 보고 닉스는 얼굴을 굳혔다.

설탕이나 소금의 입자만 한 검은 덩어리. 조금 전 록사나가 집어넣은 각설탕과 화학 반응을 일으킨 독이 고체 상태가 되어 뭉쳐 있었다.

닉스가 오늘 준비한 독은 어제까지와 다른 것이었다. 어제 후원의 인간에게 직접 효능을 확인한 후, 어째서인지 록사나에게만 독이 들지 않는 것을 알고 성능이 같은 다른 종류의 약으로 바꿨기 때문이었다.

하지만 록사나가 독과 함께한 세월이 한두 해던가. 그녀는 독특한 차향에 섞인 희미한 냄새만으로도 지금 이 찻잔 안에 든 것이 무엇인지 쉽게 판별할 수 있었다.

역시 닉스는 입수한 독의 성능에만 관심이 있었던 듯, 눈앞에 적나라하게 드러난 흔적을 보고 놀라 눈매를 딱딱하게 경직시켰다. 순간적으로 변명하는 것조차 잊었다.

"너는 인형 주제에 거짓말을 참 능숙하게 잘해. 과연 세상에 둘도 없는 특이한 인형다워."

조롱 섞인 비웃음이 그런 닉스를 가차 없이 저격했다.

"아니, 특이한 인형이라는 말보다는 실패작이라는 말이 더 어울릴까?"

그 순간 닉스의 눈빛이 변했다. 록사나의 말이 조금 전에 찌르고 들어왔던 부분에 다시금 박혔다.

"……실패작이라고? 내가?"

"그래. 너 자신은 네가 특별하다고 믿고 있는 것 같지만 말이지."

작은 틈을 내고 벌어진 구멍에서, 그 안에 있는 줄도 몰랐던 진득한 독이 새어 나오기 시작했다.

"하지만 글쎄. 내가 봤을 때 넌 노엘 베르티움의 실수로 태어난 돌연변이, 혹은 변종에 불과해."

그것은 닉스의 안 구석구석으로 소리 없이 퍼져 나갔다.

"네 주인이 그래도 다른 인형들보다 널 아끼는 것처럼 보이는 이유는, 그냥 네가 조금 색달라서 가지고 놀기 재미있기 때문이야. 결코 네가 가치 있거나 중요한 존재이기 때문이 아니라."

록사나의 말은 그동안 닉스 스스로조차 미처 깨닫지 못했던 그의 역린을 몰인정하게 후비고 들어왔다.

"하지만 그래 봤자 흥미가 떨어진 인형의 끝은 똑같은걸. 너라고 다를 바 있을까?"

얼마 전에 연회장에서 보았던 부서진 인형들의 모습이 눈앞을 스쳐 지나갔다. 있는 그대로의 진실을 읊듯이 속삭여진 음성이 다음 순간 닉스의 폐부를 예리하게 찔러 들었다.

"결국은 형체도 알아볼 수 없게 망가져서 폐기되어 버릴 거야, 너."

한 점의 흔들림도 없이 곧게 뻗어진 시선에는 냉담한 확신이 박혀 있었다.

"그 몸의 원래 주인이 가차 없이 버림받았던 것처럼."

꼭 차가운 뱀 비늘이 맨 살갗 위를 기어가는 것 같았다. 온기라고는 찾아볼 수 없는 차디찬 붉은 눈을 마주하는 동안 저도 모르게 간담이 서늘해졌다. 그러다 마침내, 잘게 짓이겨져 있던 닉스의 입이 천천히 벌어졌다.

"……지금껏 내 앞에서 겁 없이 그따위 소리를 지껄이고도 멀쩡했던 인간은 아무도 없었는데."

록사나를 마주한 그의 얼굴은 조금 전과는 완전히 결이 달라져 있었다. 조밀하게 들어찬 한기가 송곳처럼 뾰족하게 록사나에게 날아들었다.

"할 말은 이제 다 끝났나? 말 같잖은 개소리는 그게 전부야?"

본색을 드러낸 닉스의 얼굴은 기억 속의 아실과 조금도 닮아 보이지 않았다. 록사나는 비로소 만족했다. 그리고 어째서인지 아주 조금은 허무해졌다.

"내가 독을 준비한 건 언제부터 알았지?"

"네가 이 쓰레기 같은 차를 내온 처음부터."

닉스는 더 이상 어쭙잖은 가면을 뒤집어쓰고 록사나를 속일 마음이 없는 것 같았다.

"나도 하나 묻지. 이건 네 주인의 명령인가, 아니면 네 독단적인 선택인가?"

"직접 맞혀 보시든가. 조금 전에 잘난 척 떠들어 대던 것처럼."

그는 록사나를 향해 입안 가득 한기를 베어 물었다.

"그래, 날 죽일지 말지 결정을 내리셨다고?"

아무래도 조금 전 록사나가 한 말이 그를 제대로 자극한 모양이었다.

"오만한 것은 너희 인간들의 종특인가? 네까짓 게 날 죽이는 것이 가능하리라 생각하다니 기가 차는군."

닉스는 네가 그럴 수 있겠냐는 듯이 빈정거리며 날카롭게 웃었다.

"게다가 설령 날 죽이는 데 성공한다 한들 네가 무사히 이곳을 빠져나갈 수 있을 것 같아?"

하지만 뒤이어 고막을 파고든 조소 어린 목소리를 듣고, 닉스는 더 참아야 할 필요성을 느끼지 못했다.

"그럼. 그리 어렵지도 않을 것 같은데?"

아아, 그래. 눈앞에 있는 이 건방진 인간의 콧대를 지금 당장 납작하게 눌러 주자.

"설마 그깟 마수 하나 믿고 까부는 거야?"

그렇게 생각하며 닉스는 스산하게 웃음 지었다.

"아니면, 그 조잡한 귀걸이인가?"

닉스의 손이 육안으로 보이지 않을 정도로 빠르게 움직여졌다.

챙강……! 날카로운 무언가가 동시에 날아들어 록사나의 양쪽 귀를 순식간에 베고 지나갔다. 깨진 귀걸이와 붉은 핏방울이 그녀의 어깨 위로 점점이 떨어져 내렸다. 한 줌 잘려 나풀거리며 흩날리는 머리카락 사이로 벽에 박힌 날카로운 나이프가 드러났다.

록사나의 얼굴은 시종일관 고요했고, 닉스를 응시하는 시선은 서늘했다. 닉스는 그런 그녀를 보며 이를 드러내고 웃었다.

"너한테 독이 통하지 않은 것도 그것 때문인가 본데."

록사나의 귀걸이가 평범한 물건이 아니라는 것쯤은 진작 눈치채고 있었다. 머리카락에 교묘하게 가려져 있긴 했으나, 베르티움에 온 뒤로 내내 같은 귀걸이만 하고 있었으니 수상함을 느끼는 게 당연했다.

"그래 봤자 나약하기 짝이 없는 인간이, 천지 분간 못 하고 거들먹거리는 꼴이란."

단지 지금까지 그것을 모른 척해준 이유는, 먹잇감의 숨을 조금 틔워줌으로써 방심시킬 요량이었기 때문이다.

"네가 가진 거라곤 고작 그 별 볼 일 없는 귀걸이랑 나비 떼밖에 없잖아?"

그런데 감히 건방지게 누구를 죽이네 마네 한단 말인가.

"노엘이 네 육체가 상하는 건 싫다고 해서 과격한 방법은 쓰지 않으려 했는데 말이야."

닉스의 눈이 잔인하게 번뜩였다.

"생각해 보니 네 시체만 안겨 주더라도 노엘은 아쉬운 대로 만족할 것 같아."

닉스는 록사나가 독나비를 불러내기 전에 마안을 발동시켰다.

그녀의 숨통을 끊어놓을 덫을 펼치기 위해서.

화앗! 자홍색 눈동자 안에 주술진이 떠올랐다. 하지만 다음 순간 피를 토하며 허리를 꺾은 것은 록사나가 아닌 닉스였다.

"읍, 커헉······!"

투두둑! 붉은 핏물이 하얀 테이블보와 옷을 적셨다.

예상치 못한 상황에 그는 입을 틀어막고 두 눈을 부릅떴다. 록사나가 앞에 놓인 테이블을 걷어찬 것은 바로 그때였다.

콰앙! 와장창!

닉스는 불에 타는 듯한 배를 움켜쥐고 황급히 자리를 피했다.

"어쩌지······."

또각. 작은 구둣 발 소리가 귓가에 맴돌았다.

"신호가 잡힌 것치고 방 안에 아무런 장치가 없어서 이상하다고 생각했는데 네가 변수였나. 그 눈 자체가 주술석이었군."

닉스는 벽을 등지고 서서 솜털까지 곤두선 몸을 바짝 긴장시켰다. 식도로 넘어온 피가 또 한 번 울컥 입 밖으로 샜다. 내장이 단단히 상한 듯, 허리를 펴고 똑바로 서 있는 것조차 힘겨웠다.

이것은 주술이 실패했을 때의 반작용이었다.

하지만 어째서?

"저런, 놀란 표정이네."

반면 믿을 수 없게도 록사나는 멀쩡히 서서 그를 쳐다보고 있었다. 조금 전 닉스가 나이프를 날려 보냈을 때 머리카락이 일부 잘리고 귀가 베이긴 했지만 그것 외에는 아무런 타격도 입지 않은 모습이었다.

"내가 가진 게 고작 별 볼 일 없는 귀걸이랑 나비 떼밖에 없다니, 누가 그래?"

록사나는 조금 전 닉스가 했던 말을 고스란히 비웃었다.

"그래도 정 자신 있거든 다시 한번 공격해 봐. 하지만 장담하는데, 이번에도 피를 보는 건 너야."

이게 어떻게 된 거지? 분명 인형들에게 록사나의 시중을 들게 하며 확인하게 했을 때, 저 귀걸이를 제외하고 걸리는 건 아무것도 없었는데?

"너…… 무슨 수작질을 부린 거야?"

"애초에 이깟 귀걸이, 네가 똑똑해서 발견한 줄 알았어?"

닉스는 단단히 약이 올라 또 한 번 마안을 사용하려다가 멈칫했다. 힘의 출처를 알기 전까지 같잖은 도발에 넘어가 섣불리 움직이는 건 위험했다.

차라리 처음 계획대로 록사나를 흠 없이 생포하려 했다면 반작용에 의한 타격이 이 정도까지 크지는 않았을 터였다.

그런데 록사나가 아까부터 계속 그의 속을 사정없이 긁어대는 통에 머리 꼭대기까지 열이 올라 그냥 지금 당장 이 자리에서 그녀를 죽여 버려야겠다고 생각했다.

하지만 이제 와서 생각해 보면 그것도 록사나의 계략이 아니었을지 의심이 되었다.

"천만에. 일부러 버젓이 눈에 띄는 곳에 하고 온 건데 그걸 가지고 거들먹거리며 나불거리는 꼴이란."

닉스를 깔아보듯이 응시하는 시선에는 벌레를 보는 듯한 멸시의 감정이 서려 있었다. 정면에서 마주한 그 우아한 경멸에 가뜩이나 뒤틀린 속이 완전히 뒤집힐 정도였다.

"꼭 먹이 하나 물려주면 거기에만 정신이 팔려서 다른 데 눈 돌릴 줄 모르는 멍청한 개새끼 같잖아."

곧이어 록사나의 입매에 요연한 호선이 떠오른 순간, 핏발 선 닉스의 눈에서 새파란 불똥이 튀었다.

"이…… 빌어먹을 계집이……!"

록사나는 아무렇지 않게 그 시선을 받아냈다.

"이쯤 되면 궁금할 만도 한데 묻지 않는군. 왜 이 소란이 일어났는데 아무도 방 안으로 들어오지 않는지."

그때서야 닉스는 불현듯 이상함을 감지했다.

"조금 전부터 묘하게 바깥이 시끄럽다고 생각하지 않았어? 혹시 내 말에 흥분해서 그런 건 귀에 들어오지도 않았던 건가?"

인정하고 싶지는 않았지만, 과연 록사나의 말대로였다. 퍼뜩 정신을 차리고 주의를 기울이자 기이하게도 밖이 어수선한 것이 느껴졌다. 이렇게 노골적인 소음인데도 여태껏 눈치채지 못했다니.

"그러고 보니 아까 네가 나한테 뭐라고 했었지? 마수가 없으면 내가 널 죽이지 못할 거라고 했던 것 같은데."

록사나는 재미있는 농담을 떠올린 사람처럼 눈을 접으며 웃었다.

"우스워라. 역시 넌 주제 파악을 못 하는구나."

그러나 닉스에게 꽂혀 든 그녀의 눈빛은 맹금류의 것과 닮아 있었다. 싸늘하다 못해 뼛골까지 시리게 만드는 음성이 서릿발처럼 귀를 파고들었다.

"장담하는데, 닉스. 넌 나보다 약해. 너를 죽이는 데 굳이 나비를 꺼낼 필요도 없을 정도로."

"웃기지 마."

독이 오를 대로 오른 닉스가 록사나의 말에 짓씹듯이 뇌까렸다. 그의 머리는 바쁘게 굴러가고 있었다. 도대체 밖에서 무슨 일이 벌어졌기에 아무도 이쪽에는 관심이 없는 거지? 하다못해 노엘의 명에 따라 항시 응접실을 주시하고 있어야 할 단테까지 감감무소식이었다.

그나마 다행인 것은 이러고 있는 동안 내상을 입었던 속이 조금씩 가라앉고 있다는 사실이었다. 그는 인형이라 재생력이 빨랐다. 닉스는 그를 이 꼴로 만든 여자에게 형형한 눈빛을 쏘아 보냈다.

"……그 눈."

그것을 마주하며 록사나가 혼잣말처럼 읊조렸다.

"역시 마음에 안 들어."

그 직후 이어진 록사나의 움직임이 너무 빨라서, 닉스는 그녀가 어느새 코앞까지 훌쩍 다가온 것을 알아차리지 못했다.

무자비한 붉은 눈동자가 그를 정면에서 꿰뚫는 순간, 닉스는 반사적으로 다시 한번 마안의 힘을 사용했다. 하지만 이번에도 반작용이 일어났다. 또 한 번 내상을 입어 피를 토하면서 닉스는 쇄도하는 공격을 피해 급히 고개를 틀었다.

"잠깐······!"

푸욱! 그러나 순식간에 접근해 온 록사나의 손이 결국 도려낼 듯이 닉스의 눈에 박혀 들었다.

록사나와 닉스가 응접실에서 막 대화를 시작했을 무렵의 일이었다. 후원의 별채에 머무르는 사람들 사이에 떠도는 공기는 무척이나 어둡고 무거웠다.

뿐만 아니라 그곳에는 묘한 긴장감이 팽배해, 누군가 가벼운 바람이라도 불어 넣으면 당장에라도 거대한 폭발음을 내며 터져 버릴 것만 같았다.

노엘은 결국 몇 번이나 거듭된 그들의 대화 요청을 거절했다. 닉스에 의해 독에 중독된 남자에게는 어제저녁 해독제가 전달되었지만 단지 그뿐이었다.

닉스는 어떤 처벌도 받지 않고 여전히 고개를 빳빳이 들고 다니는 중이었고, 노엘은 이번 일을 그냥 묵과할 생각인 듯했다.

물론 노엘의 대변인이나 마찬가지인 단테는 그가 이번 일을 몹시 안타깝게 여기고 있으며, 닉스에게도 일의 경중에 어울리는 벌을 내릴 것이라 말했다.

하지만 그것이 거짓말이라는 사실을 모르는 사람은 아무도 없었다. 그들의 수장인 노엘이 인형에 정신이 팔려 가솔인 그들을 눈곱만큼도 신경 쓰지 않고 있다는 사실 역시 모르려야 모를 수가 없었다. 그러니 오만방자하기 짝이 없는 노엘의 그 인형이 이렇게 겁 없이 설치고 다닐 수 있는 것이었다.

더군다나 어제의 일은 그들에게 새로운 경종을 울렸다.

감히 인형이 사람을 독살하려 하다니!

특히 닉스는 다른 인형들과 달리 노엘의 명령이 없어도 자의로 움직일 수 있는 인형이었다. 그러면서도 사람의 도덕관념 같은 것은 가지고 있지 않은 위험한 존재였다. 독을 먹고 쓰러진 사람을 앞에 두고 아무렇지도 않게 웃던 어제의 닉스를 떠올리자 피부 위에 소름이 돋는 느낌이었다.

결국 몇몇 사람은 다시 한번 노엘과의 만남을 청하기 위해 별관을 빠져나왔다. 그러나 그들의 걸음은 얼마 못 가 자리에 우뚝 멈추어졌다.

"어? 저기, 닉스 아냐?"

꽃나무 그림자 아래에 반쯤 가려진 사람도 그들을 발견하고 뒤돌아보았다. 그늘진 아름다운 얼굴을 본 이들이 험악하게 얼굴을 일그러뜨렸다.

"너……!"

"네놈이 또 여긴 왜……."

"잠깐! 지금 저놈 손에 있는 게 뭐지?"

하지만 그들은 더 이상 말을 잇지 못했다. 수 쌍의 눈동자가 닉스의 손에 들린 무언가와 그 밑으로 동백꽃처럼 흩어진 붉은 핏자국에 날아가 박혔다. 그의 손에 붙들려 시체처럼 미동 없이 늘어져 있는 것은 별관에 머물고 있는 사람 중 하나였다.

급속도로 얼어붙은 공기가 파동했다. 닉스의 얼굴에 봄꽃 같은 미소가 피어났다.

"아, 이런."

그가 축 늘어진 사람의 몸에 박혀 있던 다른 한 손을 빼내자 거기에서 피가 튀어 올랐다.

"들켰네."

노래하는 듯한 맑은 음성이 웅성거리는 벌떼처럼 귓가를 어지럽혔다. 무형의 방아쇠가 당겨진 것은 바로 그 순간이었다.

닉스는 손에 쥔 시체를 끌고 곧바로 후원을 벗어났다.

"너, 이놈!"

"거기 서……!"

분개한 사람들이 벌겋게 눈이 뒤집혀 그의 뒤를 쫓았다. 눈부시도록 새하얀 꽃송이들 위로 핏방울처럼 맺힌 붉은 나비들이 그 상황을 소리 없이 주시하고 있었다.

지금껏 켜켜이 쌓여 왔던 사람들의 뿌리 깊은 울분이 순식간에 폭발했다. 하지만 나비들이 보여 주었던 환영은 이미 사라진 뒤였고, 오갈 곳 없는 사람들의 분노만이 걷잡을 수 없는 불길이 되어 주변을 거칠게 휩쓸었다.

노엘이 있는 본관에 들어선 그들은 눈에 보이는 인형들을 모조리 때려 부수기 시작했다.

"닉스는 어디에 숨겼어? 당장 그놈을 내놔……!"

그 무엇으로도 쉽게 꺼지지 않을 거센 감정의 불길.

록사나가 원했던 갈등과 혼란이었다.

"슬슬 시작된 건가? 안이 좀 시끄러운데."

그리젤다는 투시라도 할 것처럼 성벽 너머를 지그시 바라보았다. 록사나의 예상대로 그녀는 베르티움의 성문 바로 바깥까지 접근해 있었다. 하지만 역시 눈앞에 드리워진 두꺼운 벽 때문에 시야에 보이는 것은 아무것도 없었다.

"일단 재미있을 것 같아서 오긴 했지만 내가 낄 자리가 있으려나."

그리젤다는 주술을 이용해 은신해 있는 중이었다. 안에 들어간 록사나에게서는 별다른 소식이 없었다. 그러던 중 문득 그녀의 눈에 어떤 남자의 모습이 들어왔다.

그는 굉장히 민첩하게 움직이고 있었다. 주변에 있는 녹음에 몸을 숨긴 채 소리 없이 움직이는 그 모양새를 보면 노련한 암살자라고 해도 될 것 같았다. 만약 란트 아그리체가 살아 있었다면 상당히 탐낼 만한 인재였다.

그리젤다는 그의 모습을 잠깐 유심히 관찰했다. 남자는 어쩐지 주위를 두리번거리며 무언가를 찾는 것 같았다. 하지만 별다른 성과가 없는지 잠깐 자리에 멈추어서 미간을 좁히던 남자가 마침내 입을 열었다.

"……혹시 근처에 그리젤다 아그리체 양 계십니까?"

흠칫. 그리젤다는 낯선 남자의 입에서 튀어나온 자신의 이름에 어깨를 움찔했다. 그녀는 멀리 있는 남자의 얼굴을 좀 더 주의 깊게 살폈다. 자세히 보니 한쪽 눈에 안대를 쓴 남자는 아그리체에서의 마지막 날 저택을 빠져나가기 직전에 언뜻 멀리서 본 적이 있는 사람이었다.

'페넬리안의 사람이구나.'

남자의 정체를 알아본 그리젤다가 마침내 그녀의 모습을 감춰 주고 있던 주술진 밖으로 발을 내디뎠다.

"당신, 카시스 페넬리안이 보냈어?"

이변을 가장 먼저 알아차린 것은 단테였다.

"뭐라고?"

그는 응접실 밖에서 닉스의 신호를 기다리며 대기하던 중에 인형의 부름을 받고 급히 움직였다. 얼마 이동하지 않아 멀리서 들려오는 시끄러운 소음이 포착되었다.

단테는 서둘러 복도의 창밖을 내다보았다. 그리고 몹시도 놀라운 광경을 목격했다.

"닉스는 어디에 있어!"

"당장 닉스를 데려와!"

어느새 후원 쪽에서 밀려든 사람들이 눈앞에 보이는 인형들을 닥치는 대로 때려 부수고 있었다.

"넌 당장 노엘 님에게 상황을 알려!"

"네."

인형에게 명령을 내린 단테가 이윽고 황급히 계단을 뛰어 내려가기 시작했다. 명령을 받은 인형도 종종걸음으로 이동해 노엘을 찾아갔다.

똑똑.

"노엘 님."

"들어와!"

노엘이 있는 곳은 응접실 가까이에 위치한 빈방 중 하나였다.

"왜, 닉스가 보냈어?"

그는 한자리에 가만히 있지 못하고 좌불안석으로 방 안을 왔다 갔다 하다가, 인형이 들어오자마자 달려들었다. 하지만 인형은 고개를 저었다.

"아니요, 단테 님이 보내셨습니다."

"어? 왜?"

"후원에서 온 노엘 님의 친척분들이 조금 전부터 닉스를 찾으며 저희들을 공격하고 있습니다."

"뭐라고?"

고운 입술에서 나온 차분한 음성과는 달리 그 안에 들어 있는 내용은 살벌하기 짝이 없었다.

"니, 닉스를 왜 찾아?"

반사적으로 되물었지만 사실 짐작 가는 부분이 없는 것은 아니었다. 바로 어제만 해도 별채에 머무는 사람들이 닉스에 대해 할 이야기가 있다며 그를 달달 볶았었으니까.

닉스가 그들에게 독을 먹였다는 사실도 단테에게 들어 이미 알고 있었다. 하지만 그건 해독제를 주었으니 이미 끝난 이야기가 아닌가?

"그것까지는 모르겠습니다. 다만 엄청나게 분노한 얼굴들이었습니다."

노엘은 안절부절못하며 다시 인형에게 물었다.

"단테는?"

"먼저 내려가 계십니다."

"부서진 애들은 몇이나 돼?"

"마지막으로 확인한 바로는 어림잡아 50구 정도 되는 것 같았습니다."

"헉, 벌써 그 정도나?!"

노엘의 눈이 커다랗게 부릅떠졌다.

그는 조금 전까지 이러지도 저러지도 못하며 쩔쩔매던 것이 거짓말인 것처럼 얼굴을 와락 일그러뜨렸다.

"이 나쁜 놈들! 비전투형인 애들을 상대로 그렇게 일방적인 폭력을 휘두르다니!"

바로 사흘 전에 록사나의 시중을 들던 인형들을 제 손으로 부순 것은 벌써 잊은 것 같은 모습이었다.

노엘의 코에서 뜨거운 콧김이 뿜어져 나왔다. 그는 어지간히 화가 난 듯이 씨근덕거리며 인형에게 명령했다.

"너, 2번 창고에 가서 거기에 있는 애들 전부 꺼내 와!"

그곳에 있는 인형들은 모두 전투형이었다. 단, 평소에는 쓸 일이 없는 데다 보수 작업을 하지 않은 지도 상당히 오래되어 성능은 확신할 수 없었다. 그래도 성질이 나서 도저히 이대로는 가만히 있을 수 없었다.

게다가 록사나가 이 사실을 알기 전에 어서 이 소동을 해결해야 했다. 혹시 그녀의 귀에 이 일이 새어들게 되면 아름다운 베르티움을 오해할지도 모르는 노릇이었다. 그것만큼은 절대로 있어선 안 되는 일이었다.

노엘은 씩씩거리며 방을 뛰쳐나갔다. 기분 탓인지 벌써부터 어수선한 소리가 들려오는 것 같았다. 노엘의 마음이 더욱 급해졌다.

그때, 이번에는 다른 인형이 그를 찾아왔다. 그 인형도 무미건조한 목소리로 노엘이 깜짝 놀랄 만한 소리를 했다.

"노엘 님, 단테 님께서 부상을 입으셨습니다."

"뭐라고!"

노엘은 저도 모르게 소리 높여 외쳤다. 단테가 다쳤다는 말에 노엘의 눈에서 불길이 일렁였다.

"빨리 가서 치료술을 가진 인형을 불러와! 단테는 죽으면 안 된단 말이야!"

헐레벌떡 계단을 뛰어 내려가는 그를 새로운 인형이 또 불러 세웠다.

"노엘 님, 단테 님이……."

"알았어! 지금 바로 갈게!"

노엘은 1초도 낭비할 시간이 없다는 듯, 인형을 휙 지나쳐 소란이 들려오는 곳을 향해 달려갔다.

인형은 순식간에 멀어지기 시작한 노엘의 뒷모습을 보며 고개를 갸웃 기울였다. 주인에게서 다른 명령이 없었기 때문에 인형은 맡은 일을 하러 다시 왔던 길을 되돌아갔다.

그러나 그가 향한 곳은 인형들과 사람들이 거칠게 뒤얽혀 있는 장소가 아니라 베르티움의 정문이 있는 방향이었다. 잠시 후 인형은 눈앞에 나타난 남자에게 그린 듯한 웃음을 지으며 말했다.

"노엘 님께서 지금 바로 오신다고 하셨습니다."

카시스는 그 말을 듣고 고개를 비스듬히 기울였다.

조금 전 인형이 노엘을 찾아가 전하려던 말은 단테의 부상에 관련된 소식이 아니었다. 노엘의 생각과 달리 인형이 미처 잇지 못한 말은 '단테 님이 자리에 없어서 부득이하게 노엘 님께 바로 소식을 전달하러 왔습니다.'였다.

본래 가문의 수장인 노엘에게 마땅히 알려야 할 일이 생기면 그의 심복인 단테에게 대신 말을 전하도록 인형들에게 명령어가 각인되어 있었다. 만사를 귀찮아하는 노엘 때문이었다. 그런데 지금은 단테가 보이지 않아 노엘에게 곧바로 소식을 전하러 갔던 것이었다.

위그드라실의 회의 내용을 전달하러 온 사람을 안으로 들이지 않을 이유가 없어서, 인형들은 카시스에게 곧바로 베르티움의 문을 열어주었다.

카시스는 웃고 있는 인형에게서 시선을 떼고 먼발치에 시선을 고정시켰다. 묘하게 산만한 공기가 그에게까지 흘러들고 있었다.

"그럼 이쪽으로 오시지요. 제가 안내를……."

"안내는 필요 없어."

카시스의 걸음이 인형이 안내하려던 방향과 다른 곳으로 움직여졌다.

"어디에 있는지 알 것 같으니까."

물론 그가 찾는 사람은 노엘 베르티움이 아니었다.

"아까처럼 좀 더 떠들어 보지 그래?"

시야의 반쪽이 새빨갰다. 달구어진 인두로 지져지는 것처럼 아린 통증이 신경을 타고 기어 올라오고 있었다.

"갑자기 너무 조용해졌잖아, 재미없게."

꽃보라 속에 아득히 번지는 목소리에 닉스는 시선을 들어 올렸다. 하얗게 부서져 나부끼는 꽃잎 사이로 그를 이렇게 만든 여자의 모습이 비쳤다.

아래로 늘어뜨린 록사나의 손에서 붉은 피가 떨어져 내리고 있었다. 물론 그것은 그녀의 피가 아니었다.

조금 전에 적출한 닉스의 자홍색 안구가 록사나의 손에서 추락했다.

콰직! 그녀는 그것을 단번에 짓밟아 부숴 버렸다. 온정 없는 붉은 눈으로 닉스를 응시하는 그 고아한 모습이 마치 타락한 지상에 내려온 악마 같았다.

'빌어먹을!'

닉스는 피가 흐르는 왼쪽 눈을 손으로 감싸며 짓씹듯이 소리쳤다.

"날 죽이면 네 입장이 상당히 곤란해질 텐데?"

닉스는 전투용 인형은 아니었지만 상당히 뛰어난 무력을 가지고 있었다. 그래서 마안의 능력이 없어도 록사나 아그리체를 쉽게 제압할 수 있으리라 여겼다. 하지만 그녀는 보통내기가 아니었다. 록사나의 말처럼 그녀가 그를 여기까지 몰아넣는 데 정말 독나비는 필요치 않았다.

"이건 단순한 협박이 아니야. 난 노엘의 소유인 인형이고, 넌 노엘의 초대로 베르티움에 온 손님이니까."

닉스의 푸른 눈은 록사나를 맹렬히 노려보고 있었다. 물론 응접실에서부터 이어진 공방으로 상처를 입은 것은 닉스뿐만이 아니었다.

그런데 어째서인지 록사나는 부상의 영향을 조금도 받지 않는 것처럼 여전히 팔팔하게 움직이고 있었다. 치명상이 아니기 때문인가.

닉스는 아까부터 록사나에게서 빈틈을 찾기 위해 혈안이 되어 있었다. 그러나 어찌 된 일인지 그녀에게서는 도무지 파고들 틈이 보이지 않았다.

그래서 차후의 방법으로 테라스를 통해 밖으로 빠져나온 참이었다. 노엘과 단테에게 상황을 전달할 연락책 겸 방패막이로 쓸 다른 인형들을 찾았지만 어찌 된 일인지 그림자 하나 눈에 띄지 않았다. 이것은 확연히 부자연스러운 일이었다.

"다른 곳도 아닌 베르티움에서 네가 날 해치게 되면 절대로 그냥 넘어갈 수 없을걸. 그걸 빌미로 노엘은 어떻게든 널 묶어 두려고 할 테니까."

하여 방향을 틀어 소음이 밀려오는 곳으로 이동하던 중에 닉스는 그를 찾는 사람들의 목소리를 들었다. 격양된 그 음성은 분명 후원에 있는 사람들의 것이었다.

그 아우성을 듣고 닉스는 발길을 멈출 수밖에 없었다. 그들은 하나같이 소리 높여 닉스를 불러 찾고 있었다. 멀리서부터 전해져 오는 선명한 악의에 기가 질릴 지경이었다. 저곳으로 가도 도움을 받기는커녕 오히려 자신에게 가해지는 위험만 증가될 뿐이리라.

문득 응접실 안에서 록사나가 했던 말이 뇌리를 스쳐 지나갔다. 도대체 어떻게 농간을 부렸는지는 알 수 없지만, 저것이 그녀의 짓이라는 사실만큼은 확신할 수 있을 것 같았다.

"게다가 어쨌거나 넌 페넬리안을 통한 손님이지."

아무래도 노엘과 단테도 저쪽에 발이 묶인 듯했다. 멍청한 인형들도 후원의 인간들을 막는 데 총동원된 것이 분명했다. 그렇지 않고서야 이렇게 개미 새끼 한 마리 근처에 얼씬거리지 않을 리가 없었다. 그 말인즉, 닉스가 다른 도움 없이 자력으로 저 여자의 손에서 벗어나야 한다는 의미였다.

"그럼 더군다나 입장이 난처해지는 것 아닌가? 네 패악에 페넬리안까지 피해를 입게 될지도 모르는데."

"그건 네가 걱정할 일이 아니야."

머리를 굴려 간교하게 속삭였으나 록사나의 얼굴에는 조금의 그늘도 지지 않았다.

"처지를 좀 더 똑바로 직시해야 하는 건 나보다 너일 것 같은데."

잇따라 시야에 비친 냉소에 닉스는 불현듯 얼굴을 굳히고 말았다.

"공식적으로 넌 오늘 베르티움의 사람들 손에 죽은 게 될 테니까."

그 순간 닉스는 록사나가 이렇게 광역적으로 일을 벌인 목적이 뭔지 명확히 깨달았다.

'설마 지금 나를 죽인 다음 후원의 사람들에게 혐의를 덮어씌울 작정인 건가?'

살얼음이 낀 것처럼 냉엄하기 짝이 없는 붉은 눈을 보고 닉스는 자신의 생각이 맞다는 것을 확신할 수 있었다. 그 순간 등줄기에 소름이 돋는 느낌이 들었다.

"이런 미친."

닉스의 입에서 미처 삼키지 못한 욕설이 내뱉어졌다.

"그나저나 그렇게 궁지에 몰린 시궁쥐처럼 주절거리며 떠드는 걸 보니, 다른 인형들과 달리 네 목숨은 여러 개가 아닌 모양이지?"

그 순간 닉스는 본능적으로 자리를 피했다.

퍼억!

하지만 곧바로 따라붙은 록사나가 거침없이 그를 공격했다. 그녀의 손에는 원래 닉스가 몸에 소지하고 있던 단도가 들려 있었다. 아까 테라스를 통해 밖으로 빠져나갈 때 닉스가 그녀를 따돌리기 위해 투척한 것을 잡아챈 것이었다.

쇄액!

날카로운 칼날에 스친 닉스의 금빛 머리칼이 일부 잘려나갔다. 마치 무도회장에서 춤을 추는 것처럼 우아한 움직임이었다. 나부끼는 꽃잎 속에 비치는 두 사람의 모습이 상황에 맞지 않게 아름다워 보여, 아마 누군가 목격했다면 저도 모르게 감탄했을지도 몰랐다.

하지만 사뿐히 앞으로 내디뎌진 걸음 끝에서는 반드시 붉은 피가 튀었다. 자비 없이 움직인 손이 날카로운 궤적을 그리며 움직일 때마다 살이 갈라지고 피가 흘렀다.

닉스 역시 당하고만 있지는 않았다. 하지만 겉에 남은 핏자국을 제외하고는 록사나의 몸에 생긴 상처의 흔적은 금세 사라졌다.

닉스는 몰랐지만 그녀의 몸은 자동으로 회복되고 있었다. 반면 닉스는 온통 상처투성이였다. 그러나 치명상이라 할 법한 것을 몇 군데나 입었는데도 불구하고 그는 끈질기게 살아 움직였다.

하지만 한계는 확실히 존재했는지, 마침내 닉스가 눈처럼 쌓인 꽃 무더기 위에 쓰러졌다. 록사나의 상처가 꾸준히 회복되고 있는 데 반해 닉스는 점점 큰 부상을 입어 가고 있었으니, 당연한 일이었다.

'이 독한 계집……!'

닉스는 반쯤 자포자기하여 속으로 읊조렸다. 이렇게까지 큰 부상을 입은 것은 처음이었다. 상황이 참으로 거지 같았지만 그래도 아직 그는 포기하지 않았다. 숨만 붙어 있다면 어지간한 것은 노엘이 고쳐 줄 수 있을 테니까.

그래도…….

'제길, 빌어먹게 아프잖아?'

통각을 모르는 인형들과 달리 그는 고통을 느꼈다. 이 육체의 빌어먹을 단점 중에 하나였다.

록사나가 다가와 피투성이가 된 닉스를 내려다보았다. 웅성거리는 소리가 점점 가까워지고 있었다.

"네 목적은 이 몸을 완전히 멈추게 하는 것이겠지?"

쿨럭, 몸을 떨며 피 섞인 기침을 토해 낸 닉스가 록사나를 향해 말했다.

"그럼 심장을 부숴야 할 거야. 내 혼을 붙들어 놓고 있는 건 거기에 새겨진 주술이니까."

닉스의 말처럼 다른 치명상은 그에게 결정적인 영향을 끼치지 못하는 것이 분명했다. 그렇다면 육체의 가장 약한 급소인 심장이나 뇌를 공격해야 하는 것이 맞았다.

"하지만 할 수 있겠어? 원래 이 몸의 주인도 그렇게 죽었었는데."

닉스가 핏물 밴 입술을 들썩여 록사나를 비웃었다.

"아실도 참 불쌍하네. 이렇게 피도 눈물도 없는 지독한 여동생한테 두 번째로 죽게 생겼으니."

피투성이가 된 닉스의 위로 빛과 꽃이 뒤섞여 떨어져 내렸다.

'역시 아까 오른쪽 눈을 뽑았어야 했어.'

록사나는 조금 후회했다. 이질적인 자홍색 눈이 사라진 닉스는, 그의 모습이 온전할 때보다 한결 더 아실을 생각나게 했기 때문에.

원래는 아실의 푸른 눈을 제거할 생각이었으나 마지막 순간 닉스가 반사적으로 고개를 틀어 조준이 빗나갔다. 그래도 번거로운 능력이 담긴 눈을 없앴으니 나쁘지 않은 수확이라고 생각했는데.

하지만 지금 그녀의 마음이 어떻든 간에, 베르티움을 떠나기 전 눈앞에 있는 인형의 마지막 숨을 끊어내야 했다.

록사나는 무표정한 얼굴로 빠르게 손을 움직였다. 얕은 숨을 내몰던 닉스의 입술이 작게 달싹인 것은 바로 그때였다.

"사나야."

애틋하게 느껴질 정도로 연약한 속삭임이 실바람에 섞여 귀에 번지는 순간, 록사나의 손이 멈칫했다. 그것은 찰나라 할 법한 정말 단 한 순간의 주저함이었다.

그 틈 사이로 닉스의 손이 쇄도했다.

콰액!

하지만 그것은 록사나에게 닿지 못했다.

"지금 그 더러운 손을 어디에 뻗는 거지?"

록사나를 향해 곧게 이어지던 닉스의 손에서 피가 튀는 것과 동시에, 나직한 음성이 귓전을 울렸다. 그 직후 익숙한 손길이 록사나의 몸을 붙잡아 끌어당겼다. 반사적으로 고개를 들자 그리웠던 사람의 얼굴이 시야에 비쳤다.

"카시스."

모든 것이 불시에 일어난 일이라 록사나는 어째서 그가 이곳에 있는지 의문조차 표하지 못했다.

닉스와 적당히 거리를 벌린 뒤, 카시스는 록사나의 상태를 확인하려는 듯이 한 차례 그녀의 몸을 시선으로 스쳤다. 핏자국을 발견한 그의 눈이 서늘해졌다. 그러나 다행히도 큰 상처는 없었다.

일단은 앞에 있는 방해물부터 처리할 생각으로 카시스는 다시 눈길을 앞으로 향했다.

"이건……."

카시스의 얼굴이 온도를 변화시킨 것은 바로 그 순간이었다. 록사나와 닮은 닉스의 얼굴을 확인한 직후의 일이었다.

"흐으, 헉……."

닉스는 카시스가 던진 단도에 베인 손을 부여잡은 채 바닥을 뒹굴고 있었다. 반쯤 잘려나간 손에서 피가 솟구치는 중이었다. 모순적이게도 인형인 그는 오히려 인간보다 더 고통에 취약해 보였다.

록사나는 괴롭게 일그러진 닉스의 얼굴에서 시선을 떼지 않았다.

그녀의 눈빛에는 온기 어린 감정이라고는 눈곱만큼도 깃들어 있지 않았다. 그러나 카시스는 록사나의 얼굴에서 무엇을 발견했는지, 더 이상 닉스를 공격하지 않고 손을 내렸다.

"닉스! 록사나 양……!"

그때, 누군가의 외침이 귓가를 찔러 들어왔다.

단테였다. 아비규환 속에서 가까스로 먼저 빠져나온 그는 이마가 찢어졌는지 한쪽 얼굴이 피범벅이었다. 카시스를 발견한 단테가 주춤했다.

"카시스 페델리안…… 당신이 지금 왜 여기에?"

그는 갑작스럽게 등장한 카시스를 보고 적잖이 당황한 것 같았다. 그에 카시스의 새파란 시선이 단테의 얼굴에 날아가 꽂혔다.

"질문은 내가 해야 할 것 같은데. 도대체 이게 어떻게 된 일인가?"

첨예한 눈빛을 정면에서 받은 단테가 몸을 굳혔다.

"왜 록사나가 베르티움에서 위협당하고 있지?"

"위협이라니……."

"저 남자가 록사나를 공격하고 있는 것을 내 두 눈으로 똑똑히 보았다."

단테의 눈길이 옆으로 휘익 날아갔다. 그의 말처럼 록사나의 몸에는 자잘한 상처들이 생겨 있었다. 닉스는 그보다 심했다.

'젠장. 잠깐 자리를 비운 사이에…….'

자세한 정황은 몰라도, 록사나를 베르티움에 묶어 두려 했던 닉스의 전략이 실패한 것만은 확실했다. 게다가 카시스 페넬리안은 또 왜 하필 이런 공교로운 시점에 베르티움을 찾았단 말인가?

"게다가 저 얼굴은 기분 나쁠 정도로 록사나와 닮았군."

잇따른 예리한 지적에 단테는 움찔 손끝을 떨 수밖에 없었다.

"루나!"

저쪽에서 노엘이 달려오는 모습이 보였다. 전투 인형들을 이용해 후원의 사람들을 완전히 제압하는 데 성공한 모양이었다.

매일 방구석에서 인형을 만드는 것이 일이다 보니 그는 이 정도 신체를 움직이는 것만으로도 버거운 듯했다. 뒤에 인형들을 달고 숨을 헐떡이며 뛰어온 노엘이 록사나를 보고 눈을 부릅떴다.

"이게 뭐야! 다쳤어? 피가 나잖아!"

옆에 있는 다른 사람들은 안중에도 없는 듯한 기색이었다. 록사나에게 달라붙어 호들갑을 떠는 노엘을 보고 카시스의 얼굴에 서린 예기가 한결 강해졌다.

록사나는 자신에게 서슴없이 뻗어진 노엘의 손을 매정히 쳐 냈다.

"루, 루나?"

충격을 받은 노엘의 눈에 록사나의 뒤쪽에 가려져 있던 닉스가 비쳤다.

"헉, 닉스!"

단테는 기민하게 분위기를 파악했다. 록사나 혼자만 있다면 또 몰라도 청의 귀공자까지 온 이상, 지금의 상황은 영 좋지 못했다. 일단 목격자가 있으니 록사나를 공격한 닉스의 만행을 그대로 덮을 수도 없는 노릇이었다.

"닉스, 당신이 정말 록사나 양을 공격했습니까?"

만신창이가 되어 신음하고 있던 닉스의 시선이 단테에게 닿았다. 단테는 그런 닉스를 내려다보며 싸늘히 읊조렸다.

"알고는 있었지만 정말 구제 불능이군요."

파삭!

"아악!"

단테가 장갑을 벗고 오른손을 뻗은 직후 닉스가 풀썩 앞으로 고꾸라졌다. 죽은 것은 아니고 일시적으로 기능을 멈추게 한 것이었다. 닉스의 몸이 일반적인 인형의 몸이 아니라는 점을 감안했을 때, 기절시킨 것이라 보아도 무방했다.

일순간 오른손에서 빛나던 문양으로 미루어 짐작해 보면, 아마 단테 역시 록사나의 심복인 에밀리와 비슷한 힘을 종속 계약에 의해 부여받은 것 같았다.

"니, 닉스!"

노엘이 바닥에 쓰러진 닉스를 보고 하늘이 무너진 것 같은 표정을 지었다. 누가 보면 닉스가 죽기라도 한 줄 알 정도로 참담한 얼굴이었다.

"정말 큰 실례를 저질렀습니다, 록사나 양."

단테의 손이 닉스에게 달려가려고 하는 노엘의 팔을 붙들었다.

"그는 인간이 아닌 인형입니다. 그렇기 때문에 불완전하지요. 아주 드문 경우이긴 하지만 고장이 나는 일도 있고요. 그래서 예기치 못하게 이런 큰 사고가 일어나게 되었군요."

그의 말을 듣고 카시스가 싸늘히 입매를 비틀었다.

"그래서 지금, 인형이 망가져 베르티움의 의사와는 상관없이 멋대로 록사나를 공격했다는 건가? 변명치고는 상당히 부실하군."

"죄송하다는 말밖에는 드릴 말씀이 없습니다."

단테의 말을 듣는 동안 록사나의 눈동자도 차갑게 가라앉았다.

"고장 난 저 인형은 저희 쪽에서 마땅히 처분하도록 하겠습니다."

그는 모든 일이 닉스의 독단적인 행동이었던 것처럼 몰아갈 셈이었다. 그런 생각을 꿰뚫어 본 록사나가 이내 느릿하게 입꼬리를 끌어당겨 미소를 지었다.

"언제 망가질지 모르는 그런 위험한 인형에게 내 시중을 맡기다니……."

그래, 그렇다면 이쪽에서도 기꺼이 이용해 줄 용의가 있었다.

"처음 초대받았을 때부터 느꼈지만 베르티움은 손님 접대를 늘 이런 식으로 하는지 궁금해지는데."

그녀의 싸늘한 말에 노엘이 당황해 입을 벌렸다. 그는 록사나가 화를 낼까 두려운 듯이 안절부절못하며 더듬거렸다.

"아, 아니야, 루나. 그건 오해……."

"날 그따위 이름으로 부르지 마."

유리 조각 같은 시선이 노엘의 얼굴을 꿰뚫었다. 그 순간 노엘은 심장을 틀어 잡힌 것처럼 흡 숨을 멈추었다.

뒤이어 카시스와 록사나의 시선이 마주쳤다. 카시스의 고개가 작게 움직였다. 무엇이든 원하는 대로 하라는 듯이.

"단테. 당신, 조금 전 내게 큰 실례를 저질렀다고 말했지."

록사나는 이번에는 단테를 향해 눈길을 돌렸다.

"그렇다면 베르티움에서도 저 인형이 벌인 일에 진심으로 책임을 통감해, 내게 입힌 피해를 보상할 마음이 있다고 여겨도 되는 건가?"

대답을 요구하는 눈빛에 단테의 얼굴이 얕게 굳어졌다. 그러나 언제까지고 침묵할 수는 없었기 때문에 결국 그는 입을 열고 말았다.

"……그렇습니다."

"하면 마땅히 성의를 보여야 하지 않겠어?"

단테는 다시금 입술을 다물었다. 어쩐지 상황이 뜻하지 않게 돌아가고 있다는 느낌이 들었다. 하지만 노엘은 단테의 속도 모르고 그저 록사나의 기분을 풀어 주는 데 급급하여 맞장구를 쳤다.

"그럼, 그럼! 당연히 성의 표시를 해야지. 뭐든 원하는 게 있다면 나한테 말을 하……."

"저 인형."

그러나 이어진 록사나의 요구에 노엘은 입을 벙긋거릴 수밖에 없었다.

"난 저 인형을 원해."

본래 록사나는 베르티움에 내분을 만든 뒤 그 틈에 닉스를 죽일 생각이었다. 그러나 결국 당초의 계획은 어긋났고, 단테와 노엘이 버티고 있는 이상 베르티움에 귀속된 닉스를 그들이 보는 앞에서 죽이는 것도 무리였다.

게다가 처음에는 단순히 그를 죽여 없애 버릴 심산이었으나, 지금은 마음이 조금 변했다.

"애초에 저것은 내 오빠의 주검이니 돌려받을 자격은 충분하겠지."

그리고 지금 그녀의 옆에는 페넬리안의 후계자인 카시스가 있었다. 이미 풍비박산 난 아그리체라면 또 몰라도, 베르티움의 입장에서는 페넬리안을 대표한다고 할 수 있는 카시스의 눈을 의식할 수밖에 없는 상황이었다. 록사나 혼자만 베르티움에 있을 때와는 상황이 달라진 것이다.

"그 이유가 아니더라도 닉스는 베르티움에 손님으로 초대받은 나를 공격한 인형이니, 어차피 처분할 계획이라면 그의 신병을 요구할 권리가 내게 있다고 생각하는데."

단테의 얼굴이 더 딱딱하게 굳어졌다. 아까부터 카시스 앞에서 실수로라도 말이 나오지 않게 남몰래 주의하고 있던 사실을 지금 록사나가 꼬집은 탓이었다.

"그게 무슨 말이지?"

역시 예상했던 것처럼 카시스의 가라앉은 음성이 귓전을 때렸다.

"베르티움의 인형술이 사람의 육신을 재료로 사용한다는 이야기는 금시초문인데."

베르티움의 입장에서는 닉스가 록사나를 공격한 것보다 차라리 이쪽이 더 껄끄러운 사안이었다.

"당연히 말도 안 되는 소리입니다."

단테는 애초에 아실의 몸을 가진 닉스를 이용해 록사나를 꾀어냈던 것조차 없던 일인 것처럼 뻔뻔하게 잡아뗐다. 애초에 증거가 될 만한 초대장에서도 닉스에 대한 명확한 설명이나 지칭은 없었으니 일단 시치미를 떼면 될 것이라 생각했다.

"록사나 양. 분노하신 것은 이해하지만 오해가 있으십니다. 닉스는 단지 우연히 록사나 양과 닮게 만들어진 인형일 뿐……."

"그, 그건 안 돼! 닉스는 란트가 나한테 준 거야. 예전에는 네 오빠였을지 몰라도 지금은 내 인형인걸. 이제는 내 소유라고. 아무리 루나라도 닉스는……."

하지만 횡설수설 토해진 노엘의 말 때문에 단테의 거짓말은 가로막혔다. 상상도 못 했던 멍청한 짓이어서 단테는 그만 말문이 막혀 버렸다.

상황 파악을 못 해도 이렇게 못 할 수 있나 싶었다. 낄 데 안 낄 데

구분이라도 좀 하면 단테도 이렇게 울화가 터지지는 않았을 것이다.
도움을 못 줄 거라면 차라리 입이나 다물고 있든가!

단테는 다시금 두통이 도지는 것을 느끼며 눈을 질끈 감았다.

상황을 대충 파악한 카시스가 써늘한 한기를 흘려보냈다.

"인형술과 관련한 인체 실험이라니. 이 부분에 대해서는 베르티움에서 명확히 해명할 필요성이 있을 것 같군."

그는 위그드라실에서 가져온 구겨진 서신을 품에서 꺼내 노엘에게 넘겼다. 노엘은 얼결에 그것을 받아 들고는 미간을 좁혔다.

"마침 달이 바뀌는 첫 번째 날에 다섯 가문 모두가 위그드라실에 모이기로 결정된 참이다."

단테는 그제야 카시스가 베르티움에 방문한 이유가 무엇인지 깨달았다. 록사나도 처음 듣는 소식이었다.

"그때 이번 일에 대한 자세한 설명을 베르티움에 공식적으로 요구하겠다. 베르티움에서 인형의 재료로 실제 사람의 육신을 사용한 것이 맞다면, 다른 가문들에서도 그냥 넘길 일이 아니니까."

단테가 낮게 침음했다. 하지만 카시스의 말은 거기에서 끝이 아니었다.

"그때까지 인형은 이쪽에서 보관하도록 하지."

물론 제대로 된 증거를 얻으려면 지금 당장 베르티움의 저택부터 점거해 조사하는 게 맞았지만 그러기에는 상황이 여의치 않았다.

카시스와 이시도르만으로는 베르티움을 수색하기 무리였고, 노엘과 단테도 그들이 그러도록 놔두지 않을 게 분명했다. 설령 허가한다 해도 이곳은 베르티움의 안뜰이었으니, 틈을 노려 얼마든지 증거를 인멸할 수 있을 터였다.

그러니 일단은 눈앞에 있는 인형만이라도 확보하기라도 했다. 무엇보다도 록사나가 저 인형을 원하고 있었으니, 그것을 손에 넣기만 해도 카시스로서는 수확이 있는 셈이었다.

"그건 안 됩니다."

당연히 단테는 얼굴을 무섭게 굳히며 강력히 반박했다.

"아직 아무런 증거도 없는 일 아닙니까? 베르티움에서 그런 일방적인 요구를 따를 이유는 없습니다."

"이미 그대의 수장의 입을 통해 증언된 것인데 부정하는가?"

"그것은…… 저희 수장님께서 기억을 혼동하신 것입니다."

변명이랍시고 내뱉은 것이 영 궁색하기는 했지만 달리 할 말이 없었다.

"기억의 혼동이라. 베르티움의 수장에게 그런 병력이 있었나?"

카시스의 얼굴에 냉소와 조소가 반씩 섞인 미소가 스쳐 지나갔다. 노엘이 또다시 상황 파악을 못 하고 발끈했으나 단테가 그를 막았다.

콰앙! 쾅……!

바로 그 순간이었다. 지금까지의 소음과 확연히 구분되는 폭발음이 베르티움 전체를 뒤덮었다. 골을 뒤흔들 정도의 거대한 굉음이었다. 본관 건물의 뒤쪽에서 자욱한 흙먼지가 일어났다.

"갑자기 뭐야?"

"이게 무슨!"

노엘과 단테는 몹시 놀랐다. 처음에는 제압된 별채의 사람들이 다시 폭동을 일으켜 베르티움을 아예 부수려 하는 줄 알았다.

하지만 곧 번개 같은 깨달음이 단테의 머리를 스쳐 지나갔다. 날카로운 눈빛이 카시스의 얼굴에 날아가 꽂혔다.

"혹시 동행한 일행이 있으십니까?"

그에 카시스가 담담히 반문했다.

"한 명 있는데, 그건 왜 묻지?"

"외람되오나 지금 그분은 어디에 계신지요?"

"여기 있소만."

하지만 단테가 말을 끝마치자마자 기다렸다는 듯이 굵직한 목소리가 귓전에 울렸다.

"상황을 보아 하니 오래 머물 분위기가 아닌 것 같아 돌아갈 준비를 하고 있었습니다."

이시도르의 말에 카시스가 잘했다는 듯이 고개를 끄덕였다. 그 말을 듣고 단테는 얼굴을 구겼다.

콰앙쾅! 또다시 우레 같은 소리가 공기를 찢으며 울려 퍼졌다. 폭발은 상당히 동시다발적이었다. 록사나의 생각에 아무래도 이것은 그리젤다의 작품인 것 같았다.

그사이 성큼 걸음을 옮긴 카시스가 바닥에 쓰러져 피를 흘리고 있는 닉스를 들어 올렸다. 노엘과 단테가 미처 그를 막기도 전에 벌어진 일이었다.

"우린 그만 돌아가지."

닉스를 어깨에 둘러멘 카시스가 록사나를 돌아보며 말했다.

"잠깐! 누구 마음대로 루나와 닉스를 데려가려는 거야?"

노엘의 눈에 새파란 안광이 서렸다. 그의 뒤에 대기하고 있던 전투 인형들이 공격 태세를 갖추기 시작했다.

"저쪽이다!"

그때, 우려했던 일이 벌어졌다. 조금 전의 폭발로 틈이 생겼는지, 인형들을 시켜 발을 묶어 둔 후원의 사람들이 어느덧 방어선을 뚫고 빠져나와 이쪽을 향해 달려오고 있었다.

콰앙……!

"노엘! 가만두지 않겠어!"

쾅!

"우리를 이렇게 취급하다니!"

"닉스도 저기에 있다!"

전투 인형으로 가차 없이 제압당한 일 때문인지 아까보다 한층 더 광분한 사람들이 노엘에게 저주를 퍼부으며 몰려왔다. 심지어 후원의 별채에 얌전히 있던 사람들까지 소란을 듣고 합류해 인원이 엄청나게 불어 있었다.

단테는 그야말로 환장할 것 같은 기분을 느껴야만 했다. 노엘도 심각성을 느꼈는지 얼굴을 새하얗게 굳혔다. 노엘은 숫제 미친 황소 떼처럼 달려오는 사람들과 카시스의 어깨에 업힌 닉스를 흔들리는 눈으로 다급히 번갈아 쳐다보았다.

이런 상황에서는 설령 닉스를 빼앗기지 않는다 해도 후원에 있는 사람들에게서 지켜줄 수 없을 것 같았다. 그의 눈앞에서 닉스가 해체되는 모습을 보지 않는다면 그것만으로도 다행이라 여겨질 정도였다.

"상황이 이러하니 배웅은 어려울 것 같군. 위그드라실에서 보기로 하지."

카시스가 그렇게 말하며 뒤돌아섰다. 더는 이곳에 있을 이유도, 그럴 만한 시간적 여유도 없었다. 록사나도 더는 베르티움에 볼일이 없었기에 주저 없이 몸을 돌렸다.

"잠깐!"

단테가 다급히 그들을 막으려 했다.

이윽고 노엘의 입에서 나직한 신음이 흘렀다. 마침내 그는 이를 악물고 전투 인형들에게 공격을 명령했다.

"……저들을 막아!"

하지만 그들이 가로막은 것은 어느새 바로 코앞까지 근접한 후원의 사람들이었다.

"노엘님! 저들을 정말 이대로 보내실 겁니까?"

단테도 그를 공격하는 사람들을 막으며 옆에 있는 노엘을 향해 믿을 수 없다는 듯이 소리쳤다.

"그럼 어쩌란 말이야! 이런 상황에서는 닉스까지 보호하지 못해! 게다가 지금 성벽까지 무너지고 있잖아! 베르티움에 방문한 다른 가문의 손님들까지 죽거나 다치면 그 책임은 어쩌려고!"

"하지만 그래도!"

단테는 모처럼 상식적인 판단을 내린 노엘에게 놀랐다. 하지만 그건 그거고, 이건 이거였다. 이대로 닉스를 베르티움 밖으로 내보내는 것은…….

콰아앙!

하지만 곧 이런 식으로 시간을 허비할 여유조차 없어지고 말았다. 성벽에 이어 건물이 부서지는 소리와 사람들의 아우성이 고막을 터트릴 것처럼 매섭게 들이닥쳤다. 결국 단테도 더는 다른 것을 신경 쓸 여유가 없어지고 말았다.

베르티움에 방문했던 손님들이 성문을 넘을 때까지도 폭발은 계속되었다. 극락처럼 아름다웠던 베르티움은 이번 일로 엉망진창이 되었다. 가까스로 성난 폭도들을 억누르기는 했으나 그들의 분노는 이미 손쓸 수 없이 깊어진 상태였다.

정신이 없는 상황에서도 인형을 보내 폭발이 일어난 곳을 수색하게 했지만 이미 그곳에서는 사람의 그림자 하나 찾을 수 없었다. 그저 배후를 알 수 없는 희미한 주술의 흔적만을 발견했을 뿐이었다.

물론 그것이 페넬리안의 짓이라는 증거는 찾지 못했기 때문에 단테는 조용히 분을 삭일 수밖에 없었다.

베르티움에서 있었던 기간은 고작 며칠에 불과했는데도 상당히 긴 시간이 지난 것 같았다. 아직도 그곳에서 들었던 거대한 소음이 귀에서 시끄럽게 웅성거리는 느낌이었다.

베르티움을 빠져나와 이동하는 동안 나는 계속 다른 생각에 잠겨 있었다.

스륵.

상념에 빠져 있던 내 뺨에 문득 온기가 닿았다. 시선을 들자 나를 응시하고 있는 카시스의 얼굴이 시야에 들어왔다. 그의 손이 스쳐 지나간 곳은 아까 베르티움에서 닉스에게 공격당해 긁혔던 위치였다. 상처는 벌써 다 아물어 있었지만 아직 핏자국이 남아 있던 모양이다.

카시스는 그것을 닦아 내듯이 손을 움직였다. 뒤이어 아까 베인 귀를 비롯해 자잘한 상처를 입었던 부위에 차례로 그의 손이 닿았다. 닉스의 피에 젖은 내 손도 카시스에 의해 정화되었다.

"카시스."

나는 그런 그를 가만히 바라보다가 마침내 입을 열었다.

"란트, 누가 죽였어?"

고요한 물음에 내게 닿아 있던 카시스의 손이 불현듯 움직임을 멈추었다. 허공에서 시선이 부딪쳤다. 이윽고 카시스가 내게서 손을 떼며 닫혀 있던 입술을 뗐다.

"내가."

뒤이어 흘러나온 카시스의 목소리는 억양 없이 느껴질 정도로 낮게 가라앉아 있었다.

"내가 죽였어."

애초에 데온과 카시스, 둘 중 하나가 란트를 죽였을 것이라 생각했기에 놀라지는 않았다. 나는 다시 물었다.

"그 사람의 마지막은 어땠어?"

어쩌면 이것은 카시스에게 하면 안 되는 말인지도 몰랐다. 하지만……. 나는 심장에 깊숙이 퍼져 있던 독을 미처 삼켜 내지 못해 지금 이 순간의 오롯한 진심을 내뱉고야 말았다.

"그 사람의 마지막이 아주 고통스러웠던 거라면 좋겠어."

카시스가 내 양쪽 뺨을 손으로 감쌌다. 그 후 그가 정면에서 내 눈을 들여다보았다. 뒤이어 속삭임에 가까운 나직한 물음이 나를 훑고 지나갔다.

"내가 해 줬으면 하는 일이 있다면 말해."

내가 원한다면 그게 무엇이라도 망설임 없이 전부 해 줄 것처럼 곧고 진실 된 눈빛이었다. 그 역시도 베르티움 내에서의 대화를 통해 내가 이러는 이유를 어느 정도 유추해 낸 것이 분명했다.

나는 내 속마음이 그에게 읽힐까 봐 눈을 감았다.

죽어서까지 아실을 욕되게 만든 란트 아그리체를 죽이고 싶다. 아실의 시신을 굳이 일으켜 세워 그의 안식을 방해한 노엘 베르티움을 죽이고 싶다. 그리고 마지막 순간 바보같이 망설여 닉스를 죽이지 못한 나를 죽이고 싶다.

사납게 날뛰는 살의가 가시처럼 속을 찔렀다. 지금 마차의 뒷부분에 짐처럼 실려 있을 닉스를 생각하자 또 가슴에 따가운 한기가 번졌다.

"손잡아 줘."

그래서 나는 지금 그에게 필요로 하는 것을 요구했다. 다소 뜬금없다고 여길 법도 한데, 카시스는 곧바로 내게 손을 내밀었다.

하지만 그는 내 요구대로 손을 붙드는 대신 내 몸을 끌어당겨 품에 가득 감싸 안았다. 밀착된 몸에서 따스한 온기가 스며들었다.

베르티움에 있는 동안 계속 뼈가 시린 느낌이었는데 이렇게 카시스와 붙어 있으니 그제야 몸에 온기가 도는 것 같았다.

카시스의 팔이 내 허리를 꽉 옥죄었다. 등허리를 쓸어내리는 느린 손길에 서서히 마음의 안정이 돌아왔다.

나는 그의 품에 안겨 한동안 온전히 누려 왔던 평온한 시간이 끝났음을 예감했다. 하고 싶은 일, 그리고 해야 할 일이 생겼으니 앞으로는 다시 바빠질 것이 분명했다.

"카시스."

나지막한 내 부름에 카시스가 말하라는 듯이 내 머리에 뺨을 기댔다.

"나, 다시 록사나 아그리체가 될 거야."

잠시 느려졌던 카시스의 손이 내 목덜미를 받쳤다. 그 후 이마에 새털 같은 입맞춤이 내려앉았다.

"그래. 네가 원하는 대로 해."

카시스는 무슨 일이 있어도 나를 놓지 않겠다고 말했고, 나는 그의 말을 믿었다.

"그래도 내 옆에 계속 있어줘."

그래서 나도 욕심껏 요구하자, 나를 끌어안은 카시스의 힘이 한결 더 강해졌다.

"그래."

이번에도 카시스는 기꺼이 내가 듣고 싶어 하는 말을 들려주었다.

"그렇게 할게."

나도 카시스를 더 힘껏 끌어안았다. 혼자였던 예전과 달리 지금 내 옆에 그가 있어 다행이었다.

12장

또 한 번의 전환

"언제까지 그런 식으로 쳐다보고만 있을 거지?"

고요하다 못해 무겁게 주위를 짓누르고 있던 정적이 마침내 깨졌다. 성긴 시선이 부서진 침묵의 잔해 속을 성큼 가로질렀다.

"차라리 손에 들고 있는 그 칼로 날 찌르려는 시도라도 해 보지 그래."

데온은 벌써 한참 전부터 침대맡에 앉아 있었던 여인을 응시했다. 시에라는 미동 없이 의자에 앉아 눈앞에 있는 데온에게 침잠한 시선을 보내고 있었다.

낮게 읊조려진 그의 목소리에는 감정 한 올 깃들어 있지 않았다. 그 무미건조함을 보면, 지금의 상황이 그와는 전혀 상관없는 것처럼 느껴지기도 했다.

데온이 몸의 자유를 억압당한 채 이 좁은 공간에 갇힌 뒤로 시일이 제법 지났다.

그동안 그는 세 여자와 기묘한 동거를 이어 왔다.

그 세 여자란 물론 록사나의 어머니인 시에라와 록사나의 심복인 에밀리, 그리고 시에라의 하녀였던 베스였다.

어지간한 독에는 내성이 생긴 데온이었기에 기실 방 안에 고인 지독한 수면향에 그리 큰 영향을 받지는 않았다. 하지만 그는 시에라가 원하는 대로 잠자코 있어 주었다.

시에라는 지금처럼 매일같이 데온을 찾아와 그의 머리맡을 지키곤 했다. 그것이 그를 간호할 목적이 아님을 데온은 알았다.

그를 응시하는 그녀의 눈빛은 짙은 장막을 두른 듯이 언제나 불투명했고, 이따금 소매 속의 단도를 만지는 손길에는 희미한 살의가 어려 있었다.

마침내 시에라의 입술이 작게 벌어졌다.

"그래, 지금껏 수백 번은 널 찌르는 상상을 했지."

담담한 음성이 데온의 귓가를 간질였다. 시에라는 데온의 말에 부정하지 않았다.

데온은 아그리체에 있을 때에는 단 한 번도 목격한 적이 없는 그녀의 이런 모습이 의외라고 생각했다. 어쩌면 그때에는 이렇게 시에라와 긴 시간 얼굴을 맞댈 일이 없었기 때문에 미처 느끼지 못한 것일 수도 있었다.

어찌 되었든 간에, 지금의 시에라는 전과 달리 데온에게서 작게나마 감흥을 이끌어 냈다.

그러나 시일이 지날수록 데온은 눈앞에 있는 사람이 어리석다고 생각했다. 지금껏 기회는 넘치도록 많았는데도, 그녀는 단 한 번도 데온에게 직접 손을 쓰지 않았다.

그래도 아그리체에서 빠져나오기 전, 란트에게 의외의 모습을 보여 조금은 놀랍다고 생각했는데. 하지만 역시 심약한 그 성격은 금방 바뀔 수 있는 성질이 아니었던가.

"만약 생각만으로 누군가에게 위해를 끼칠 수 있다면, 넌 이미 형편없이 난도질당했을 거야."

그러나 단순히 그렇게 생각하기에는 시에라의 태도가 지나치게 초연했다.

시에라가 고이 품고 있던 단도를 무릎 위에 올려놓았다. 데온의 시선이 날카롭게 갈린 날붙이에 날아가 박혔다.

"용기가 나지 않았나?"

"사람을 해칠 용기, 아니면 내 손을 더럽힐 용기?"

두 사람의 목소리는 시종일관 차분하고 나지막했다. 두 사람 모두 원한으로 엮인 그들의 관계나, 둘 중 한 명의 사지가 결박되어 있는 지금의 특수한 상황 같은 것은 조금도 염두에 두지 않는 것처럼 보였다.

"내 눈을 보렴. 내가 하지 못한 건지, 아니면 하지 않은 건지."

겉보기에 제압당한 측은 분명 데온 쪽이었으나 그에게서는 긴장감이나 위축된 느낌 같은 것이 조금도 풍겨 나오지 않았다. 시에라도 그것을 자연스럽게 받아들이는 모양새였다.

다만 벽에 붙어 선 에밀리만이 여전히 데온을 경계하며 주시하고 있었다.

시에라는 데온과 단둘이 대화를 나누고 싶어 했으나 여느 때처럼 에밀리가 반대했다. 그러나 기실 시에라는 에밀리의 위치가 어디든 데온을 상대하는 데 별다른 차이가 없으리라는 것을 이미 알고 있었다.

아마 에밀리도 그러한 사실을 모르지는 않을 것이다. 다만 그녀는 시에라의 곁을 지키라는 제 주인의 명을 충실하게 이행하고 있을 뿐이었다. 그것을 알기에 시에라도 에밀리를 굳이 설득하지 않았다.

"줄곧 궁금했던 게 있었어."

시에라는 아그리체에서 사는 동안 데온의 얼굴을 마주하며 몇 번인가 묻고 싶었던 것을 이제야 입 밖으로 꺼냈다.

"아실을 죽일 때 어떤 생각을 했니?"

"아무것도."

그녀가 망설인 시간에 비하면 헛웃음이 날 만큼 참으로 짧은 순간이 지난 뒤 간략한 대답이 잇따랐다.

데온은 정말 조금의 고민이나 주저함도 없이 곧바로 말했다. 여전히 무미건조한 음성이었고, 그 안에서는 어떤 감정도 느껴지지 않았다.

이미 예상했던 바였기 때문에 시에라는 동요하지 않았다. 다만 그녀는 이번에는 다른 것을 그에게 물었다.

"란트를 죽이려 했을 때는 어떤 감정을 느꼈지?"

"그것 역시, 아무것도."

"만약 네 눈앞에서 마리아 님이 죽는다면 어떨까?"

"의미 없는 것을 자꾸 묻는군."

한결같이 메마른 목소리였다. 시에라를 바라보는 데온의 눈빛과 표정 역시 별반 다르지 않았다. 그래서 시에라도 흔들림 없이 그를 마주 볼 수 있었다.

"넌 란트가 만들어 낸 괴물이야."

고요하게 얼어붙은 음성이 고막을 파고들었다.

"나는 그런 너를 끔찍이 증오하고 경멸해."

피는 못 속인다는 말이 맞는지, 지금 시에라의 얼굴은 록사나와 굉장히 많이 닮아 있었다. 특히 데온을 응시하는 혐오감 어린 싸늘한 눈빛이 그러했다. 그러나 이어진 말은 데온의 예측 범주에 들어 있지 않은 것이었다.

"하지만 그만큼 너를 동정한다."

그 순간 지금까지 단 한 번도 변화한 적 없던 데온의 표정이 아주 미세하게 움직였다. 시에라는 그런 그를 향해 멈추지 않고 말을 이었다.

"아마 이 세상에 너를 동정하는 사람은 나뿐일 거야."

그것은 분명 데온이 태어나 처음으로 들어 보는 말이었다.

"그리고 내게는 너를 경멸할 자격도, 동정할 자격도 충분하지."

이제껏 누가 감히 그에게 동정을 논할 수 있었을까.

"우습군."

더군다나 그 상대가 시에라라니. 살아오는 동안 단 한 번도 상상해 본 적 없는 일이었다.

"전부터 간혹 의심스러울 때가 있었지만 정말 제정신이 아닌 건가?"

데온의 입가에 조롱 섞인 냉소가 피어올랐다.

"그럼 그 알량한 동정심 때문에 날 살렸다는 거냐."

그러나 그에게서 변화를 이끌어 낸 이는 조금도 흔들리지 않았다.

"너를 용서한다는 말 따위를 하려는 게 아니야. 그건 내가 다시 죽었다 태어나도 불가능할 테니까."

조금 전까지의 데온처럼 이번에는 시에라가 무감정한 모습으로 읊조렸다.

"하지만 나는……."

그리고 덧붙여진 말에 데온의 눈에 한층 더 강렬한 예기가 어렸다.

"그래. 내 아들을 죽인 네가 내 딸을 위해서는 죽을 수도 있다는 걸 아니까."

"정말 돌았군. 그따위 헛소리나 지껄이다니."

"아니, 헛소리가 아니라 넌 정말 사나의 충실한 개지. 짖으라면 짖고 죽으라면 죽는 시늉까지 할. 정작 너 스스로는 그걸 모르고 있는 것 같지만."

아그리체에서 빠져나온 이후, 시에라는 겁을 상실한 것 같았다.

"어찌 되었든 내가 너를 죽게 내버려 두지 않은 이유도 그와 다르지 않아. 넌 아직 내 딸에게 쓰임이 있을 테니까."

그렇지 않고서야 그를 이렇게 목전에 두고 이따위 소리를 주저 없이 내뱉을 리가 없었다.

"쓸모 있는 사람은 살아남는다. 아그리체의 방식이잖니."

그것이 데온을 살린 이유라면 정말이지 터무니없다고 할 수밖에 없었다.

"겁 없이 입을 놀리는 건 거기까지만 해. 점점 봐주기도 힘들어지니까."

데온은 시에라에게 서늘히 경고했다.

"아그리체에서 날 그냥 내버려 두지 않고 데려와 치료한 것이 대단한 은혜라도 된다고 생각하나? 글쎄. 내 생각에는 그따위 소리를 지껄이고도 목숨줄을 연명할 수 있을 정도는 아닌 것 같은데."

그 순간, 벽에 붙어 서 있던 에밀리가 한 발짝 앞으로 다가왔다. 데온의 몸에서 스며 나오는 기운이 달라졌다는 사실을 깨달은 것이 분명했다.

하지만 설령 그렇다 한들, 감히 제 힘으로 그를 막을 수 있으리라 여긴 것인가.

데온의 미소에 살얼음이 꼈다.

"심복 따위에게 얕보이다니 나도 꼴이 우스워졌군."

철컹.

그는 손을 움직여 손목과 발목을 감싸고 있는 구속구를 부숴 버렸다.

"재미없는 놀음은 이쯤에서 끝내도록 하지."

지금까지 시에라에게 장단을 맞춰 준 것은 데온 나름대로의 어울리지 않는 관용이었다. 데온은 그녀가 지금 무릎 위에 놓인 저 칼로 그를 찌르기를 끈기 있게 기다려 주었다. 어쩌면 그 기다림 속에는 아주 희미한 기대가 녹아 있던 것 같기도 하다.

그러나 그녀는 아무것도 하지 않고 데온이 내준 기회를 모조리 소모해 버렸다. 이것으로 목숨값은 충분히 갚은 셈이었다.

하지만 시에라의 주장대로 처음부터 그녀에게 그를 죽일 마음이 없었다고 한다면, 그녀의 입장에서도 그리 아쉬운 일은 아닐 것이다.

"그래, 내 딸에게 가렴."

시에라 역시 데온을 결박하고 있는 도구들의 무가치함을 알고 있었던 듯했다. 그녀는 지금의 상황에 조금도 놀라거나 당황하지 않았다. 곁에 있는 에밀리 역시 마찬가지였다.

"내 딸에게 가서……."

데온은 바닥을 딛고 내려서 의자에 앉은 시에라를 서느렇게 내려다보았다.

"언제든 그 아이를 위해 죽어. 그러라고 살려 준 목숨이니까."

위에서 내리꽂히는 시선이 칼날처럼 섬뜩하리만치 날카로웠다. 그러나 시에라는 조금도 두려움을 느끼지 않는 기색이었다.

서슬 퍼런 눈빛이 당장에라도 그런 그녀를 찔러 죽여 버릴 것만 같았다. 하지만 결국 데온은 시에라에게 손가락 하나 대지 않고 그녀를 스쳐 지나갔다.

그렇게 한동안 유지되었던 그들의 기묘했던 시간은 끝이 났다. 그 동안 이곳에서 생각보다 많은 날을 소모했던 만큼 미적거릴 시간은 없었다.

데온은 곧장 중립 지역을 떠나 아그리체로 이동했다.

실로 오랜만에 돌아온 아그리체에는 아직까지도 지난날의 흔적이 남아 있었다. 어느덧 시간이 흘러 늦겨울에서 초봄이 되었으나 아그리체의 풍경은 여전히 삭막했다.

데온은 기억보다 훨씬 한적한 느낌을 풍기는 저택의 모습을 잠깐 두 눈에 담았다.

저벅.

마침내 그의 걸음이 저택의 안쪽으로 이어졌다. 데온은 몇 개의 방과 란트 아그리체와 결전을 벌였던 장소를 거쳐 다시 처음에 섰던 자리로 돌아왔다.

그러는 동안 누구와도 마주치지 않은 것은 데온이 번거로운 일을 피해 기척을 죽였기 때문이었다. 그뿐 아니라 예전과는 비할 수 없을 정도로 저택 내에 머무는 사람의 수가 줄어들었기 때문이기도 했다.

"잠깐, 거기 너 뭐야?"

데온이 막 저택을 빠져나가려 할 때쯤 처음으로 그를 발견한 사람이 나타났다. 데온의 시선이 소리가 들린 방향으로 스르륵 미끄러졌다.

"헉, 데온?"

그의 얼굴을 알아본 사람이 숨을 들이켰다. 그는 데온의 이복형제 중 하나였고, 당연히 지금까지 데온의 관심 밖에 있던 이였다. 그래서 데온은 지체 없이 무표정한 얼굴을 다시 정면으로 돌렸다.

"뭐, 데온이라고?"

"그게 정말이야?"

조금 전 불시에 내뱉은 음성이 상당히 컸는지, 그 소리를 들은 다른 사람들이 웅성거리며 몰려오는 소리가 들렸다.

저택 내에 분명 록사나는 없었다. 기실 데온도 이곳에 그녀가 있을 확률이 희박하다 여기기는 했으나 한 번쯤 확인해 볼 가치는 있다고 여겨 와 본 것일 따름이었다. 목적했던 일을 끝마쳤으니 더 이상 이곳에 머무를 이유는 없었다.

"앗, 잠깐!"

데온은 그를 부르는 목소리를 뒤로하고 자리에서 주저 없이 발길을 뗐다.

그는 아까 아그리체의 저택에 처음 들어섰을 때처럼 이번에도 홀연히 사라졌다.

"뭐? 누가 왔다고?"

제레미의 눈매가 종잇장처럼 구겨졌다. 그는 위그드라실에서 이제 막 돌아온 참이었다. 그런데 저택의 문을 넘자마자 귓가에 웬 개소리가 들렸다.

"데온이었어, 정말."

"지금까지 코빼기 하나 안 비치더니, 어쩐 일이지?"

"그런데 오자마자 그냥 갔다니까. 그냥 잠깐 들른 거였나 봐."

"도대체 무슨 일로?"

"그걸 내가 알아?"

주변이 금세 시끄러워졌다. 모두들 잠깐 얼굴을 비쳤다 사라진 데온의 이야기를 하느라 여념이 없었다. 긍정적인 반응과 부정적인 반응이 뒤섞여 있었지만 놀라움과 의아함만큼은 공통되어 있었다.

제레미의 눈에 일순간 날카로운 광채가 스쳐 지나갔다. 도대체 그동안 어디에서 뭘 했는지는 모르겠지만 데온이 아그리체에 왔다는 건 록사나를 찾아서일 가능성이 컸다.

모두가 의아해할 정도로 짧은 시간 동안 저택에 들렀다가 다시 사라졌다고 하니 신빙성이 더욱 커졌다. 록사나 외에는 데온이 아그리체에 관심을 둘 만한 이유가 없으니까.

한동안 록사나를 사이에 두고 데온을 가까이에서 지켜보면서 제레미 역시 나름대로 그를 면밀하게 파악하고 있었다.

'그런데 이 새끼는 한동안 조용하다가 왜 갑자기 튀어나오고 지랄이야? 그냥 지금까지처럼 아무 데나 처박혀서 찌져 있을 것이지.'

그래도 제레미뿐만 아니라 데온도 아직 록사나를 찾지 못한 것 같아 그 점은 마음에 들었다. 하지만 역시 데온의 얼굴을 머릿속에 떠올리니 그렇지 않아도 가슴 밑자락에 깔려 있던 짜증이 스멀스멀 도지는 것이 느껴졌다.

제레미는 위그드라실을 빠져나올 때부터 내내 그의 심기를 불편하게 만들었던 일을 입 밖에 꺼냈다.

"그보다 조만간 위그드라실에서 친목회가 열릴 예정이니까 다들 그런 줄 알고 있어."

"뭐? 친목회?"

"그래. 다섯 가문 다 참석하기로 얘기 끝났어."

다들 이게 무슨 개 풀 뜯어 먹는 소리냐는 듯이 제레미를 쳐다보았다.

"거기에 우리도 가야 한다고?"

"그래."

엄밀히 따지면 이 웃기지도 않은 친목회를 기획하게 된 원인이 아그리체와 페넬리안의 반목 때문이라 할 수 있었으니 당연했다.

이복형제들은 귀가 따가워질 정도로 소리 높여 웅성거렸다. 우리가 왜 그런 귀찮은 짓을 해야 하냐는 의견이 대다수였다.

물론 제레미도 거기에 동감했다. 친목회라니, 이게 무슨 웃기지도 않은 소리란 말인가? 다섯 가문의 수뇌들이 머리를 맞대 의논한 회의의 결과가 겨우 이따위라니. 배를 잡고 폭소할 일이었다.

"야, 시끄러우니까 그만 짖어. 정 불만인 놈들은 아그리체 성 반납하고 나가든가."

그러나 이미 결정된 것은 결정된 것이었으니 어쩔 수 없었다. 제레미는 전부 다 성가셔져서 여전히 웅성거리는 형제들을 뒤로하고 계단으로 향했다.

"차라리 데온이 수장이 되었더라면……."

혼잣말 같은 자그마한 중얼거림이 고막을 찔러 들어온 것은 그때였다. 바로 그 순간 막 계단 위로 내디뎌진 제레미의 발이 우뚝 멈추어졌다.

"……지금 뭐라고 지껄였어?"

음습하게 느껴질 정도로 낮은 음성이 바닥을 긁었다.

제레미가 뒤돌아섰다. 시퍼런 눈길이 조금 전 중얼거린 사람을 향해 정확히 날아가 박혔다.

순식간에 침묵이 내려앉았다. 살얼음이 낀 것 같은 긴장감이 공기 중에 독처럼 스며드는 것이 느껴졌다. 그래도 분위기 파악은 할 줄 아는지, 모두가 입을 딱 다물었다. 하지만 기민하게 살펴본 결과, 그 같은 생각을 하는 것이 지금 개소리를 지껄인 놈 하나뿐만이 아니란 사실을 알 수 있었다.

"하."

제레미의 입에서 비틀린 웃음이 새어 나왔다. 이 새끼들이 뒈지려고…… 기분이 아주 개 같고 좆같았다.

물론 제레미가 이런 거지 같은 기분을 느끼면서도 꿋꿋이 인내하는 것은 그들을 위해서가 아니었다. 그러니 그들이 제레미의 노고를 알아줄 필요는 없었다.

하지만 기분이 더러운 건 더러운 거였다.

"틀린 말도 아니잖아."

문득 어디에선가 자그마한 음성이 흘러나왔다.

"생각해 보면 너무 성급하게 결정하긴 했어. 워낙 경황이 없어서 그랬긴 하지만, 좀 더 찾아보면 너보다 맡은 역할을 더 잘 소화해 낼 사람이 있을 수도 있는 거잖아?"

지금 입을 연 것은 아그리체가 복권되었을 때부터 제레미의 자리를 호시탐탐 노리던 이복형제였다. 누구 때문에 이 정도까지 상황이 정리되었는지 뻔히 알면서, 슬슬 발등의 불이 꺼지자 이제야 승냥이처럼 이를 드러내는 꼴이 상당히 우스웠다.

"차라리 정말 데온을 불러오는 게 어때?"

"맞아. 데온이라면 이런 구질구질한 상황도 타파할 수 있을 거야."

"우리가 뭉치면 다른 가문들도 다 찍어 누를 수 있지 않을까?"

호기로운 발언이 하나 던져지자 이어서 하나둘씩 입을 여는 사람이 나왔다.

이 병신들은 하나같이 오합지졸인 주제에 다른 가문들을 그따위 솜방망이 힘으로 하나둘씩 격파해 깨부술 수 있다고 믿는 모양이다.

다들 대가리에 뇌가 아니라 돌이 들어찬 게 분명했다.

게다가 설령 그것이 가능하다고 해도 그것은 제레미의 이상과 거리가 멀었다. 그러니 만약 데온이든 누구든 그렇게 나대는 놈이 있다면 그의 손으로 목을 따서 치워 버렸을 것이 분명했다.

"그래, 너희들을 위해서 뼈 빠지게 구르고 있는 나보다 그동안 가문 따위는 나 몰라라 하고 증발해 있던 데온 새끼가 이 자리에 있는 게 더 나을 거라고 생각한단 말이지."

느른한 음성이 제레미의 입에서 흘러나왔다. 눈치 빠른 사람은 그 안에 도사리고 있는 불길한 기운을 느끼고 입을 다물었으나 그렇지 않은 사람은 멈추지 않고 입을 놀려 댔다.

"아니, 뭐 꼭 그렇다기보다는……."

"제레미 넌 나이도 어리잖아. 가문을 네가 짊어지기에는 무리지 않아?"

"그래, 이왕 말이 나왔으니까 말인데 수장을 다시 결정하는 게 어때?"

"아니면 순번을 정해서 다 같이 돌아가면서 하든가."

그러니까, 결국은 이쪽이 본론이었다. 데온의 이름을 꺼내 그의 기분을 잡치게 하며 주절주절 서론을 장황하게 늘어놓더니만, 결국은 오래가지 않아 이렇게 얄팍한 속내를 드러냈다.

"재미있네."

제레미의 고개가 옆으로 슬쩍 꺾였다. 지난겨울에 비해 조금 더 길어진 검은 머리칼이 그 움직임을 따라 모양을 흐트러뜨렸다.

킥, 하고 작게 울리는 웃음소리에 다시금 사람들의 시선이 제레미에게 몰렸다.

"너희, 내가 존나 만만해 보이는구나."

잘생긴 얼굴에 짙은 미소가 떠올라 있었다. 계절이 변하면서 약간

살이 빠진 탓에, 제레미의 얼굴은 전보다 선이 굵직하게 드러난 상태였다. 그래서 그의 입매에 걸린 미소가 한결 더 두드러져 보였다.

"그래, 그럴 만하지. 생각해 보니까 나 되게 오랫동안 얌전히 지냈다. 그치, 응?"

얼핏 상냥하게 느껴지는 목소리였으나 그 안에서 피어오르는 것은 은은한 살기였다.

그러고 보니 지금까지 바깥의 일을 처리하느라 바빠 제대로 내실을 다질 시간이 없었다.

지금 이곳에 있는 것은 전부 고삐 풀린 산짐승들이었다. 그들을 찍어 누르고 있던 란트 아그리체가 사라지고 제레미가 그 자리를 넘겨받기는 했으나 아직 그것을 뼛속 깊이 새기기에는 턱없이 부족한 기간이었다. 그러니 이런 식으로 그를 쉽게 보고 저따위 소리를 겁 없이 지껄일 수 있는 것이겠지.

하지만 다른 한편으로 생각해 보면, 그들이 이러는 것도 이해가 되었다. 아그리체가 이렇게 되기 전부터 제레미에게는 록사나라는 제동 장치가 있어, 그녀의 뜻에 따라서만 행동했을 따름이었으니까.

그러나 지금 이 자리에는 더 이상 록사나가 없었다.

"나도 참 병신이네."

그렇다면 굳이 참아야 할 이유는 또 뭐란 말인가?

"그래, 시발. 다 좆까, 그냥."

깨달음을 얻은 제레미가 웃어 보였다. 그 직후 계단 앞에 있던 그의 신형이 순식간에 시야에서 사라졌다.

"어?"

콰앙!

바로 다음 순간, 커다란 소음이 저택 내에 천둥처럼 울려 퍼졌다.

후두둑······.

눈 깜짝할 새 맞은편에 있는 사람들 사이로 이동한 제레미가 손에 우악스럽게 틀어쥐고 있던 머리채를 느슨히 붙잡아 끌어 올렸다.

그러자 부서진 대리석 바닥에 처박힌 남자의 머리가 위로 들렸다. 그는 이미 비명도 내지르지 못하고 의식을 잃은 상태였다.

"그래, 이참에 누가 우위에 있는지 보여 주는 것도 괜찮겠지."

등골이 오싹해질 정도로 싸늘한 시선이 경악한 좌중을 느리게 훑고 지나갔다.

제레미는 손에 쥐고 있던 머리채를 옆으로 아무렇게나 내던졌다. 그 후 제레미가 굽히고 있던 다리를 세워 자리에서 일어나자 모두가 몸을 팽팽히 긴장시키며 그를 경계했다.

"역시 사람이 마냥 좋게 대해 주는 데는 한계가 있는 거야. 그렇지?"

하지만 수많은 인원과 홀로 대치하고 있는 제레미는 여전히 유유자적한 모습을 하고 있었다. 그는 손을 아래로 늘어뜨린 채 입꼬리를 끌어 올려 다시 한번 웃었다.

"좋아, 그렇게 원한다니 내가 오늘 이 자리에서 전부 다 죽여 줄게."

한번 시작된 분열은 시간이 지날수록 점점 크기를 불려 늦든 빠르든 종국에는 화를 부르게 마련이다. 그렇다면 그렇게 되기 전에 확실히 기선 제압을 해 누가 그들의 위에 있는지 똑똑히 보여 주는 것이 나았다.

만약 그를 인정하지 못하겠다면 인정할 수밖에 없게 만들어 주면 된다.

아그리체에 뿌리 깊이 박혀 있는 약육강식의 힘의 논리대로, 그 단순 무식하고 적나라하기 짝이 없는 짐승들의 법칙에 따라서.

"너희가 지금 누구한테 겁 없이 기어올랐는지."

제레미의 푸른 눈이 섬뜩하게 번쩍였다.

"두 눈 똑바로 뜨고 봐."

오늘, 그는 고삐 풀린 짐승들의 진정한 주인이 될 것이었다.

13장

전환 직후

아그리체를 벗어난 데온은 록사나의 흔적을 찾기 위해 주변을 살폈다. 그러나 이미 시일이 상당히 흘러, 원하던 것을 발견하기에는 늦어버린 듯했다. 일단은 외부에서 오고 간 흔적 자체가 너무 많았다. 게다가 원래도 아그리체의 사람들은 자신의 흔적을 지우는 게 습관화되어 있기도 했고, 그중에서도 특히 록사나는 그런 일에 지나치게 능숙했다.

"……."

문득 아그리체에서의 마지막 날에 보았던 카시스 페델리안이 떠올랐다.

"지하 감옥에서부터 란트의 뒤를 쫓았다는 말을 듣고 네게도 한 번은 기회를 주려 했는데 역부족이었나."

데온의 눈빛이 이제까지와 비할 수 없이 냉랭하게 가라앉았다. 어쩌면 그날 록사나와 카시스 페델리안이 만나 함께 아그리체를 빠져나갔을지도 모른다는 생각이 들었다.

하지만…….

란트의 집무실에서 마지막으로 보았던 록사나를 떠올리자면, 그것은 있을 수 없는 일이라 여겨지기도 했다. 그녀가 이따금 데온의 앞에서 카시스 페델리안의 이름을 꺼냈던 것은 단순히 그를 도발하기 위해서였을 뿐이란 사실을 모르지 않았다. 만약 록사나가 카시스와 함께 갈 작정이었다면, 그날 페델리안을 아그리체에 끌어들이지 않았을 것이다.

데온은 한쪽 무릎을 바닥에 댄 채 숙이고 있던 몸을 일으켜 세웠다. 그리고 나서 그는 손끝을 비벼 마른 흙을 미지근한 공기 중에 흩날려 보냈다.

데온은 가장 확실한 방법을 따르기로 했다. 불명확한 일에 더 이상 시간을 허비하게 되는 일은 사양이었다.

그는 대상을 바꾸어 그리젤다의 흔적을 쫓기 시작했다. 아그리체에 있을 때에도 그녀는 록사나의 숨겨진 아군이었다. 아군이라 하기에는 사실 어폐가 있기는 했지만, 어찌 되었거나 그녀는 록사나의 충실한 조력자이자 쓸 만한 정보망이었다.

데온이 알고 있는 그리젤다라면, 분명 그동안 어떻게든 록사나의 행방을 찾아 그 뒤를 쫓았을 것이라는 예감이 들었다. 그리하여 데온은 아주 희미하게 남아 있는 그리젤다의 흔적을 밟아 이동했다.

얼마 후 그가 도착한 곳은 중립 지대의 경계였다. 같은 중립 지역이라 해도 워낙 땅이 넓기 때문에 시에라가 머물고 있는 곳과는 거리가 상당했다. 게다가 이곳은 시가지가 있는 곳이 아닌 외곽 지역이었다. 아무래도 그리젤다는 한동안 이곳에 머물다가 얼마 전 다른 곳으로 이동한 것 같았다. 이번에 이어진 방향은 남서쪽이었다. 데온의 시선이 그리젤다의 발자국이 이어진 우거진 숲으로 향했다.

"데온!"

바로 그때, 누군가 소리 높여 부른 그의 이름이 귓전을 때렸다. 익숙한 음성에 고개를 돌리자 시야에 들어온 것은 마리아였다. 그녀는 아그리체 안에 있을 때처럼 우아하게 드레스를 차려입고 양산까지 펼쳐 쓰고 있었다.

그러나 마리아는 저러다 높은 구두 굽이 부러지는 것은 아닐까 싶을 정도로 데온이 있는 쪽을 향해 맹렬한 기세로 달려오고 있었다. 풍성한 치맛자락이 그 격한 움직임을 따라 꽃잎처럼 펼쳐졌다.

"정말 너구나!"

가까이에서 데온을 확인한 마리아가 격양된 목소리로 외쳤다.

"너 지금까지 어디서 뭘 하고 있었던 거니?"

반면 데온의 얼굴은 여전히 무감하기 짝이 없었다. 생사조차 서로 확인되지 않던 모자의 재회라고 하기에는 심히 덤덤해 보이는 모습이었다.

하지만 마리아는 그런 데온이 익숙했기에 아무렇지 않게 받아들였다. 그녀의 눈길이 눈앞에 있는 아들을 머리끝부터 발끝까지 한 차례 훑고 지나갔다. 데온은 역시 탈 난 곳 하나 없이 멀쩡해 보였다. 마리아의 얼굴에 그럴 줄 알았다는 표정이 떠올랐다.

"혹시 사나랑 같이 있어?"

마리아는 그렇게 물으며 데온을 다시 올려다보았다. 그리고 대답을 듣기도 전에 그의 건조한 얼굴에서 해답을 알아냈다.

"아니구나."

곧바로 두 번째 질문이 잇따랐다.

"그럼 혹시 시에라는 봤니?"

그녀가 데온을 보고 반가워했던 이유가 사실 이것을 묻기 위해서는 아니었을까 싶을 정도로 질문이 이어진 속도는 빨랐다.

"내 생각에는 그날 저택이 어수선해서 시에라가 다칠까 봐 사나가 밖으로 내보낸 것 같은데 말이야. 도통 어디로 갔는지 찾을 수가 없어."

마리아는 일 분도 낭비할 수 없다는 듯이 줄줄줄 말을 이었다.

"그날 네가 사나랑 마지막까지 같이 있었지 않니? 어디로 보냈다고 얘기 안 해?"

데온은 잠깐 말없이 마리아를 내려다보았다. 그는 얼마 전까지만 해도 같은 공간에 머물렀던 시에라를 떠올리다가 이내 다물고 있던 입술을 벌렸다.

"동쪽으로."

데온은 그 한 마디를 남기고 마리아를 지나쳐 걷기 시작했다.

"동쪽? 여기에서 동쪽 말이지?"

마리아는 알겠다는 듯이 고개를 주억거린 뒤 마찬가지로 데온을 등져 걷기 시작했다. 실제로 시에라가 있는 방향은 정반대였지만 당연히 그런 사실은 몰랐다.

그렇게 순식간에 짧은 재회가 끝났다. 마리아와 데온은 차라리 제레미와의 사이에서보다 대화가 더 없었다. 하지만 두 사람 모두 그것을 이상하게 여기지도, 하물며 조금이나마 마음 쓰지도 않았다.

데온은 숲으로 들어가 또 얼마간 이동했다. 그러다 마침내 숲이 끝나는 부분에서 그의 발길이 우뚝 멈추어졌다. 이쪽 방향으로 이어지는 장소라면…….

"베르티움?"

나직한 음성이 숲속에 스민 빛 사이를 가로질렀다. 조금 전 마리아가 찾던 사람의 눈동자처럼 하늘이 끝도 없이 푸르렀다.

지금부터 가게 될 길의 끝에서 그를 기다리는 것이 무엇일지, 이때의 데온은 당연히 알지 못했다.

-❖- 🦋 -❖-

베르티움의 영역을 완전히 벗어난 지점에서 마차는 멈추어 섰다. 카시스와 동행한 심복은 이시도르가 유일했지만 그 밖에도 마차를 관리하는 수행인이 둘 있었다. 그들은 휴식 시간 동안 알아서 맡은 일을 하기 위해 움직였다. 카시스와 록사나도 마차에서 내려섰다.

푸드득.

어느새 날아든 매가 카시스의 팔 위로 내려앉는 것이 보였다.

그는 페넬리안으로 전서구를 날리려는 것 같았다. 록사나도 나비를 불러 어디론가 날려 보냈다. 목적지는 그리젤다였다.

아무리 생각해 봐도 역시 베르티움에서의 그 폭발은 그리젤다의 소행인 것 같았다. 베르티움을 빠져나올 때까지도 계속 폭발음이 들리고 있었지만 분명 미리 준비한 주술진을 발동시킨 것일 테니, 그사이 그리젤다도 무사히 베르티움을 빠져나갔을 터였다.

그럼 어떻게 그렇게 시기적절하게 때를 맞출 수 있었던 걸까?

단순히 우연이 겹친 것뿐이라기엔 뭔가 석연찮았다.

"아가씨."

록사나가 그렇게 잠깐 다른 상념에 잠겨 있을 때, 이시도르가 옆으로 다가왔다.

"윈스턴 경."

"그, 베르티움에서……."

그는 록사나에게 할 말이 있는 것처럼 입을 열었다. 하지만 이시도르는 별안간 무언가를 잠깐 고민하는 듯하다가, 이윽고 고개를 저었다.

"아니…… 아무것도 아닙니다. 짐칸에 있는 인형의 상태를 확인하실 것이라면 저와 함께 가시지요."

"볼일을 끝마쳤으니 내가 같이 가면 된다."

그때 카시스가 다가왔다. 그는 함께 있던 매를 날려 보내고 온 모양이었다.

"예, 알겠습니다. 그럼 저는 물러나 있겠습니다. 혹시 하명할 일이 있으시면 불러 주십시오."

이시도르는 고개를 끄덕이며 물러났다. 퍽 자연스러운 모습이었지만 록사나의 동물적인 육감을 비껴 나가기에는 부족했다. 그녀는 무언가를 말하려다 만 이시도르의 모습에서 수상함을 느꼈다. 게다가 어쩐지 록사나에게 마지막으로 짧게 머문 이시도르의 시선이…….

록사나는 미묘한 기분을 느끼며 눈을 가늘게 좁혔다. 그러고 보면 이시도르는 전부터 가끔씩 그녀를 지금과 같은 눈으로 쳐다보곤 했다.

저 눈빛을 뭐라고 설명해야 할까?

굳이 묘사를 하자면, 꼭 사기꾼에게 속아 인생을 저당 잡힌 사람을 보는 것 같다고 해야 할까……. 물론 완전히 같은 느낌은 아니었고, 또 이런 묘사는 과장된 것 같기도 했지만 그래도 뭔가 쎄한 느낌이 좀 비슷했다.

"왜 그래? 이시도르에게 할 말이라도 있어?"

록사나의 시선이 이시도르에게 머무는 것을 눈치챈 카시스가 물었다. 그의 시선이 록사나를 따라 이시도르에게 향했다. 어쩐지 이시도르가 슬쩍 카시스의 시선을 피하는 것 같았다.

"그냥 세심히 신경 써 주는 게 고마워서."

록사나는 아무것도 아닌 양 그렇게 슬쩍 웃으며 말했다. 하지만 조금 전에 이시도르가 보였던 부자연스러움을 잊은 것은 아니었다. 지금 하려던 말이 무엇이었는지, 아무래도 나중에 따로 알아봐야 할 것 같았다.

소음이 잦아든 아그리체의 저택 안에는 묵직한 정적이 들어찼다. 바닥에는 선혈이 낭자했다. 벽에도 붉게 튄 핏자국이 여기저기 묻어 있었다. 조금 전에 있었던 치열한 전투의 흔적이었다.

"머저리들."

긴장된 공기가 잔해처럼 가라앉은 조용한 로비에 가느다란 목소리가 울렸다. 장미처럼 붉은 머리카락을 가진 소녀가 바닥에 쓰러져 신음하는 이복형제들을 한심하다는 듯한 눈으로 깔아보다가 걸음을 옮겼다.

바닥에 피로 얼룩진 발자국을 따라가자 금방 익숙한 뒷모습이 시야에 들어왔다. 그녀의 기척을 느낀 제레미가 뒤돌아보았다.

"뭐야, 너도 저놈들처럼 되고 싶어서 쫓아왔어?"

새파랗게 빛나는 안광이 어둠 속에서도 또렷하게 드러났다.

"그럼 덤벼."

만약 그녀가 앞으로 한 발짝이라도 더 걸음을 떼면 당장에라도 달려들어 목을 물어뜯어 버릴 것만 같은 사나운 기류였다.

일 대 다수의 싸움으로 제레미 역시 자잘한 상처를 입은 뒤였다. 하지만 그는 아직까지도 호승심과 혈기가 넘치는 것 같았다.

"됐어. 괜히 나서서 쓸데없이 피 보고 싶은 생각 없으니까."

샬럿은 흉흉한 기운을 드러내기 시작한 제레미를 보며 눈살을 찌푸렸다.

"그럼 왜 눈에 거슬리게 기어 나와서 치근거려? 하던 대로 발 닦고 엎어져 잠이나 처잘 것이지."

샬럿의 말에도 제레미는 여전히 날카로운 반응을 보였다. 조금 전 다른 형제들과의 일도 있고, 제레미의 저조한 기분이 아예 이해가 되지 않는 것도 아니라 샬럿은 발끈하지 않았다.

다만 저렇게 심기 불편한 모습을 보니, 소란이 가라앉을 때까지 모습을 감추고 있기를 잘했다는 생각이 들었다. 괜히 다른 형제들 사이에 껴 있었다가는 그녀 역시 더러운 꼴을 모면하지 못할 뻔했다.

"록사나 언니, 어디에 있어?"

다음 순간 귓가에 흘러든 샬럿의 물음에 제레미가 아래로 내리고 있던 손끝을 움칫했다.

"오빠는 알지?"

샬럿은 제레미가 록사나의 행방을 알 것이라 추호도 의심하지 않는 얼굴이었다. 그것은 사실과 달랐지만 굳이 알려 줄 필요는 없었다. 제레미는 티 내지 않고 덤덤하게 반응했다.

"알면 뭐."

"그냥 궁금해서."

샬럿은 그런 제레미를 보고 '역시' 하는 표정을 지었다.

"아그리체를 이렇게 만들고 지금 어디서 뭘 하는지."

"아그리체를 이렇게 만든 게 왜 사나 누나야?"

제레미의 얼굴이 찡그려졌다. 그는 샬럿의 말에 부정했다. 물론 그것은 거짓말이었지만, 이 시점에 굳이 진실을 밝혀 록사나에게 화살이 향하게 할 필요는 없었다.

그런데 샬럿, 이 영악한 계집애가 그걸 어떻게 알았지?

페넬리안에서 쳐들어오기 전에 란트를 수장에서 끌어내렸을 때에도 대외적으로 이름이 오른 것은 데온이었고, 록사나는 표면에 나선 적이 없었다. 하지만 샬럿은 그 모든 일의 배후에 록사나가 있다는 사실을 이미 확신하고 있는 것 같았다.

샬럿이 은근한 어투로 되물었다.

"그럼 아니야?"

"당연히 아니지."

제레미는 시답잖은 소리를 한다는 듯이 대꾸했다.

"그래? 그럼 말고."

좀 더 물고 늘어질 줄 알았는데 예상외로 담백한 반응이었다. 샬럿은 제레미의 말에 그저 알겠다는 듯이 수긍했다.

"그냥 궁금해서 한번 물어본 것뿐이야. 말해 줄 생각 없으면 됐어."

그렇게 말한 뒤 샬럿은 뒤돌아섰다. 제레미는 그녀의 뒷모습을 가늘게 뜬 눈으로 응시했다.

뭐랄까. 생각보다 순순히 물러나니 오히려 못 미더운 마음이 들었다.

잠깐 예리한 눈으로 샬럿의 뒷모습을 보며 무언가를 가늠하던 제레미가 이윽고 자리에서 발길을 뗐다.

그의 걸음이 향한 곳은 샬럿이 있는 곳이었다.

"……!"

샬럿은 급속도로 가까워지는 인기척을 느끼고 휙 몸을 돌렸다. 그 직후 그녀는 곧바로 자신에게 쏟아지는 공격에 급히 몸을 피했다.

쾅! 긴 붉은 머리카락이 허공에 흩날리고, 제레미의 손은 목표물 대신 벽을 파고들었다.

"아, 왜 갑자기 공격하고 난리야!"

반사적으로 채찍을 빼 들며 버럭 소리 지르는 샬럿에게 칼날 같은 시선이 닿았다.

"네 뒤통수를 보니까, 왠지 다른 놈들한테 헛소리 지껄이고 다닐 것 같은 느낌이 들어서."

"뭐? 아니거든?"

이번에야말로 샬럿은 얼굴을 구기며 신경질을 냈다.

"예전부터 짜증 나. 어울리지도 않게 자기가 무슨 병아리 새끼라도 되는 것처럼 록사나 언니 뒤만 졸졸졸. 진짜 토 나와."

제레미가 지금 그녀에게 이렇게 날을 세우는 이유는 너무나 명백했다. 하여간에 예전부터 록사나, 록사나. 샬럿은 어릴 때부터 징글맞을 정도로 록사나의 뒤만 따라다니던 제레미를 떠올리며 짜증을 표출했다.

"네 이해 따위 필요 없어."

제레미는 그런 샬럿에게 코웃음을 친 뒤 다시금 그녀를 공격했다. 샬럿은 뒤로 물러나는 동시에 채찍을 휘둘러 자신에게 날아드는 제레미의 손을 묶었다. 그 후 샬럿이 빈정거렸다.

"뭐야, 내가 한 말이 틀리다고 하더니. 오빠가 이러니까 괜히 찔려서 예민하게 구는 것 같잖아."

"아닌데? 그냥 오늘따라 네 얼굴이 짜증 나서 그런 건데."

제레미는 같잖다는 듯이 비웃으며 손을 휘감은 채찍을 과격하게 잡아당겼다. 검은 가죽에 박힌 날카로운 심이 그의 손바닥을 찢었다.

그러나 마치 통증을 느끼지 못하는 사람처럼 제레미의 움직임에는 한 점의 머뭇거림도 없었다. 샬럿은 그런 그를 질린 눈으로 쳐다보았다.

힘과 체중의 차이에 의해 샬럿은 어쩔 수 없이 제레미에게 끌려갔다. 그녀는 오히려 관성을 이용해 제레미를 공격하려 했지만 그것조차 가로막혔다.

"아씨, 진짜 이상한 말 안 한다고!"

제레미가 그녀를 후려치기 직전, 샬럿이 정말 억울한 목소리로 외쳤다.

"거짓말 아니야! 진짜로 그냥 어디에 있는지 궁금해서 물어본 거라니까! 나도 예전에나 록사나 언니한테 멋모르고 덤볐지, 이제는 안 그러는 거 알잖아!"

그 순간 제레미가 팔의 속도를 늦추었다.

"내가 어릴 때 그 여자한테 된통 당하고 나서 얼마나 얌전하게 지냈는데!"

샬럿의 억울함 가득한 외침은 일견 처절하기까지 했다. 가만히 들어 보니 맞는 말이라, 제레미는 잠깐 움직임을 멈추었다.

물론 샬럿의 성깔은 예나 지금이나 여전했다. 하지만 그녀는 언젠가부터 록사나에게만큼은 함부로 덤벼들지 않았다. 예전에는 곧잘 그녀에게 기어올라서 옆에서 지켜보는 제레미를 빡치게 하더니.

그래서 제레미는 그가 목격하지 못했을 때 샬럿이 록사나에게 한번 크게 됐구나 하고 짐작했다. 하여간에 별것도 아닌 게 겁 없이 깝치더니만. 그러게 누나가 봐줄 때 진작 얌전히 찌그러져 있을 것이지.

지금도 제레미의 생각은 같았다. 그래, 역시 사람은 마냥 잘해 주면 기어오르는 법이다. 조금 전 그가 손봐 주고 온 겁대가리 없는 놈들처럼. 역시 지금 그들을 발라 버리길 잘했다는 생각이 들어 조금 뿌듯해졌다. 그런데 문득 샬럿의 말본새가 영 거슬리게 느껴졌다.

"야. 누나한테 호칭이 '그 여자'가 뭐야, 시건방지게."

"악!"

결국 제레미에게 언어맞은 샬럿이 비명을 내질렀다. 그래도 아까 초주검을 만들어 놓고 온 다른 형제들을 대할 때와 달리 나름대로 사정을 봐준 약한 공격이었다.

"록사나 언니 오면 다 말할 거야!"

샬럿이 독기 어린 눈을 치뜨며 바득 이를 갈았다. 이럴 때 보면 독개구리 같은 성격은 나이를 먹어도 예전과 똑같았다.

"언니가 없는 사이에 오빠가 얼마나 개지랄을 떨면서 횡포를 부려 댔는지 낱낱이 다 말할 거라고!"

그런 식으로 쪼르르 달려가 고자질을 할 정도로 록사나와 다정한 사이도 아니었으면서 샬럿은 공연히 제레미를 도발했다. 그가 록사나에게는 꼼짝을 못 한다는 사실을 알기 때문이었다.

하지만 그 순간 제레미는 샬럿의 의도와는 다른 의미로 멈칫했다. 샬럿의 말은 록사나가 다시 아그리체에 올 거라고 추호도 의심하지 않는 어투였다. 물론 그녀는 자세한 상황을 모르니 그렇게 생각할 수 있는 것이겠지만, 그래도……

"그래, 일러. 사나 누나가 오면."

제레미를 둘러싼 공기가 갑자기 조금 느슨해졌다. 샬럿은 한 대 더 맞을 것을 각오했다가, 생각과 다른 그의 반응에 오히려 긴장했다.

그러나 제레미는 샬럿을 응징할 생각이 없는지 그녀에게서 손을 뗐다. 그리고 나서 그는 아까보다 기분이 나아진 얼굴로 뒤돌아섰다.

처음에는 다른 꿍꿍이가 있는 것이 아닐까 싶었으나 제레미는 정말 샬럿을 뒤로한 채로 걷기 시작했다.

'뭐야. 이러고 그냥 가는 거야? 진짜?'

믿을 수 없었지만 사실이었다. 샬럿은 멀어지는 제레미를 의구심과 수상함이 뒤섞인 눈으로 지켜보았다. 하지만 제레미는 정말 손에 묻은 피를 바닥에 뚝뚝 떨어뜨리며 뒤 한번 돌아보지 않고 복도의 끝을 향해 걸어갔다.

그래서 샬럿도 그의 마음이 변하기 전에 얼른 뒤돌아 후다닥 방으로 뛰어가 버렸다.

휘페리온의 공기는 우중충했다. 바로 오르카 때문이었다. 판도라에 이어 휘페리온에 귀환한 오르카는 벌써 일주일이 넘게 어두운 기운을 흩뿌리고 있었다.

"망했어……. 이번 생은 망했어……."

그는 오늘도 창가에 앉아 아련히 창밖을 보며 음산한 혼잣말을 중얼거리는 중이었다. 아래로 힘없이 축 늘어진 어깨에는 세상의 모든 고뇌와 상심이 내려앉아 있는 것 같았다. 그의 품에는 술병까지 고이 안겨 있었다.

"적당히 좀 해."

판도라는 그 모습을 보고 쯧 혀를 찼다.

"도대체 언제까지 그렇게 넋을 놓고 있을 거야?"

불편한 마음으로 읊조린 판도라의 말에 오르카가 휙 그녀를 돌아보았다.

"누이, 너무한 거 아니야?"

그의 표정이 '어떻게 네가 그런 말을 할 수 있느냐'고 말하고 있었다.

배신감마저 느끼는 표정이라 판도라는 일순간 말문이 막혀 버렸다.

"누이도 마수사니까 내가 지금 얼마나 깊은 상실감을 느끼고 있는지 누구보다 잘 알 것 아니야!"

그건 그랬다. 판도라도 오르카가 이렇게 영혼을 잃은 사람처럼 지내는 이유가 무엇인지 알고 있었다. 그리고 그 마음을 아주 잘 이해하고 있기까지 했다. 그래서 그녀는 지금 저도 모르게 오르카의 시선을 슬쩍 피할 뻔했다. 하지만 판도라에게는 수장에게 일임받은 나름의 사명이 있었다.

"그래, 나라고 네 마음을 모르겠어? 하지만 그렇게 방구석에 처박혀 있는다고 해서 없어진 마물들이 다시 돌아오지는 않잖아."

오르카가 이렇게 혼을 빼놓은 사람처럼 구는 이유는 보유하고 있던 마물들을 하루아침에 대거 잃었기 때문이었다.

그는 휘페리온으로 강제 송치된 판도라보다 한발 늦게 페넬리안을 빠져나왔다. 그 소식은 당연히 휘페리온에도 전해졌다. 그런데 그 후 오르카에게서는 어찌 된 일인지 한동안 연락이 없었다.

그래서 오르카가 또 어디에선가 사고를 치는 것이 아닌가 하고, 수장을 비롯한 휘페리온의 사람들은 저마다 불길함과 불안감을 느끼고 있었다. 결국 휘페리온의 수장은 오르카를 보지 못하고 위그드라실의 회의를 위해 떠났다. 그러던 무렵에 연락이 끊겼던 오르카가 휘페리온에 돌아왔다. 그런데 페넬리안의 마차에 태워져 귀환한 오르카는 어째서인지 잔뜩 넋이 나가 있었다.

페넬리안의 사자는 위그드라실로 이동하던 중에 허허벌판에 쓰러져 있는 오르카를 발견해 여기까지 보호해 데려왔노라고 말했다. 도대체 무슨 일이 있었던 것인지 궁금했으나 오르카에게는 상황을 자세히 설명할 정신도 없는 것 같았다.

믿을 수 없게도 오르카는 몸에 소지하고 있던 장신구, 즉 마물들을 모조리 잃어버렸다고 했다. 그 소식을 듣고 판도라도 기함하지 않을 수 없었다. 항상 몸에 소지하고 다닐 정도로 아끼던 마물들을 한꺼번에 몽땅 잃은 셈이니, 오르카가 저렇게 깊은 실의에 빠져 사방팔방으로 암울한 기운을 흩뿌리고 있는 것도 당연했다.

"그래서 언제까지 이렇게 볼품없는 꼴로 있을 거야?"

판도라는 오르카를 다독였다.

"곧 위그드라실에 가야 한다고 했잖아. 남은 시간 동안 새로운 마수라도 잡아 길들이면서 기분 전환이나 하든가."

휘페리온의 수장은 더 이상 오르카의 방종을 눈감아 줄 수 없다고 판단했다. 그래서 이번 친목회 때에는 무슨 수를 써서라도 그를 끌고 갈 생각이었다. 그 전에 어떻게든 오르카가 기운을 차리도록 돕는 것이 판도라에게 내려진 임무였다.

판도라는 '왜 내가?' 싶었지만 그녀도 지은 잘못이 있으니 어쩔 수 없었다. 그녀가 페넬리안 안에서 무례를 저질러 쫓겨나다시피 한 것은 지금 생각해도 상당히 면목 없는 일이었다. 판도라는 그 일을 떠올릴 때마다 밀려드는 강렬한 부끄러움과 창피함에 지금도 밤마다 이불을 뻥뻥 걷어차곤 했다.

어찌 되었거나, 그래서 휘페리온의 수장은 페넬리안에서의 그 일을 빌미 삼아 판도라에게 오르카에 대한 일을 일임했다. 사실상 다른 누구도 맡기 싫어하는 일을 그녀에게 떠넘긴 것이었다.

그래도 이번에는 오르카가 지금까지와 다른 반응을 보였다.

"위그드라실?"

"어제도 말했잖아! 또 귀 닫고 있었지?"

마치 잊고 있던 것을 떠올린 사람처럼 오르카의 눈동자에 일순간 반짝이는 빛이 돌았다.

"누이, 위그드라실에 오는 참석자 명단 알아?"

그런데 어쩐지 그것이 생기 있는 눈빛이 아니라 희번덕거리는 눈빛이라 판도라는 찜찜함을 느끼고 말았다.

"그걸 내가 어떻게 알아."

"그럼 숙부님은 아시나?"

갑자기 오르카는 한동안 씻은 듯이 증발해 있던 열의를 보이며 걸터앉아 있던 창틀에서 몸을 일으켰다. 그는 가슴에 고이 품고 있던 술병을 아무렇게나 내려놓고 수장의 집무실이 있는 쪽으로 향하기 시작했다. 날듯이 이어지는 오르카의 걸음을 따라 하나로 묶은 그의 긴 연청색 머리카락이 파랑새의 꼬리 깃처럼 흔들렸다.

판도라는 오르카의 뒷모습을 애매한 기분으로 바라보았다.

'어쨌거나 아직 별다른 노력을 기울이지도 않았는데 금방 기운을 차린 것 같으니 잘된 건가?'

그렇게 생각하며 판도라도 다시 자신의 방으로 이동하기 위해 자리에서 발길을 뗐다. 하지만 그녀는 어째서인지 스멀스멀 등줄기를 타고 기어오르는 의미 모를 불안감에 자꾸만 오르카가 사라진 곳을 뒤돌아볼 수밖에 없었다.

14장

포로와 공주,
그리고 악마

베르티움에서 페넬리안까지 이동하는 데에는 며칠이 소요되었다. 그래서 페넬리안에 도착했을 때쯤에는 나도 평정심을 완전히 되찾은 뒤였다.

다소 심각했던 닉스의 부상은 오는 동안 카시스가 거의 치료했다. 반쯤 잘려 있던 손도, 피를 흘리던 왼쪽 눈도 지금은 말끔히 고쳐져 있었다. 물론 그렇다 해서 잃어버린 안구가 다시 돌아오지는 않았지만 말이다.

나는 그냥 숨만 붙어 있을 정도면 되지 않겠냐고 말했지만 카시스는 겉보기에 눈에 띄는 상처가 없어질 때까지 닉스를 치유했다. 비록 지금 그 알맹이는 변해 버렸으나, 그래도 육신은 내 오빠인 아실의 것이라 나름대로 예우해 주는 것이 느껴졌다.

페넬리안에 도착해 짐칸에 실려 있던 닉스를 꺼낼 때에도 그를 이시도르나 다른 사람들에게 맡기지 않고 카시스가 직접 움직였다. 그는 베르티움에서 그랬던 것처럼 닉스를 어깨 위에 올려 둘러멨다.

"오빠! 록사나!"

우리의 귀환 소식을 듣고 실비아가 한달음에 달려 나왔다.

"아침부터 기다렸는데 이제 왔…… 어?"

그녀는 포박당한 채로 카시스의 어깨 위에 축 늘어진 닉스를 보고 눈을 휘둥그렇게 떴다. 비록 상처를 치료하기는 했으나 혈흔은 그대로라 닉스는 현재 피에 절어 있는 상태였다. 반면 베르티움에서 그와 치고받았던 나는 카시스가 정화시켜 줘서 핏자국 하나 없이 말끔한 행색이었다.

조금 전에 카시스가 '나름대로' 예우해 준다고 했던 것은 이런 이유가 포함되어 있었다. 카시스는 닉스의 상처만 치료시켰을 뿐, 그 외적인 일에는 전혀 편의를 봐주지 않았다.

카시스의 성격상 이런 부분에 세심하게 신경 쓰려면 얼마든지 그럴 수 있었을 것이다. 하지만 그러지 않는 것을 보면, 역시 나를 공격했던 닉스를 그리 좋아하지 않는 것 같았다.

"뭐야, 그건 누구야? 왜 그렇게 다쳤어? 엇, 그러고 보니 록사나 옷은 왜 찢어져 있어요? 아니, 이제 보니 머리카락도 잘려 있잖아요!"

실비아가 질문 공세를 퍼부었다. 워낙에 옷이 여기저기 찢어져 있어 카시스의 옷을 빌려 입어 가렸는데도 실비아는 매의 눈으로 내 변고를 알아차렸다. 머리카락도 귀의 옆 부분이 살짝 잘려나간 것뿐이라 티가 많이 안 날 줄 알았는데 나 혼자만의 생각이었나 보다.

"괜찮아, 실비아. 난 다친 데 없어."

일단 나는 실비아를 안심시켜 주었다. 그러고 나서 그녀가 궁금해했던 닉스의 정체에 대해 설명하기 위해 다시 입을 벌렸다.

"그리고 이 사람은……."

"으윽……."

바로 그때, 작은 신음이 귀를 간질였다. 그 소리는 카시스의 어깨 위에서 흘러나왔다. 자리에 있던 우리들 모두 신음이 들려온 곳으로 눈길을 돌렸다. 지금껏 내내 의식이 없던 닉스가 하필 이때 정신을 차리려 하고 있었다.

"뭐…… 야……."

그는 초점 없는 눈을 느리게 깜빡이며 몸을 꿈틀거렸다. 하지만 닉스의 몸은 줄로 단단히 묶여 원하는 대로 움직일 수 없었다. 닉스도 그것을 깨달았는지, 불현듯 그의 눈이 번쩍 뜨였다.

"헉!"

그 순간 실비아가 숨을 들이켜며 한 발짝 뒷걸음질 쳤다. 내가 봐도 지금 닉스의 모습은 공포 영화에나 나올 법했다. 피투성이인 몸 하며, 뻥 뚫린 한쪽 눈 하며, 그나마 멀쩡한 다른 눈에는 희번덕거리는 안광이 번쩍이고 있었다.

"뭐야……! 여긴 어디야! 날 어디로 데려온 거야!"

게다가 저 독기 어린 고성은 또 어떻고. 닉스는 마구 몸부림을 치며 소리 질렀다. 물론 카시스가 그를 단단히 붙잡고 있어 지금의 위치에서 벗어나지는 못했다. 그래도 상당히 성가신 일인 것은 분명했다. 사지가 묶인 채로 격렬히 몸을 비틀며 버둥거리는 닉스의 모습은 꼭 끓는 기름 속에 빠져 팔딱거리는 새우 같았다.

그는 내 기억 속에 아련히 남겨진 아실의 모습에 사정없이 재를 뿌리고 있었다. 당연히 나는 기분이 매우 저조해졌다.

"시끄러우니까 닥쳐. 아니, 그냥 내가 허락할 때까지 얌전히 기절해 있어."

나는 싸늘히 일갈한 뒤 닉스의 급소를 세게 후려쳐 단번에 기절시켜 버렸다. 갑자기 카시스의 뒤에 있던 이시도르가 침음했다.

"이래서 옛말에 부부는 닮는다는 말이 있는 건가……."

그가 혼잣말을 중얼거렸는데, 왜 하필 지금 저런 소리를 꺼낸 건지 알 수가 없었다. 그러나 카시스는 이시도르의 말이 무슨 의미인지 아는지, 눈썹을 슬쩍 추켜세웠다. 어쩐지 그런 그의 표정이 기분 나빠 보이지는 않았다.

"또 깨어나서 난동을 부리기 전에 가둬 놔야 할 것 같은데."

"어제 말했던 대로 지하 감옥에 넣어 두도록 하지."

그렇게 카시스와 닉스의 처우에 대해 짧게 논의한 뒤 고개를 돌리자, 아까보다 더 크게 입을 벌리고 있는 실비아의 모습이 눈에 들어왔다.

그녀는 동그랗게 뜬 눈으로 나를 보고 있었다. 처음에는 왜 그러는 거지 싶었지만 곧 이유를 알 수 있었다.

아, 닉스를 대하는 태도를 보고 그러는 거구나. 그러고 보니 실비아 앞에서는 이런 폭력적인 모습을 보인 적이 없었지. 놀란 걸까 싶어서 입을 열려고 한 찰나, 실비아가 먼저 말했다.

"언니라고 불러도 될까요?"

뭐? 예상치 못한 말에 나는 멈칫했다.

햇살을 받아서 그런지, 실비아의 금색 눈이 다른 때보다 유독 강렬하게 반짝거리고 있었다.

"언니라고 부르고 싶어요. 안 될까요?"

내가 대답하지 않자 그녀는 꽤나 간절하게 느껴지는 목소리로 재차 물었다. 슬쩍 시선을 돌려 보니 카시스가 묘한 눈으로 제 여동생을 쳐다보고 있는 것이 시야에 들어왔다.

나는 다시 실비아에게 눈길을 돌린 뒤 허락했다.

"아니, 괜찮아. 원하는 대로 마음대로 불러."

곧바로 실비아의 얼굴에 환한 미소가 번졌다.

"네, 그럼 언니라고 부를게요. 기뻐요!"

그녀가 정말 좋아하는 것 같아서 나는 기분이 묘해졌다. 문득 실비아의 등 뒤로 리셀과 쟌느가 다가오는 모습이 보였다.

"왔구나."

"다녀왔습니다."

리셀이 우리의 모습과 닉스를 한 번씩 훑어본 뒤 미간을 좁혔다.

"보아하니 베르티움에서 복잡한 일이 있었던 듯한데."

쟌느도 뒤이어 조금 굳은 얼굴로 물었다.

"두 사람 다, 혹시 다친 곳은?"

"지금은 괜찮아요. 걱정해 주셔서 감사합니다."

그녀의 시선이 내게 오래 머물러서 나는 설핏 작게 미소 지으며 대답했다.

"그건 누구지? 어쩐지 느낌이 기이하군."

닉스를 향한 리셀의 눈이 예리한 빛을 띠었다. 그에 카시스가 설명했다.

"노엘 베르티움의 인형입니다. 육신은 진짜 사람의 것이라 하더군요. 자세한 설명은 안에서 드리겠습니다."

그 순간 리셀의 얼굴이 경직되었다.

"사람의 육신을 이용한 인형이라고?"

그의 눈빛이 조금 전보다 한결 더 날카로워졌다. 리셀은 새삼스러운 듯이 닉스를 살폈다. 그래 봤자 시야에 드러난 것은 닉스의 뒤통수와 등뿐이었지만, 리셀의 눈에는 그 이상의 무언가가 보이는 모양이었다.

"과연 전에 봤던 다른 인형들과는 느낌이 다르군."

마침내 리셸이 시선을 거두며 묵직한 음성을 흘려보냈다.

"안으로 들어오거라. 긴한 이야기를 나눠야 할 것 같구나."

그 후 닉스를 감옥에 데려다 놓은 뒤, 이번에는 실내에서 카시스의 가족들과 다시 얼굴을 맞댔다.

우리는 베르티움에서 있었던 일을 설명했다. 이야기가 이어질수록 그들의 얼굴이 굳어졌다.

"그래, 확실히 이건 복잡한 일이 될 것 같군."

리셸이 턱을 쓸며 읊조렸다. 노엘이 한 일은 금지된 사령술과 비슷했으니 확실히 그냥 좌시할 문제가 아니긴 했다.

만약 시체만이 아니라 살아 있는 사람도 이지를 빼앗아 인형술로 종속시킬 수 있다면 그 위험성이 상당할 테니까. 더군다나 하필 이 일에 내 죽은 오빠가 연관되어 있다는 것도 상황을 더 혼란하게 만들었다.

그에 더해 페델리안의 손님 자격으로 머물고 있는 내가 베르티움에서 노골적으로 공격받았던 일도 그들의 입장에서는 그냥 넘기기 어려울 터였다.

닉스와 베르티움에 대한 더 긴한 이야기는 내일 다시 나누기로 했다. 카시스의 가족들은 시간이 늦은 데다 먼 길을 다녀와 피곤할 테니 일단 푹 쉬라며 카시스와 나를 방으로 돌려보냈다.

그래서 우리는 함께 별관으로 돌아왔다.

"오셨습니까!"

올린이 가장 먼저 나를 맞아 주었다. 카시스와 내가 돌아왔다는 소식을 들었는지, 그녀는 별관의 입구에서부터 우리를 기다리며 서 있었다.

"무사히 돌아오셔서 기쁩니다."

올린은 그동안 내 걱정을 많이 한 것 같았다. 물론 얼굴은 여전히 무표정에 가까웠지만 그래도 나를 향한 눈빛이나 목소리가 평소보다 조금 격양되어 있는 느낌이었다.

"오랜만이야, 올린."

나도 그녀에게 마주 인사해 주었다. 그 순간 올린의 얼굴이 약간 펴졌다가 곧 다시 굳어졌다.

"다치셨습니까?"

아까 실비아의 시선이 스쳤던 곳에 이번에는 올린의 눈길이 닿았다.

"아니. 괜찮아. 그냥 옷만 찢어진 거야."

"하지만……."

카시스가 내 어깨를 감싸며 올린에게 말했다.

"나중에. 지금 그녀에게는 휴식이 필요해."

그의 말에 올린이 곧장 물러났다. 카시스가 나를 안으로 이끌었다.

"걱정해 줘서 고마워."

나는 올린을 스쳐 지나가기 전, 그녀에게 말했다. 그러자 올린이 아까처럼 딱딱한 얼굴을 살짝 이완시키며 고개를 숙여 보였다.

마침내 카시스와 나는 별관의 건물 안으로 완전히 들어섰다. 우리가 없는 동안에도 사용인들이 관리를 잘했는지, 별관은 그동안 비어 있던 티가 나지 않았다.

어느덧 해가 질 시간이라, 복도의 창문에서는 붉은 기가 도는 노란 햇빛이 새어 들어오고 있었다. 방문 앞에서 멈추어 선 카시스가 조용히 손을 들어 올려 내 얼굴을 감쌌다.

"우선 씻고 나와. 사용인들이 미리 준비해 뒀을 테니까."

사실 카시스가 꾸준히 정화 능력을 사용해 줘서 청결을 계속 유지하고 있기는 했다.

"그래. 조금 이따 봐."

하지만 기분상의 문제도 있는 데다, 그렇지 않아도 지금은 혼자만의 시간을 갖고 싶었던 터라 나는 잠자코 고개를 끄덕였다.

그렇게 우리는 잠깐 방문 앞에서 헤어졌다.

욕실에 들어가 욕조에 몸을 담그고 있는 동안, 지금 페델리안의 지하 감옥에 갇혀 있는 닉스에게 또다시 생각이 옮겨 갔다.

감옥 앞을 지키고 있는 카시스의 심복이 닉스가 깨어나면 바로 알려 주겠다고 말했다. 하지만 상태를 보아 하니 적어도 내일 아침에 해가 뜰 때까지는 깨어나지 않을 것 같았다.

베르티움에서 있었던 일들을 떠올리자 머리에 은은한 열이 몰렸다. 조만간 위그드라실에서 5가문의 사람들이 모두 모일 예정이라고 했다.

거기에는 얼마 전에 보았던 노엘 베르티움도 올 것이었다. 원래 그는 이런 모임을 기피했지만 이번에는 닉스의 일이 얽혀 있으니 별수 없을 터였다.

베르티움을 떠나 페델리안으로 돌아오는 길에 독나비에게 전달받았던 그리젤다의 소식도 문득 생각났다. 역시 그녀는 베르티움에서 무사히 벗어난 뒤였다. 그리젤다는 내게 짧은 전언을 남겼다.

[위그드라실에서 만나.]

그리젤다도 이번 모임에 대해 소식을 들은 모양이었다. 나도 '록사

나 아그리체'의 이름으로, 지난겨울 발을 들였던 위그드라실에 다시
방문할 생각이었다.

분명 제레미를 대표로 한 아그리체의 사람들도 그 자리에 참석할
것이다. 그러니 그곳에서 실로 오랜만에 제레미와 다시 얼굴을 마주
할 수 있으리라. 베르티움과 닉스의 일이 없었어도 제레미에게는 조만
간 내가 먼저 연락을 취할 생각이었다. 내가 아는 그 아이라면, 기약
이 없더라도 언제까지고 나를 기다릴 것이 분명했다.

*"만약 내가…… 내가 아그리체를 누나가 웃을 수 있을 만한 곳으로 만들
면 다시 돌아올 거야?"*

끝끝내 대답해 주지 않던 나를 그럼에도 포기하지 않고, 결국 그
말대로 이렇게 혼자 아그리체를 붙잡고 있는 것처럼. 그러니 이번에
는 내가 먼저 그를 찾아갈 차례였다.

촤아악. 나는 어느덧 미지근하게 식은 물속에서 빠져나왔다.

이제 하늘은 보랏빛이었다. 어느덧 창밖의 해가 거의 진 것을 보고
내가 생각보다 욕실에 오래 있었다는 사실을 깨달았다. 하기야 욕조
에 있던 물이 그렇게 식었을 때부터 알아보긴 했지만.

"이쪽으로 와."

나보다 먼저 씻고 나온 카시스가 내 방에 와 있었다. 방에 들어선
나를 보고 카시스가 앉아 있던 자리에서 일어났다.

"간단하게 뭐라도 먹어."

그의 말처럼 테이블 위에는 식사 준비가 되어 있었다. 베르티움에서 페델리안으로 이동하는 동안 역시 간단하게 요깃거리를 먹긴 했지만 그건 제대로 된 식사가 아니었다.

"오래 기다렸어? 나 꽤 늦게 나온 것 같은데."

"아니, 나도 방금 왔어."

왠지 아닌 것 같았지만 카시스는 그렇게 대답했다. 나도 그에게 걱정을 끼치고 싶지 않아서 일단 카시스가 이끄는 대로 자리에 앉았다.

하지만 역시 식욕이 없어서 많이는 먹지 못했다. 카시스는 그런 나를 묵묵히 보기만 할 뿐, 억지로 다른 무언가를 더 먹이지는 않았다.

"머리가 아직 젖었어."

사용인들을 불러 테이블을 정리시킨 뒤 카시스가 그들 중 한 명에게 수건을 가져오라고 지시했다. 그 후 그가 나를 소파의 옆자리에 비스듬히 앉히고 직접 수건으로 내 머리를 말려 주었다.

나는 카시스의 말을 듣고 손을 움직여 그의 머리에 가져다 댔다. 결 좋은 머리칼이 내 손가락 사이에 감겼다. 예상대로 아주 뽀송한 감촉이었다.

"그러는 당신은 다 말랐네. 역시 오래 기다린 거 맞지?"

그렇게 말하며 슬쩍 고개를 돌려 카시스와 눈을 마주했다. 그는 설핏 눈가를 찡그리며 변명했다.

"내 머리카락이 더 짧으니까 먼저 마르는 게 당연하지."

하얀 수건이 다시 내 시야를 가렸다. 부드럽게 움직이는 카시스의 손길에 절로 눈이 감겼다. 그동안 알게 모르게 쌓였던 정신적 피로가 조금씩 풀리는 느낌이었다.

"그러고 보니, 카시스."

그러다 문득 스쳐 지나간 생각에 나는 입을 열었다.

"내 몸에 난 상처가 따로 치료하지 않아도 저절로 낫던데?"

이제 와서는 굉장히 새삼스러운 지적이었다. 그러고 보니 베르티움에서의 다른 일들에 신경이 쏠려서 왜인지 이 부분에 대해서는 자연스럽게 그냥 넘어가 버렸다.

물론 여기까지 오는 동안 카시스가 재차 내 몸 상태에 대해 확인해서 나도 거듭 괜찮다고 말해 주긴 했다. 하지만 카시스도 그 외에는 다른 말이 없었고, 나도 닉스에게 정신이 팔려 미처 이 일에 대해 의문을 느낄 겨를도, 그에게 이 일에 대해 물을 새도 없었다.

나는 설명을 요구하는 눈으로 카시스를 쳐다보았다.

"계속 유지되는 건 아니고, 일정 시간 동안만 가능한 거야."

하지만 카시스는 내가 그의 능력에 대해 궁금해할 때마다 그랬듯이 이번에도 자세한 설명을 해주지 않았다. 그는 수건을 옆에 내려놓고 내 머리카락을 손으로 천천히 쓸어 넘겨주었다. 그래도 이번에는 좀 더 물어볼 생각이었는데 저절로 말이 삼켜졌다.

어쩐지 지금 카시스와 내 주변에 흐르는 공기가 굉장히 녹녹하고 간질간질해서 분위기를 깨트리기가 망설여졌다.

……혹시 난 이런 분위기에 약한가? 왜인지 카시스 앞에서 이런 식으로 입을 다물게 되었던 게 지금이 처음은 아닌 것 같은데.

스륵. 내가 그런 심심한 의문에 빠져 있을 때, 카시스의 손이 미끄러져 내 귀를 간질였다. 그의 엄지손가락이 귓바퀴를 천천히 어루만지고, 다른 손가락들은 귀의 동그란 모양을 덧그리듯이 움직였다.

카시스의 손이 흐르는 길을 따라 뭐라 설명하기 어려운 야살스러운 감각이 고였다. 본래 귀걸이를 하고 있다가 닉스에 의해 베였던 바로 그 부위였다.

"베르티움에서 내가 널 처음 발견했을 때……."

지금은 분명 작은 상흔 하나 남지 않았는데도 카시스는 그날 남았던 핏자국을 떠올리기라도 하는 것처럼 그 자리를 매만졌다. 나지막한 음성이 그의 손길 위를 가로질렀다.

"만약 네가 그 인형을 보고 그런 표정을 짓지만 않았다면 난 그를 그 자리에서 바로 죽여 버렸을 거야."

그 말처럼, 당시 닉스를 마주한 카시스에게서 뿜어져 나오는 살기는 엄청났다. 한순간 나까지 거기에 질식하는 느낌이 들 정도였다.

"록사나."

이윽고 카시스가 내 눈을 정면에서 들여다보며 속삭였다.

"그 인형은 널 상처 입힐 수 없어."

흔들림 없이 확고하고, 또 그만큼 단호한 음성이었다.

나는 카시스가 무슨 의미로 내게 이 말을 했는지 어렵지 않게 깨달았다.

"알고 있어."

그래서 나도 그의 뺨을 손으로 감싸며 망설임 없이 말해 주었다.

"그가 아실이 아닌 걸 알고 있어."

단순히 그를 안심시키기 위해 마음에도 없는 빈말이나 거짓말을 하는 것이 아니었다.

"그러니 걱정하지 않아도 돼. 괜찮아."

한순간이나마 닉스에게 틈을 보였던 것은 지난 한 번으로도 차고 넘쳤다. 그러니 두 번은 결코 용납하지 않으리라.

카시스가 염려하는 것이 내 마음이 다치는 일인 것을 알고 있었다. 카시스는 아실이 내게 어떤 존재인지 알고 있었으니까.

아그리체에 있을 때 나는 늘 내 안에 남아 있는 아실을 다른 누구에게도 들키지 않게 숨겨야만 했고, 나 스스로도 그것을 타인에게 보이기를 원하지 않았다.

하지만 지금 카시스와는 이 모든 감정을 공유할 수 있었다. 그 사실이 다행으로 여겨졌고, 한편으로는 조금 기쁘기도 했다.

"카시스."

전에는 카시스에게도 내 약한 모습을 보이고 싶지 않았다. 하지만 지금은 자연스럽게 그런 부분을 카시스에게 드러낼 수 있었다.

"당신이 와 줘서 기뻤어."

그렇다 해서 내가 나약해진 것이 아니라, 그저 나는 이제 나 혼자 모든 슬픔을 감당하지 않아도 된다는 사실을 알았다.

"고마워."

그렇게 속삭이며 살며시 고개를 기울여 카시스에게 먼저 입술을 맞댔다. 숨과 숨이 하나로 뒤섞이는 감각이 감미로웠다.

나는 보다 깊은 곳에 고여 있는 숨결까지 탐내듯이 그의 향기를 깊게 들이마셨다. 뒷덜미로 옮겨 간 카시스의 손이 내 머리를 끌어당겼다.

곧 입안 깊숙한 곳까지 그에게 파헤쳐졌다. 키스하는 동안 문득 무언가를 잊은 것 같은 기분이 들었지만 그것은 곧 비할 바 없이 강렬한 자극에 떠밀려서 사그라졌다.

어느새 나는 카시스의 무릎에 앉아 있었다. 카시스가 나를 끌어당긴 건지, 아니면 내가 먼저 올라온 건지 알 수 없었다. 하기야 누구의 의지가 먼저였건 그런 게 무슨 상관이란 말인가.

어느새 아래로 흘러내린 카시스의 손이 내 몸의 윤곽을 덧그리듯이 부드럽게 훑고 지나갔다. 나도 그에게 더 가까이 몸을 기댔다.

"아."

그러다 그와 내 가슴이 맞닿아 스치는 순간, 입에서 짤막한 신음이 새어 나왔다. 그 순간 카시스가 움직임을 멈추었다. 지금 막 내가 내뱉은 소리가 평소와 약간 다르다는 것을 눈치챈 것 같았다. 맞닿아 있던 입술이 떨어졌다.

눈꺼풀을 들어 올리자 지척에서 나를 응시하고 있는 카시스의 눈이 시야에 들어왔다.

"아니, 이건 다쳐서 그런 거 아니야."

내가 말했지만 카시스의 표정은 변하지 않았다.

"정말 아니야?"

그가 재차 확인했다. 진짜 괜찮다니까 안 믿네. 아무래도 카시스는 지금 내가 낸 소리의 근원을 베르티움에서 입은 부상이라 생각한 듯했다.

나는 아까보다 약간 굳어진 카시스의 눈매를 손가락으로 쓰다듬었다. 그러다 이윽고 그를 보며 눈꼬리를 슬쩍 접어 웃었다.

"정 걱정되면 직접 확인해 볼래?"

그 순간 카시스의 숨이 잦아들었다. 나는 여전히 카시스를 응시한 채로 그의 손을 붙잡아 끌어당겼다.

내 차림은 목욕 후 가운을 입은 그대로였다. 나는 카시스에게 가슴과 허리 사이에 느슨히 묶인 끈을 잡게 했다.

카시스의 눈이 일순간 잘게 좁혀졌다. 내 손과 밀착한 카시스의 손등에서 뼈와 힘줄이 약간 더 불거졌다. 나를 응시하고 있는 그의 눈동자도 한결 가라앉았다.

카시스와 나 사이에 흐르는 공기가 조금 더 짙어진 것 같았다.

스르륵. 한데 겹쳐진 손이 천천히 함께 움직였다. 성기게 매듭지어져 있던 끈이 천천히 풀어지면서 가운의 여밈도 헐렁해졌다. 얇은 옷자락이 한쪽 어깨 밑으로 약간 흘러내렸다.

나는 카시스의 손을 다시 움직여 앞쪽에 겹쳐져 있는 부분을 잡아 벌리게 했다. 아까보다 가운의 틈이 더 크게 벌어지며 그 속에 가려져 있던 내 속살도 드러났다.

그 순간, 카시스의 손이 내 가운을 붙잡은 채로 굳었다. 움직임이 멎은 자리에 조금 전보다 한결 작아진 숨이 낮게 흘렀다. 내 몸에서 무언가를 발견해 낸 그의 눈이 한자리에 계속 머물러 있었다.

나는 그런 카시스를 보고 슬쩍 고개를 기울이며 설명했다.

"주술을 새긴 건데, 다른 사람한테 들키지 않을 만한 곳이 달리 없어서."

조금 전 카시스와 몸이 맞닿아 건드려졌던 것은 새끼 손톱만 한 작은 크기의 붉은 보석이었다.

베르티움에서는 일부러 닉스를 혼란시키기 위해 나한테 특별한 능력이라도 숨겨진 것처럼 허세를 부렸지만, 사실 그에게 주술의 효과를 되돌려 줬던 건 바로 이 물건이었다.

그리젤다가 주었던 귀걸이는 낚시용으로 겉으로 보이는 곳에 착용하고, 정말 큰 공격 효과가 있는 건 보이지 않는 곳에 피어싱 형태로 직접 밀착해 소지하고 있었다. 하지만 이제 페넬리안으로 돌아온 데다 주술의 효력이 다할 때도 되어서 더 이상은 쓸모가 없었다. 그래서 슬슬 몸에서 떼어 낼 생각이었다.

카시스는 하얀 피부와 대비된 붉은 보석을 보며 잠깐 아무런 말도 꺼내지 않았다. 그러다 마침내 천천히 움직여진 그의 손이 보석의 표면에 닿았다.

내가 몸을 약간 움직이자 카시스가 입술을 벌려 나직한 목소리를 흘려보냈다.

"이렇게 만져도 안 아프다고?"

"안 아파."

그냥 하는 소리가 아니라 정말 아프지는 않았다. 그냥 조금, 촉각이 예민해졌을 뿐이었다. 아무래도 몸의 치유력이 좋아지면서 덧난 곳 없이 생각보다 잘 아문 것 같았다.

어? 그러고 보니 원래 이 문제에 대해서 카시스에게 이야기하던 중이었는데.

하지만 곧 카시스의 손이 민감한 부분을 느리게 유영하기 시작하면서 다른 생각은 저 먼 곳으로 밀쳐지기 시작했다. 카시스는 간지러울 정도로 약한 힘으로 내 살갗을 어루만졌다. 카시스의 눈길도 줄곧 그의 손길이 닿고 있는 곳에 박혀 있었다.

잠시 후, 카시스가 내게서 떼어 낸 손으로 자신의 얼굴을 덮었다. 눈에서부터 턱까지 크게 쓸어내린 손길 위로 극렬한 시선이 나를 향했다. 내게 날아와 박힌 눈빛에서 감출 수 없는 열기가 전해져 왔다.

"……오늘은 이럴 생각 없었는데."

고막을 긁는 음성이 탁하게 가라앉아 있었다. 그가 원하는 것이 무엇인지 너무나 분명하게 알 수 있었다.

"어쩌지?"

나는 그런 카시스를 보며 입꼬리를 얕게 끌어 올렸다.

"난 이럴 생각인데."

그러면서 카시스의 아랫입술을 깨물었다. 그의 목에서 억누른 소리가 새어 나왔다.

곧바로 카시스가 갈급하게 내 입술을 삼켰다. 벌어진 입술 사이로 파고든 혀가 곧장 내 혀를 붙잡아 강하게 비벼 올렸다. 질척한 마찰음이 귀에 울렸다.

순간 몸이 허공으로 떠올랐다. 카시스가 나를 안아 올린 것이었다. 지금 우리가 앉아 있는 곳은 소파였으니 이제 침대로 가려나 싶었다.

하지만 그가 나를 내려놓은 곳은 불과 두 발짝 정도 떨어진 곳에 있는 테이블이었다. 그곳에 앉혀지면서 자연스럽게 다리가 벌어져 그 사이로 카시스의 몸이 들어왔다.

예상 밖의 자리 선정에 나는 내심 조금 놀랐다. 카시스는 일분일초도 아깝다는 듯이 가운 밑으로 드러난 내 허벅지를 쓸어 올렸다.

"하아……."

잠시 후 끈적하게 얽혀 있던 혀가 풀렸다. 카시스가 내 윗입술과 아랫입술을 번갈아 빤 뒤 턱을 잘게 깨물고 밑으로 내려갔다.

그 직후 그의 손이 내 몸을 반쯤 가리고 있던 가운을 잡아 어깨 밑으로 완전히 벗겨 내렸다. 누구의 것인지 모를 열띤 숨이 가쁜 공기 위로 흘렀다. 뜨거운 손이 허벅지 안쪽을 진득하게 훑는 감각이 선명했다. 그와 동시에 내 살갗을 깨물며 조금씩 아래로 낮춰진 카시스의 입술이 소파에서 그가 손으로 매만지던 부분에 닿았다.

"아, 카시스…… 웃."

카시스가 민감하게 열이 오른 곳을 느리게 핥기 시작했다. 붉은 보석 주변을 조심스럽게 간질이다가 마침내 입안에 머금어 자극하는 느낌에 별수 없이 신음이 터져 나왔다.

허리가 휘면서 상체가 나도 모르게 점점 뒤로 기울었다. 어깨 뒤로 흘러내린 머리카락이 테이블에 떨어지는 것이 느껴졌다.

하지만 카시스의 팔이 허리와 등 부근을 단단히 휘어 감아 지탱하고 있어서 그가 주는 자극에서 벗어날 수는 없었다.

"이런 게…… 으응, 취향이야?"

나는 카시스의 머리카락 사이에 손가락을 얽으며 밭은 숨이 섞인 질문을 던졌다. 이런 기대 이상의 반응이라니, 뭔가 의외이기도 하고 신기하기도 하고, 또 조금은 놀리고 싶은 기분이기도 했다.

마침내 카시스가 가슴을 희롱하던 입술을 떼고 내 허리를 당겨 안으며 나를 완전히 뒤로 눕혔다.

"그냥 너라서 예쁘고."

그의 손이 어느덧 내 몸에 남아 있던 마지막 천 조각을 끌어 내리고 있었다. 그 모든 행동이 다른 때보다 여유가 없었다.

"너라서 흥분되는 것 같아."

강렬한 광채가 흐르는 금색 눈이 나를 직시했다. 그 말을 듣고 나도 조금 전보다 더 체온이 오르는 것 같았다.

카시스의 손이 악기를 연주하듯이 내 몸 구석구석을 섬세하게 어루만졌다. 마침내 카시스가 내 안으로 들어오는 순간 나도 모르게 그의 등에 손톱을 세워 박았다. 홍수처럼 밀려와 나를 휩쓰는 쾌감이 너무 커서 테이블에 짓눌린 등이 아픈 줄도 몰랐다.

그래도 잠시 후에 이성을 찾은 카시스가 나를 안아 들고 자리를 이동했다. 이대로 영원히 끝나지 않을 것처럼 밤이 깊고도 깊었다.

다음 날, 옆에서 누군가 움직이는 느낌에 절로 눈이 떠졌다. 눈꺼풀을 들어 올리자 밝은 햇살이 시야를 파고들었다.

그 사이로 카시스의 뒷모습이 보였다. 창문에서 번지는 광채 때문에 꼭 그의 몸에서 저절로 빛이 나는 것처럼 느껴졌다. 카시스의 결 좋은 은색 머리카락도 맑은 햇빛에 반짝거리며 빛났다.

그는 나보다 먼저 일어나 옷을 입고 있었다. 나한테서 뒤돌아 있는 자세라 카시스의 등이 한눈에 드러나 보였다. 몇 번을 봐도 참 예쁜 근육이었다. 3년 전 아그리체에 있을 때부터 느꼈지만 카시스는 뒷모습조차 미남이었다.

그런데 대리석 조각 같은 그의 등에는 간밤에 내가 긁어 놓은 손톱 자국이 길게 남아 있었다. 곧 하얀 셔츠가 카시스의 등을 덮어, 붉은 자국이 시야에서 가려졌다.

"그거, 없앨 수 있지 않아?"

내가 흘려보낸 목소리에 카시스가 뒤돌아보았다.

"일어났어?"

걸음을 옮겨 내게 다가온 카시스가 침대 위에 몸을 실었다.

"내가 깨운 건가? 좀 더 자도 돼."

다정한 손길이 내 머리카락을 쓸어 넘기며 귓가를 간질였다. 나를 향한 그의 눈동자도 창밖에서 스미는 햇살처럼 따스하고 부드러웠다.

곧 상체를 숙인 카시스가 흘러내린 이불 위로 드러난 내 어깨에 입술을 내렸다. 보드라운 온기가 내 몸 위에 짧게 머물다 사라졌다.

"등에 있는 자국, 따가울 것 같은데. 빨리 치료하지 그래?"

나는 조금 전에 보았던 것을 상기하며 다시금 그에게 말했다. 그러고 보니 오늘만이 아니라 지난번에도 그랬던 것 같다. 카시스라면 내가 할퀴거나 깨문 자국들을 금방 지워 버릴 수 있을 것이다. 그런데 아침에 보면 카시스는 늘 그걸 몸에 그대로 달고 있었다.

아침뿐만이 아니라, 다시 돌아온 밤에 확인할 때에도, 또 그다음 날에도…….

"그냥 이대로가 좋아."

카시스가 더없이 정결한 얼굴로 나를 보며 말했다.

"네가 남긴 거니까."

그 어투가 너무 담담하고 곧아서 나는 잠깐 할 말을 잃어버렸다. 설마 하는 생각이 없는 건 아니었지만 그게 정말 사실이었다니.

그보다 이 사람, 아무렇지도 않게 부끄러운 말 잘하네.

그런데 거기에 기분이 좋아지는 나는 또 뭐람.

"카시스. 이리 와 봐."

나는 잠깐 가만히 누워서 카시스를 올려다보다가 이내 상체를 반쯤 들어 올렸다. 그대로 그에게 손을 내밀자 카시스가 말없이 내 요구에 따라 상체를 수그렸다.

나는 그의 목을 당겨 키스했다. 그저 입술만 잠깐 닿았다가 떨어지는 가벼운 입맞춤이었다.

"좋은 아침이야."

그리고 나서 눈을 곱게 접으며 속삭였다. 그 순간 지척에서 마주한 카시스의 눈빛이 약간 침잠했다. 카시스가 손을 들어 그에게 닿아 있는 내 손을 감쌌다. 손등 전체와 손목을 덮은 손에서 약간 높은 체온이 전해져 왔다. 카시스에게서 갈등이 느껴졌다. 나는 그가 다시 내 위로 체중을 싣기 전에 침대에서 몸을 일으켰다.

"씻으러 가야겠어."

허리를 바로 세워 앉자 시트 위에 헝클어져 있던 머리카락이 몸 위로 흘러내렸다. 아무것도 걸치지 않은 나신이라 등과 가슴을 스치는 머리카락의 감촉이 생생하게 느껴졌다.

어제 카시스가 벗긴 가운은 테이블 밑에 떨어져 있을 것이었다. 나는 침대를 벗어나 테이블이 있는 곳으로 향했다.

걷는 동안 내 등 뒤로 카시스의 시선이 느껴졌다. 역시 카펫 위에 떨어져 있던 가운을 주워 걸치고 고개를 돌리는데, 불현듯 내 몸에 익숙한 손길이 닿았다.

"데려다줄게."

어느새 다가온 카시스가 내 몸을 훌렁 안아 들었다.

"혼자 갈 수 있는데?"

"어차피 나도 가던 길이니까."

내가 더 무어라 말하기도 전에 그는 나를 안은 채로 걸음을 옮겼다.

아, 아무래도 본의 아니게 불을 지펴 버린 모양이다. 아니…… 하지만 나한테 정말 그런 의도가 조금도 없었던가?

스스로도 좀 의심이 들기는 했지만 나는 그냥 아무것도 모르는 척, 카시스에게 슬쩍 몸을 기댔다.

그날 아침 시간은 유독 빠르게 지나갔다.

시간이 좀 더 흘러 카시스와 나는 별관을 나섰다. 현재 우리는 닉스가 깨어났다는 소식을 듣고 지하 감옥으로 향하는 중이었다.

"정신을 차리자마자 감옥을 부술 듯이 발악을 하더니 지금은 잠잠해졌습니다."

이시도르가 옆에서 지하 감옥에서 있었던 일을 전해 주었다. 별관에서부터 따라온 올린도 함께였다.

"사람의 육체이기는 해도 약은 효과가 없더군요. 진정제를 투여했지만 반응을 보이지 않았습니다."

닉스의 몸은 분명 인간의 것이었다. 하지만 노엘의 인형술이 거기에 깃들면서 평범한 사람의 육체와는 근본적으로 구별되는 부분이 생겼을 것이다. 그러니 닉스를 보통의 사람처럼 생각하면 안 되었다.

혹은 그게 아니더라도, 비록 주검인 상태이기는 하나 어쨌든 아실의 몸은 아그리체에 있을 때 이미 독에 일정한 면역이 생긴 뒤였으니 그게 아직까지 영향을 끼치고 있을 가능성도 있었다.

이시도르의 말을 들은 카시스가 나를 쳐다보았다. 나는 그를 향해 고개를 작게 끄덕여 보였다.

"직접 가서 봐야겠어."

"나도 같이 들어가겠어."

카시스는 확고했다. 나도 굳이 그를 막을 생각은 없었다. 그렇게 우리는 닉스가 있는 지하 감옥으로 함께 들어섰다.

끼이익.

철문이 열리는 소리가 날카롭게 고막을 찔러 들었다. 당연한 말이지만, 페델리안의 지하 감옥에는 처음 들어와 보았다. 시야에 비치는 광경이 아그리체와 비슷한 듯하면서도 어딘가 풍기는 분위기가 다르게 느껴졌다.

이런 말은 좀 그렇지만, 일단 고문 기구가 없어서 그런가.

그 밖에도 페델리안의 감옥이 전체적으로 좀 더 쾌적하고 깔끔한 느낌이었다. 그래서 철창 안에 피에 절은 상태로 있는 닉스가 더욱 선명하게 눈에 띄었다.

"너……!"

벽에 기대앉아 있던 닉스가 내 얼굴을 보자마자 자리에서 벌떡 일어났다. 그의 손목과 발목을 옥죄고 있던 족쇄의 사슬이 크게 흔들렸다. 철컹, 밀폐된 공간 안에 듣기 싫은 쇳소리가 울려 퍼졌다.

"안녕, 닉스. 어제 잠깐 얼굴을 봤었는데 기억해? 그래도 이렇게 인사하는 건 오랜만인 것 같네."

나는 그를 향해 여상히 인사했다. 나긋이 흘려보낸 음성에 닉스의 눈매가 일그러지는 것이 보였다.

"지금 너와 내가…… 이런 대화나 나눌 때는 아닌 것 같은데?"

형형한 눈빛과 달리 닉스는 곧바로 내게 감정을 표출하지 않았다. 그는 잠깐 상황을 파악하는 것 같았다.

지금 나는 혼자가 아니었다. 닉스의 예리한 시선이 맨 처음 내게 날아와 박혔다가, 곧 내 곁에 있는 다른 세 사람에게 차례로 미끄러졌다. 그렇지만 마지막에는 다시금 내게 고정되었다.

나는 그런 닉스를 향해 말을 이었다.

"상태가 좋아 보여서 다행이야. 어쩌면 네가 복구가 불가능할 정도로 망가졌을지도 모른다고 생각했거든."

물론 실제로 닉스의 걱정을 했던 것은 아니다.

"너, 그날 굉장히 많이 다쳤었잖아."

온화하게 덧붙인 속삭임에 닉스가 입술을 꽉 다물었다. 나를 응시하는 눈빛이 한결 더 강렬해져 있었다. 지금 내가 일부러 자신의 신경을 긁고 있다는 것을 눈치챈 것이 분명했다.

나는 눈꼬리를 내려 그런 그를 향해 짐짓 안쓰럽다는 듯이 미소 지었다. 그러고 나서 지나간 기억을 음미하는 것처럼 나지막하게 속삭였다.

"그날 내 손에 뜯겨 나갔던 네 왼쪽 눈의 감촉이라든가, 네 살이 찢길 때마다 귀에 울렸던 비명이 아직도 생생한데."

"닥쳐……!"

나로 인해 위기에 빠졌었던 베르티움에서의 일을 상기하는지, 악물린 닉스의 입에서 아드득 이를 가는 소리가 새어 나왔다.

"베르티움의 인형."

카시스의 서늘한 시선이 그런 닉스에게 꽂혀 들었다.

"그 이상 혀를 함부로 놀리지 않는 게 신변에 좋을 거라고 충고해 주지."

냉혹한 경고가 잇따랐다. 하지만 카시스는 그 이상 앞으로 나서지는 않았다. 지하 감옥에 들어오기 전에 나와 미리 이야기한 것이 있었기 때문이다.

"너, 도대체 목적이 뭐야?"

잠시 후, 흥분을 가라앉힌 닉스가 내게 물었다. 불과 한 시간 전까지만 해도 감옥에서 난동을 피웠다는 말이 거짓인 것처럼 닉스는 제법 침착한 태도였다.

"날 데리고 와서 이런 곳에 가둬 놓은 목적이 뭐냐고?"

하지만 그의 눈동자 안에 뿌연 안개처럼 어린 감정의 잔상을 나는 발견해 냈다. 차분함을 가장하고 있긴 했지만 그는 약간 불안해 보였다.

그 순간 불현듯 어떤 깨달음이 뇌리를 스쳐 지나갔다. 닉스는 일찍 부터 의식을 잃고 있던 상태였으니, 자신이 어째서 베르티움을 떠나 이곳에 있는지 이유를 모르는 것이 당연했다. 게다가 이후에 노엘과 우리 사이에 오간 대화도 듣지 못했을 것이다.

그렇다면 닉스가 마지막으로 기억하는 것은 카시스의 말을 들은 단 테가 싸늘한 태도를 보이며 그를 기절시킨 것인가.

나는 마주한 얼굴을 잠깐 말없이 바라보았다. 내 침묵이 길어질수 록 닉스의 푸른 눈동자에 어린 얕은 파문도 점차 크기를 불려 가고 있었다.

"목적이라……. 글쎄."

일부러 불분명하게 대꾸하자 닉스가 더 짙은 한기를 흘뿌렸다.

"말장난하지 말고 바른대로 말해."

나는 고개를 슬쩍 기울이며 그를 내려다보았다.

"뭘 그렇게 두려워하는 거야?"

그러다 곧 알겠다는 듯이 고개를 작게 끄덕였다.

"하긴, 네가 베르티움에서 했던 짓들이 있으니 당연한가."

내 말에 닉스가 미간을 구겼다. 나는 그 모습을 보며 입술 끝을 끌 어 올렸다.

"지금은 상황이 반대가 되었네. 물론 난 네가 그랬던 것처럼 너한테 독을 먹인다거나 하지는 않을 거야. 어차피 너한테 그런 게 통하지 않 는다는 것도 알아."

나는 지하 감옥에 들어오기 전에 이시도르에게 들었던 말을 상기 했다.

그런데 그 말에 대한 가장 큰 반응은 앞이 아니라 옆에서 흘러나왔다. 카시스의 몸을 휘감은 기운이 일순간 칼날처럼 예리하게 벼려졌다. 베르티움에서 닉스가 내게 독을 먹였다는 말을 내뱉은 직후의 일이었다.

닉스도 갑자기 스산해진 분위기를 느꼈는지 몸을 움찔했다.

"물론 네게 통증을 주는 방법이 그것밖에 없는 건 아니니 다른 방식으로 널 괴롭혀도 되겠지만."

나는 말끝을 흐리며 마주한 얼굴을 물끄러미 쳐다보았다. 닉스는 여전히 티를 내지 않으려 했지만, 그래도 은근히 조바심이 난 눈치였다. 그렇다면 좀 더 안달이 나게 만들어 주는 것도 괜찮을 것이다. 본래 정신이 한계까지 몰린 인간은 내 입맛대로 요리하기 더 쉬운 법이니까.

"일단 멀쩡히 깨어난 걸 봤으니 됐어. 나중에 다시 보러 오도록 하지."

그래서 나는 그렇게 말한 뒤 미련 없이 뒤돌아섰다. 그러자 등 뒤에서 쇠창살과 사슬이 부딪쳐 철컹거리는 소리가 울렸다.

"잠깐, 이대로 그냥 가겠다고? 기다려⋯⋯!"

등 뒤에서 외치는 소리가 들렸으나 무시했다. 그렇게 닉스를 혼자 두고 다시 지하 감옥을 빠져나왔다.

"독을 먹었다니, 그런 얘기 한 적 없었잖아."

밖으로 나서자마자 카시스의 시선이 다시금 내 얼굴에 꽂혀 들었다. 그렇지 않아도 조금 전 그가 지하 감옥 안에서 보였던 반응을 나도 감지했던 참이었다. 그래서 지금의 상황이 예상 밖이라 느껴지지는 않았다.

내가 힐끔 쳐다보자 이시도르와 올린이 알아서 거리를 벌렸다.

그들과 어느 정도 멀어진 것을 확인한 후 카시스에게 말했다.

"내성이 있어서 어차피 나한테 독은 효과가 없어. 그러니까 결과적으로 아무 일도 없었던 거나 마찬가지야."

"설령 결과가 그렇다 해서 과정 자체가 없던 일이 되는 건 아니지."

칼 같은 대답이었다. 카시스에게서 느껴지는 기운도 그 못지않게 날카롭고 냉랭했다.

하지만 만약 반대의 경우라면 나도 카시스처럼 반응할 것이니 이해가 안 되는 건 아니었다.

나는 잠깐 카시스를 보다가 팔을 들어 올렸다.

"미안. 걱정할 것 같아서 얘기하지 않았는데 오히려 더 마음 쓰이게 했구나."

곧 차게 얼어 있는 얼굴이 손끝에 닿았다. 나는 카시스의 뺨을 쓰다듬으며 달래듯이 속삭였다.

"다음에 또 이런 일이 있으면 숨기지 않고 전부 다 말할게. 그러니까 그런 얼굴 하지 마."

조곤조곤하게 말을 이어 갈수록 앞에서 풍겨 나오는 차가운 기운이 점차 수그러지기 시작했다. 딱딱하게 굳어 있던 눈매도 서서히 풀어졌다.

직전까지만 해도 털을 바짝 세운 짐승처럼 위험한 느낌을 풍기던 사람이 이렇게 내 몇 마디 말과 작은 행동에 금방 온순해지는 것을 보니 어쩐지 묘한 감흥이 들었다.

카시스의 손이 그의 뺨에 닿은 내 손을 덮었다. 체온이 뒤섞이는 느낌은 이제 생경하지 않았다. 하지만 피부가 밀접하게 접촉하며 손가락

마디마디가 뒤얽히는 감각에 여지없이 가슴 한구석이 간지러워졌다.

"너한테 화낸 게 아니야."

"알아."

"걱정이 돼서 그랬어."

"그것도 알아."

지금 눈앞에 있는 사람에게 아주 소중히 대해지는 것 같은 느낌이 들었다. 나는 카시스의 손을 부드럽게 잡아끌었다.

"그만 가자, 카시스."

닉스의 상태를 확인했으니 이제 리셀을 만나기 위해 집무실에 가야 했다.

이번에는 카시스도 얌전히 나를 따라왔다. 거리를 두고 떨어져 있던 이시도르와 올린도 다시 우리의 뒤를 쫓았다.

카시스와 나는 그대로 손을 잡고 걸었다. 맞닿은 곳에서 스미는 온기가 따스했다.

"어머니, 그거 아세요?"

"뭘 말이니?"

"언니란 참 멋진 존재예요."

실비아의 뜬구름 잡는 말에 쟌느의 눈썹이 슬그머니 동산을 그렸다. 지금 모녀는 마주 앉아 담소를 나누며 차를 마시는 중이었다.

실비아는 쟌느가 자신을 어떻게 쳐다보는지 모르는 듯, 손에 턱을 괸 채 아련한 눈빛으로 창밖을 바라보고 있었다. 도대체 무엇을 생각하는지, 실비아의 얼굴은 꿈결을 좇듯이 어딘가 몽롱했다.

"하아……."

급기야 그녀의 입술에서 한숨 같은 야트막한 숨결까지 새어 나왔다. 쟌느가 한 소리 하려던 찰나, 실비아가 마주 앉은 그녀에게 시선을 옮겼다.

"왜 어머니는 저한테 오빠만 낳아 주셨어요?"

"얘가 못 하는 소리가 없구나."

기가 막히게도 실비아의 눈빛에는 엷은 원망마저 어려 있었다. 당연히 쟌느는 황당하다 못해 어이가 없어졌다. 실비아는 쟌느의 힐난을 듣고 시무룩해져 있다가 또 금방 기운을 차렸다.

"그래도 괜찮아요. 이제 저한테는 새언니가 있으니까요."

쟌느도 실비아가 이러는 이유를 얼추 짐작하고 있던 참이라 그저 한 번 작게 혀를 차고 말았다.

카시스가 록사나를 데려왔을 때부터 잔뜩 들떠 있던 실비아였다. 실비아가 록사나를 무척 좋아한다는 사실은 페델리안의 모두가 알고 있었다. 그런데 이번에 새삼스럽게 또 마음을 빼앗긴 모양이었다.

"새언니가 생길지 아닐지는 아직 모르는 일 아니겠니."

쟌느는 괜히 딸을 놀려 주고 싶은 마음에 들고 있던 찻잔을 내려놓으며 입술을 뗐다. 아니나 다를까, 실비아가 파드득 동요했다.

"어, 왜요? 설마 록사나 언니가 오빠랑 결혼 안 한대요? 둘이 잘 어울리는데."

"그건 네 오빠 하기에 달린 일이겠지. 여자 마음이란 무릇 남자 하기에 따라 달라지게 마련이니."

"그건 그래요."

쟌느의 말에 실비아는 심각해져서 인상을 썼다. 그녀는 오빠인 카시스의 옆에 록사나 말고 다른 여자가 있는 상상을 해 보았다.

그 순간 왠지 모를 반발심이 솟구쳤다. 어쩐지 상상 속의 오빠에게 의미를 알 수 없는 배신감마저 느껴지는 것 같았다.

물론 카시스와의 관계가 없어도 록사나가 그녀에게 언니로 남아 주겠다면 이야기는 달라지겠지만……. 만약 그렇다 해도 지금처럼 록사나와 한집에 있을 수는 없게 될 것이 분명했다.

"오빠한테 좀 더 제대로 잘하라고 해야겠어요. 난 록사나 언니 말고 다른 새언니는 싫단 말이에요."

실비아는 불끈 주먹을 말아 쥐며 두 눈에 결의를 새겼다. 쟌느는 웃어야 할지 말아야 할지 알 수 없는 기분으로 그런 딸의 모습을 지켜보았다. 애초에 카시스와 록사나의 관계를 반대할 생각도 없었지만, 만약 이러다 혹시 한쪽의 마음이 먼저 돌아서기라도 하면 실비아 때문이라도 카시스의 혼삿길이 막히는 건 아닌가 싶어졌다.

뭐, 애들 문제는 어련히 애들 스스로 알아서 잘하겠지 싶으면서도. 게다가 둘 다 그렇게 쉽게 변할 마음 같지도 않았으니.

쟌느는 실비아야말로 언제 철이 들어서 누구와 짝을 맺을지 모르겠다고 생각하며 마주한 딸의 얼굴을 응시했다. 실비아는 그런 어머니의 생각도 모르고 여전히 오빠의 연애사에만 한껏 관심을 집중하고 있었다.

쟌느와 헤어진 실비아는 곧장 자신의 방으로 향하지 않고 다음 행선지를 갈등했다. 록사나와 오빠가 있는 별관에 놀러 가고 싶었으나 잠깐 고민하다가 그냥 그러지 않기로 했다. 그녀는 눈치 있는 동생이었다. 그러니 두 사람의 시간을 방해해서는 안 된다.

사실 실비아에게 있어 카시스와 록사나가 머무는 별관은 거의 그들의 신혼집 같은 느낌이었다. 그래서 그녀는 언젠가부터 먼저 기별 없이 별관에 찾아가지 않고 있었다. 아마 페델리안에 있는 다른 사람들 역시 그녀와 비슷한 생각을 하고 있을 것이었다.

"시끄러우니까 닥쳐. 아니, 그냥 내가 허락할 때까지 얌전히 기절해 있어."

그러다 문득 어제 보았던 록사나의 새로운 모습이 떠올랐다. 아름다운 얼굴에 얼음 가시처럼 박히던 싸늘한 한기. 귓가에 꽂혀 들던 무자비한 음성. 그리고 그 직후 이어진, 나비처럼 사뿐히 날아서 벌처럼 쏘아지던 절도 있는 팔의 움직임까지.

지극히 짧은 순간 벌어진 일이었지만 실비아의 마음을 훔쳐 가기에는 충분했다. 공주님인 줄 알았던 새언니는 사실 여왕님이었다.

실비아는 벌써 몇 번이나 그 장면을 곱씹어 떠올리며 감탄하고 있었다. 그러다 보니 자연스러운 연쇄 작용으로, 록사나의 손에 의해 기절했던 소년이 뇌리를 스쳐 지나갔다.

분명 베르티움의 인형이라고 했지. 게다가 그 육체는 록사나의 오빠의 것이라고 들었다. 거기까지 생각이 미치자 문득 호기심이 들었다.

어제는 경황이 없어 카시스와 록사나가 데려온 인형의 모습을 제대로 보지 못했다. 외관이 워낙에 피투성이였던 데다, 정신을 차린 직후에는 몸을 마구 뒤틀며 난동을 부려 대기까지 했으니 당연했다.

록사나의 친오빠의 몸이라면, 얼굴도 닮았겠지?

그렇게 생각하자 호기심이 배가되었다.

으음. 궁금한데 잠깐만 보고 와도 될까?

부모님과 오빠는 말릴 것이 분명하니 몰래 살짝만. 갈등의 순간은 길지 않았다. 그래, 멀리서 얼굴만 잠깐 보고 오면 아무 문제 없을 것이다. 고민을 끝낸 실비아는 지하 감옥이 있는 곳을 향해 뛰어갔다.

카시스와 록사나는 조금 전 리셸을 만나고 왔다. 그들은 조만간 위그드라실로 출발할 예정이었다. 그것을 위해 따로 준비할 건 없었다.

다만 록사나는 간만에 독나비에게 먹이를 주며 반응을 확인했다. 다행히 이렇다 할 문제는 보이지 않았다. 피를 먹는 나비들의 모습을 면밀히 관찰해 보았으나 거부 반응이라 할 만한 것도 없는 듯했다.

그동안 카시스 때문에 몸의 체질이 변해서 혹시 독나비에도 영향이 있지 않을까 싶었는데, 아무래도 괜한 기우였던 모양이다.

살랑.

록사나는 지하 감옥에 심어 두었던 독나비를 통해 닉스의 모습을 확인했다. 닉스는 또 한 차례 난동을 부리다가 잠잠해진 뒤였다.

카시스를 포함한 다른 사람들의 우려와 달리 이제 닉스를 대하는 록사나의 마음은 더할 나위 없이 냉정하게 가라앉아 있었다.

사락.

그때, 아래로 늘어져 있던 머리카락이 중력의 반대 방향으로 움직이는 느낌이 들었다. 록사나는 아까부터 곁에 있던 사람의 존재를 상기했다. 서리가 껴 있던 하얀 얼굴이 조용히 녹아들었다.

록사나는 감옥에 있는 나비와의 연결을 끊어냈다. 그리고 나서 고개를 돌리자 그녀의 머리카락을 손으로 휘감아 만지고 있는 카시스의 모습이 시야에 들어왔다.

두 사람은 햇볕이 고스란히 스며들어 오는 창가의 소파에 함께 앉아 각자 할 일을 하고 있었다. 록사나는 독나비를 불러 몇 가지 확인을 하고 있었고, 카시스는 바깥에 보냈던 심복이 그가 명령했던 것을 조사한 뒤 보고해 온 내용을 읽던 중이었다.

그러다 록사나의 분위기가 달라진 것을 알아차린 카시스가 손을 움직인 것이었다. 다행히 깊이 마음 쓸 만한 일은 아니었는지, 록사나의 표정은 금방 펴졌다.

록사나는 나비 몇 마리에게 무언가를 명령한 뒤 밖으로 날려 보냈다. 그런 록사나의 모습을 지켜보는 카시스의 얼굴은 지금 방에 고인 공기만큼이나 고요했다. 하지만 좀 더 면밀히 그 심층을 살펴보면, 소리 없이 첨예하게 침잠해 있는 눈을 확인할 수 있을 것이었다.

카시스의 머릿속에는 조금 전 보았던 종이 위의 활자가 어지럽게 떠돌아다니고 있었다. 록사나에게는 말하지 않았지만, 사실 그는 아그리체에 있던 몇몇 사람의 행적을 파악하고 있었다. 더 정확히 말하자면, 카시스가 살피고 있는 것은 록사나의 주변인들이었다.

베르티움에서 이시도르를 그리젤다 아그리체에게 보내 접선하게 한 것도 그래서 가능했던 일이었다. 뿐만 아니라 카시스는 록사나의 어머니인 시에라와 심복인 에밀리의 소재지에 대해서도 알아보았다. 제레미 아그리체를 살펴보고 있는 것은 당연했다.

그리고…….

데온 아그리체.

그 이름을 떠올리는 카시스의 눈빛이 섬뜩하게 가라앉았다.

카시스가 보낸 심복 중 하나가 베르티움으로 향하는 데온 아그리체의 행적을 발견했다. 이 시점에 하필 베르티움이라니. 그가 지금 누구를 쫓고 있는지는 너무나 명백했다.

이전에 아그리체에서 마지막으로 만났던 데온 아그리체의 모습이 뇌리를 파고들었다.

그래, 역시 살아 있었던가. 물론 고작 그런 식으로 죽을 남자라고는 애초에 생각하지 않았지만.

"무슨 생각 해?"

그때, 나긋한 음성이 카시스의 귓가에 흘러들었다.

"표정이 차가워졌어."

조금 전과는 반대로, 카시스의 기운이 날카로워졌음을 느낀 록사나가 얕게 팬 그의 미간에 손가락을 가져다 댔다. 시선을 들어 올리자 그를 응시하고 있는 록사나의 얼굴이 눈에 들어왔다. 그녀의 모습이 지금 창가에 번지고 있는 하얀 햇살 그 자체 같았다.

문득, 얼마 전 록사나가 그에게 속삭였던 말이 떠올랐다.

"나, 다시 록사나 아그리체가 될 거야."

그때, 카시스는 록사나를 독점할 수 있는 날이 얼마 남지 않았음을 직감했다.

"……인내심이 많아진 건지, 없어진 건지 모르겠어."

가라앉은 속삭임이 혼잣말처럼 읊조려졌다. 카시스의 손이 록사나의 머리칼에 좀 더 밀접하게 엉겨 붙었다. 손가락 사이에 금색 실타래가 휘감겼다.

카시스는 손을 움직여 거기에 입술을 묻었다. 천천히 숨을 들이마시자 달콤한 향기가 폐부 깊숙이 들어찼다. 그것이 지독하게 만족스러우면서도, 다른 한편으로는 아무리 애써도 영원히 채워지지 않을 것만 같은 짙은 갈증이 일었다.

예전에 록사나가 만개한 꽃들 사이에서 그를 돌아보았을 때 느꼈던 음습한 욕망이 다시금 고개를 들었다. 이대로 아무도 록사나를 보지 못하게, 오로지 그만이 발을 들일 수 있는 공간에 그녀를 가두고 싶었다.

록사나의 시야가 미치는 곳에 다른 그 누구도 두고 싶지 않았다. 그녀의 두 눈이 오직 그만을 담고, 그녀의 손길이 오직 그에게만 머물렀으면 좋겠다는 생각이 들었다. 이대로 향기로운 입술에 깊이 키스하고, 온몸에 그의 흔적이 새겨질 정도로 엉망으로 몰아붙여서 다른 것은 아무것도 생각하지 못하게 만들고 싶었다.

록사나가 이 세상에 오로지 카시스 단 한 사람밖에 없는 것처럼 붉어진 눈으로 그를 보며 절박하게 매달려 올 때면 환희와도 같은 희열이 온몸을 휘감았다.

그것을 생각하면, 더없이 절제된 삶을 살았던 과거에 비해 형편없을 정도로 인내심이 없어진 것 같았다. 하지만 반대로 생각하면, 그런 욕망을 꾹꾹 눌러 참아 내고 있는 것 자체가 굉장한 인내심을 지녔다는 증거 같기도 했다.

"재미있는 고민을 하고 있네."

머리 위에서 록사나가 후우, 야트막하게 웃었다. 보드라운 손이 카시스의 얼굴을 느리게 훑고 지나갔다.

"왜 그런 생각을 하는지는 모르겠지만 내가 봤을 때는 당신 인내심이 결코 부족한 편은 아닌 것 같은데."

그 순간 카시스의 다물린 입술에서 한숨인지 신음인지 모를 소리가 작게 새어 나왔다.

"내가 무슨 생각을 하고 있는지 알면, 그런 말 못 할 텐데."

"뭐든 생각만으로 그치고 있다는 점에서 이미 훌륭한 거 아닌가."

록사나가 덧붙인 말에 카시스는 얕게 웃을 수밖에 없었다.

"듣고 보니 맞는 말 같군."

부스러지는 듯한 웃음이 록사나의 목덜미에 흩뿌려졌다. 완만한 굴곡을 그리며 느른히 휘어진 눈동자가 위로 들려 시선을 맞댔다.

"그럼 사양 않고."

하여 카시스가 비스듬히 기울인 고개를 록사나에게 좀 더 가까이 기울여 한 일은…….

"……그렇다고 내 옷을 벗겨도 좋다고는 하지 않았는데."

그녀의 앞섶을 여미고 있는 리본의 끝을 입으로 물어 당겨 푸는 것이었다.

"앞으로는 덜 참아도 된다면서?"

"내가 언제 그렇게 말했어?"

하지만 손목을 감싸 쥐고 있던 체온이 느리게 기어오르기 시작하는 순간, 이어지려던 말은 다시 쏙 삼켜졌다.

"으음, 취소하면 안 되려나."

"안 돼."

카시스가 장난을 치고 있다는 사실을 안 록사나도 웃으면서 손을 들어 그의 머리카락을 부드럽게 훑었다.

바로 그때, 지하 감옥에 있던 독나비가 신호를 보내왔다.

"잠깐……."

카시스의 어깨로 미끄러지던 록사나의 손길이 우뚝 멈추어졌다. 시야에 닉스가 있는 지하 감옥의 모습이 비쳐들었다.

다음 순간 록사나가 나비를 통해 본 것은 닉스와 실비아가 만나고 있는 장면이었다.

"아가씨, 하지만……."

"곤란한 일인 거야?"

지하 감옥을 지키고 있던 수하는 난처함을 느꼈다. 실비아가 안에 갇힌 인형을 보고 싶다고 부탁했기 때문이었다.

"혹시 내가 안으로 들어가지 못하게 하라는 명령이 있었어?"

실비아의 물음을 듣고 수하는 멈칫했다. 다소 난처하긴 했지만 확실히 그녀를 지하 감옥 안으로 들어가지 못하게 막으라는 명령은 위에서 따로 내려오지 않았다.

"베르티움의 인형을 보는 건 처음이라 궁금해서 그래. 철창에는 가까이 가지도 않을 거야. 열 걸음, 아니, 스무 걸음 정도 떨어진 곳에서 진짜 얼굴만 볼게. 걱정되면 같이 들어가도 좋아. 그래도 안 될까?"

실비아는 페델리안의 사람들 모두가 귀애하는 소녀였다. 언제나 사랑스럽고 밝은 성격에 얼굴에는 늘 환한 미소를 띠고 다녀서, 실비아를 볼 때면 모두들 저도 모르게 그녀를 따라 웃게 되곤 했다. 페델리안의 상냥한 아가씨는 감옥 앞을 지키고 있는 수하가 난처한 기색을 보이자 더 우기지도 않았다.

"미안해, 내가 무리한 부탁을 했구나. 떼를 쓸 생각은 아니었어. 지금 내가 한 말은 그냥 잊어줘."

그녀는 오히려 한껏 미안한 얼굴로 사과까지 했다. 풀 죽은 실비아의 얼굴을 마주하자 마음이 영 편치 않았다. 결국 수하는 할 수 없이 웃으며 실비아의 청을 수락하고 말았다.

"아닙니다, 아가씨. 얼굴만 보고 나오시는 건 괜찮을 것 같습니다. 단, 저도 안까지 동행하겠습니다."

"앗, 그래도 되는 거야?"

"네. 따라오십시오."

실비아의 얼굴이 환해졌다.

그렇게 해서 두 사람은 함께 지하 감옥 안으로 들어섰다. 실비아는 호기심 어린 눈으로 감옥의 내부를 살펴보았다. 지금까지 이런 식으로 지하 감옥에 직접 들어와 볼 일이 없어서 처음으로 본 내부의 모습이 상당히 신기하게 느껴졌다.

그렇게 반짝이는 눈으로 주변을 둘러보고 있을 때, 실비아가 그토록 궁금해했던 인형의 모습이 시야에 나타났다.

닉스는 불과 반나절 전까지만 해도 지저분했던 모습이 거짓인 것처럼 깨끗해진 상태였다. 아까 록사나가 다녀간 이후 위에서의 명령으로 그를 깔끔히 씻겨 놓았기 때문이다.

나름대로는 편의를 봐준 것이었고, 그 이후로 닉스도 더 이상 소란을 피우지 않고 조용해졌다. 닉스는 록사나의 의도를 읽기 위해 신경을 예민하게 곤두세운 채 머리를 굴리고 있었다.

'제길. 마안이 있었다면 그 계집애의 꿍꿍이가 뭔지 알 수 있었을 텐데.'

오른 눈을 노리던 록사나의 공격을 반사적으로 피하다가 오히려 더 중요한 마안을 잃다니, 손해가 막심했다.

그러다 그는 누군가 지하 감옥 안으로 들어선 것을 깨달았다. 몇 번인가 들어 익숙해진 간수의 발소리 뒤로 가볍고 경쾌한 발소리가 이어졌다. 아까 감옥에 들렀던 록사나와 카시스는 분명 아니었다.

마침내 모퉁이를 돌아 실비아가 모습을 드러냈다. 닉스와 실비아의 시선이 허공에서 마주쳤다.

"와아……."

실비아는 지하 감옥의 벽에 기대앉아 있는 아름다운 소년에게 한눈에 시선을 사로잡혔다. 벽에 걸린 촛대에서 번진 불빛이 창백하게 느껴질 정도로 하얀 얼굴을 그윽한 주황색으로 물들이고 있었다. 왼쪽 눈을 언뜻 가리고 있는 금색 머리칼이 마치 녹아내리는 황혼 녘의 햇빛 같았다. 그녀를 똑바로 직시하고 있는 눈동자는 더없이 맑고 투명해 보이는 푸른색이었다.

조용히 그녀를 바라보는 모습이 어찌나 우아하고 아름다워 보이던지, 어제 카시스의 어깨 위에서 그토록 악을 쓰며 소리를 지르던 사람이라고는 조금도 상상할 수 없을 정도였다.

실비아가 저도 모르게 숨을 멈춘 채 닉스를 보고 있는 동안, 닉스도 눈앞에 있는 그녀를 관찰했다.

순은 같은 긴 은발과 선연한 금색 눈. 척 봐도 카시스 페델리안을 연상시키는 소녀였다.

'페델리안의 공주님인가.'

닉스의 눈에 일순간 번뜩이는 광채가 스쳐 지나갔다.

'그래……. 이건 이용해 먹을 수 있을지도 모르겠어.'

계산을 끝마친 닉스는 얼굴에 아실의 가면을 덮어썼다.

"……누구야, 넌?"

더없이 선량하고 맑은 느낌을 풍기는 목소리가 지하 감옥 안에 울렸다. 페델리안의 공주와 망자의 나라에서 온 포로의 공식적인 첫 만남이었다.

한차례 폭풍이 휩쓸고 간 베르티움은 조용했다. 하지만 아직 도화선의 불씨가 완전히 꺼진 것은 아니었다.

단테는 후원의 사람들을 생각할 때마다 머리가 빠개질 듯이 아파 오는 것을 느꼈다. 별채의 사람들은 언제 터질지 모르는 폭약 같았다.

지금은 일단 다친 몸들을 치료하며 얌전히 있었지만, 그렇다 해서 곪아 온 감정이 사라진 것은 아니었다. 오히려 그들을 제지하기 위해 인형들의 무력을 사용한 탓에, 별채의 사람들은 더욱 독이 오른 것 같았다.

노엘은 닉스와 록사나를 페델리안에 빼앗긴 일로 며칠 내내 실의에 빠져 침울해하다가 조금 전에 겨우 잠들었다.

단테는 그런 노엘과 별채의 사람들 사이를 오가며 그들을 달래는 데 진을 빼야 했다.

탁. 그는 자신을 붙잡고 한바탕 질질 짜던 노엘이 완전히 잠든 것을 확인하고 방을 나섰다. 아무리 동안이라고는 하나 다 큰 남자가 '닉스'와 '루나'의 이름을 불러 대며 세상이 두 쪽 난 것처럼 눈물 콧물을 훌쩍이는 모습은 도무지 봐 줄 만한 것이 아니었다. 그뿐만이 아니라 앞으로 해결해야 할 다른 일들을 생각하자 지끈지끈 골치가 아팠다.

"거기 너, 혹시 내가 자리를 비운 사이에 노엘 님이 일어나면 전해요."

단테는 마침 앞을 지나가던 인형을 붙잡고 명령했다.

"머리끝부터 발끝까지 닉스와 외양이 같은 인형을 시간 내에 제작하는 건 애초에 불가능하니, 어제 말했던 대로 얼굴을 닮은 것만이라도 꼭 하나 만들어야 한다고. 공들일 필요는 없고, 그냥 대충 구색만 맞출 정도여도 된다고요."

단테는 어떻게든 닉스를 중간에서 가로챌 계획을 세우고 있었다. 페델리안에서 닉스를 데리고 위그드라실로 들어가는 것만큼은 반드시 막아야 했다.

그러기 위해서, 일단 혹시 모를 상황을 대비해 닉스와 닮은 인형을 하나 만들어 둘 생각이었다. 노엘의 실력이라면 대충 얼굴만 닮은 인형 정도는 이틀이면 충분히 만들 수 있을 것이 분명했다.

"그리고…… 페델리안이 개입한 이상 록사나 양은 그만 포기하라고도. 대신 닉스는 내가 어떻게든 해 볼 테니까."

"예, 알겠습니다."

단테는 인형을 뒤로한 채로 노엘의 방 문 앞에서 발길을 뗐다. 지금부터 단테는 눈코 뜰 새 없이 바빠질 예정이었다. 더 이상 노엘과 별채의 인간들을 상대하는 데 할애할 시간은 없었다.

베르티움 내에 남아 있는 다른 인체 실험의 증거를 처리하는 일도 신속히 마무리해야 했고, 닉스를 탈환할 계획도 정리해야 했다.

그래도 일단 후원 쪽도 조용한 데다, 노엘도 닉스를 빼내는 데 필요한 일이라고 하면 군말 않고 날밤을 새워서라도 인형을 만드는 데 열중할 것이 분명했다.

물론 노엘에게는 그렇게 말했지만, 닉스의 회수가 어려울 경우 그를 죽여서 시체만이라도 없앨 생각이었다.

"제길, 카시스 페델리안이 갑자기 오지만 않았어도……."

단테는 복도의 모퉁이를 돌며 딱딱하게 군은 얼굴로 낮은 욕설을 내뱉었다.

바로 그때였다.

휘익!

쾅……!

"으, 커헉……!"

어디선가 갑자기 꽂혀 든 우악스러운 힘이 단테를 벽에 처박았다. 곧바로 누군가의 억센 손아귀에 목을 틀어 잡혔다. 대번에 숨통이 조여들고 얼굴에 피가 몰렸다.

"페델리안이 개입했다는 게 무슨 의미지?"

소름이 끼칠 정도로 낮은 목소리가 고막을 긁었다. 단테의 손톱이 자신의 목을 단단히 움켜쥐고 있는 손등을 파고들었다. 어떻게든 앞에 있는 사람을 떨쳐 내려 했지만 남자는 꼼짝도 하지 않았다.

단테는 경악하고 있었다. 다가오는 기척이라곤 조금도 느끼지 못했는데, 어떻게! 하도 갑작스럽게 일어난 일인 데다 곧바로 급소를 잡혀 벽에 처박힌 탓에, 그를 급습한 사람의 얼굴도 제대로 보지 못했다.

"당…… 신 누구, 어떻게……."

단테의 입에서 가까스로 목이 졸린 음성이 새어 나왔다.

"록사나가 카시스 페델리안과 함께 갔다는 건가?"

의문에 대한 대답 대신 또 한 번의 물음이 단테에게 날아들었다. 그런데 질문이 뭔가 이상했다.

록사나와 카시스 페델리안?

정신이 없는 와중에도 그 이름은 고막에 아로새겨질 것처럼 선명히 꽂혀 들었다. 단테는 귀에 흘러든 물음을 되새기며 어둑하게 음영 진 눈앞의 얼굴을 시야에 담기 위해 노력했다.

그러다 마침내 정면에서 그를 꿰뚫을 것처럼 직시하고 있는 선연한 붉은 눈동자와 시선이 마주친 순간…….

"데온 아그리체……?"

"그런 의미가 맞군."

뚜둑. 데온의 손이 그대로 단테의 목을 분질렀다. 그 후 손아귀에서 힘을 풀자, 조금 전까지 데온에게 붙들려 있던 단테의 몸이 줄 끊어진 인형처럼 바닥에 허물어져 내렸다. 온기 한 점 없는 붉은 눈동자가 막 숨이 끊어진 시체를 싸늘히 내려다보았다.

데온의 몸속에서 용암 같은 뜨거운 불길이 거세게 휘몰아치다가, 이윽고 더할 나위 없이 차갑게 꽁꽁 얼어붙었다.

저벅.

데온은 미련 없이 자리에서 발길을 돌렸다. 그의 등 뒤로 검게 일렁이는 그림자가 길게 드리워졌다. 그것이 마치 거대하게 입을 벌리고 있는 시꺼먼 암흑 같았다.

닉스의 기대와는 달리, 그 후 실비아는 다시 그를 찾아오지 않았다. 닉스는 그 사실이 조금 아쉬웠고, 혹시 록사나와 카시스가 자신의 의도를 눈치챈 것은 아닐까 싶어져서 약간 불길해졌다.

"안녕, 닉스."

하지만 다시 만난 록사나에게서는 아무런 낌새도 엿보이지 않았다.

"지난번보다 상태가 좋아 보이네."

여느 때처럼 고아한, 그러나 닉스의 눈에는 사악해 보일 뿐인 그녀의 아름다운 얼굴에서는 아무런 감정도 드러나 보이지 않았다.

"생각보다 지하 감옥이 체질에 잘 맞나 봐."

오늘도 록사나는 그야말로 귀가 녹아내릴 것만 같은 달콤한 목소리로 잘도 그의 속을 긁는 말들을 지껄여 댔다. 그녀는 철창 앞에 미리 마련된 의자에 여유롭게 다리를 꼬고 앉아 닉스를 내려다보았다. 그러더니 퍽 당황스러운 말을 꺼냈다.

"내가 지금 여기에 널 찾아오는 건 오늘이 마지막이야."

"뭐?"

"그러니 궁금한 게 있으면 물어봐도 좋아."

청아한 목소리가 귀에 휘감겼다.

"지금이라면 대답해 줄 용의도 있으니까."

닉스는 록사나를 찡그린 눈으로 응시했다.

"네 입에서 나온 말은 그게 뭐든 필요 없어."

입 밖으로 무심코 튀어나올 뻔한 질문이 몇 개 있었지만 닉스는 그것을 꿀꺽 집어삼키고 대신에 반쯤 허세 섞인 말을 내뱉었다.

"너희들이 뭘 원해서 날 납치했든, 베르티움에서 가만히 있지 않을 게 분명하니까."

"납치라니, 재미있는 소리를 하네."

그 말에 록사나가 피식 웃었다.

"생각보다 머리가 나쁜 거야, 아니면 현실을 받아들이고 싶지가 않은 거야?"

명백한 비웃음에 닉스의 눈빛이 칼을 품은 것처럼 한결 더 예리해졌다. 하지만 록사나 앞에서 감정적인 동요를 보이고 싶지 않았기 때문에, 그는 반응하지 않고 그저 싸늘하게 마주한 얼굴을 바라보기만 했다.

"널 구하러 올 사람은 없어, 닉스."

그러나 잇따른 그녀의 말에는 무반응으로 일관할 수 없었다.

"난 그저 베르티움에서 폐기물 취급받고 처분당하기 직전이던 널 구해서 데려온 것뿐이야."

"헛소리 마! 내가 그따위 말도 안 되는 소리를 믿을 것 같아?"

"왜 말이 안 되지?"

닉스가 날카롭게 반응하는데도 록사나는 시종일관 차분한 태도였다. 그에 오히려 닉스는 마음속에 자그마한 불안이 번지는 것을 느낄 수밖에 없었다.

"넌 베르티움에 정식으로 초대받아 방문한 나를 죽이려 하고, 더군다나 그 장면을 다른 가문의 사람에게 들키기까지 했는데."

그 순간 닉스의 몸이 움찔 미동했다.

"그래, 하필이면 그때 페넬리안의 청의 귀공자가 베르티움에 올 줄 누가 알았겠어?"

닉스 역시 이 지하 감옥에서 눈을 뜬 이후로 몇 번이고 반복해 되새겼던 기억이었다.

그가 기절하기 직전의 일. 갑자기 나타난 은발의 남자는 분명 청의 귀공자인 카시스 페넬리안이었다.

예전에 록사나를 찾으러 페넬리안에 갔다가 마안으로 성문 안쪽을 엿볼 때 본 기억이 있는 얼굴이었다. 혹시 그것 또한 록사나의 계략이 아닐까 싶었으나, 그때 언뜻 본 그녀의 얼굴에도 놀라움이 묻어 있었던 것을 보면 그건 아닌 듯했다.

"단테가 마지막에 네게 뭐라고 말했는지 떠올려 봐."

그렇지 않아도 나지막하던 록사나의 목소리가 속삭이듯이 한층 더 작아졌다. 닉스는 저도 모르게 숨조차 죽이며 거기에 귀를 기울이고 말았다. 록사나의 목소리에는 무의식중에 주의를 집중하게 만드는 기묘한 힘이 있었다.

"닉스, 당신이 정말 록사나 양을 공격했습니까?"
"알고는 있었지만 정말 구제 불능이군요."

귓가에 서늘히 울리던 목소리와 온정 없는 눈길. 그것이 닉스가 기절하기 직전 마지막으로 마주한 것이었다.

그런 단테의 모습은 닉스의 마지막 기억이기도 했기 때문에, 록사나가 굳이 말하지 않아도 닉스는 이미 그것을 수도 없이 머릿속에 떠올렸다.

그 끝에서 닉스는 정말 혹시 하는 생각이지만…….

"그들은 베르티움에서 있었던 모든 일들이 너 혼자 제멋대로 벌인 것이라고 변명하더군."

어쩌면 그가 베르티움에게서 버림받은 것은 아닐까 하는 자그마한 의심이 마음속에 싹을 틔우는 것을 느껴야 했다.

"그러면서 자신들이 결백하다는 증거로, 그 자리에서 당장 널 부숴 버리겠다고 먼저 제안하지 뭐야."

그리고 마치 그 의심이 합당하다고 두둔이라도 해 주듯이, 다음 순간 록사나가 닉스를 향해 낙인찍었다.

"베르티움에서는 널 버렸어."

"닥쳐."

좀 더 명확한 증거와 논리로 록사나의 말을 부정하고 싶었지만 막상 입에서 나오는 것은 이런 감정적인 목소리뿐이었다.

한번 가슴속에 똬리를 틀고 자리 잡은 불길한 예감이 쉽게 사그라지지 않았다.

"내 말이 거짓이라면 네가 왜 이곳에 있겠어?"

"그때는 내부가 소란스러웠으니까, 그 틈을 타서 나를 빼내 온……."

"설령 그렇다 해도 이렇게 상처 하나 없이 너까지 데리고 그곳을 빠져나오는 게 가능했을 거라고 생각해? 게다가 네 말대로라면, 그들이 지금까지 이렇게 조용할 리가 있을까?"

록사나는 혼란스러워하는 닉스를 향해 차분히 말을 이었다.

"한번 잘 생각해 봐. 넌 정해진 명령만 수행하는 다른 인형들과 달리 스스로 판단할 수 있는 머리를 가지고 있잖아."

닉스의 본능은 록사나의 말을 곧이곧대로 믿지 말라고 속삭이고 있었다. 그녀는 그와 마찬가지로, 사람을 속이는 데 능숙한 부류였다.

하지만 벌써 마음에 박혀 버린 의심 한 조각이 닉스의 눈과 마음을 흐리게 만들었다.

정말 베르티움에서 록사나에게 했던 일의 모든 혐의를 그에게 덮어씌울 작정인 게 아닐까? 기절하기 직전에 들었던 말처럼, 닉스가 아는 단테라면 얼마든지 베르티움을 위해 그를 버릴 수 있었다.

그리고 노엘은…… 물론 닉스를 몹시 아끼기는 하지만. 그래도 단테가 옆에서 열심히 구슬렸다면 혹시 또 모를 일이었다. 노엘의 심기가 불편할 때마다 그의 손에서 부서져 나가던 인형들의 모습이 눈앞에 또 어른거렸다.

"그따위 말을 믿으라고 하다니, 날 너무 무시하는 거 아니야?"

하지만 여기에서 록사나의 말에 흔들리는 모습을 보일 수는 없었다. 닉스는 냉소를 지으며 빈정거렸다.

"네 말이 사실이라면 베르티움에서 버림받은 나를 굳이 왜 데려온 거지? 너야말로 날 죽이고 싶어 했잖아."

"글쎄……."

지금까지와 같이 담담하지만 어딘가 묘하게 느릿한 음성이 닉스의 귀에 파고들었다.

"어쩌면 그날, 네 앞에서 마지막 순간 주저하고 만 것과 동일한 이유일지도 모르지."

닉스의 입이 다물렸다. 그날 베르티움에서 있었던 기억이 다시금 그의 머릿속에 부상했다.

록사나의 말처럼 그때 결국 그녀는 닉스를 죽이기 직전에 머뭇거렸었다. 그 반응만큼은 어떤 가식으로도 숨길 수 없는 진실이었기 때문에 닉스는 뒤엉키는 생각을 정리하지 못한 채 침묵할 수밖에 없었다.

그런 그를 조용히 바라보던 록사나가 다시금 입을 연 것은 잠시 후였다.

"그래도 옛 주인이 정 그립거든, 그가 있는 곳으로 다시 데려다줄게."

"뭐?"

예상치 못했던 그녀의 말에 닉스는 더욱 혼란스러워졌다. 설마하니 다시 그를 베르티움에 데려다주겠다는 말을 들을 줄은 상상도 하지 못했다.

"이미 알겠지만, 사실 난 너란 존재가 달갑지 않아. 네가 내게 한 짓은 지금 생각해 봐도 불쾌하고."

록사나의 눈빛과 음성에는 정말 닉스를 향한 유쾌하지 않은 감정이 고스란히 스며 있었다.

"솔직히 널 여기에 데려온 것도 충동적인 이유에서였어."

그것을 여과 없이 드러내는 것을 보니, 오히려 록사나에게 그를 사탕발림으로 속일 이유가 없다는 생각마저 들었다.

"하지만 네가 굳이 널 죽이려 하는 옛 주인의 품으로 돌아가고 싶다면, 네 말처럼 애써 설득까지 하면서 널 살려야 할 이유도 없으니까."

그것을 끝으로, 닉스의 앞에 앉아 있던 사람은 의자에서 몸을 일으켰다. 그를 내려다보는 시선이 온기 없이 건조했다.

닉스의 얼굴에 저도 모르게 배어 나온 어지러운 감정이 번지기 시작했다.

"잠깐만, 너 설마 진심이야? 아, 잠깐 기다려 봐……! 뭐든 물어보라며!"

"시간 지났어."

닉스가 언성을 높여 소리쳤으나 록사나는 그에게 더 기회를 주지 않고 냉정하게 뒤돌아 감옥을 떠났다.

닉스를 두고 뒤돌아 걷는 록사나의 얼굴은 지독히도 무표정했다. 등 뒤에서 닉스의 혼란이 침묵을 타고 전해져 왔다.

그는 록사나의 말이 사실인지 아닌지 어지간히 헷갈리는 모양이었다. 사람의 믿음이란 생각보다 얄팍해서 위기의 순간에는 특히나 흔들리기 쉬웠다. 이미 불안감에 사로잡혀 있는 상태라면 말할 것도 없었다.

어차피 이제 곧 위그드라실로 이동해야 하기도 했다. 그러니 노엘이 있는 곳에 닉스를 데려다주겠다는 말이 완전히 거짓인 건 아니었다. 물론 그렇다 해서 정말 그를 베르티움에 돌려보내 줄 생각은 없었지만 말이다.

게다가 페델리안과 록사나는 위그드라실로 향하는 길에 베르티움에서 그들을 습격해 올 것이라 예상하고 있었다. 베르티움의 입장에서는 실제 사람의 육신을 인형술에 사용한 증거인 닉스가 다른 5가문의 사람들 앞에 모습을 드러내는 것만큼은 막아야 하기 때문이었다.

베르티움에 머무는 동안 지켜본 결과, 그곳의 두뇌는 단테가 담당하고 있는 것이 분명했다. 상황이 여의치 않을 경우, 그가 최우선으로 선택할 것은 위그드라실에 들어가기 전에 닉스의 육신을 완전히 훼손시켜 없애는 쪽일 것이다.

물론 페델리안에서는 절대 닉스를 빼앗기지 않을 테니, 베르티움의 행동 방향은 다소 과격한 쪽으로 흘러가게 될 가능성이 매우 컸다. 만약 그렇게 된다면 닉스의 혼란도 정점을 찍을 것이 분명했다.

지하 감옥을 완전히 나서기 전, 록사나는 힐끗 뒤를 돌아보았다. 그녀는 거의 입구에 다다른 상태였기에 당연히 닉스의 모습은 보이지 않았다.

침정한 붉은 눈동자가 잠깐 고요히 멈추어 있다가 이윽고 소리 없이 거두어졌다. 록사나는 눈앞의 철문을 열고 밖으로 나섰다.

"록사나."

문밖에서 카시스가 기다리고 있었다. 록사나는 그와 함께 자리를 벗어났다.

"실비아는 어때?"

조금 전 록사나가 닉스를 만나는 동안 카시스는 실비아를 찾아갔었다. 록사나의 물음에 카시스가 답했다.

"우려하는 일은 없을 것 같아."

"그래, 다행이다."

내심 염려하고 있던 참이라 카시스의 확답에 마음이 놓였다. 실비아와 닉스가 지하 감옥에서 만난 일로 줄곧 신경이 쓰였기 때문이다.

물론 독나비를 통해 본 광경에서는 크게 문제 될 만한 부분은 보이지 않았지만……. 그래도 실비아가 닉스에게 호감을 느끼는 듯해 경계심이 들었다.

닉스가 베르티움에서 록사나에게 그랬던 것처럼 실비아 앞에서 내숭을 부리던 모습을 떠올리자 절로 눈살이 찌푸려졌다. 그래서 카시스가 직접 나서서 실비아에게 닉스에 대해 당부하기로 한 것이다. 다행히 실비아는 카시스의 말을 곧바로 이해한 듯이 닉스에게 더 이상 관심을 갖지 않았다.

곧 닉스와 함께 위그드라실까지 이동해야 하니 한동안은 주의를 기울여야겠지만 그래도 일단은 안심이 되었다.

"그보다 정말 혼자 갈 건가."

이번에는 카시스가 록사나에게 물을 차례였다. 그녀를 내려다보는 그의 눈에는 실비아를 향한 것과는 조금 다른 우려의 빛이 희미하게 어려 있었다. 그것을 보고 록사나는 야트막한 웃음소리를 내뱉었다.

"그게 더 효율적이라고 당신도 동의했잖아."

그에 카시스는 마뜩잖은 표정을 지었지만, 록사나의 말에 달리 반박하지도 않았다.

얼마 후, 위그드라실로 향하는 행렬이 페넬리안에서 출발했다.

거기에 록사나는 속해 있지 않았다.

그녀는 한발 앞서 중립 지역으로 향했다. 록사나에게는 위그드라실로 가기 전에 먼저 들러야 할 곳이 있었다. 그 후 그녀는 페넬리안과 합류하지 않고 따로 위그드라실로 들어갈 예정이었다.

물론 카시스는 처음에 록사나의 계획을 반기지 않았지만, 나중에는 이쪽이 더 합리적이라는 데 동의했다. 무엇보다도 페넬리안의 행렬에는 습격의 위험성이 있었다.

그들을 막아 내는 것은 페넬리안의 힘만으로도 충분했으니, 록사나가 굳이 닉스의 일로 발목이 잡힐 필요는 없었다. 그래도 카시스는 록사나에게 있을 혹시 모를 위험이 걱정되어, 올린이나 다른 심복들을 붙여 주고 싶었다. 물론 웬만해서는 록사나가 위험에 처할 일이 없다는 사실을 알았지만 그래도 마음이 쓰이는 것은 어쩔 수 없었던 탓이었다.

하지만 록사나는 고개를 저었다. 그녀 역시 되도록 카시스의 뜻대로 해 주고 싶었으나 아무리 생각해도 이번에는 혼자 움직이는 것이 편리했다. 카시스는 그런 그녀의 의사를 존중해 주었다.

그래서 그들은 위그드라실까지 각자 따로 움직이게 되었다.

록사나는 곧장 중립 구역으로 향했다. 그녀의 목적지는 위그드라실이 있는 곳과는 상당히 거리가 떨어진 곳이었다.

사람들이 밀집한 시가지는 활기가 넘쳤다. 본래도 이런저런 사람들이 자유롭게 오가는 중립 지역이다 보니, 모두들 머리끝부터 발끝까지 옷자락으로 가리고 있는 사람 한 명 정도는 신경도 쓰지 않는 분위기였다.

록사나는 시가지를 지나 조금 더 걸었다. 마침내 그녀의 발길이 눈앞에 나타난 문을 보고 우뚝 멈추어졌다.

문득 시야가 어둡게 느껴져 고개를 들었다. 창밖을 보니 어느덧 황혼 녘이었다.

시에라는 주황색과 보라색이 뒤섞인 하늘을 잠깐 지켜보다가 베스를 불렀다.

"방이 어두우니 불을 켜야겠다."

"네, 마님."

베스는 다른 말 없이 곧바로 움직였다. 다른 때라면 베스가 먼저 눈치껏 나서 방의 불을 밝혔을 것이다. 하지만 오늘은 시에라가 한참 사색에 잠긴 듯해 그저 그녀를 방해하지 않기 위해 조용히 곁을 지키고 있던 것이었다. 데온이 떠나고 난 뒤부터 시에라는 지금처럼 혼자 가만히 무언가를 생각할 때가 많아졌다.

……혹시 그를 그렇게 보낸 일을 후회하는 것일까?

아그리체의 사용인이었던 베스 역시 시에라의 아들인 아실을 죽인 것이 데온이라는 사실을 알고 있었다. 베스는 마음속에 스미는 생각에 시에라의 얼굴을 조심스럽게 살폈다. 하지만 그녀의 염려와는 달리 시에라에게서 상념의 흔적은 발견되었을지언정, 번민의 흔적은 찾아볼 수 없었다. 소리 없이 움직인 베스가 테이블 위에 놓인 초에 불을 밝혔다.

그동안 에밀리는 커튼을 치기 위해 창가로 다가갔다. 그런데 어째서인지 커튼을 잡은 에밀리의 손이 갑작스럽게 멈추었다.

"......"

그녀의 눈길 또한 어딘가에 고정되었다.

어느새 안으로 들어와 창틀에 내려앉아 있는 붉은 나비 한 마리.

"에밀리?"

시에라와 베스가 불현듯 움직임을 멈춘 에밀리를 의아하게 쳐다보았다. 이윽고 에밀리의 손이 창가에 드리워져 있던 커튼에서 떼어졌다. 그러나 곧 이어진 그녀의 걸음은 원래 있던 자리가 아닌 문가로 향하고 있었다.

똑똑. 때맞춰 문을 두드리는 소리가 들렸다.

순식간에 실내가 조용해졌다. 에밀리는 방문한 사람의 정체를 확인하지도 않고 망설임 없이 문의 잠금장치를 풀기 시작했다.

그때쯤에는 시에라도 무언가를 예감하고 숨을 죽였다.

달칵. 끼이익.

마침내 열린 문 사이로 한결 짙어진 낙조가 새어 들어왔다. 온통 짙붉은 색으로 일렁이는 풍경이 시야에 번졌다.

에밀리는 그 속에 우뚝 서 있는 사람을 향해 입을 열었다.

"기다리고 있었습니다."

그녀의 나지막한 음성을 들은 사람이 천천히 손을 들어 올려 머리 위에 눌러쓰고 있던 겉옷의 모자를 벗었다. 그러자 금빛 폭포수가 기다렸다는 듯이 어깨 밑으로 흘러내렸다.

다음 순간 귓가에 울린 것은 시에라가 꿈에서조차 잊은 적 없던 목소리였다.

"오랜만이야, 에밀리."

덜컹.

시에라가 자리에서 곧바로 일어나고 만 것은 당연했다. 에밀리가 고개를 숙이며 한 발짝 뒤로 물러났다.

그래서 시에라는 앞을 가로막는 것 하나 없이 그녀를 찾아온 사람과 시선을 마주할 수 있었다. 시에라는 저도 모르게 지금 눈앞에 있는 사람의 이름을 소리 내 불렀다.

"사나야."

록사나는 실로 오랜만에 얼굴을 마주한 어머니를 말없이 바라보았다. 아그리체에 있을 때에도 늘 거리를 두고 멀리했던 어머니였기 때문에 이렇게 눈을 맞대고 서 있는 것은 무척 오랜만이었다.

그리고…….

지금 이곳은 아그리체가 아니었기 때문에. 또 이제는 더 이상 그때와 같은 마음으로 어머니를 보지 않아도 되었기 때문에. 그래서 록사나는 입술을 벌려 지금 이 순간 마주한 사람에게 하고 싶은 솔직한 말을 속삭였다.

"어머니, 보고 싶었어요."

"전 먼저 막사로 돌아가 보겠습니다."

"그래."

저녁 무렵, 페델리안은 이동을 멈추고 행렬을 재정비하며 야영할 준비를 하고 있었다.

주변 정찰을 마친 이시도르가 먼저 돌아가고 난 뒤, 카시스는 숲에 혼자 남아 우거진 나무 위로 드러난 하늘을 올려다보았다. 그의 얼굴에 저물어 가는 해가 짙게 번져 들었다.

이제 곧 밤이 찾아올 것이다.

위그드라실에 완전히 들어서기 전까지 남은 시간은 앞으로 이틀.

그 안에 찾아오리라 카시스가 예상 중인 방문객은 베르티움뿐만이 아니었다. 그것은 카시스가 일말의 망설임을 남기고 록사나를 먼저 페델리안에서 떠나보낸 이유 중 하나이기도 했다.

바스락. 그때 옆쪽에서 느껴진 기척에 카시스의 눈동자에 어려 있던 날카로운 기운이 한풀 가셨다. 카시스는 멀찍이 있는 동물을 잠깐 가만히 지켜보다가 그것에게 다가갔다.

이내 카시스의 손이 사슴에게 닿았다. 부드럽게 쓰다듬는 손길이 짐승의 길게 뻗은 목과 등줄기의 털을 고르며 지나갔다. 카시스에게서 풍기는 정결한 기운 때문인지, 사슴은 조금 경계하면서도 그 손길에 온순히 몸을 맡겼다. 누군가 본다면 퍽 평화롭고 아름답다고 할법한 광경이었다.

파삭!

하지만 다음 순간, 사슴은 단숨에 생명력을 빨려 자신의 끝을 예감하지도 못한 채 숨이 끊어졌다. 카시스는 죽은 동물을 향해 약식으로 영혼을 기리는 예우를 취해 보였다. 생기를 모조리 **빼앗긴** 짐승은 **뼈**와 살 한 점 남기지 못하고 금세 먼지로 변해 흩어졌다.

틈이 날 때마다 록사나의 몸에 쏟아 넣었던 생명력의 근간이었다. 영혼을 손상시키지 않고 하나의 생명을 살리기 위해서는, 거의 그 수백 배에 달하는 무수한 생명을 제물로 삼아야만 했다.

가장 효과가 좋은 것은 인간의 생명력이었다. 그래서 록사나에게 종종 카시스의 것을 직접 나누어 줄 때도 있었다.

3년 만에 재회한 록사나는 수명이 불과 반년도 채 남지 않았을 정도로 몸 상태가 처참해 틈날 때마다 생명력을 불어넣어야 했다. 그나마 보유한 능력으로 카시스의 몸은 자가 회복이 되었기에 사용할 수 있는 방법이었다.

하지만 거기에도 한계점은 분명해서, 결과적으로는 다른 생명체에서 필요한 것을 충당해야만 했다. 만약 누군가 이런 카시스를 안다면, 생명의 무게를 멋대로 저울질하는 그를 비난할지도 몰랐다.

하지만 카시스는 록사나를 위해서라면 무슨 일이든 할 수 있었고, 또 그녀에게는 무엇을 헌사해도 아깝지 않았다. 그러니 애초에 망설일 이유가 없는 일이었다.

이번에 베르티움으로 가기 전 록사나에게 거의 들이부었던 생기를 보충할 필요도 있었고, 또 앞으로 위그드라실에 있는 동안 그녀에게 줄 생명력도 미리 모아둘 필요가 있었다. 이후 카시스는 숲을 좀 더 돌아보다가 야영지로 돌아갔다.

"실비아, 이제 해가 떨어져서 추워지니까 모닥불 쪽에 가 있어."

밖에서 쉬고 있는 실비아에게 다가가서 말하자 그녀가 고개를 저었다.

"조금 이따가. 계속 마차에 타고 있었더니 좀 답답했나 봐."

카시스는 알겠다고 고개를 끄덕인 뒤 자리를 옮기지 않고 실비아의 옆에 섰다.

"록사나 언니도 같이 있으면 좋을 텐데."

잠시 후 실비아가 저도 모르게 중얼거린 말에 카시스가 대답했다.

"곧 볼 수 있어."

얼핏 단조롭게 느껴지는 차분한 음성이었다. 하지만 실비아는 그 안에 어렴풋이 깃든 감정을 느끼고 힐끗 오빠의 얼굴을 올려다보았다.

록사나는 떠나기 전에 실비아에게도 미리 인사해 주었다. 카시스를 바라보던 실비아의 눈이 언뜻 닉스가 갇힌 마차로 향했다.

그는 페델리안의 사람들에 의해 철저히 감시당하고 있었다.

"⋯⋯누구야, 넌?"

문득 지하 감옥에서 닉스를 만났을 때의 기억이 뇌리를 스쳐 지나갔다. 설마 그녀를 발견한 인형이 먼저 말을 걸 줄은 몰랐기 때문에 그때 실비아는 은근히 놀랐다.

"그러는 너는⋯⋯."

실비아는 반사적으로 입을 열었다. 하지만 무의식중에 '그러는 너는 누구냐'고 반문하려다가, 곧 그의 정체가 인형이라는 사실을 자신이 이미 알고 있음을 깨닫고 그냥 입을 다물었다.

지하 감옥 앞을 지키고 있다가 실비아와 함께 동행한 수하도 뜻밖의 상황을 경계하며 실비아를 만류했다.

"실비아 아가씨, 이제 그만 돌아가시죠."

"나는 닉스."

그 순간, 감미로운 미성이 다시금 실비아의 귀에 녹아들었다. 나이는 10대 중반이나 그보다 약간 더 많을까? 죽은 시점에서 성장이 멈춘 육체이기 때문인지 그는 여동생인 록사나보다 오히려 어려 보이는 외양을 하고 있었다.

닉스의 아름다운 얼굴은 티 한 점 없이 맑고 선량해 보였다. 그 얼굴만 보면 누구나 갖고 있던 경계심을 절로 사그라뜨리고 말 것 같았다.

"네 이름은 실비아구나."

닉스의 입에서 실비아의 이름이 흘러나온 순간, 수하가 흠칫했다. 그는 조금 전 자신이 저도 모르게 닉스의 앞에서 실비아의 이름을 부른 것을 깨닫고 실수를 자책하는 것 같았다. 그것을 눈치채고 실비아는 더 이상 이 자리에 오래 머물면 안 되겠다고 판단했다.

"이제 됐으니까 그만 돌아가자."

"잠깐만, 실비아. 가지 마."

철컹.

그때, 사슬이 흔들리는 소리와 함께 애간장이 녹을 정도로 애처로운 목소리가 고막을 파고들었다. 그 목소리를 그냥 무시하고 돌아서자니 마치 그녀가 아주 나쁜 짓이라도 하는 것 같은 기분이 들면서 마음이 찜찜해졌다.

"미안, 난 이제 가야 돼."
"왜? 조금만 더 있다가 가면 안 돼?"
"그건 곤란해."
"여긴 너무 좁고 답답해. 그리고 외로워."

닉스는 다른 사람들이 자신에게 얼마나 억울한 편견을 갖고 매몰차게 굴었는지를 설명하며 실비아의 동정심을 자극했다.

"이곳을 찾아왔던 사람들 중에 내게 적대적이지 않았던 건 너뿐이야. 그러니 나와 좀 더 이야기를 나눠 줘."

그런 닉스의 모습은 정말 더없이 무해하고 가련해 보였다. 하지만 오히려 그 말을 듣고 실비아는 퍼뜩 정신을 차렸다. 이곳에 찾아온 사람들 중에 그에게 적대적이지 않은 건 실비아뿐이었다고?

그 말이 사실이라면, 오히려 그녀는 한순간 저 인형에게 마음이 흔들려 이렇게 머뭇거리고 있는 스스로를 반성하고 질책해야 했다.

닉스를 방문했던 페델리안의 다른 사람들이 한결같이 그에게 싸늘했다면 분명 그럴 만한 이유가 있기 때문일 테니까.

"미안하지만 그건 내게 허락된 역할이 아니라서. 그럼 난 갈게."

뒤돌아서는 실비아의 행동에는 조금 전과 달리 망설임이 없었다. 등 뒤에서 닉스가 멈추지 않고 속삭였다.

"실비아, 다음에 또 날 만나러 와 줘. 부탁이야."

그때의 일을 상기하며 실비아는 콧잔등을 찌푸렸다. 카시스는 '그 인형은 교활하니 무슨 말을 하건, 어떤 태도를 보이건 쉽게 믿어서는 안 된다'고 거듭 당부했다.

그녀를 따로 찾아와 차분한 목소리로 설명하는 카시스의 말을 듣고 실비아는 곧바로 고개를 끄덕였다. 설령 지하 감옥에서 본 닉스의 인상이 아무리 좋았다 한들, 곁에 있는 믿을 만한 사람들의 말을 무시할 정도는 아니었다.

그녀는 어린애가 아니니 너무 염려할 것 없다고도 덧붙이고 싶었지만 오빠에게는 소용없을 것 같아 그냥 말았다. 실비아 스스로도 그녀가 아직 다른 사람들의 보호 아래 있다는 사실을 알았다. 그러니 그들이 그녀를 걱정하는 것도 당연했다.

그렇게 실비아는 닉스가 있는 곳을 바라보다가 시선을 뗐다.

"오빠, 이제 저녁 먹을 건가 봐. 저쪽에서 부르는데?"

"우리도 가자, 실비아."

"응."

카시스와 실비아는 그들을 기다리는 사람들이 있는 곳까지 나란히 걸어갔다. 등 뒤로 펼쳐진 너른 하늘에 짙은 남색 물감이 서서히 번져 가고 있었다.

"그동안 어떻게 지냈니?"

이런 식으로 딸과 얼굴을 마주 보고 대화를 나누는 것이 얼마 만인지 모르겠다. 시에라의 푸른 눈이 더듬듯이 록사나의 얼굴을 살폈다. 그 직후 그녀의 표정이 약간 풀어졌다.

"얼굴이 좋아 보이는구나."

걱정했던 것과 달리 록사나가 그동안 잘 지낸 것 같아 보여 다행이었다.

"어머니도 전보다 편안해 보이세요."

시에라와 마찬가지로 록사나 역시 눈앞에 있는 어머니의 얼굴을 살피고 있었다.

"지내시는 데 불편함은 없으셨어요?"

"아니. 네가 미리 세심하게 준비해 준 덕분에 편하게 지냈단다."

서로의 안부를 묻는 여상한 인사말이 몇 번 오고 갔다.

"너는?"

"저도 잘 지냈어요."

둘 다 아그리체에서의 마지막 날이나 란트의 이야기는 입 밖으로 꺼내지 않았다. 모녀지간인데도 두 사람의 대화에는 친밀감이 다소 부족해 보였다.

하지만 시에라와 록사나를 잘 아는 사람이라면, 지금 이 순간 두 사람 모두 확연히 이완된 분위기를 풍기고 있다는 사실을 알 수 있을 것이었다. 곁에 있는 에밀리와 베스가 그러했다. 그래서 그들은 시에라와 록사나의 시간을 방해하지 않기 위해 조용히 자리를 비웠다.

시에라는 록사나의 얼굴을 잠깐 말없이 쳐다보았다. 그녀는 지난겨울, 그런 식으로 아그리체를 떠났을 때부터 단 하루도 록사나의 생각을 하지 않은 적이 없었다. 그래도 그녀를 찾으러 가지 않았던 것은, 역시 딸에게 방해가 될 것 같아서였다.

잠시 후 다시금 작게 벌어진 시에라의 입술에서 자그마한 속삭임이 새어 나왔다.

"나는, 사나 네가……."

영영 나를 찾아오지 않을 줄 알았어. 그래서 어쩌면, 이대로 두 번 다시는 만나지 못할 수도 있다고 생각했단다.

하지만 시에라는 뒤따라 나오려던 말을 삼켜 냈다.

그렇지 않아도 딸에게 도움이 되지 않는 어미였다. 지금 심중에 있는 말을 가감 없이 입 밖으로 토해 내는 것은 자격 없는 투정밖에 되지 않았다. 어미가 되어서 딸을 품어 주지는 못할망정 그런 어리광을 부릴 수는 없는 노릇이었다.

게다가…… 결국 록사나는 지금 이렇게 그녀를 만나러 와 주지 않았는가?

"나는, 사나 네가 무사하면 다른 건 다 상관없단다."

결국 시에라의 입술 사이로 흘러나온 것은 다른 말이었다. 하지만 그것은 아그리체에 있을 때부터 줄곧 품고 있던 진심이었다.

시에라의 말에 록사나는 아무런 말 없이 조용히 어머니의 얼굴을 응시했다. 어쩐지 이런 순간이 낯설었다. 그것은 지금 그들이 처한 상황 때문이기도 하고, 또 지금 마주하고 있는 상대가 어딘가 예전과 달라졌기 때문이기도 했다.

록사나는 시에라의 눈빛이 전보다 한결 단단해진 것을 느꼈다. 예전에는 가느다란 실바람에도 금방 가냘프게 휘청거릴 것 같았다면, 지금은 어떤 강한 바람이 불어닥쳐도 쉽게 꺾이지 않을 것처럼 느껴졌다.

"저도……."

이윽고 록사나도 입을 열어 속삭였다.

"어머니가 다치시는 걸 바라지 않아요."

시에라와 마찬가지로, 이것 역시 록사나가 아주 예전부터 속에 담고 있던 마음이었다. 그러다 문득, 지금 두 사람이 각자 내뱉은 진심이 퍽 닮았음을 깨달았다.

시에라는 딸이 아들처럼 죽지 않기를 바라 아그리체에 걸맞은 사람이 되기를 종용했고, 록사나는 어머니를 위험하게 만들고 싶지 않아 모진 말로 거리를 두었다.

그러나 어떤 의미로는, 결국 상대방의 의사와는 상관없이 각자가 원하는 방식을 고집했다는 점에서 두 사람 다 이기적으로 느껴지기도 했다.

똑똑.

"잠시만 실례하겠습니다."

그때, 문을 열고 베스가 방으로 들어섰다. 그녀는 다과를 얹은 쟁반을 들고 있었다. 다가온 베스가 작은 테이블 위에 들고 온 것을 내려놓기 시작했다. 자연스럽게 록사나와 시에라의 대화도 끊겼다.

"그런데 어머니."

그러는 동안 록사나의 내리깐 시선이 한 차례 느리게 주위를 훑고 지나갔다. 이윽고 그녀는 아까부터 마음에 걸렸던 부분에 대한 답을 시에라에게 구했다.

"제가 오기 전에, 이곳에 누가 머물다 갔나요?"

달그락……. 그 순간 찻잔을 내려놓던 베스의 손이 우뚝 멈추었다. 하지만 시에라는 그런 질문이 나올 것을 예상했다는 듯이, 여전히 차분한 얼굴을 한 채로 눈앞에 있는 딸의 얼굴을 바라보았다.

곧 굳게 다물려 있던 시에라의 입술이 작게 떼어졌다.

페델리안의 행렬에 초대받지 않은 손님이 찾아온 건 바로 그날 밤이었다.

그때, 닉스는 사지가 포박된 채 마차에 혼자 갇혀 꺼림칙한 기분을 곱씹고 있었다. 록사나의 말처럼 정말 그는 지하 감옥에서 꺼내져 어딘가로 이송되는 중이었다.

어쩌면 정말 이대로 그를 다시 베르티움에 돌려보내 줄 생각인지도 모른다는 생각이 들자 못내 혼란스러워졌다. 하지만 역시 이 모든 게 속임수일 가능성도 있다고 생각했기 때문에, 닉스는 호시탐탐 탈출할 기회를 엿보고 있었다.

그러나 그를 지키고 있는 사람이 주변에 너무 많았다. 모두들 단 1분 1초도 감시를 소홀히 하지 않아서, 닉스는 한시라도 혼자일 때가 없었다. 닉스가 별다른 신진대사가 없는 인형이라는 점 때문에 더욱 그의 편의를 봐주지 않는 것 같았다.

지난번에 지하 감옥에서 만났던 페델리안의 공주와 록사나는 어째서인지 그의 앞에 코빼기도 비치지 않았다. 하여 닉스가 이곳에서 본 낯익은 얼굴은 오직 카시스 페델리안뿐이었다.

닉스는 사지가 묶여 운신의 자유를 빼앗긴 채로 마차 안에서 불편하게 몸을 뒤척였다.

깊은 밤. 깨어 있는 것이 세상에 오직 그 혼자뿐인 것처럼 몹시도 정적인 시간이었다.

스르륵. 소리 없이 문이 열린 것은 바로 그때였다.

작은 소음 하나 없이 어찌나 매끄럽게 문이 열리던지, 닉스는 하얀 달빛이 시야에 녹아 흘러내릴 때까지도 굳게 닫혀 있던 문이 눈앞에서 열렸다는 사실을 깨닫지 못했다.

"어?"

뒤늦게 상황을 깨달은 닉스의 입에서 의문 어린 음성이 새어 나왔다. 이 시간에 그를 찾아올 만한 사람은 없었기 때문이었다.

저벅. 마침내 별이 수놓아진 밤하늘을 등진 채 '그 사람'이 나타났다.

시야를 가득 채우고도 남을 거대한 암흑.

눈앞에 우뚝 선 존재를 인식한 그 찰나의 순간 닉스는 그렇게 느꼈다. '그'는 저절로 등골을 쭈뼛거리게 만드는 강렬한 기운을 가진 남자였다.

어떤 빛조차 모조리 흡수해 버릴 것 같은 새까만 머리칼이 불어오는 바람을 따라 허공에서 잘게 흩날렸다. 그 사이로 섬뜩할 정도로 시리고 무자비한 붉은 눈이 그대로 닉스를 꿰뚫었다.

"······!"

어둠 속에서 눈이 마주친 순간, 둘 다 동시에 숨을 멈추었다.

쏴아아······. 멀리서 몸을 부대끼며 흔들리는 나뭇잎의 소리가 빗소리처럼 아득하게 귓가에 울렸다.

데온은 시야에 비친 소년을 보고 일순간 지금 자신이 환각을 보고 있는가 싶었다. 그는 아까부터 어둠 속에 몸을 숨기고 페넬리안의 행렬을 주시하고 있던 중이었다.

그러다 얼핏 눈에 익은 금발이 이곳으로 사라지는 것을 확인하고 밤늦은 시간 감시가 소홀해진 틈을 타 몸을 움직였는데……. 문을 열자 그의 눈을 파고든 것은 전혀 예상치도 못했던 사람이었다.

두 번 다시 볼 수 있으리라 여기지 않았던 얼어붙은 푸른 눈동자를 눈앞에 두고 데온은 생각했다.

이것은 한밤의 헛된 환영인가, 아니면 그를 찾아온 유령인가?

마지막으로 이 얼굴을 마주한 것은 지극히 오래된 과거의 일이었는데도, 마치 불과 하루 전에 만나기라도 한 사람처럼 아실은 오늘날까지도 기이할 만큼 선명히 데온의 기억에 남아 있었다. 꼭 영원히 지워지지 않을 얼룩으로 망막에 새겨지기라도 한 것처럼.

왜냐하면 그는 데온이 죽인 최초의 사람이었으니까.

"……아실."

바닥을 긁는 것 같은 지독히도 낮은 부름이 데온의 성대를 울리며 달빛에 박혀 들었다.

바로 그 순간이었다. 닉스는 생전 처음 느껴 보는 거대한 공포가 속수무책으로 그를 집어삼키는 것을 느꼈다.

발밑에서부터 똬리를 틀고 끈적하게 몸을 기어오른 차가운 뱀이 기어이 그의 숨통을 조여 왔다. 미친 듯이 비명을 내지르고 싶었지만 혀가 굳어 그러지 못했다. 부릅뜬 눈도, 멍청히 벌어진 입술도 형편없을 정도로 덜덜 떨리고 있었다. 온몸이 차게 얼어붙어 그대로 깊은 심연 속에 가라앉아 가는 느낌이었다.

그것은 스스로조차 이해할 수 없는, 납득 불가능한 강렬한 감정의 폭풍이었다.

그렇게 부서진 시간의 파편 속에서 데온과 닉스는 같은 시곗바늘에 꿰인 채 아연히 서로를 바라보았다.

둘 중 먼저 움직인 것은 데온이었다. 스스로조차 자신의 행동을 인식하지 못한 상태로 그는 눈앞에 있는 '아실'을 향해 손을 뻗었다.

어떤 목적의식을 가져서가 아니라, 그저 무의식의 일환이었을 뿐이었다. 어떤 의미로는 지금 여기에 있는 것이 유령이나 환영이 아니라 진짜 실체를 가진 사람인지 확인하려는 몸짓이기도 했다.

닉스는 구석에 몰려 뱀의 아가리 앞에 머리를 내민 쥐처럼 옴짝달싹 못 했다.

그렇게 데온의 손이 닉스에게 막 닿으려던 찰나.

사악! 예기를 품은 공기의 파동이 데온에게 파도처럼 달려들었다. 그것을 눈치채고 뒤로 물러나는 것이 1초만 늦었더라도 잘려나가는 것은 옷자락이 아닌 팔이었을 것이다.

"역시 너로군, 데온 아그리체."

달빛이 뒤섞인 새하얀 광채가 날카로운 칼날에 반사되어 시야에서 부서져 내렸다.

섬뜩한 안광이 스민 붉은 눈동자와 깨진 달 조각 같은 시린 금색 눈동자가 허공에서 맞부딪쳤다. 산산이 조각나 깨진 시선이 눈앞에 선 상대의 폐부까지 들쑤실 듯이 날카롭게 박혀 들었다.

순식간에 주위에 흐르는 공기가 팽팽해졌다.

데온은 뒤로 물러나 몸을 긴장시킨 채 잠시 주위를 살폈다. 그는 베르티움에서 소식을 듣고 곧장 페델리안으로 향했다. 그러다 중립 구역에 들어서는 페델리안의 행렬을 발견하고 밤을 기다린 것이었다. 그런데 록사나는 없고 어째서인지 죽은 아실과 똑같이 생긴 사람이 그의 눈앞에 나타났다.

"미끼였군."

조금 전에도 일부러 사람을 물려 틈을 만든 것이었나. 어쩐지 주변에 록사나의 독나비가 없어 이상하다고 생각했다.

"미끼라고 할 것도 없지."

그러나 카시스는 데온의 말에 긍정하지 않았다.

"이쪽에서는 초대할 생각도 없었는데 쥐새끼처럼 혼자 제멋대로 기어들어 온 것 아닌가."

삭막하고도 스산한 미소가 카시스의 입가에 피어올랐다. 데온이 베르티움으로 향했다는 소식을 들었을 때부터 혹시 그가 록사나를 찾아올지도 모른다는 생각을 마음 한편에 두고 있기는 했다.

하지만 어디까지나 페델리안에서 기다리고 있던 손님은 베르티움이었다. 곧바로 신호를 보내 대기 중인 수하들을 불러들일 수도 있었지만 카시스는 그러지 않았다.

그러는 동안 데온은 베르티움에서 들었던 정보들을 연결시켜 나름의 결론을 도출해 냈다.

"베르티움의 인형."

찌를 듯한 시선이 마차의 구석에서 덜덜 떨고 있는 닉스에게 틀어박혔다.

그러나 이렇게까지 아실과 닮은 외양이라니. 심지어 죽기 전 부상을 입었던 왼쪽 눈조차 기억과 동일하지 않은가? 게다가, 어째서 저것이 페델리안의 수중에 있지?

"진짜 아실이기도 하다."

데온은 덧붙여진 카시스의 말을 이해할 수 없었다. 그러나 지금 당장 데온이 알아내야 할 것은 저런 인형 따위가 아니었다.

"록사나는?"

마침내 데온의 입에서 내뱉어진 이름에 카시스의 몸에 닿은 공기의 온도가 변했다.

데온 역시 온몸에서 거칠고 날선 기운을 흘리고 있었다. 카시스 페델리안에게 록사나의 행방을 묻는 지금의 상황을 받아들일 수도, 용납할 수도 없었기 때문이다.

"그걸 네게 말해야 하는 이유가 있나."

검은 밤바람 속에 송곳 같은 한기가 영글었다. 마치 지금이 봄이 아니라 북풍이 기승인 한겨울이라도 된 것 같은 착각이 일었다. 불과 한 계절 전, 두 사람이 아그리체에서 조우했을 때처럼.

두 개의 거대한 기류가 당장에라도 눈앞에 있는 사람을 압사시켜 버릴 듯이 거세게 휘몰아쳤다.

"데온 아그리체. 착각하지 마라. 질문은 네 몫이 아니다."

두 남자는 어찌할 수 없는 강렬한 살의를 품고 서로를 마주했다.

"나야말로 묻지. 록사나를 만나려 하는 이유가 뭐지?"

그러나 그들은 인내했다. 지금 이 순간 카시스와 데온, 두 사람에게는 동일한 제어 장치가 목줄처럼 걸려 작동하고 있었다. 하지만 결국은 속에서 드글거리는 거센 충동이 이성을 짓눌렀다.

"우습군."

이내 느리게 벌어진 데온의 입술에서 조롱 어린 싸늘한 음성이 새어 나왔다.

"나야말로 그깟 질문에 대답할 이유가 없다."

밤의 광기를 품은 달이 머리 위에서 아득하리만치 희게 빛났다.

"그래."

뒤이어 겨울 빙벽을 닮은 미소가 카시스의 얼굴에서 부서졌다.

"확실히 너와 내가 얼굴을 맞대고 이런 한가한 대화나 나눌 사이는 아니지."

챙강……!

다음 순간 두 사람이 격돌했다. 눈부신 섬광이 시야를 마비시킬 것처럼 한 차례 첨예하게 번쩍였다.

카시스는 데온을 인적 없는 공터로 유인했다. 데온 역시 곳곳에 숨어 제련된 기운을 흘리고 있는 사람들이 거슬렸던 참이라 카시스의 공격을 받아치며 미끄러지듯이 움직였다.

두 사람이 사라지고 난 뒤 곧바로 다른 페델리안의 사람들이 뛰쳐나왔다. 애초에 페델리안의 무리는 둘로 나누어져 움직이고 있었다. 그래서 리셸과 쟌느가 없는 지금 이곳의 최고 통솔자는 카시스였다.

그가 자리를 비우고 나서도 심복들은 미리 명령 받은 대로 혹시 모를 다른 습격에 대비해 전열을 가다듬기 시작했다. 아마 지금쯤 이곳의 야영지와 어느 정도 거리가 있는 리셸의 무리에도 신호가 갔을 터였다.

"흐, 허억……."

"이봐, 정신 차려!"

닉스는 거친 호흡을 헐떡이며 꽉 조여든 심장을 움켜잡았다. 그는 마차의 구석진 자리에 몰려 반쯤 정신을 놓고 있었다. 혼미한 의식을 간신히 붙들고 있기는 했으나 누군가의 거친 손아귀에 목줄기를 틀어 잡히기라도 한 것처럼 점점 숨통이 막혔다.

닉스를 감시 및 보호하는 역할을 맡은 페넬리안의 수하 몇이 다가와 무어라 소리쳤다. 하지만 닉스는 그동안 제 안에 존재하는 줄도 몰랐던 끔찍한 공포심에 사로잡혀 제정신이 아니었다.

'그 남자'와 마주친 순간, 그는 사냥당하기만을 기다리는 무력한 피식자가 되었다. 그 소름 끼칠 정도로 짙붉은 눈동자 앞에서 그는 온몸을 덜덜 떠는 것 말고는 아무것도 할 수 없었다.

이것은 분명 닉스답지 않은 일이었고, 그렇기 때문에 미지의 무언가에 대한 더욱 강렬한 두려움을 동반했다.

"……스! 닉스!"

그렇게 닉스가 새까만 늪에 빠져 당장에라도 질식할 것처럼 허우적거리고 있을 때였다. 불현듯 시릴 정도로 맑은 기운이 살갗을 타고 몸 안의 가장 깊숙한 곳까지 흘러들어 왔다.

심장 어귀를 휘감고 있던 질척한 검은 안개가 도망치듯이 스르륵 꼬리를 말고 물러나기 시작했다. 곧이어 믿을 수 없을 정도로 안온한 온기가 그 빈자리를 어루만졌다.

허공을 정처 없이 방황하던 닉스의 눈에서 마침내 흔들림이 잦아들었다. 속절없이 덜덜 떨리던 몸도 서서히 안정을 찾아가기 시작했다.

"진정해, 이제 괜찮으니까."

침착한 목소리가 연거푸 고막을 파고들었다. 마침내 닉스는 가까스로 눈꺼풀을 들어 올렸다. 파르르 떨리는 속눈썹 밑으로 물기 어린 푸른 눈동자가 모습을 드러냈다.

가늘게 뜬 눈 속에 일전에 지하 감옥에서 보았던 실비아의 얼굴이 비쳐 들었다. 카시스 페넬리안과 닮았으나 그 안에 들어 있는 감정과

온도는 전혀 다른 금색 눈동자가 닉스를 담아내고 있었다.

그녀의 손은 한껏 움츠러든 닉스의 어깨와 팔에 닿아 있었다. 사람의 손이 몸에 닿았는데도 불쾌하지 않은 건 그가 닉스로 존재했던 이래로 처음이었다. 싸늘히 식은 몸에 스미는 온기가 거북하지 않은 것도 그랬다. 그러는 동안 서서히 마음속의 진득한 두려움이 가셔 갔다.

"그래, 천천히 심호흡해. 지금 여기엔 나밖에 없어."

그녀는 여전히 불규칙적으로 가쁘게 숨을 헐떡이는 닉스를 향해 말했다. 당연히 지금 그녀의 곁에는 다른 페델리안의 심복들이 즐비해 있었으나, 그래도 마차의 구석에 처박힌 닉스의 시야에는 닿지 않는 곳이었다.

실비아의 말이 도움이 되었는지, 거칠던 닉스의 숨이 점차 골라졌다. 실비아는 어느새 초점을 되찾은 닉스의 눈을 보고 안도했다.

"이제 좀 괜찮아?"

카시스마저 자리를 비운 지금, 닉스에게 문제가 생긴다면 후속 조치가 까다로워져 곤란했다. 게다가 이렇게 희게 질린 얼굴로 당장에라도 숨이 넘어갈 것처럼 헐떡이는 모습을 보니 어쩔 수 없이 가여운 마음이 들기도 했다.

"닉스, 도대체 뭘 봤기에 이래?"

실비아는 얼굴을 굳히며 물었다. 그녀가 들었던 것은 베르티움에 대한 것뿐이었으나, 아무래도 카시스와 함께 사라진 남자는 그쪽과 연관이 없는 듯했다. 상황이 어떻게 돌아가는지 실비아 역시 알아 둬야 할 필요가 있었다.

"그 남자……."

마침내 닉스의 목에서 갈라진 음성이 새어 나왔다. 실비아의 물음에 그는 조금 전 맞닥뜨렸던 남자를 떠올렸다. 분명 닉스로서는 처음 보는 사람이었다. 하지만 영혼에 깊숙이 아로새겨지기라도 한 것처럼 그를 보는 순간 한눈에 정체를 깨달을 수 있었다.

닉스의 입술이 한 차례 잘게 떨렸다. 곧 그에게서 받은 속삭임이 토해져 나왔다.

"나, 나를 죽였던 남자."

챙강! 챙!

고요한 밤의 배경 속에 날카로운 소음이 조각나 박혔다.

쇄액!

주위에 웃자란 억새풀과 함께 허리춤의 옷자락이 갈라졌다. 그 직후 어둠을 베고 지나간 날붙이에 머리칼이 일부 잘려나갔다. 찌를 듯한 살의와 적대감이 달빛 속을 거침없이 질주했다.

카시스와 데온은 정말 이대로 서로를 죽여 버리려는 것처럼 조금도 사정을 두지 않고 맹렬한 공격을 퍼부었다.

두 사람이 이렇게 맞붙는 것은 3년 전 이후로 처음이었다.

그때 카시스는 란트 아그리체에게 붙잡혀 와 팔다리에 구속구를 차고 있었다. 하지만 그것을 제외하고서라도 그 당시의 카시스는 데온의 상대가 되기에 부족함이 있었다.

그러나 지금, 두 사람은 거의 비등하게 균형을 맞추어 공방을 벌이는 중이었다.

데온은 고개를 비틀어 카시스의 공격을 피했다. 확실히 3년이란 시간이 짧지는 않았는지, 그는 카시스를 상대함에 있어 전에 없던 까다로움을 느끼고 있었다.

게다가 지금 데온이 느끼기에, 카시스는 전력을 다하고 있는 것도 아닌 듯했다. 마치 3년 전에 데온이 아그리체의 저택에서 카시스와 접전을 벌이며 그랬던 것처럼.

깨달음의 순간, 데온의 눈이 서늘하게 번뜩였다. 곧 그의 손에 들린 검이 카시스의 심장을 꿰뚫을 것처럼 깊숙이 파고들었다. 하지만 카시스는 그것을 받아친 뒤, 어째서인지 데온에게 무기가 들려 있지 않은 맨손을 뻗었다.

화앗!

"……!"

그 순간 심장에 쏟아져 들어온 거대한 무형의 힘이 갈퀴처럼 거칠게 데온의 속을 헤집었다. 저도 모르게 악문 잇새에서 억눌린 신음이 새어 나왔다.

데온은 본능적으로 지면을 박차 카시스와 거리를 벌렸다. 그런 뒤 끔찍한 격통이 느껴졌던 가슴께에 손을 가져다 댔다. 하지만 거기에서 묻어 나오는 것은 아무것도 없었다.

분명 공격당한 느낌이 또렷이 남아 있는데 피 한 방울 내비치지 않는 것이 이상했다.

"……방금, 도대체 뭐였지?"

굳게 다물려 있던 데온의 입술에서 얼어붙은 음성이 내뱉어졌다. 마치 잘 갈린 얼음 가시가 일시에 심장으로 쏟아져 박히는 느낌이었다.

"도무지 말귀를 못 알아먹는군. 질문은 네 몫이 아니라 했을 텐데."

그러나 카시스는 데온의 의문에 대답하는 대신 서느렇게 읊조렸다.

그에 데온도 냉소했다.

"그래…… 록사나를 만나려는 목적이 뭔지 물었던가."

시린 미소를 베어 문 그의 입매가 잘게 비틀렸다.

"그걸 네게 말하면?"

그러자 카시스가 밤공기 스민 사막의 모래알 같은 목소리로 말했다.

"대답 여하에 따라 이대로 두 번 다시 네가 그녀의 앞에 나타나지 못하게 배제시켜 버릴 수도 있겠지."

그 순간, 싸늘하게 식은 데온의 심장을 타고 용암 같은 분노와 살기가 들끓고 일어났다.

감히…….

감히 제까짓 게 록사나의 무엇이라고.

데온은 오래전부터 카시스 페델리안을 볼 때마다 속에서 거센 열이 치솟는 것을 느껴야만 했다. 카시스가 록사나와 처음 연관되었을 때부터 그랬다.

그래서 3년 전에도 데온은 록사나가 빼돌린 카시스 페델리안을 끌고 와 갈기갈기 찢어 죽여 버리고 싶었고, 지난겨울 위그드라실에 다시 나타난 그를 보았을 때에도 록사나의 앞에서 그를 사정없이 난도질해 버리고 싶었다.

게다가 란트 아그리체를 죽인 것이 지금 눈앞에 있는 사람일지도 모른다는 생각을 할 때면 눈두덩이가 절로 뜨겁게 달아올랐다.

란트 아그리체는 무슨 일이 있어도 반드시 데온의 손으로 죽여야만 하던 사람이었다. 그는 데온이 록사나에게 헌정해야만 하는 제물이었으니까.

그런데 방심한 단 한 순간, 기회를 빼앗겨 버렸다. 정황상, 아그리체의 저택에서 데온이 급소를 공격당해 쓰러진 이후로 그 기회를 대신 차지한 것은 카시스 페델리안일 확률이 매우 컸다.

베르티움에서 데온이 목을 분질러 버리고 싶었던 실질적인 대상도 단테가 아닌 카시스였다.

곧이어 데온의 신형이 다시금 날카롭게 앞으로 쏘아져 나갔다.

그래, 다른 말은 더 이상 필요치 않았다.

사악! 챙강!

조금 전보다 한결 격렬한 공방이 펼쳐졌다.

하지만 데온의 움직임이 이어질 때마다 방금 전 카시스가 그의 심장에 심어 둔 새파란 기운이 몸속으로 더욱 깊이 파고들고 있었다.

카시스도 이 이상 시간을 길게 끌 마음은 없었다. 두 사람의 눈에서 달빛에 반사된 새파란 광채가 일렁였다.

"안 돼……!"

그때, 낯선 고음이 들판 위에 메아리쳤다. 상황에 어울리지 않는 레이스 양산이 시야를 가리고, 동시에 파도 같은 풍성한 옷자락이 억새 풀 속을 헤엄쳤다.

막 데온의 복부를 파고들었던 카시스의 손이 갑작스러운 상황에 멈칫했다. 카시스의 허리를 베고 지나가던 데온의 검도 허공을 비껴 나갔다. 곧이어 카시스를 공격해 시야를 가린 사람이 서둘러 데온의 팔을 잡아 끌어당겼다.

데온은 당장에 그것을 뿌리치려 했으나, 그 순간 견디기 어려운 강력한 통증이 다시금 그의 심장을 움켜쥐었다. 그와 반대로 지금껏 한껏 가열되어 있던 머리가 한풀 차갑게 식었다.

데온의 팔을 잡아챈 손길이 한결 강해졌다. 찰나의 순간 이성을 되찾아 냉정히 상황을 판단한 데온은 일단 지금은 이대로 물러나기로 결정했다.

카시스 페델리안을 죽일 기회가 지금만 있는 것은 아니었다.

물론 여전히 그의 속에서는 진득한 살심이 넘쳐흘렀고, 또한 현재의 상황이 자신에게 불리하다는 것을 이대로 인정하고 싶지도 않았지만……

그래도 지금은 물러나야 할 때였다.

3년 전 카시스가 그랬던 것처럼 이번에는 데온이 후일을 기약하며 옆에 있는 사람과 함께 그림자 속에 몸을 묻었다.

카시스는 스산한 눈으로 멀어지는 뒷모습을 바라볼 뿐, 그들을 쫓지 않았다.

"데온, 이게 대체 어떻게 된 거야!"

마리아가 옷에 묻은 풀을 거칠게 털어 내며 데온에게 따져 물었다.

"네가 왜 여기에 있어? 지난번에 다른 곳으로 갔던 거 아니었어?"

그녀는 데온이 알려 준 대로 중립 구역의 동쪽으로 이동해 아직까지도 시에라를 찾아 헤매던 참이었다. 그러다 근처에서 익숙한 흔적을 발견해 발길을 돌렸는데, 아니나 다를까 그곳에는 데온이 있었다.

"저건 또 누구고! 왜 이 밤중에 치고받고 싸우고 있어? 더군다나 네가 불리해 보이던데!"

아무래도 마리아는 어둠 때문에 데온과 맞붙고 있던 이가 누구인지 알아차리지 못한 것 같았다. 하지만 아들인 데온만큼은 선명히 식별할 수 있어서, 그가 위험한 상황인 것 같은 느낌이 들자 중간에서 끼어든 것이었다.

다행이라고 해야 할지 데온과 싸우고 있던 사람은 갑자기 나타난 마리아까지는 공격하지 않았다.

데온은 옆에서 계속 무어라 떠들어 대는 마리아를 무시하고 멀리서 작게 반짝이는 불빛을 시야에 담았다. 지금은 멀어진 페넬리안의 행렬이 어스름한 암흑 속에 자그마한 점으로 찍혀 있었다.

"그리고 너, 날 속였지! 동쪽이라더니!"

그러다 마침내 마리아가 잠시 잊고 있던 무언가가 생각났다는 듯이 데온에게 소리쳤다.

"이 잡듯이 뒤져도 시에라의 머리칼 하나 나오지 않던데!"

그녀의 입에서 나온 이름에 먼 곳을 응시하고 있던 데온의 눈이 시리게 얼어붙었다.

"넌 란트가 만들어 낸 괴물이야."

얼마 전 들었던 누군가의 목소리가 불현듯 귓가에 울렸다.

"나는 그런 너를 끔찍이 증오하고 경멸해."

그 순간 모래알 같은 불쾌감이 심장을 파먹을 것처럼 속에서부터 소리 없이 갉작거리기 시작했다.

"하지만 그만큼 너를 동정한다."

조금 전 아실을 떠올리게 하는 인형을 보았기 때문일까. 아니면 지난번부터 데온 앞에서 시에라의 이름을 꺼내는 마리아와 만났기 때문일까.

얼마 전 시에라에게 마지막으로 들었던 말이 불시에 떠올라 쉽게 지워지지 않는 잉크 자국처럼 귓가에 눌어붙었다. 독과 닮은 무언가가 데온의 가슴속에 서서히 퍼져 나가기 시작했다.

"……."

이런 불유쾌한 상태에서 벗어나려면 어떻게 해야 할까.

"데온? 또 말도 없이 어디 가는 거니!"

답은 이미 정해져 있었다. 페델리안의 행렬이 향하는 방향이나 베르티움에서 들었던 대화를 바탕으로 미루어 짐작했을 때, 이미 예상되는 목적지가 있었다.

위그드라실.

데온은 뒤에서 시끄럽게 그를 부르는 마리아를 등지고 걸었다. 그의 시작이자 끝일 사람을 찾아서.

〈여주인공의 오빠를 지키는 방법〉 3권에서 계속